DE GLACE
ET DE SANG

DU MÊME AUTEUR

Une si petite mort
Calmann-Lévy, 2011

P. J. **PARRISH**

DE GLACE ET DE SANG

Roman traduit de l'anglais par Pierre Namia

calmann-lévy

Titre original (États-Unis) :
DEAD OF WINTER

Couverture :
Rémi Pépin, 2012

Photo de couverture :
© Ilona Wellmann/Millennium/Plainpicture

ISBN 978-2-7021-4409-1
ISSN 2115-2640

À ma sœur,
par qui se réalisent les rêves impossibles

« Que celui qui combat les monstres prenne garde à ne pas en devenir un lui-même. Car lorsqu'on regarde longuement au fond de l'abîme, l'abîme lui aussi vous regarde jusqu'au fond. »

Friedrich Nietzsche
Par-delà le bien et le mal

CHAPITRE 1

Ce n'était qu'un bruit sourd, qu'un son qui descendait vers lui alors qu'il était plongé dans un profond sommeil. Il lutta pour refaire surface et sursauta en ouvrant les yeux. Les ténèbres, puis, émergeant de l'obscurité, une forme massive et un reflet lumineux. Il soupira. Ça n'était que le bureau en chêne, et son insigne posé dessus.

Le bruit provenait probablement de son rêve, et à cette pensée, il se laissa de nouveau aller sur les oreillers. Mais il continua de prêter l'oreille aux bruits inhabituels parmi les grincements et autres craquements familiers de la maison.

Il jeta un coup d'œil à Stephanie, qui ronflait doucement à côté de lui. Elle le taquinait toujours sur la finesse de son ouïe. « Tommy, chéri, tu entends même tomber la neige », disait-elle en riant. Bon Dieu, il avait parfois lui aussi cette impression. Il remonta la couette sur les épaules de sa femme et s'assit au bord du lit.

Il se leva, frissonna dans l'air froid et se dirigea vers la fenêtre. Écarta le rideau. Évidemment, il tombait de la neige. Déjà elle recouvrait le jardin, laissant comme de la meringue sur les balançoires des enfants. Il la regarda qui tombait doucement. C'était la première grosse chute de la saison. C'était superbe.

Il plissa les yeux. Un pick-up était garé de l'autre côté de la rue, quelques maisons plus loin, juste devant chez les McCabe. Les phares étaient éteints, mais de la fumée sortait par le tuyau d'échappement. Il fronça les sourcils, essayant de se rappeler s'il l'avait déjà vu auparavant. Il avait l'air d'être marron, mais il était tellement sale qu'il ne pouvait pas en être sûr. Il sentit son corps se raidir légèrement, réagissant ainsi malgré lui à une situation inhabituelle.

Ça n'était probablement rien. Peut-être quelqu'un rendait-il visite aux McCabe. Mais hormis les guirlandes lumineuses de Noël entourant la porte d'entrée, la maison était plongée dans l'obscurité. Il plissa les yeux à nouveau pour tenter d'apercevoir qui était à l'intérieur de l'habitacle et crut discerner deux silhouettes. Mince alors, ça devait probablement être Liza, cette cinglée d'ado, en train de se faire peloter par un gamin quelconque juste pour faire enrager son père.

Il se retourna vers le bureau pour regarder l'heure. 3 h 10. C'était tard pour un dimanche soir, même pour Liza.

Il frissonna de nouveau en sachant que ça n'était pas à cause du froid. C'était son corps qui lui envoyait ses vieux signaux, cette décharge d'adrénaline qu'il connaissait bien.

Stephanie poussa un léger gémissement et il se retourna vers elle. En la regardant, il se dit qu'il aurait dû lui parler de ce qui se passait. Il ne lui avait jamais rien caché auparavant et il n'aurait pas dû commencer. Mais elle était tellement heureuse ici qu'il n'avait pas voulu lui donner la moindre raison de s'inquiéter. « Ce n'est pas comme à Flint, lui avait-il dit peu après leur arrivée. Ici, on ne s'en prend pas aux flics. »

Il n'avait pas vraiment voulu quitter son ancien boulot, surtout pour se retrouver dans ce trou perdu au milieu des bois du Michigan qu'était cette ville. Mais la balle qu'il avait prise dans l'épaule par ce gamin rendu fou par le crack était la goutte d'eau qui avait fait déborder le vase. « On est en sécurité ici, chérie, lui avait-il dit, on est en sécurité. »

Il se dirigea sans bruit vers le placard. Passa la main sur l'étagère du haut jusqu'à ce qu'il sente le métal froid de son arme de service, un Colt Python calibre 357. Il vérifia le barillet, jeta un dernier coup d'œil à Stephanie et sortit sur la pointe des pieds.

Le revolver était froid ; il le sentait sur sa cuisse à travers le fin tissu en coton de son pyjama tandis qu'il avançait en silence dans le couloir. Il s'arrêta un instant devant la chambre des enfants. Le bébé avait la colique et il se demanda si ce qu'il avait entendu n'était pas tout simplement les coups que donnait le nourrisson en s'agitant. Il tendit l'oreille dans l'obscurité. Rien.

En bas dans le vestibule, le sol en carrelage blanc miroitait en un kaléidoscope de couleurs produit par les lumières de Noël de l'extérieur – elles se réfractaient à travers le panneau fait de petits carreaux en verre de la porte d'entrée. Il s'arrêta. Pas un bruit. Le pick-up était-il reparti ? Il regarda à travers la petite ouverture dans la porte, mais ne le vit pas.

Il poussa un soupir de soulagement et s'écarta.

Un léger tapotement. Quelqu'un frappait. Il écarta le rideau et chercha à apercevoir le visage dans la pénombre.

Un claquement sec.

Son cœur se mit à taper contre son sternum, puis se figea.

C'était un bruit qu'il avait déjà entendu. Trop souvent.

Le mécanisme d'un fusil à pompe.

Bon Dieu...

La vitre explosa, autour de lui et sur lui. Il fut projeté en arrière contre la cage d'escalier. Ses doigts cherchèrent à tâtons les barreaux, mais il n'arrivait pas à bouger. Il ne sentait plus ses jambes. Il ne sentait plus rien. Sauf, sauf... sauf comme un horrible geyser. Un geyser de sang qui jaillissait par le trou noir qu'il avait au milieu de la poitrine.

Oh mon Dieu, aidez-moi. Stephanie...

Les lumières colorées scintillèrent sur le carrelage blanc, transformant les éclats de verre en joyaux tape-à-l'œil. Des flocons de neige pénétrèrent en tourbillonnant par le trou béant dans la porte vitrée, fondant au contact du sang chaud. Une couronne de Noël musicale gisait en travers de ses jambes, donnant une interprétation métallique de *Douce Nuit, Sainte Nuit.*

Un cri se fit entendre à l'étage.

L'homme qui tenait le fusil regarda en haut de l'escalier, puis fouilla dans sa poche et en sortit une carte à jouer à dos bleu. D'un mouvement sec du poignet, il la balança par le trou de la vitre cassée. Elle tournoya et atterrit sur le carrelage blanc à côté du corps.

— Un putain de joyeux Noël à toi ! agent Pryce, dit-il.

CHAPITRE 2

C'était un jour pourri pour faire de la route. De la neige fondue noircie par le smog laissait des traces sales sur le pare-brise. Les pneus dérapaient sur des plaques de verglas. Louis Kincaid eut l'impression que les gratte-ciel gris de Detroit mettaient une éternité à disparaître du rétroviseur.

Le mauvais temps le suivit quand il remonta la I-75, dépassa les usines noires de suie de Flint et les champs de maïs détrempés aux environs de Saginaw. Quelque part au nord d'une ville nommée Standish, la température avait chuté et la neige fondue s'était transformée en neige tout court. Elle tombait fort maintenant, à flocons tellement gros qu'il parvenait à distinguer leur forme dentelée sur le pare-brise avant qu'ils ne soient balayés par les essuie-glaces.

Il entra dans la ville de Rose City derrière un chasse-neige et s'arrêta dans une station-service. Pendant qu'un vieil homme lui faisait le plein, il déplia la carte toute froissée. Ça ne devait plus être bien loin, peut-être à quarante kilomètres.

— Ça vous fait onze dollars cinquante, dit le vieux type en lui tendant une main gantée d'une moufle. Je vérifie l'huile ?

— Oui, ça vaut mieux, dit-il. Il y a une petite fuite.

Le type regarda la Mustang 1965 blanche pleine d'éraflures.

— C'est pas votre seul problème, dit-il. Le pneu arrière droit est lisse.

Louis acquiesça d'un air lugubre et le type alla à l'avant en traînant les pieds et ouvrit le capot. En le voyant extraire la jauge, Louis pensa à l'avertissement que lui avait donné Phillip Lawrence le matin même. « Prends mon pick-up, Louis. Ta Mustang ne tiendra pas le coup. » Il semblait bien que son père adoptif avait une fois de plus raison et ça l'ennuyait. Et ça l'ennuyait que ça l'ennuie.

— J'ai mis un litre. Mais il faudra bientôt en mettre un autre.

— Merci, dit Louis en lui tendant quelques billets. Combien de kilomètres jusqu'à Loon Lake ?

— Oh, environ cinquante.

Le vieux fronça ses sourcils pleins de neige.

— Vous allez là-bas pour pêcher sur glace ?

— Non. Pour travailler.

L'homme acquiesça et lui rendit la monnaie.

— Eh bien, bonne chance. Bel endroit, Loon Lake.

— C'est ce qui paraît.

Louis reprit la route et hocha la tête en souriant. Le vieux type avait à l'évidence fait tout ce qu'il pouvait pour savoir ce qu'un jeune Noir dans une décapotable déglinguée pouvait bien avoir à faire à Loon Lake. Phillip l'avait prévenu qu'il en serait ainsi. « Je ne crois pas que tu t'y sentiras bien, Louis. C'est un endroit de villégiature, où de riches Blancs de Chicago font construire des pavillons de chasse afin d'avoir un endroit où s'échapper. »

Louis se pencha et mit le chauffage au maximum. Lequel répondit par un toussotement et se mit brusquement à souffler de l'air froid. Louis donna un coup de poing sur le tableau de bord, puis coupa le chauffage qui avait rendu l'âme.

Un endroit où s'échapper. Ça n'avait pas l'air si mal que ça. À Detroit, ça n'était pas vraiment la grande vie, pour lui. Un studio plein de cafards. Et pas de boulot.

Il hocha la tête en se remémorant les événements des deux derniers mois. Idiot. Avait-il vraiment cru pouvoir se pointer au commissariat et récupérer son ancien boulot après en être parti pendant un an ? Son congé exceptionnel était officiel, mais quand il était revenu à Ann Arbor, il y avait eu des réductions de personnel. Dernier arrivé, premier viré. « Bon Dieu, c'est pas de chance, Louis. T'es un bon flic, mais tu connais les problèmes de budget. Si tu as besoin d'une recommandation… »

Le lendemain, la lettre était arrivée. Il voyait encore l'enveloppe dépassant par la fente de sa boîte, avec ce fichu cachet bleu roi qui lui avait figé le cœur.

> *Cher M. Kincaid,*
>
> *Merci encore pour l'intérêt que vous portez aux Services de police de Detroit. Nous avons étudié votre candidature avec soin et sommes impressionnés par vos références. Cependant, en raison des réductions de budget de la ville, nous n'envisageons pas d'augmenter nos effectifs cette année. Nous conservons néanmoins votre candidature et […]*

Il avait vu l'annonce dans le *Free Press* le même jour. Elle était insérée entre des demandes de programmateurs informatiques et de gérants de fast-food :

> *Officier de police. Loon Lake, Michigan. MLEOTC*[1] *indispensable. 22 000 dollars par an. Visite médicale et test toxicologique obligatoires. Se présenter avant le 18 décembre, 17 heures.*

« Rentre à la maison, Louis, lui avait dit Phillip Lawrence. Au moins le temps d'atterrir. On s'inquiète pour toi. Loon Lake n'est pas une solution. » Il commençait à neiger un peu moins fort. Louis jeta un coup d'œil à sa montre. Il était 16 h 30.

Il se redressa contre le dossier froid du siège en vinyle en claquant des dents. Un panneau réflecteur vert apparut dans le faisceau des phares :

BIENVENUE À LOON LAKE
LA PORTE DU PAYS DES MERVEILLES DE L'HIVER

1. Michigan Law Enforcement Officers Training Council. *(Toutes les notes sont du traducteur.)*

Les pins disparurent, laissant la place à une rue résidentielle à double sens se profilant à la faible lueur de réverbères ancien style. Des maisons en bois bien entretenues bordaient la rue, avec des balançoires dans les vérandas, de la fumée qui sortait des cheminées et des bonshommes de neige qui montaient la garde dans les jardins. Dans la lumière du crépuscule, des hommes aux visages rougeauds déblayaient leurs allées. Il passa à côté d'une école en brique. Des gosses dévalaient une côte sur des plateaux de cafétéria, poursuivis par un golden retriever qui aboyait.

Il continua de descendre Main Street. Des guirlandes lumineuses étaient suspendues en travers de la rue et de grandes cannes de Noël en plastique étaient attachées à chaque réverbère. Les vitrines des magasins étaient remplies de panneaux annonçant les soldes. De petits groupes de femmes se tenaient sur les trottoirs enneigés, des bébés et des paquets dans les bras.

— Nom de Dieu, marmonna-t-il, je suis à Bedford Falls.

À cette pensée, il se retrouva d'un seul coup plongé dans son enfance. C'était un souvenir enfoui depuis longtemps, et sa soudaineté fut si vive, si inattendue, qu'il lui fit l'effet d'une douleur cinglante à la poitrine.

C'était en 1967. Quelques semaines seulement après son huitième anniversaire, il venait d'arriver dans son cinquième foyer d'accueil, débarquant en plein blizzard quelques jours avant Noël. Il y avait là quatre autres gosses, tous des enfants placés et tous blancs.

Il était resté toute la journée tout seul à regarder le sapin de Noël et les cadeaux en sachant qu'il n'y aurait rien pour lui. Plus tard, il avait à peine touché à son dîner et broyé du noir pendant que les autres gosses jouaient à des jeux idiots qu'ils semblaient être les seuls à connaître et parlaient de choses auxquelles il ne comprenait rien.

Un homme était entré, un homme très grand. Louis savait que c'était le propriétaire de la grande maison, encore un visage étranger, encore un père adoptif. L'homme leur avait dit de s'asseoir en cercle. Il leur avait donné à tous deux biscuits de Noël et un verre de lait avant d'allumer la télévision. Des biscuits rassis et un vieux film idiot en noir et blanc sur un crétin de Blanc qui travaillait dans une banque.

Louis s'était levé. Le grand type lui avait demandé, gentiment mais fermement, de se rasseoir. Il avait refusé et le type avait réitéré sa demande. Personne ne regardait le film. Tous les regardaient, eux. Quand le type lui avait demandé pour la troisième fois de s'asseoir, Louis avait donné un coup de pied dans l'assiette verte en carton, envoyant valdinguer les biscuits par terre.

— Tu me mets à l'épreuve, Louis? lui avait calmement demandé le type.

— Je ne veux pas rester ici.

— Où veux-tu aller?

— À la maison.

— Ta maison, c'est ici maintenant.

— Elle me plaît pas. Je la déteste. Je la déteste.

Le type s'était approché de lui, lui avait passé le bras autour des épaules et l'avait conduit jusqu'au canapé. Louis s'était assis tout raide au bord en regardant l'écran de télévision. Finalement, l'homme avait attiré le corps rigide de Louis au creux de son bras et personne n'avait plus dit mot pendant quatre-vingt-dix minutes. Quand le film avait pris fin, Louis s'était levé, s'était dirigé vers les biscuits cassés et avait ramassé les débris.

Il n'avait pas compris le film et ne croyait assurément pas aux anges. Mais après, très lentement, il s'était mis à croire dans le grand type. Il s'était mis à aimer Phillip Lawrence.

Quel était le titre de ce foutu film? Merde, c'était partout à la télé à chaque Noël. *La vie est belle*[1]. C'était ça.

Un panneau indiquant le poste de police apparut plus loin. Le commissariat était dissimulé derrière des pins et des arbustes verts à feuilles persistantes. Louis pénétra sur la petite aire de parking et coupa le moteur. Le bâtiment était fait de rondins, comme un

1. Film de Frank Capra avec James Stewart.

poste de gardes forestiers. Une cheminée d'où sortait de la fumée se dressait vers le ciel gris, deux érables nus formant une tonnelle dégarnie au-dessus du trottoir.

Louis descendit de voiture et étira ses membres ankylosés. Il fut frappé par l'odeur de l'air – pins et fumée. Il se pencha devant le rétroviseur pour ajuster son nœud de cravate. Il venait de faire pratiquement huit heures de route. Son pantalon était froissé et il se sentait sale. Quel état pour se présenter à un entretien d'embauche !

Il entra dans le commissariat sous l'air chaud d'un convecteur de plafond. L'intérieur était lambrissé de bois couleur café avec au fond une cheminée en brique, dans laquelle crépitait un bon feu. Un comptoir en pin ciré et une longue barrière interrompue par un petit portillon séparaient la zone de travail de l'endroit où il se trouvait. À sa gauche se tenait une porte, sur laquelle une plaque indiquait BUREAU DU COMMISSAIRE.

Louis s'approcha du comptoir et regarda avidement un grand plateau de biscuits de Noël. Un policier était assis au bureau du fond, sa tête blonde penchée au-dessus d'un rapport. Louis s'éclaircit la voix.

— Excusez-moi…

Le jeune type leva la tête et sourit. Il empila soigneusement ses papiers, les disposa de manière à ce qu'ils soient parfaitement parallèles au bord du bureau, puis se leva et s'approcha du comptoir.

— Bonjour. En quoi puis-je vous aider ?

Le sourire était sincère. Il avait des dents éclatantes et bien droites et des cheveux coupés très court. La peau était rose et impeccable, et avec sa chemise bleu pastel, on aurait dit un vrai bébé Cadum. Sa plaque en argent indiquait : DALE MCGUIRE.

— Je viens pour l'annonce dans le journal, dit Louis.

Le policier regarda le costume bleu foncé de Louis, puis il se pencha sous le comptoir et en sortit un formulaire de candidature accompagné de plusieurs autres papiers qu'il fit glisser vers lui. Louis poussa le plateau de biscuits et retourna les papiers afin de pouvoir les lire.

— Vous devez remplir le formulaire ici même. Le chef veut être sûr que vous savez lire et écrire, lui dit le jeune fonctionnaire.

Louis hocha la tête et chercha son stylo.

— Vous avez eu beaucoup de postulants ?

— Quelques-uns, mais vous êtes le dernier. Quand le chef dit 17 heures dernier délai, c'est 17 heures dernier délai.

Louis se retourna vers les chaises vides, se demandant où il allait s'asseoir. Une photo sur le mur attira son attention. Elle était agrémentée d'un petit cordon noir au coin supérieur gauche. Le bel officier de police de couleur sur la photo s'appelait Thomas Pryce. La plaque disposée en dessous indiquait : *IN MEMORIAM*, 12 JUIN 1952 – 1er DÉCEMBRE 1984. Ça datait de deux semaines.

Louis se retourna et vit que Dale McGuire l'observait.

— Il y a un problème ? demanda-t-il.

Dale sourit.

— Non, non, pas de problème. Vous voulez un biscuit ?

Louis sourit à son tour et accepta d'un signe de tête. Dale retira le Scellofrais et Louis choisit un petit arbre de Noël rouge. Et croqua dedans en remplissant le formulaire.

— L-17 à Central. Nous avons repris notre service.

La voix du policier à la radio attira l'attention de Louis dans le coin où se trouvait la console de l'opératrice. Celle-ci ressemblait à un morse avec une coiffure bouffante noir geai et des lunettes œil-de-chat années 50. Elle posa son livre de poche en soupirant et connecta son micro.

— Bien reçu, 17. J'ai un message pour vous. Votre femme demande qu'en rentrant, vous vous arrêtiez acheter du lait de poule.

Une voix se fit entendre en retour, légèrement contrariée.

— Bien reçu, Central.

— Edna, dit Dale.

Derrière son roman de Danielle Steel[1], Edna fit un geste de la main sans lever les yeux sur Louis.

D'autres appels eurent lieu et Louis les écouta en remplissant le formulaire. Un chien égaré. Un policier passait voir une vieille dame vivant seule. Un autre demandait des câbles de démarrage pour un automobiliste en panne. C'était surréaliste. Depuis qu'il était devenu adulte, il avait en vue Detroit et le défi que ça représentait de travailler dans les forces de l'ordre d'une grande ville avec plein d'action. Et voilà où il se retrouvait. En quoi cette ville avait-elle même besoin de flics ?

Il jeta un coup d'œil à Dale McGuire, qui réarrangeait les guirlandes au-dessus de l'ordinateur. Il n'empêche, cet endroit avait quelque chose. Quelque chose dans l'atmosphère, quelque chose… de doux et de propre, quelque chose de plus que juste les conifères et le pain d'épice. Il l'avait senti dès qu'il était entré dans la ville. Il se rappela quelque chose que Frances Lawrence, sa mère adoptive, lui avait dit un jour, quelque chose sur les gens qui ont un endroit sur terre où leur âme se sent en paix. Des endroits où l'on se sent comme chez soi dès qu'on y pose les pieds. Il n'avait jamais ressenti cette sensation particulière nulle part.

— Vous savez, dit Dale en l'interrompant dans ses pensées, le chef n'a encore trouvé personne qui lui convienne. Quand vous aurez terminé de remplir ça, il voudra vous voir.

— Me voir ? Maintenant ?

— Il a hâte de pourvoir le poste. Il n'aime pas travailler en sous-effectif, ajouta Dale.

Louis jeta un coup d'œil à la porte fermée du bureau du chef. Il revit son appartement froid et affreux de Detroit et ressentit la douleur cuisante des nuits de solitude et d'ennui.

Dieu, qu'il le voulait, ce boulot ! Il le voulait vraiment.

***

1. Auteur de romans d'amour le plus lu au monde.

— Le chef va vous voir maintenant.

Louis consulta sa montre. Il attendait depuis deux heures. Il avait lu chaque prospectus et chaque avis de recherche sur le tableau d'affichage et avait feuilleté trois fois de suite les quatre vieux numéros du *National Geographic*. Il se leva et lissa sa veste. Dale le conduisit jusqu'à la porte du bureau et frappa. Ils attendirent jusqu'à ce qu'une voix autoritaire leur ordonne d'entrer.

Il n'y avait personne dans le bureau. Louis se demandait où était passé le chef quand il entendit le bruit d'une chasse d'eau derrière une porte fermée sur sa droite. Il respira un grand coup pour se détendre et regarda autour de lui.

Il se tenait debout sur une moquette rouge sang sur laquelle étaient encore visibles des traces d'aspirateur. Les murs étaient couverts de photos encadrées, de diplômes, de plaques et de coupures de presse. Sur la crédence placée en dessous était disposé un bel échiquier. Son regard fut attiré par deux épées montées au-dessus du meuble. L'une était en acier étincelant, avec un cordon doré. L'autre était ancienne et paraissait venir d'ailleurs. Louis l'examina. Grands dieux, était-ce un sabre de samouraï ?

Un bruit d'eau courante leur parvint des toilettes. Le type prenait son temps. Louis gagna la crédence et prit une des pièces d'échecs. Un pion en étain, en forme de soldat.

— Vous jouez ?

Louis se retourna. L'homme faisait environ un mètre quatre-vingts, était mince mais avec des épaules larges dans sa chemise amidonnée bleu layette. Cheveux courts blond argenté, visage rougeaud rasé de frais, celui d'un homme de trente-huit ans seulement, quarante tout au plus.

— Un peu, dit Louis avec un sourire. Mais je ne suis pas fort.

— Peut-être parce que vous considérez ça seulement comme un jeu, dit le type. C'est bien plus. C'est une science, de la poésie, un mystère. Au moment où l'on croit avoir découvert ses secrets, il vous détrompe.

— Je n'ai jamais dû apprendre la stratégie.

Le chef s'avança et lui prit le pion des mains.

— N'importe qui peut apprendre la stratégie. C'est le courage qui compte vraiment, le courage de choisir des coups originaux qui surprennent l'adversaire.

Louis hocha la tête comme s'il avait compris.

— Comme un swindle de Marshall, ou une position de Lucena, poursuivit le chef.

Il vit l'air interdit de Louis et sourit.

— Ou encore un gambit. Vous savez ce qu'est un gambit, n'est-ce pas ?

Louis fit non de la tête.

— Le gambit, c'est lorsqu'on sacrifie une de ses pièces pour désarçonner l'adversaire. Il en existe différentes sortes : le gambit suisse, le sacrifice du fou, un classique... le gambit Evans. Ces coups sont ce qui élève ce jeu au rang d'un art.

Louis acquiesça d'un signe de tête, s'attendant presque à ce qu'il lui demande d'y jouer, comme si ça faisait partie de l'entretien.

Le chef se retourna et prit le formulaire de candidature de Louis sur son bureau. Ce dernier se mit à observer son visage. Délicatement ciselé, mâchoire proéminente, grand front et sourcils épais surmontant des yeux de la couleur de pâles saphirs. Il pensa à une photo qu'il avait vue dans le *National Geographic*, celle des mystérieuses statues de pierre de l'île de Pâques avec leurs têtes puissantes et énormes. Il regarda le bureau et y chercha une plaque. Il n'y en avait aucune.

— Bien, pourquoi avez-vous quitté votre dernier emploi ? demanda le chef en levant les yeux.

— Raisons personnelles. Ça n'allait pas, c'est tout.

— J'ai appelé là-bas, dans votre petite ville du Mississippi.

Génial, pensa Louis.

— À qui avez-vous parlé ?

— À un certain Junior Resnick.

Louis demeura impassible. *Quelle référence !*

Le chef eut un sourire bizarre.

— Ce type est de toute évidence un imbécile, mais il vous aime bien. Il dit que vous n'avez pas le sens de l'humour, mais que vous êtes un garçon intelligent.

Louis réprima un sourire.

— Ça m'étonne. On avait nos divergences.

Le chef se mit à le toiser, comme s'il se faisait une idée de ses mensurations.

— Enquêteur, dit-il en lançant le formulaire sur le bureau. Un titre impressionnant pour quelqu'un qui n'a pas encore trente ans.

— C'était juste un titre.

— Eh bien ici, quand on donne un titre, ça veut dire quelque chose. C'est pour ça qu'il y en a si peu. (Il leva le pion et sourit.) Mais même un simple pion peut obtenir une promotion, devenir cavalier ou fou, n'est-ce pas ?

Louis acquiesça. Le chef se dirigea vers l'échiquier et déposa avec précaution le pion sur son carré.

— Dites-moi, là-bas, reprit-il en se retournant, aviez-vous tout le respect qui vous est dû, ou était-ce aussi difficile que je peux l'imaginer ?

Ça, c'était sa façon à lui de demander si être un flic noir dans le Sud était un problème.

— Disons que là-bas, l'uniforme n'entraîne pas automatiquement le respect, répondit Louis.

— Eh bien ici, c'est le cas, dit le chef.

Il retourna à son bureau et sortit d'un tiroir un paquet de Camel. Il en alluma une et prit rapidement une bouffée en posant une hanche sur le bureau. Louis remarqua à quel point les plis de son pantalon étaient parfaitement repassés. On aurait pu s'en servir pour couper du pain.

— « Il n'existe que trois êtres respectables : le prêtre, le guerrier et le poète. Savoir, tuer et créer[1]. »

1. En français dans le texte original. Extrait de *Mon cœur mis à nu* de Charles Baudelaire.

Louis le regarda, perplexe.

— Vous parlez français ?

Il fit non de la tête.

— C'est du Baudelaire, dit-il en souriant. Nous ne sommes ni prêtres, ni poètes. Reste les guerriers.

Il souffla un nuage de fumée. Son regard sembla soudain changer, devenant plus froid tandis qu'il observait Louis.

— Je peux former un homme à presque tout, enchaîna-t-il. Je peux lui apprendre à tirer. Je peux lui apprendre à s'occuper de la paperasse. Je peux même lui apprendre à tuer. Mais il y a une chose que je ne peux pas lui apprendre. Vous savez ce que c'est ?

Louis hésita, essayant de trouver la meilleure réponse possible.

— Le sens de l'honneur ?

— C'est ce que vous pensez que j'avais envie d'entendre ou bien ce que vous pensez vraiment ?

— Eh bien… je ne crois pas que ce soit quelque chose qu'on puisse enseigner, répondit Louis.

— La seule chose que je ne puisse pas apprendre à un homme est la loyauté.

Ça devenait bizarre. Qu'est-ce qui allait suivre ? Des mantras bouddhistes ? Un haïku ?

— Mais puisque vous considérez que l'honneur est si important, peut-être pouvez-vous m'en donner une définition ?

— Je dirais que l'honneur, c'est de se comporter avec intégrité.

Le chef hocha la tête.

— Ça, c'est plutôt pour avoir la conscience propre. (Il pointa sa cigarette sur Louis.) L'honneur, c'est une existence de haut niveau, méritée par le sacrifice et le courage. C'est ce qui rend brave quand on crève de peur, c'est ce qui fait briller l'insigne quand on se regarde dans la glace. (Il fit une pause le temps d'écraser sa cigarette dans un cendrier plein de mégots.) Alors… votre insigne brille-t-il ?

— Pardon ?

Louis était en train de regarder une photo de quatre copains de l'armée accrochée au mur et tentait d'y reconnaître le chef.

— Votre insigne brille-t-il ?

Louis eut envie de lui dire qu'il n'avait pas d'insigne, mais il savait que ce n'était pas ce que l'autre attendait.

— Oui, chef.

Le chef passa derrière lui. Louis résista à l'envie de se retourner. Il jeta un coup d'œil à une coupure de presse encadrée au mur pour voir s'il parvenait à lire son nom. C'était dingue. Il ne savait pas à qui il s'adressait. Il commençait même à se demander à *quoi* il répondait.

— Pouvez-vous effectuer cent pompes ? demanda la voix derrière lui.

— Oui, répondit Louis, en espérant qu'il n'allait pas lui demander de le lui prouver.

— Êtes-vous prêt à subir un test toxicologique ?

— Oui, chef.

— Quel est votre niveau ?

— Tireur d'élite.

— Vous avez déjà tué quelqu'un ?

Louis tourna la tête et le regarda par-dessus son épaule.

— Non, chef.

Celui-ci revint se placer devant lui.

— En seriez-vous capable ?

Louis décela un certain défi dans son ton.

— Oui, répondit-il. Mais j'espère que ce ne sera jamais nécessaire.

Le chef sourit.

Louis était en train de foirer l'entretien. Il le sentait.

— Vous n'avez jamais eu besoin de faire feu sur un être humain ?

— Non, chef.

Louis espéra qu'il n'allait pas lui demander si on lui avait déjà tiré dessus. Il ne tenait pas à aborder ce qui lui était arrivé dans le Mississippi.

— Avez-vous déjà reçu un blâme ?

— Une fois.

— Pour quel motif ?

Merde. Abrégeons.

— Insubordination.

— Qu'entendez-vous par « insubordination » ?

Louis s'humecta les lèvres.

— J'avais fait quelque chose...

— Je me fiche de ce que vous aviez fait. Donnez-moi la définition du mot.

— Théoriquement, c'est le refus d'exécuter un ordre donné par un supérieur.

Une fois encore, le chef hocha la tête, un léger sourire aux lèvres.

— Ça n'est pas aussi simple, dit-il.

Qu'est-ce qui est simple pour ce type ? se demanda Louis.

— Lorsqu'un officier de police adopte une ligne de conduite qui n'est pas en accord avec celle de son supérieur, il s'agit en quelque sorte d'une mutinerie. Et c'est toujours inacceptable. (Il regarda Louis.) Vous avez compris ?

Louis acquiesça d'un signe de tête.

Le chef fit brusquement volte-face et retourna derrière son bureau. Il prit son paquet de Camel et en sortit une autre cigarette.

— Voici le règlement, alors écoutez-le bien, dit-il. Un, ne me dites jamais que fumer est mauvais pour ma santé. Je le sais. Je vous suspendrai la première fois et je vous virerai la seconde. Deux, n'entrez jamais dans ce bureau sans frapper. Suspendu la première fois, viré la seconde.

Il était engagé. Merde alors, c'était tout ?

— Y aura-t-il une commission orale, chef ? demanda-t-il.

— La commission orale, c'est moi.

— Une visite médicale ?

— Vous l'avez déjà passée une fois, non ?

— Oui, chef.

— Trois, vous serez toujours en tenue complète. Ce qui inclut votre arme. Je vous surprends sans votre tenue, vous êtes suspendu. Vous vous retrouverez en civil. Votre tenue complète est fournie. Vous avez un .357 ?

— Non, chef. Un .38.

— Dans ce commissariat, tout le monde porte la même arme.

Louis réprima un soupir. Il n'avait pas de quoi s'acheter un nouveau revolver.

— On va vous en fournir un pour vingt-cinq dollars par semaine, reprit le chef. Vous avez intérêt à rester assez longtemps pour finir de le payer. Et ne le perdez pas. Ça vous coûterait cinq cents dollars pour le remplacer.

Et en plus, je serai suspendu, se dit Louis.

— Et en plus, vous serez suspendu.

Il fit une pause, son regard devenant un peu plus chaleureux.

— Loon Lake est une ville irréprochable, Kincaid, dit-il brusquement. Et ce commissariat est lui aussi irréprochable. On est peut-être petit en taille, mais pas en esprit. Ces hommes sont d'excellents professionnels, tous de bons et honnêtes flics. Tous sans exception, et nous sommes une unité qui se tient les coudes.

Il désigna du doigt une petite plaque au mur.

— On a une devise ici : *GENS UNA SUMUS.*

Louis attendit, mais aucune traduction ne vint.

— Du latin, chef?

— Oui. « Nous sommes une famille. »

Louis hocha de nouveau la tête en guise de oui.

— Ne l'oubliez jamais. Vos collègues policiers sont vos frères.

Louis acquiesça. Le chef se dirigea vers la porte et l'ouvrit.

— Les examens de tir ont lieu le premier jeudi de chaque mois. Vous échouez, vous êtes suspendu. Des questions ?

— Aucune que je ne puisse poser à un collègue.

— Alors allons-y. McGuire va s'occuper de vous.

Louis le suivit à l'extérieur du bureau. Dale se leva d'un bond et se hâta de les rejoindre.

— Ici, on partage les bureaux, dit le chef. Voici le vôtre pour votre poste de jour. C'est celui d'Ollie la nuit. C'est lui, là-bas, en train d'engloutir sa caféine. Wickshaw, saluez Kincaid, notre nouvelle recrue.

À côté de la cafetière, un grand type maigre fit un signe de tête. Louis répondit de la même façon.

— McGuire va vous aider à commencer à vous occuper de la paperasse. Vous avez besoin d'une journée pour aller chez vous chercher vos affaires ?

Louis regarda l'horloge au mur. Il était plus de 20 heures. Il allait devoir passer la nuit ici.

— Oui, chef, dit-il.

— Bien. Vous pouvez commencer lundi matin.

Le chef le jaugea un instant, puis lui tendit brusquement la main.

— Bienvenue dans la maison. J'espère que vous serez heureux ici.

Il sourit. Sourire glacial, mais pas totalement forcé.

Louis lui serra la main.

— Merci, chef.

Celui-ci retourna dans son bureau et ferma la porte. Louis regarda le bureau en éprouvant un mélange d'euphorie et d'appréhension. Il n'arrivait pas à le croire. Il était engagé, comme ça. Un nouveau boulot. Un nouveau départ. Il regarda la porte fermée. Le chef était un drôle d'oiseau, avec son français et ses citations. Il était aussi un peu trop maniaque, mais il semblait aller dans la bonne direction et peut-être était-ce tout ce qui comptait. Il embrassa la pièce du regard, la cheminée, l'ordinateur enguirlandé et la photo de Thomas Pryce. Il ressentit une pointe de culpabilité à l'idée qu'un autre flic ait dû mourir pour qu'il puisse saisir sa chance. Mais ça semblait bien. Cette ville, ce boulot, à ce moment de sa vie. Ça semblait bien.

— Bienvenue à Loon Lake, Louis.

Louis serra la main tendue de Dale.

— Merci. Tu sais, personne ne m'a dit son nom.

— Gibralter.

— Comme le rocher ? demanda Louis.

Dale sourit.

— Oui. Brian Gibralter. Mais ne l'appelle surtout jamais Brian. Ou alors, Dieu te protège, Rocky. Rien ne te fera suspendre plus vite. Fais-moi confiance, je sais de quoi je parle.

Louis se frotta le visage, soudain fatigué.

— J'arrive pas à y croire. Pas de visite médicale, pas de commission orale.

— C'est comme ça qu'il s'y prend.

— Mais… en un quart d'heure ? Qu'est-ce qu'il peut savoir de moi en quinze minutes ? Il a fait ça avec les autres postulants ?

Dale fit non de la tête.

— Il n'en a vu que trois autres. Il m'a dit chaque fois qu'aucun n'avait le bon « profil ».

— Quoi ? Il m'a engagé parce que je suis noir ? fit Louis, incrédule. Pour remplir un certain quota ou quelque chose dans le genre ?

— Bon Dieu, non ! répondit aussitôt Dale. Le chef se fout pas mal de ces trucs-là. Non, tu dois juste avoir dit quelque chose qui lui a plu. (Il fit un signe de tête en direction de la photo de Thomas Pryce.) Comme lui.

Louis hocha la tête.

— Je ne te suis pas.

— Thomas Pryce était… un bon flic, poursuivit Dale en haussant les épaules et cherchant ses mots. Quelqu'un qui suscitait le respect, tu vois ce que je veux dire ? Le chef a peut-être vu quelque chose de lui en toi, c'est tout.

Louis regarda la photo de Pryce.

— Quel âge avait-il ?

— Trente-deux ans. Vous avez la même taille et la même corpulence. Quelles tailles de chemise tu fais ?

— Quarante et un, quatre-vingt-six.

Dale sourit légèrement.

— Tu vois ? Il n'aura pas besoin d'acheter de nouvelles tenues.

Louis le regarda, ne sachant pas trop s'il plaisantait.

Dale ramassa le plateau recouvert de Scellofrais.

— Tu veux un autre biscuit ?

CHAPITRE 3

— Levez la main droite.

Louis leva la main et inspira à fond.

— Jurez-vous solennellement, Louis Washington Kincaid, en ce jour du vingt décembre mille neuf cent quatre-vingt-quatre, de faire respecter et d'appliquer de votre mieux les lois des États-Unis d'Amérique et de l'État du Michigan ?

Louis regarda la plaque en argent que Gibralter tenait dans la main.

— Avec compétence, intégrité et honneur ? ajouta Gibralter.

— Je le jure.

Gibralter fit claquer l'insigne dans la paume de la main de Louis.

— Bienvenue à Loon Lake, matricule 127.

Louis entendit une légère salve d'applaudissements et se retourna. Cinq policiers formaient un demi-cercle, tous vêtus d'une chemise bleu pâle, d'un pantalon bleu foncé, d'une cravate marine et d'un calot Garrison. Louis épingla l'insigne à sa chemise.

***

— McGuire, Kincaid est prêt à y aller ? demanda Gibralter.

Dale s'approcha à la hâte.

— As-tu signé le contrat d'arme, Louis ?

Louis acquiesça en regardant le chef aller tranquillement parler à un autre homme.

— J'ai tout signé. Je n'ai pas vu de carte syndicale.

— Tu n'en verras pas, dit lentement Dale. Et nous ne prononçons pas ce mot dans les conversations civilisées de ce bureau.

Merde, un commissariat non syndiqué. C'était inquiétant.

— Et lisez votre manuel, Kincaid. Ici, l'ignorance n'est pas une excuse valable.

— Oui, chef.

— Votre code d'appel est le 11. Loon-11, ajouta Dale.

Louis aurait volontiers ri si le visage de Dale n'avait revêtu un aussi grand sérieux.

— Chef, avec qui voulez-vous le mettre ? demanda Dale.

Louis regarda les policiers. Nom de Dieu. On allait lui coller un formateur.

— Harrison ! lança Gibralter.

Un homme sortit du petit groupe et approcha d'un pas nonchalant. Il avait à peu près l'âge de Louis. Son épaisse chevelure était un panaché de brun, de châtain et d'auburn, comme du bel acajou. Yeux marron expressifs adoucissant un visage légèrement marqué. Une longue et fine cicatrice dans le cou disparaissait sous son col bleu. Il regarda Louis et lui serra la main.

— Putain, chef, encore un géant. Quand est-ce que vous allez me confier quelqu'un que je puisse regarder en face ?

— Achetez-vous des talonnettes, merde !

Harrison fit un grand sourire et tendit énergiquement sa main.

— Jesse Harrison. Bienvenue à Loon Lake, Kincaid.

Louis lui serra la main.

— Merci.

— Tu es prêt ?

Jesse enfila son blouson et se retourna pour prendre ses clés de voiture sur le bureau. À l'anneau était accrochée une patte de lapin orange et sale. Il remarqua que Louis la regardait.

— Pas un mot sur ma patte de lapin, dit-il. Elle me porte chance.

— Dans une ville comme celle-là, pourquoi en ressens-tu même seulement le besoin ? demanda Louis en sortant derrière Jesse Harrison.

— Écoute, Kincaid, j'ai manqué de chance toute ma vie. Je suis né un 13 septembre, mon matricule est le 113 et quand j'ai rejoint ce commissariat, Gibralter m'a donné le 13 comme numéro d'appel. Si tu étais à ma place, de quoi tu te servirais ?

— De mon revolver, répondit Louis, pince-sans-rire.

Jesse ouvrit la porte vitrée avec son arrière-train.

— J'aime quand un homme a le sens de l'humour, Kincaid. On devrait bien s'entendre.

Dès l'instant où il fut dans la voiture de patrouille, Louis mit la manette du chauffage au maximum.

— Vivre dans le Sud t'a fluidifié le sang ? demanda Jesse tandis qu'ils quittaient l'aire de stationnement.

— Ma voiture n'a pas voulu démarrer. Je suis venu à pied.

Il se demanda comment Harrison était déjà au courant de son séjour dans le Mississippi.

— Où es-tu descendu, au Loon Lake Lodge ?

— Non, j'ai loué un chalet sur le lac.

— Côté nord ou sud ?

Louis réfléchit un instant.

— Sud. Juste en dehors de la ville.

Jesse tourna dans Main Street.

— Bien. Il vaut mieux ça qu'être au nord avec les Eggers.

— Quoi ?

— C'est comme ça que j'appelle les riches touristes. Tu sais bien, East Egg. Tu n'as pas lu *Gatsby le Magnifique* ?

— J'ai vu le film.

— Mauvais film, grand livre.

Jesse sourit en prenant un air légèrement supérieur.

— Je lis beaucoup. Tout ce qui me tombe sous la main. Beaucoup de biographies, des livres d'histoire. Ce que je préfère, c'est les trucs psychologiques. Le chef dit que je suis un autodidacte. Ça veut dire que j'ai tout appris tout seul.

— Oui, je sais.

Jesse lui jeta un coup d'œil.

— Tu as fait l'université du Michigan, c'est ça ?

Là encore, Louis se demanda comment Harrison en avait autant appris sur lui en si peu de temps.

— Oui, répondit-il.

— C'est génial, dit lentement Jesse en hochant la tête.

Ils continuèrent de rouler, tandis que Jesse lui commentait la configuration de la région. L'agglomération de Loon Lake était regroupée à l'extrémité sud-est du lac. Jesse lui expliqua qu'on s'habituait sans difficulté à la disposition de la ville : le centre commerçant était entouré par les maisons d'habitation, parfaits petits carrés de terrain clôturés par des grillages qui formaient un damier. Le parc de la ville, avec son nouveau terrain de base-ball, se trouvait sur une étendue de terre regorgeant de pins, juste au nord de la zone résidentielle.

Tandis que Jesse arrivait sur le Highway 44 qui faisait le tour du lac, les maisons se firent plus rares, laissant la place à des échoppes à appâts, des caravanes et des pins immenses. À l'extrémité nord, l'autoroute était coupée par des dizaines de routes étroites. Louis comprit qu'il s'agissait des voies d'accès aux propriétés des touristes. La plupart de ces dernières étaient fermées par des portails ou des chaînes, avec des panneaux reflétant l'humour et les espoirs des gens qui y habitaient – LA TERRE PROMISE, LES DEUX PINS, LA ROSÉE SUR LE CHARDON, LA MAISON DE FOUS. Louis s'efforça d'entrevoir les maisons derrière les gros arbres, mais n'y parvint pas. Jesse lui dit que les gens du coin ne se mélangeaient pas trop avec les touristes.

— Certains nous regardent de haut, dit-il. Tu sais, comme si on était une bande de butors.

Louis sourit légèrement.

— Mais on leur fait des grands sourires et on leur prend leur argent, poursuivit Jesse. C'est une grosse destination touristique, ici. Sans les Eggers, bordel, Loon Lake serait comme tous les autres petits bleds merdiques du coin.

Louis regardait par la fenêtre.

— Tu vois la caserne de pompiers, là-bas ? lui demanda Jesse.

— Le bâtiment tout neuf ?

Jesse fit oui de la tête, avec une certaine fierté.

— Elle a été construite l'année dernière avec l'argent du tourisme. C'est la plus moderne des quatre comtés. Ce fric a aussi permis d'éclairer le terrain de base-ball.

Il leur fallut quarante minutes pour faire le tour du lac. En retournant en ville par le nord-est, Jesse sortit un sac de cacahuètes. Louis déclina poliment son offre de les partager. Jesse se mit à les éplucher de façon experte et à les manger d'une seule main, l'autre restant sur le volant.

— Bon, dit-il, faut sans doute que je te mette au parfum de comment ça se passe chez nous.

Louis dissimula son sourire. De toute évidence, Jesse avait vu trop de films policiers.

— Gibralter est un super-chef, reprit Jesse. Il dirige un commissariat irréprochable et une ville irréprochable. C'est lui qui a le dernier mot.

— C'est l'impression que j'ai eue. Et les citations ?

Jesse lui jeta un bref coup d'œil.

— À quoi tu as eu droit ? À Baudelaire ou à Churchill ?

— Baudelaire.

— Le chef est un homme instruit. Diplômé de Stanford, études supérieures sur l'Asie.

— Pourquoi est-il devenu flic ?

Jesse haussa les épaules.

— Il m'a dit que c'était pour faire chier son père, mais j'y crois pas. Il était commissaire de quartier à Chicago avant d'être ici.

— Qu'est-ce qu'il fout là ?

— T'es bien ici toi, non ? (Jesse sourit largement en gobant une cacahuète.) L'université du Michigan ne serait pas le Stanford de l'Est ?

— Le Harvard du Midwest.

— C'est peut-être pour ça qu'il t'a engagé. Une rencontre intellectuelle.

Louis regarda le paysage enneigé.

— Alors, qui est notre surveillant de quart ?

— Y a pas de surveillant de quart chez nous.

— Un chef de sûreté ?

— Pas besoin. Le chef reste toujours tard, des fois jusqu'à 22 ou 23 heures. Si quelque chose se présente après ça, on l'appelle chez lui.

Louis hocha la tête.

— Un peu déplumé au sommet, je dirais.

— Ça lui convient. Effectifs réduits mais efficaces. Unités en solo pour tout le monde. Il dit que si on a besoin d'un coéquipier, il nous achètera un chien. Quand il pensera que t'es rodé, tu seras seul.

— Et le type maigre que j'ai vu hier soir ? Il portait des galons de brigadier.

— Ollie Wickshaw. Oui, il est brigadier, mais il tourne comme tout le monde. Il est sympa, un peu bizarre. Branché conneries occultes. La surveillance n'est pas son fort. Si ça ne tenait qu'à lui, il préférerait passer son temps avec ses pigeons voyageurs plutôt qu'avec des êtres humains.

Jesse quitta Main Street pour entrer dans une zone résidentielle.

— Il y a un autre gradé ? demanda Louis.

Jesse fit non de la tête.

— Y a que neuf gars en tout dans le commissariat, y compris toi, maintenant. Et on est tous de rue, tous égaux devant le chef.

— Et Dieu, ajouta Louis.

— Une seule et même chose, mon ami.

Ils continuèrent à rouler en silence et croisèrent plusieurs rues. Louis regardait attentivement par la fenêtre les pavillons bien tenus et leurs jardins enneigés. Le ciel sans nuages était d'un bleu radieux. Il s'enfonça au fond de son siège, bercé par la chaleur.

Étrange structure hiérarchique, se dit-il. Dictatoriale, et sans aucun syndicat par-dessus le marché. Mais Gibralter donnait l'impression d'être apprécié par ses hommes. Peut-être après tout qu'un seul homme aux commandes était préférable aux vingt couches de fonctionnaires à galons dorés de la plupart des commissariats.

La photo de Thomas Pryce accrochée au mur lui revenant à l'esprit, il se demanda comment l'homme était mort. Avait-il été tué dans l'exercice de ses fonctions ? Mais comment un flic pouvait-il se faire tuer dans un endroit pareil ? En intervenant au cours d'une querelle domestique ? Ça pouvait arriver n'importe où.

— Thomas Pryce, dit Louis. Comment est-il mort ?

— Il a été tué, répondit Jesse sans le regarder.

— Pendant son service ?

La mâchoire de Jesse se mit à remuer.

— Non. Chez lui. Quelqu'un s'est amené et l'a descendu d'un coup de fusil.

— Dieu du ciel ! dit Louis.

Il aurait bien aimé en savoir plus, mais il sentit que Jesse n'avait pas envie d'en parler. La mort de Pryce ne datait que de quelques semaines et il savait le temps que met une blessure à cicatriser dans un petit commissariat, quand un flic est tué. Il n'était allé qu'une fois aux obsèques d'un collègue, tout de suite après son premier boulot à Ann Arbor. Il ne connaissait pas le type, mais il avait bien senti les courants de douleur et de colère qui coulaient comme une rivière souterraine sous les activités quotidiennes bien huilées du commissariat.

— Vous avez arrêté le coupable ? demanda-t-il enfin.

— Non, répondit Jesse.

— L'enquête est donc toujours en cours ?

— Théoriquement.

— Qui s'en occupe ?

— Personne en particulier pour le moment. On n'a pas d'enquêteur. C'était le travail de Pryce.

— Il était enquêteur ?

Jesse ne le regarda pas.

— Oui, il était enquêteur. Bien qu'il n'y ait jamais grand-chose sur quoi enquêter dans le coin.

Louis crut déceler une pointe d'agacement dans la voix de Jesse. Ils continuèrent de rouler doucement plusieurs minutes dans la rue fraîchement déblayée.

— Et qui a travaillé à l'enquête ? demanda Louis qui n'entendait pas en rester là.

— Le chef nous en a donné des morceaux à tous.

— Vous avez des suspects ?

— Non.

— Des théories ?

— Le chef ne nous a pas vraiment interrogés sur nos théories. On se réunit de temps en temps et on fait des suppositions. Les autres pensent que c'est probablement lié à une ancienne affaire, un criminel que Pryce a arrêté.

— Et alors ? insista Louis.

— Pryce n'a jamais été sur de grosses affaires. Juste des brouilles. Rien qui justifie qu'on l'abatte.

L'opératrice les interrompit pour une affaire de vandalisme. Jesse brancha le micro et répondit qu'ils s'y rendaient.

— Bon Dieu, ce que je peux en avoir ras le bol de ces conneries à la Mickey Mouse, dit-il en pénétrant dans une allée pour y faire un demi-tour.

Plusieurs rues plus loin, ils s'arrêtèrent devant un bâtiment colonial de deux étages. Une vieille femme se tenait devant, grelottant dans son chandail rose. Tandis qu'ils descendaient de voiture, elle leur montra du doigt un renne en plastique grandeur nature gisant dans la cour enneigée.

— Regardez ce qu'ils ont fait ! Non mais regardez ! bredouilla-t-elle.

Louis regarda le renne. Quelqu'un lui avait défoncé la tête et écrit dessus à la bombe : « Va te faire enculer. »

— Qu'est-ce que vous comptez faire ? demanda la femme d'un ton sec en s'emmitouflant plus encore dans son chandail.

Louis fronça légèrement les sourcils.

— Eh bien, madame…

— J'exige que vous fassiez quelque chose !

Il sortit son bloc-notes – n'importe quoi pour la faire taire.

Soudain, Jesse se mit à genoux et posa son oreille sur le torse du renne. Puis il posa ses deux mains sur sa poitrine et se mit à lui faire un massage cardiaque. Au bout de quelques secondes, il s'arrêta, poussa un profond soupir et baissa la tête.

— Je suis désolé, madame Jaspers, dit-il à voix basse, mais c'est fini.

Elle lui lança un regard furieux.

— Ce n'est pas drôle, agent Harrison.

Louis se retourna pour dissimuler son sourire.

Jesse se releva lentement et brossa son pantalon couvert de neige.

— Kincaid, y a-t-il un kit de viol dans la voiture ?

Mme Jaspers contracta ses bajoues et agita un doigt.

— Je vais vous dénoncer, jeune homme, même si ça ne sert à rien.

— C'était juste pour rigoler, Mme Jaspers, dit Jesse en sortant son bloc-notes.

— Ce renne appartient à ma famille depuis des années.

— Dans ce cas, peut-être l'assurance-vie prendra-t-elle en charge une partie des frais des obsèques.

Mme Jaspers croisa les bras et commença sa description des voyous. Jesse enleva le capuchon de son stylo avec les dents et se mit à écrire. Louis regarda la rue de haut en bas. En général, les gamins aimaient bien assister au résultat de leurs farces, et il soupçonnait les coupables de se cacher dans les environs. Mais son regard se porta sur la maison blanche qui faisait le coin.

C'était une jolie maison de deux étages, avec des volets verts et des plantations bien entretenues. Même la neige semblait la recouvrir différemment, avec une couche nette sur la corniche et la pelouse. C'était le genre de maison qu'on s'attend à voir dans la série *Happy Days*. À la différence près que celle-là était ceinte d'un ruban jaune de scène de crime.

— Jesse, tu n'as pas besoin de moi ?

— Non, dit Jesse en continuant de griffonner ce que lui racontait la femme. Où vas-tu ?

Louis traversa la rue et s'arrêta devant une boîte aux lettres noire. Sur le côté était inscrit : THOMAS ET STEPHANIE PRYCE. Il entendit Jesse arriver derrière lui.

— Qu'est-ce que tu fabriques ? demanda celui-ci.

— J'aimerais entrer, répondit Louis.

— Pour quoi faire ?

— Juste pour voir les lieux.

Jesse leva la tête vers la maison et haussa les épaules.

— Vas-y si tu veux. On a déjà regardé cent fois.

Louis avança péniblement sur le trottoir enneigé et monta dans la véranda. La porte verte en bois était intacte, mais un morceau de contreplaqué avait été cloué pour boucher le trou à l'endroit où s'était trouvée la vitre. Il y avait des traces noires le long de la porte et sur la balustrade de la véranda, aux endroits où on avait tenté de relever des empreintes.

Jesse remonta l'allée.

— Que s'est-il passé exactement ? demanda Louis.

— Pryce est descendu. Il se tenait derrière la porte quand on lui a tiré dessus à travers la vitre. Calibre 12. Il a été atteint à la poitrine. On a retrouvé son revolver par terre.

— Il l'avait sorti ?

— Il ne s'en est pas servi.

— Quelle heure était-il ?

— Environ 3 h 15.

— Vous avez quelque chose ?

— Une empreinte de grosse chaussure. Et le voisin d'à côté qui a entendu le coup de feu. Un autre voisin a cru voir quelqu'un dans la cour arrière.

— Pas de quoi pavoiser, murmura Louis en observant la porte.

Jesse poussa un soupir.

— Il y a autre chose.

Louis se tourna vers lui.

— On a trouvé une carte à côté du corps.

— Une carte de Noël ?

— Non, une carte comme pour jouer au poker. Il y avait un drôle de dessin derrière.

— Quoi ?

— Un crâne avec deux os, tu sais, comme sur les drapeaux de pirates ou les bouteilles de poison.

— Quelle carte ?

— Hein ?

— La carte… c'était un numéro ou une figure ?

— C'était un as.

— De quoi ?

Jesse se déplaça, mal à l'aise.

— De pique.

Louis le regarda un instant, puis se retourna.

— Tu penses que ça symbolisait quelque chose ?

— Je sais pas. Ça voulait peut-être dire quelque chose, mais peut-être pas.

— Tu es sûr que Pryce n'était pas sur une affaire quand il a été tué ?

Jesse se hérissa légèrement.

— On a fouillé ses affaires dans son bureau, mais on n'a trouvé qu'un banal cambriolage du chalet d'un touriste. En dehors de ça, j'ai aucun indice de ce que faisait Pryce.

Louis se retourna vers lui.

— Il ne te disait pas sur quoi il travaillait ?

Jesse se mit à tripoter une plante.

— Non, il était pas très bavard. Il ne parlait pas à grand monde de quoi que ce soit.

— Depuis combien de temps était-il au commissariat ?

— Environ trois ans.

— Trois ans dans un commissariat avec seulement neuf hommes et il ne parlait pas aux autres ? s'étonna Louis.

Jesse le regardait, mais Louis ne parvenait pas à voir ses yeux derrière ses lunettes.

— Ben non. Pryce n'était pas vraiment du genre « toujours prêt à faire la fête ».

— Qu'est-ce que tu veux dire par là ?

— Qu'il restait dans son coin. C'est tout ce que je veux dire.

Louis le regarda avec insistance.

— Et toi ? Tu l'aimais bien ?

Jesse haussa les épaules.

— Et le chef? Pryce s'entendait bien avec lui ?

— Ça, c'est à lui qu'il faut le demander.

Louis se détourna et regarda de nouveau la véranda.

— Où est-ce que vous avez trouvé les empreintes ?

Jesse monta les marches.

— Juste là, où le surplomb protège de la neige. Dans le jardin, on n'a rien trouvé car il neigeait énormément cette nuit-là.

— Tu as essayé de remonter la piste ?

— Oui. C'était une carte de la Warden. Une boîte qui fabrique des chaussures de travail bon marché. Y en a des milliers de vendues dans l'État.

Louis tendit la main vers la poignée de la porte, mais Jesse lui saisit le bras.

— C'est fermé. Bouge pas.

Jesse disparut derrière la maison. Quelques minutes plus tard, Louis entendit du bruit à l'intérieur et la porte s'ouvrit.

— Je suis passé par une fenêtre du sous-sol, dit Jesse.

Le vestibule au carrelage blanc était tendu de papier peint représentant des roses roses fanées et des feuilles vertes. Louis regarda l'escalier. Les quatre marches du bas, recouvertes de moquette rose pâle, étaient souillées de sang brun séché. Il y avait une tache marron de la taille d'une assiette sur la première marche.

Louis regarda à gauche dans le salon, vidé de ses meubles. De petites choses – des petits jouets en plastique, des peluches et des livres – étaient disséminées par terre.

— Ils sont partis à toute vitesse, dit Louis.

Jesse arriva derrière lui.

— Mme Pryce est rentrée à Flint le lendemain avec les enfants. Une semaine après, elle est revenue pour récupérer le corps.

Louis retourna dans le vestibule et commença à monter les marches, Jesse à la traîne derrière lui. Il s'arrêta à la porte d'une chambre bleue. Il y avait une bande de papier peint représentant des canards et quelques jouets par terre.

— Combien d'enfants avaient-ils ? demanda Louis.

— Deux. Dont l'un n'était encore qu'un bébé.

Louis continua de longer le couloir jusqu'à la chambre principale. Murs peints couleur menthe à l'eau. Il y avait des marques dans l'épaisse moquette, à l'endroit où devait se trouver le grand lit. Le sol était jonché de bouts de papier, de quelques perles provenant d'un collier cassé et de plusieurs magazines.

Louis gagna lentement le centre de la pièce. Il eut l'impression de sentir encore l'odeur d'après-rasage, d'entendre rire les enfants. Il ferma les yeux et imagina le bruit qu'avait produit le coup de feu à travers la vitre en bas. Il vit Stephanie Pryce s'asseoir brusquement dans son lit. Il se retourna et vit Jesse qui le regardait bizarrement.

— Tu prends ça très à cœur, hein, Kincaid ?

— Comment ça ?

— Je te regardais. On aurait dit que tu voyais tout dans ta tête.

— Parfois, ça aide d'essayer de ressentir les trucs, répondit-il.

Il vit quelque chose dans le placard et s'en approcha. Deux tenues de policier de Loon Lake y étaient suspendues, toujours dans leur housse en plastique de nettoyage à sec.

— Ça alors, elle les a laissées là, dit-il lentement.

Jesse arriva derrière lui.

— Il faut que je les récupère, dit-il. Le chef me l'a demandé il y a quinze jours.

Louis se poussa pour laisser Jesse prendre les tenues, puis il se retourna pour observer à nouveau la pièce vide. Il vit par terre une photo racornie et se pencha pour la ramasser. C'était celle d'un enfant en bas âge à la peau claire et aux boucles brunes tombant en cascade.

— C'est l'un de ses enfants ? demanda-t-il.

Jesse tourna la tête.

— Oui.

Louis examina la photo.

— Mme Pryce est blanche ?

— Oui.

— Y avez-vous vu un mobile possible ?

— Bien sûr. Elle a un ex-mari qu'on a trouvé bizarre, mais le chef n'était pas d'accord.

— Depuis combien de temps les Pryce étaient-ils mariés ?

— Sept ans.

— Ça fait long pour qu'un ex puisse ruminer quelque chose, dit Louis en glissant la photo dans la poche de son blouson.

Il alla jusqu'à la fenêtre et regarda dans la rue. De l'autre côté, une petite fille était dans son allée et y façonnait des anges de neige.

— Comment était Pryce ? demanda Louis.

Jesse souleva les tenues.

— Je te l'ai dit. Il faisait disons… bande à part et donc personne ne l'a vraiment connu. Il avait toujours l'air, je ne sais pas, moi… mal à l'aise avec nous. Il était toujours très… sérieux, enfermé dans son monde, une personnalité classique de type A.

Louis ne répondit pas et continua de regarder la fillette.

— Personnellement, j'ai toujours pensé qu'il ne se considérait pas comme faisant partie des nôtres parce qu'il était noir, dit Jesse.

— Et c'était vrai ? demanda Louis en se tournant vers lui.

— Bien sûr que non, pas de notre part.

Jesse regarda Louis dans les yeux, bien décidé à ne pas laisser transparaître son embarras.

— J'ai simplement toujours pensé qu'il avait juste besoin de se détendre un peu.

— Se détendre ?

— Enfin, bon Dieu, Kincaid, tu vois bien ce que je veux dire ! C'est pas parce qu'un type fait une plaisanterie sur la couleur de la peau ou autre que ça veut dire quelque chose. Mais Pryce ne voyait pas les choses comme ça. Il n'était pas capable de…

— Se détendre, ajouta Louis laconiquement.

Jesse poussa un soupir.

— Et merde, Kincaid. J'arriverai pas à te faire comprendre ça.

— D'accord. Tiens, une question qui va te faire gagner le gros lot. Quel genre de flic était-ce ?

Jesse réfléchit un moment.

— Courtois, même avec les nullards. Il était du genre à s'astiquer l'insigne, les boucles de ceinturon et probablement les couilles au Brasso.

Louis sourit un rien. Jesse sourit à son tour avec gratitude.

— Fichons le camp d'ici, dit-il. Le chef va me passer un savon s'il l'apprend.

Louis suivit Jesse au rez-de-chaussée et dehors dans la véranda. Il lui tint les tenues pendant que celui-ci refermait la porte à clé.

— Tu penses que le chef serait d'accord pour que je regarde le dossier de Pryce ? demanda Louis.

— Pour quoi faire ?

— Voir s'il n'y aurait pas de vieilles rancunes que quelqu'un aurait pu vouloir régler.

Jesse remit ses lunettes.

— On a déjà essayé, Kincaid. On a parlé à des criminels du coin, à des criminels à la retraite, à des malades mentaux, à des parents de Pryce. Bordel, on est même allés voir les Rambos au lac Orion.

— Les Rambos ?

— Tu sais, ces drôles de vétérans du Vietnam qui vivent dans les bois. Le chef s'est dit qu'ils avaient peut-être décidé de se mettre à dézinguer des flics. Crois-moi, on s'est cassé le cul. Et on n'a trouvé que dalle.

Il s'apprêta à descendre de la véranda.

— Jesse.

Celui-ci s'arrêta et se retourna.

— Je n'insinuais pas que vous n'aviez pas essayé.

— On aurait dit.

Louis souleva les tenues.

— Désolé.

Jesse se retourna et retraversa la rue en direction de la voiture de patrouille. Louis lui emboîta le pas. Il posa les tenues sur les sièges arrière et monta. Ils roulèrent en silence en prenant le chemin du retour vers Main Street.

Louis sortit la photo du fils de Pryce de sa poche.

Jesse remarqua qu'il l'examinait.

— Je n'arrête pas de penser à ces gosses, dit Jesse. Je n'arrête pas de penser à eux en espérant qu'ils n'ont pas descendu cet escalier.

— Oui, dit Louis.

Ils restèrent de nouveau silencieux. La radio se mit à grésiller et un appel adressé à une autre voiture fusa : un vieil homme était tombé sur la glace.

— Tu sais, reprit Jesse, il y a plus de flics tués en décembre que pendant n'importe quel autre mois.

Louis ne répondit pas. Ils reprirent Main Street et entrèrent dans le quartier des affaires.

— Hé! lança Jesse. Un peu plus, j'oubliais de te montrer l'endroit le plus important de Loon Lake. (Il effectua un demi-tour et s'arrêta le long du trottoir.) Le centre stratégique, dit Jesse avec un large sourire. Dotty's Blue Star Cafe. La plus grande réserve de gaz naturel de l'État.

Il saisit le micro.

— Florence, ici L-13. On s'arrête un petit moment pour casser la croûte.

Louis remit la photo du petit garçon de Thomas Pryce dans la poche de son blouson. Puis il se remémora son entretien d'embauche avec Gibralter et se demanda si l'intention de ce dernier était d'engager quelqu'un pour remplacer Pryce comme enquêteur. S'il avait été reçu dans cette optique, il aurait aimé que Gibralter le lui dise. Peut-être celui-ci n'avait-il fait que ça, et il ne s'en était pas rendu compte. Il n'avait jamais eu que deux patrons auparavant. Son premier chef à Ann Arbor était aussi facile à déchiffrer qu'un annuaire téléphonique. Mais son expérience avec le shérif de Black Pool lui avait appris que les impressions et, pire, les suppositions sur le caractère, pouvaient s'avérer totalement fausses. Ce Gibralter… qui était-il vraiment ? Un soldat ? Un érudit ? Un tyran ?

Il hocha la tête. Quel que fût Gibralter, il était clair que derrière cette façade guindée se cachait un esprit byzantin.

Une rencontre intellectuelle. Merde, peut-être était-ce effectivement pour cela qu'il avait été pris.

CHAPITRE 4

Louis s'attarda dans la véranda jusqu'à ce que la lune se cache derrière un nuage, puis il rentra à l'intérieur du chalet. Il resta un moment debout, à regarder sa valise posée sur le lit, puis il gagna la cuisine. Il prit une Heineken dans le réfrigérateur, la décapsula et en but une grande gorgée en examinant sa nouvelle maison.

L'endroit était un peu minable, mais pas si mal pour deux cents dollars par mois. Dès que l'agent immobilier avait ouvert la porte, Louis avait aimé. Le mobilier était fonctionnel, du genre trucs basiques des locations. Mais les planchers en bois, les lambris grossiers et les plafonds à poutres apparentes dégageaient un certain charme rustique. C'était la cheminée qui avait été décisive – un énorme truc en pierre couvert de suie et de toiles d'araignées. L'agent avait à peine quitté les lieux avec le bail signé que Louis était déjà dehors en train de ramasser du bois.

Quatre tentatives avaient été nécessaires, mais maintenant un feu y brûlait, éclairant les coins sombres et dissipant l'odeur de moisi sous celle du bois qui flambe. Louis regarda la peau de bête devant l'âtre. C'était une peau d'ours, d'un brun poussiéreux et trouée aux mites. Il l'avait trouvée roulée dans le placard. Elle sentait les chaussettes sales, mais il l'avait inondée de poudre pour les pieds qu'il gardait dans sa trousse de toilette et l'odeur s'était atténuée. Le taxidermiste avait donné à l'ours un sourire de fou et là, en regardant ses yeux perdus dans le vague, Louis se surprit à sourire.

Merde alors, il aimait vraiment cet endroit.

Il prit une lampée de bière. Puis il posa la bouteille et ressortit chercher du bois.

Tout était calme – pas de vent ni de bruits d'animaux. Il s'arrêta et regarda le lac gelé. La forte odeur de pin lui piqua les narines, lui rappelant un instant le Mississippi. Mais l'air était différent, plus pur, plus frais, comme si le simple fait d'en inhaler était bon pour la santé.

Il ramassa des bûches et repensa au portrait de Pryce dans le commissariat. L'ironie de la situation était presque trop étrange. Il avait à nouveau atterri dans une petite ville, cette fois pour remplacer un autre jeune flic. Un flic noir. Un flic noir qui portait des chemises taille trente-quatre et faisait briller son insigne en crachant dessus. Louis frissonna et retourna vers l'avant du chalet.

Il entendit un bruit de pas et s'arrêta. Se retourna et aperçut une forme près de la rive. Il s'efforça de voir à la lueur du clair de lune, mais ne parvint à discerner qu'une silhouette. C'était un joggeur, une fille. Elle était petite et mince et sa queue-de-cheval se balançait au rythme de sa foulée. Il l'observa jusqu'à ce qu'elle ait disparu parmi les pins, puis il rentra. Quel genre d'endroit était-ce donc pour qu'une fille se sente suffisamment en sécurité pour y faire son jogging toute seule le soir ?

Une fois à l'intérieur, il déposa les bûches dans le foyer. Il cambra le dos, son regard se posant sur la photo du fils Pryce posée sur le manteau de la cheminée.

Une rencontre intellectuelle… En tout cas, à en croire ce qu'avait dit Jesse, Gibralter n'était pas satisfait de la façon dont l'enquête avait été menée jusqu'alors. Peut-être apprécierait-il un nouveau point de vue. Après tout, qu'avait-il à perdre ? Il voulait enquêter sur l'affaire et il n'y avait qu'un moyen pour y arriver : aller carrément le lui demander.

Il jeta un coup d'œil à sa montre. Neuf heures passées. Jesse avait dit que Gibralter restait tard au commissariat. Il prit ses clés et son blouson « Université du Michigan », et sortit.

***

L'opératrice n'était pas à son poste quand il arriva au commissariat. Un mug de café fumant, un livre de poche et un sac de biscuits de la marque Pepperidge Farm Milano lui apprirent qu'Edna venait de l'abandonner un instant.

Il se dirigea vers la porte du bureau de Gibralter, frappa au carreau et passa la tête à l'intérieur. Le chef leva aussitôt les yeux.

Louis entra.

— Bonsoir, chef, je…

Le chef referma violemment un tiroir.

— Seriez-vous déficient mental, Kincaid ?

Louis se figea.

— Pardon ?

— Pourquoi n'avez-vous pas frappé ? Je vous ai bien dit quand je vous ai engagé de ne jamais entrer sans frapper.

Louis se retourna vers la porte.

— C'est ce que j'ai fait, chef.

— Dans la bonne société, les gens attendent la permission d'entrer.

— Toutes mes excuses, chef.

Gibralter le regarda d'un air furieux, mais sa colère disparut aussi vite qu'elle était venue.

— Je ne donne généralement pas de deuxième chance, mais je ne vous suspendrai pas.

— Merci, chef.

Gibralter alluma une cigarette et souffla un nuage de fumée bleue qui sembla envahir toute la pièce. Louis se retint de tousser, craignant que cela paraisse intentionnel.

— Vous n'êtes pas en tenue, constata Gibralter.

La chemise et le pantalon de ce dernier étaient aussi impeccables que le matin. Louis se demanda brièvement s'il arrivait à cet homme de transpirer, de péter ou de se laisser aller à toute autre fonction corporelle naturelle à l'être humain.

— Désolé, chef, dit-il. Cela ne se reproduira plus.

Gibralter s'assit derrière son bureau dans son grand fauteuil pivotant.

— Alors, qu'est-ce que vous voulez ?

Zut, il avait oublié le beau petit discours qu'il avait préparé en route.

— Eh bien, chef, commença-t-il, ce soir je réfléchissais et…

— Vous réfléchissiez ?

— Oui, chef, et…

— « Pour celui dont la pensée élastique et vigoureuse marche de pair avec le soleil, le jour est un éternel matin », dit Gibralter en souriant. Thoreau. Vous avez lu Thoreau ?

Louis se déplaça légèrement et joignit les mains derrière son dos.

— Oui, à la faculté.

— Un homme intéressant, vous ne trouvez pas ?

Louis tenta de se rappeler quelque chose de son cours de philosophie qui l'avait marqué. Ça datait de sa dernière année, ce cours lui faisant bénéficier des trois unités de valeur décisives dont il avait besoin pour son diplôme ; il y avait passé son temps à dormir.

— En fait, chef, je pense que sa philosophie est admirable.

Gibralter haussa un sourcil.

— Ah ? Vous êtes donc un transcendantaliste, c'est ça ?

Une bribe de cours oublié lui revint vaguement en mémoire.

— Thoreau croyait en la bonté naturelle de l'homme. Et à la puissance de l'individu. Je crois aussi en ces choses-là, chef.

— Je n'en doute pas, répondit Gibralter en se penchant pour éteindre sa cigarette. « Rien n'est plus sacré que l'intégrité de l'esprit. » Mais ça, c'est Emerson, n'est-ce pas ?

Louis sépara ses mains, se rendant soudain compte qu'il avait l'air d'être au garde-à-vous.

— Eh bien, personnellement, je n'admire pas beaucoup la philosophie de Thoreau, ajouta Gibralter.

Merde. C'en était fini de la rencontre intellectuelle.

— La croyance que l'intuition est plus forte que la logique et la raison ? L'idée que l'homme doit tourner le dos à l'autorité et à l'ordre établi ? (Gibralter hocha la tête, souriant à nouveau.) Il s'est enfui pour vivre dans les bois, mais il n'a jamais ne serait-ce que posé un piège ou tenu une arme.

Louis baissa les yeux sur la moquette rouge. Comment diable allait-il s'y prendre pour faire dévier la conversation et lui demander de s'occuper de l'affaire Pryce ?

— J'ai appris que vous étiez passé chez Pryce aujourd'hui ? dit Gibralter.

Louis releva la tête.

— Oui, et c'est tragique. Jesse m'a dit…

— C'est plus que tragique. C'est monstrueux. Personne ne peut tuer ainsi mes hommes et disparaître.

Il sortit un paquet de Camel neuf d'un tiroir. Il en défit lentement l'emballage et le tendit à Louis.

— Je ne fume pas, dit celui-ci.

Gibralter en sortit une, l'alluma et se cala dans son fauteuil.

— Vous êtes venu me demander l'affaire Pryce, n'est-ce pas ? dit-il en regardant Louis à travers la fumée.

— Oui, chef.

— Pourquoi ?

— La maison, la scène de crime m'ont bouleversé. (Il mit sa main dans sa poche.) Et j'ai trouvé cette photo…

— Montrez.

Louis la lui donna. Gibralter y jeta un coup d'œil avant de la poser sur le bureau.

— Dans ce travail, les émotions peuvent constituer une entrave, dit-il.

— Elles peuvent aussi engendrer de puissantes motivations, lui objecta Louis.

— Qu'avez-vous ressenti en la voyant? lui demanda Gibralter en désignant la photo d'un signe de tête.

— De la colère.

— Quoi d'autre?

Louis hésita.

— De la frustration.

— Quoi d'autre?

Il regarda Gibralter.

Celui-ci tira lentement sur sa cigarette. Louis en regarda le bout rougeoyer et grésiller.

— Alors, dit Gibralter, qu'est-ce qui vous fait penser que vous pouvez faire avancer cette affaire alors qu'aucun de mes hommes n'a été capable de trouver quoi que ce soit?

Il faisait très chaud dans le bureau. Louis sentit un filet de sueur lui couler sur le front. Merde, il ne voulait pas que ce type le voie transpirer.

— Chef, dit-il, je ne cherche à remettre en cause les compétences de personne ici, et encore moins les vôtres. Mais j'ai appris que l'affaire est toujours au point mort et que vous ne l'avez confiée à personne en partic…

— Arrêtez votre baratin, Kincaid. Pourquoi voulez-vous cette affaire?

Louis s'humecta les lèvres.

— Je veux que ce type soit arrêté.

Gibralter le considéra soigneusement, puis sourit.

— Et vous ne vous voyez pas répondre aux appels pour chiens égarés et chutes de vieillards tout le reste de votre carrière. (Louis ressentit un léger accès de colère.) C'est très bien ainsi, Kincaid, l'ambition est une qualité. J'aimerais bien que tous mes hommes en aient. (Il demeura un moment silencieux.) Dites-moi une chose, Kincaid. Pensez-vous qu'un diplôme universitaire constitue un plus ou au contraire un handicap pour un officier de police?

Qu'allait-il bien pouvoir répondre à ça? Il tourna les yeux vers le mur où se trouvaient tous les certificats sous verre. Aucun diplôme de Stanford joliment encadré parmi tous ces trucs de police.

— Je pense que ça peut rendre méfiantes certaines personnes.

— Méfiantes? Pourquoi ça?

— Je parle des autres flics, chef. Ils peuvent y voir quelque chose de... pas indispensable, compte tenu des exigences quotidiennes du travail.

— Posséder un esprit lucide ne serait pas indispensable?

— Ce n'est pas ce que j'ai voulu dire, chef. Ce que je voulais dire...

— Je sais ce que vous vouliez dire, l'interrompit Gibralter en levant la main.

Louis attendit en espérant qu'il n'aille pas lui demander pourquoi il avait décidé de devenir flic. Parfois, il ne le savait pas vraiment lui-même. Lorsque sa mère adoptive lui avait posé la question, juste avant qu'il rentre à l'école de police, il s'était défilé avec une blague sur les filles qui aiment bien les hommes en uniforme. Mais qu'est-ce qui avait réellement motivé sa décision? La gentillesse du flic qui avait ranimé le bébé des Patterson après que ce dernier était tombé dans la piscine des voisins? Ou bien la méchanceté de celui qui avait matraqué son camarade de chambre après avoir découvert de l'herbe dans sa voiture?

C'était quelque chose de plus viscéral. Images tremblantes du téléviseur Zenith. La fumée noire, des visages noirs. Des feux orangés, des tenues bleues. Son cerveau d'enfant de huit ans avait-il intégré les émeutes qui avaient lieu dans le centre de Detroit à tant de kilomètres de là? Probablement pas. Mais quelque chose lié à ces tenues lui était resté.

Louis regarda de nouveau Gibralter. Un téléphone sonna à l'extérieur et il entendit Edna répondre de sa voix nasillarde. La pendule murale égrainait les secondes. Une petite branche tapait contre la fenêtre. Un silence s'éternisait, embarrassant. Louis se concentra sur la fenêtre, regardant une goutte d'eau former peu à peu un dessin dans la condensation.

— Je veux qu'on attrape cette ordure, dit lentement Gibralter.

Louis le regarda.

— Je veux qu'on l'arrête, qu'on le mette derrière les barreaux. Cet État ne pratique pas la peine capitale, mais j'aimerais le voir sanglé sur la chaise, l'entendre crier et le voir chier dans son froc quand sa tête fumerait et que ses tripes seraient en train de frire. (Il regarda Louis.) Je voudrais qu'il meure pour avoir tué un de mes hommes.

Louis se sentit happé par la puissance de son regard glacial. Finalement, Gibralter cligna des yeux et se détourna.

— Je vous confie l'affaire, dit-il.

Louis hocha la tête.

— Je ferai tout mon possible.

Gibralter se leva lentement.

— Vous êtes encore inexpérimenté, Kincaid. Deux ans de service en tout et pour tout. Et je ne veux pas que vous négligiez vos tâches quotidiennes. Vous ferez vos heures de patrouille, comme tout le monde.

L'expression de Gibralter avait légèrement changé. Ses yeux bleus brûlaient comme des flammes, mais ses traits s'étaient relâchés autour de sa bouche, exprimant presque une certaine lassitude.

— Quand un flic meurt, nous mourons tous, dit-il.

Louis acquiesça d'un signe de tête, sentant que Gibralter ne souhaitait pas de réponse.

Ce dernier ouvrit un tiroir et en sortit un sachet en plastique fermé hermétiquement par une large bande orange propre aux preuves matérielles.

— Vous aurez besoin de ça, dit-il.

Il prit aussi la photo du petit garçon et lui tendit les deux objets.

— Vous pouvez disposer, Kincaid, dit-il avant de se retourner et de regarder par la fenêtre sombre.

Louis glissa la photo et le sachet dans sa veste et se dirigea vers la porte.

— Kincaid.

Il se retourna. Gibralter était toujours face à la fenêtre.

— Ce que vous avez ressenti en voyant cette photo, dit-il. C'était de la peur.

Louis marqua une pause, la main sur la poignée de la porte.

— « Tant qu'un homme n'a pas découvert quelque chose pour lequel il serait prêt à mourir, il n'est pas à même de vivre », dit-il. Martin Luther King.

Gibralter se retourna, hocha lentement la tête et se retourna de nouveau vers la fenêtre.

Louis sortit et referma doucement la porte derrière lui.

CHAPITRE 5

Être assis au bureau de Thomas Pryce avait quelque chose de sinistre. Le vinyle marron usé de la chaise était encore moulé par les formes de son corps. Les tiroirs du bureau qu'il avait partagé avec Ollie Wickshaw étaient encore pleins de petites choses qui n'avaient de sens que pour lui : des trombones tordus en forme de carrés ou de triangles, un stick à lèvres, des spatules rongées provenant d'innombrables gobelets de café et plusieurs demi-rouleaux de pastilles Tums.

Louis tira un stylo du porte-crayon en plastique et se mit à en mâchouiller le bout en regardant l'as de pique dans le sachet en plastique. Il avait déjà été examiné attentivement par les experts pour les empreintes digitales. Aucune ne s'était avérée utile.

Il retourna la carte. De la marque Bee, avec son habituel motif bleu foncé et blanc et son insecte à l'air légèrement éméché. Elle provenait d'un étui produit en masse par la US Playing Card Company de Cincinnati et vendu partout. C'étaient les marques noires qu'il y avait dessus qui la singularisaient. Le labo avait établi que l'encre ne provenait pas d'un stylo-feutre ordinaire ; celui qui s'en était servi avait utilisé un marqueur pour le linge. Louis se demanda si utiliser un feutre indélébile plutôt qu'un autre qui aurait bavé facilement avait été un choix intentionnel. Il étudia l'étrange gribouillage noir. Il semblait avoir été fait à la hâte, un peu comme un graffiti. Il y avait une tête de mort mal dessinée et ses deux os en travers avec écrit en dessous : *1 2 3.*

Louis consulta sa montre. Il était là depuis 6 heures, incapable de dormir une fois que son esprit avait commencé à carburer sur l'enquête. Il était maintenant près de 7 h 30, le briefing était dans une demi-heure et il allait devoir laisser l'affaire Pryce de côté pour la journée.

La porte s'ouvrit et Dale entra. Ses cheveux blonds étaient parsemés de neige et son visage juvénile écarlate à cause du froid. Il se tortilla pour enlever son manteau, gagna la cheminée et se baissa pour ajouter des bûches dans le foyer.

— Bonjour, lança-t-il gaiement.

— 'jour Dale, répondit Louis.

Il sentit son regard posé sur lui et leva la tête. Dale avait les yeux rivés sur le sachet.

— Qu'est-ce que tu fabriques avec ça ? demanda-t-il.

— Le chef me l'a confié hier soir, répondit Louis en remarquant aussitôt un air légèrement dépité sur le visage de Dale. Y a un problème ?

Dale cligna rapidement des yeux à plusieurs reprises.

— Non, c'est juste que je ne savais pas qu'il l'avait.

— Quoi donc ? La carte ?

Dale fit oui de la tête.

— C'est que, tu vois, je suis responsable du local des scellés.

Il fit cliqueter l'anneau à sa ceinture.

— Le chef et moi-même sommes les seuls à détenir les clés. (Louis hocha la tête.) Je ne suis pas en train de dire que tu ne peux pas y entrer, poursuivit-il en ayant l'air de s'excuser. C'est juste que c'est moi qui tiens les choses en ordre ici, et que si on ne me signale pas les entrées et les sorties, tout s'égare.

Louis hocha de nouveau la tête.

— Je m'en souviendrai.

— Je suis une sorte d'assistant administratif. Le chef ne l'a jamais fait reconnaître officiellement par le conseil municipal, et donc en théorie, je suis agent, sauf que je ne fais pas les patrouilles.

Louis leva de nouveau la tête vers lui ; le gamin semblait ressentir le besoin de se justifier.

— Tu sais, n'importe quel bureau bien dirigé a besoin d'un administrateur, dit Louis.

Dale sourit.

— Tu rigoles. Tu aurais dû voir cet endroit avant que je prenne les choses en main. Maintenant je fais tout : je fais marcher l'ordinateur pour les débiles trop feignants pour apprendre, je prépare le café et je m'occupe de tout le classement. À ce propos, Louis… si tu as besoin de quelque chose aux archives, demande-moi, d'accord ? Vous me chamboulez vraiment toute mon organisation. Sans vouloir te vexer.

— Y a pas de mal.

Louis se remit à examiner la carte en espérant que Dale en avait fini. Pas de chance.

— C'est que le chef aime bien que ce soit organisé, tu vois ? poursuivit-il.

— J'en ai l'impression.

— Au fait… il veut que tous les rapports soient tapés. Il te l'a dit ?

— Non, dit Louis. Merci de m'avoir prévenu.

— Même ton compte rendu journalier doit être tapé, si tu as le temps. Tu sais taper, non ?

— Oui, assez bien.

— Évidemment, ça ne s'applique pas à Jess, ajouta Dale avec un sourire ironique. Jess sait à peine écrire, alors taper, n'en parlons pas. Mais il faut dire que Jess échappe à une grande partie du règlement.

Évidemment, chaque commissariat a son chouchou, se dit Louis. À son grand soulagement, Dale s'affaira derrière l'ordinateur, lui permettant ainsi de reporter son attention sur la carte à jouer. Le bureau fut plongé dans le silence, rompu seulement de temps à autre par le crépitement du feu. Dale alluma la radio et la régla sur une station de variétés sirupeuses d'Alpena. Il se mit à fredonner en même temps que Perry Como donnait sa version du *Yesterday* des Beatles. Louis réprima un soupir, mais ne dit rien.

— Hé, Dale ?

— Oui ?

— Où sont les autres preuves matérielles de l'affaire Pryce ?

— Il n'y a pas grand-chose, en fait.

— J'aimerais quand même les voir. Ainsi que le dossier de l'enquête.

Dale se rendit dans le local, signa le registre, ouvrit le cadenas et passa de l'autre côté du grillage. Il en ressortit avec un autre sachet en plastique entouré d'une bande orange et une chemise en papier kraft. Il les passa à Louis et retourna nettoyer son ordinateur au Windex.

Le sachet contenait une photo de l'empreinte de grosse chaussure. Rien de particulier. Louis se rabattit sur le rapport et le parcourut. Il s'arrêta sur une deuxième photo. Elle montrait le corps de Pryce gisant sur les premières marches de l'escalier de son entrée. Louis examina le cliché macabre, avec la date de la prise de vue et les initiales du photographe, un ironique « O.W.[1] ». Il remit la photo dans la chemise et s'intéressa aux dépositions des témoins.

La première était celle du voisin de Pryce, Leonard Moss, qui avait entendu les coups de feu et appelé la police. La deuxième était celle d'un homme répondant au nom de Moe Cohick, qui vivait dans la maison juste derrière chez lui. Il déclarait avoir remarqué à trois heures quinze du matin une vague silhouette traversant son jardin en courant. Louis regarda la dernière déposition de témoin. C'était celle de Stephanie Pryce. Elle était manuscrite, d'une écriture grosse et très penchée qu'il eut du mal à déchiffrer.

Déposition de Stephanie Pryce
Faite à Jesse R. Harrison
1er décembre 1984
Quatre heures vingt-deux

Stephanie Pryce déclare s'être réveillée quand le coup est parti. Mme Pryce déclare que c'était très fort. Mme Pryce déclare : « Tom n'était pas couché. Il n'y a pas de téléphone dans la chambre. »

1. « Aïe ! » en anglais.

Mme Pryce déclare qu'elle s'est assise dans le lit environ une minute, puis est allée à la porte. Ne voyant personne dans le couloir, elle s'est dirigée vers la chambre des enfants. Ils pleuraient, alors Mme Pryce les a ramenés avec elle dans sa chambre. Mme Pryce déclare qu'elle était trop effrayée pour en bouger pendant plusieurs minutes, et a appelé son mari. Elle n'a pas obtenu de réponse. Mme Pryce déclare être retournée dans le couloir et avoir vu que la lumière de l'entrée était allumée. Elle déclare avoir senti un courant d'air frais. Elle déclare avoir pensé que Thomas Pryce était peut-être dehors. Elle déclare s'être dirigée vers le haut de l'escalier et avoir vu Thomas Pryce étendu en bas des marches. Mme Pryce déclare avoir voulu appeler la police sans y parvenir. Mme Pryce déclare qu'elle ne pouvait pas avoir accès à un téléphone car elle aurait dû enjamber le corps de son époux.

Fin du rapport.

Jesse avait apposé au bas de la page une signature gigantesque et vigoureusement soulignée par deux fois. Louis referma le dossier.

— Dale, est-il arrivé à Pryce de te parler de ce sur quoi il travaillait au cours de ses dernières semaines ?

Dale leva la tête et fit signe que non.

— Il ne parlait jamais de son travail. Je lui offrais de l'aider, tu sais, en faisant du classement, en marquant les preuves matérielles, mais il disait toujours non.

— Et son bloc-notes ?

Tous les flics avaient un petit bloc-notes à spirales, et Louis n'avait rien trouvé dans le tiroir de Pryce.

— Je sais pas. C'est peut-être le chef qui l'a, répondit Dale en regardant la pendule. Oh là, il est presque 8 heures. C'est l'heure de faire du café.

— C'est fait.

Dale alla jusqu'à la machine à café, regarda les sachets de sucre froissés posés sur le comptoir, puis Louis.

— Tu prends trois sucres avec ton café ?

— Oui, pourquoi ?

— Comme ça.

Louis regarda Dale en train d'essuyer le comptoir.

— Quoi ? Pryce en prenait trois lui aussi ?

— C'est sans importance, Louis. Ollie dit que ça a quelque chose à voir avec le karma qui essaye de se corriger ou quelque chose comme ça.

— Bon, d'accord, marmonna Louis.

Il reporta son regard sur son bureau et le dossier Pryce, mais ce fut le sous-main qui attira son attention. Il ne l'avait pas remarqué plus tôt, mais il était couvert de griffonnages. Il se demanda s'ils avaient été faits par Pryce ou par Ollie qui partageait son bureau en poste de nuit. Les griffonnages étaient serrés, tarabiscotés, appuyés. Ils s'étalaient sur le sous-main, avec des motifs de cachemire et d'amibes entourant des chiffres et des mots. Il chercha les chiffres 1 2 3. Rien.

La porte s'ouvrit en grand, laissant pénétrer un tourbillon de flocons de neige ainsi que Jesse emmitouflé dans une parka à capuche. Jesse baissa cette dernière et ôta sa parka en traversant le bureau. Il s'arrêta devant la glace et se recoiffa avec ses doigts.

— Ce temps pourri vous gâche une belle coupe, dit-il en se dirigeant vers la machine à café.

Il se versa une tasse et approcha derrière Louis toujours en train d'examiner le sous-main de Pryce.

— Qu'est-ce que tu fais ?

— Ces griffonnages… sais-tu si c'est Pryce ou Ollie qui les a faits ?

— C'est Pryce. Ollie était constamment en train de rouspéter à cause de ça.

Jesse prit une gorgée de café.

— Les griffonnages en disent beaucoup sur les gens, tu sais ?

— Comme quoi ?

— Ceux-là révèlent son avidité.

Louis se retourna pour le regarder.

— Quoi, tu fais dans la graphologie ?

— J'ai lu un livre une fois. (Il lui montra un motif de cachemire.) Tiens, regarde comme il essaye d'enfermer les chiffres avec ces formes ondulées. En faisant ça, il essayait d'organiser ses pensées. Ce mec faisait de la rétention mentale.

Louis hocha la tête et eut un grand sourire dubitatif.

Jesse reconnut le dossier Pryce.

— Qu'est-ce que tu fais avec ça ?

— Le chef m'a confié l'affaire.

Jesse ne dit plus rien. Louis sentit un froid. Jesse commença de s'éloigner, puis se retourna.

— Désolé, j'avais pas remarqué que t'avais de la merde sur le nez. Ça se confond avec ta peau.

— Quoi ? s'exclama Louis en levant brusquement la tête.

Mais Jesse avait déjà disparu dans le vestiaire. Louis entendit la porte claquer.

— Il ne le pensait pas, dit Dale derrière son bureau. Ses paroles dépassent sa pensée quand il est en colère. Ça fait des semaines qu'il est furieux. Le chef et lui sont plutôt proches et je pense que Jesse est furibond qu'il ne l'ait pas laissé travailler sur l'affaire.

Louis sentit la chaleur lui monter aux joues, ce qui était le signe d'une colère sourde. Merde, il n'allait pas laisser passer ça. Il se leva et se dirigea vers le vestiaire. Il y avait deux autres policiers à l'intérieur, tous deux regardant Jesse par-dessus leur épaule. Ce dernier claqua la porte de son casier, le bruit résonnant fortement à travers la pièce carrelée.

Louis attendit que les autres soient partis. Il s'adossa au mur du fond et regarda Jesse tirer sur sa tenue.

— Bon, dit-il, alors c'est quoi, ton problème ?

Jesse le regarda furtivement.

— Un problème ? Quel problème ?

Louis soupira.

— Allez, finissons-en.

— Avec quoi ?

— Avec les saloperies racistes, dit posément Louis.

Jesse eut un rire nerveux.

— Je parle sérieusement, Harrison, dit Louis. J'ai supporté ces conneries dans le Mississippi. Je ne vais pas les tolérer ici. Tu as compris ?

Jesse boucla sa ceinture.

— Je te l'ai déjà dit, mon pote. Ici, personne n'est comme ça.

Louis s'avança.

— Ah vraiment ? Alors ta petite réflexion de tout à l'heure n'était qu'un test ? Tu veux savoir si je peux me « détendre » comme Pryce ?

Jesse garda le silence. Louis attendit et le regarda arranger son badge de service. Jesse laissa tomber l'attache, arracha la barrette de sa chemise et regarda Louis.

— D'accord. Je te fais mes excuses, dit-il. Ça m'a échappé.

— Un lapsus freudien ? dit Louis d'un ton sec.

— Arrête un peu, tu veux, Kincaid. C'est quand même pas comme si je t'avais traité de nègre ou un truc du genre.

— En fait, si. C'est exactement comme si tu m'avais traité de nègre ou un truc du genre. Tu n'as pas idée du nombre de gens à qui échappe ce genre de nuances subtiles.

Jesse regarda ailleurs en tentant à nouveau de forcer le fermoir de son insigne sous sa chemise. Il était tout rouge – de colère ou de gêne, Louis n'aurait su dire.

— Écoute, reprit Jesse, j'ai la sale habitude de dire des choses blessantes aux gens. Ça n'était pas sérieux.

— Bon.

— Lâche-moi un peu, Kincaid. Les seuls Noirs dans cette ville sont les quelques femmes de chambre de l'hôtel et le vieil Elton à la boutique de matériel de pêche. Je n'avais jamais travaillé avec un Noir jusqu'à l'arrivée de Pryce.

Il laissa à nouveau tomber l'attache et se pencha pour la ramasser. Il n'arrivait toujours pas à la remettre au dos du badge.

— Bordel, mon propre père appelait les Noirs des piliers de véranda.

Louis regarda Jesse, mais celui-ci garda les yeux baissés.

— Je suis désolé, vieux, répéta-t-il en regardant enfin Louis. D'accord ?

Louis hésita, puis hocha la tête.

— D'accord.

Jesse épingla son dernier badge et alla devant la glace la plus proche.

— Écoute, commença Louis, à propos de l'affaire Pryce… Je n'essaie pas de rabaisser qui que ce soit. Je pense que le chef a dû se dire que j'apporterais peut-être un regard neuf. (Il attendit un instant.) Tu pourrais être utile, tu sais ?

Jesse poussa un grognement.

— C'est pas ce que pense le chef. Des fois, j'ai l'impression qu'il me prend pour un con. Eh bien, non, je ne suis pas con. Je n'ai peut-être pas de diplôme et je ne sais pas jouer aux échecs ni débiter des citations et tout le bordel, mais je ne suis pas con.

Louis décida d'en rester là. Il ne voulait pas se mêler de la relation de Jesse avec le chef, quelle qu'elle fût.

— Jess, reprit-il. J'ai besoin de quelqu'un qui connaisse la ville, les gens. J'ai besoin de ton aide.

Jesse se tourna vers lui et l'observa.

— Très bien, dit-il, qu'est-ce que tu veux savoir ?

— Pour commencer, j'ai besoin d'en savoir plus sur Pryce. Penses-tu qu'il aurait pu, pour une raison x ou y, se garder pour lui le dossier d'une de ses affaires ?

Jesse marqua une pause et fronça les sourcils.

— Ben, peut-être. Pryce détestait qu'on s'intéresse à ses affaires. Ça, c'est sûr.

— Ça doit concerner un ancien délinquant.

— Je te l'ai dit, on a regardé. On a passé toutes ses archives au peigne fin.

— Est-ce que vous avez demandé à Mme Pryce s'il conservait certains dossiers chez lui ?

Le visage de Jesse s'empourpra légèrement.

— Non. On n'a pas le droit de sortir les dossiers d'ici.

Louis s'appuya contre le casier et croisa les bras en regardant Jesse.

— Tu penses que Pryce a pu emporter des trucs chez lui ? demanda ce dernier.

— C'est possible, compte tenu de ce que tu m'as dit sur lui.

Jesse poussa un profond soupir.

— Va donc sans doute falloir qu'on aille à Flint.

— Je conduirai, dit Louis.

— Pas question.

Ils sortirent du vestiaire. Jesse s'arrêta, se planta devant Louis et tapota ses badges.

— C'est droit ?

— Super droit, dit Louis.

***

À la fin de leur service, ils parcoururent les trois heures de route jusqu'à Flint. Stephanie Pryce était retournée chez sa mère qui habitait une maison simple couverte de bardeaux et située à la périphérie de la ville. Lorsque Jesse entra dans l'allée avec la voiture de patrouille, la porte d'entrée s'ouvrit et une femme sortit. Elle s'essuya les mains sur son tablier en voyant les deux policiers descendre de voiture. Louis se dit que ce devait être la mère. Un petit garçon sortit en trombe derrière elle et lui enlaça les jambes de ses bras potelés. Louis reconnut l'enfant de la photo. Il mit sa casquette et se dirigea vers la porte, suivi de Jesse.

— Madame Reanardo ? demanda Louis en espérant avoir prononcé son nom correctement.

La femme fit oui de la tête.

— Messieurs. Vous avez fait vite. Stephanie est dans la cuisine. Entrez.

La maison était bien chaude et il y régnait une odeur de biscuits aux pépites de chocolat. Le bambin décampa dans la cuisine et Mme Reanardo leur fit signe de s'asseoir. Les deux hommes refusèrent poliment et elle disparut alors à son tour dans la cuisine.

Louis regarda Jesse, puis se dirigea nonchalamment vers la bibliothèque. Son attention se porta sur un cadre qui renfermait l'insigne de Pryce sur un fond de velours bleu. Il y avait également une plaque avec une citation de Winston Churchill : « Le seul guide de l'homme est sa conscience ; le seul bouclier de sa mémoire est la droiture et la sincérité de ses actes. Avec ce bouclier, quel que soit son destin, on défile toujours dans les rangs d'honneur. »

Jesse vit qu'il le regardait.

— C'est le chef qui a donné ça à Mme Pryce aux obsèques, dit-il.

À côté de l'insigne encadré se trouvait un quartz couleur lavande disposé sur un support. Louis le prit et le fit tourner entre ses mains.

— Je suis désolée, je…, dit une voix.

Louis se retourna, le quartz toujours dans la main. Stephanie Pryce le regardait bizarrement en se tenant la gorge. L'expression de son visage était tellement étrange qu'il ne put parler tout de suite.

Jesse parla pour lui.

— Mme Pryce, je suis l'agent Harrison. Je vous présente Louis Kincaid, mon coéquipier.

Il fit un pas en avant, elle lui tendit la main.

— Quelque chose ne va pas ? demanda Louis.

Elle hocha la tête.

— Non. C'est juste… juste la tenue. De dos…

Louis soupira avec l'intention de s'excuser, mais… de quoi ?

Le regard de la femme se posa sur le quartz qu'il tenait.

— Oh pardon, dit-il en le lui tendant.

Elle hésita, puis elle le prit et le remit avec précaution sur son support. Elle se dirigea ensuite vers le canapé et s'assit. Louis se dit que dans d'autres circonstances, elle devait être assez jolie. Mais ce jour-là, elle portait une chemise trop grande qui avait dû appartenir à son mari. Ses cheveux blond paille étaient attachés en queue-de-cheval un peu n'importe comment, et elle avait des cernes noirs sous ses yeux bleus. Elle se mit à se mordiller des ongles déjà bien entamés.

— Vous avez fait beaucoup de route pour me voir, dit-elle d'une voix éteinte. Qu'est-ce que vous voulez ?

— Vous sentez-vous capable de parler de votre mari avec nous, madame ? demanda Louis.

— Je ne vois pas ce que je pourrais vous dire, répondit-elle en se passant une main dans les cheveux. Mais asseyez-vous, je vous en prie.

Louis attendit que la mère de Stephanie ait apporté le café. Puis il se racla la gorge et s'avança au bord du canapé.

— Madame Pryce, nous recherchons certains dossiers, commença-t-il. Arrivait-il à votre mari de rapporter du travail à la maison ?

— Quelquefois.

Louis regarda furtivement Jesse.

— Vous a-t-il jamais parlé précisément d'un dossier sur lequel il travaillait ?

Elle fit non de la tête.

— Il ne me parlait pas de ce qui se passait au travail.

— Vous rappelez-vous avoir déjà vu des dossiers comme celui-ci chez vous ?

Louis lui montra la chemise en carton avec un numéro imprimé dessus.

Elle le regarda, puis fit non de la tête. Louis tendit la chemise à Jesse. Il ne savait plus trop quoi dire ; il avait compté sur le fait que Stephanie Pryce lui remette tout simplement une pile de dossiers. Il regarda Jesse, qui paraissait tout aussi perplexe. Il pensa soudain aux morceaux de papier dans le bureau de Pryce et au commentaire de Jesse sur ses griffonnages.

— Madame Pryce, finit-il par dire, votre mari était-il du genre à conserver les choses… les papiers, les documents… tout ça ?

Elle hocha la tête en souriant légèrement.

— Il gardait tout. Il avait un cerveau qui fonctionnait en permanence, vous voyez ? Il prenait constamment des notes pour lui-même, il en remplissait les tiroirs et ses poches, et les oubliait ensuite. J'avais mis des petits paniers un peu partout dans la maison pour tenter de l'amener à ranger ses trucs dedans. Ça n'a pas vraiment marché.

Formidable, pensa Louis. Si des dossiers avaient disparu, ils se trouvaient peut-être à l'heure qu'il était à la décharge publique du comté.

— De quoi s'agit-il ? demanda-t-elle, son visage s'assombrissant.

— Certains dossiers des affaires dont s'est occupé votre mari ont peut-être disparu, répondit Louis. Nous espérions qu'il les avait peut-être rapportés chez lui.

— Avait-il un endroit à lui, vous savez... comme un tiroir personnel ou un placard ? demanda Jesse.

— Eh bien, il avait bien un petit meuble de rangement, mais je ne crois pas qu'il s'en servait pour le travail.

Comme elle ne proposait pas de le leur montrer, Louis comprit ce qu'il lui restait à faire.

— Pourrait-on le voir ?

Elle soupira. Sa mère rôdant dans les parages, elle leva la tête vers elle, puis regarda par la fenêtre.

— Qu'est-ce que ça changera à présent ? murmura-t-elle.

Louis savait ce qu'elle pensait : *Qu'est-ce que ça changera... ? Il est mort et plus rien ne pourra le faire revenir.*

— Madame Pryce, dit-il. Il est possible que quelque chose sur quoi travaillait votre mari ait joué un rôle dans sa mort. Nous devons vérifier toutes les pistes, aussi infimes soient-elles.

Elle continua de regarder par la fenêtre. Un moment. Louis craignit qu'elle ne se mette à pleurer.

— Nous étions très heureux à Loon Lake, dit-elle.

Louis sentit l'embarras de Jesse, mais ne le regarda pas.

— C'était une ville agréable et nous y étions très heureux.

— Oui, madame, dit Louis qui ne savait pas quoi dire d'autre.

La mère de Stephanie fit le tour, s'assit à côté de sa fille et lui posa la main sur l'épaule.

— On le trouvera, madame Pryce, je vous le promets, dit Louis.

Il n'avait pas le droit de dire ça, mais il savait qu'elle avait besoin de l'entendre.

— Montre-leur le casier, Stephanie, dit sa mère avec douceur.

Celle-ci s'essuya les yeux. Inspira profondément et se leva.

— Très bien. Venez avec moi.

Ils la suivirent jusqu'à une chambre du fond encombrée de cartons. Elle en déplaça un et découvrit un casier beige à deux tiroirs. Louis enjamba un carton et tendit la main vers la poignée. Il était fermé à clé.

— Vous avez la clé ? demanda-t-il.

— Elle est quelque part, dit-elle en regardant autour d'elle, d'un air absent.

Louis réprima un soupir. Ils pouvaient facilement le forcer, mais il ne pouvait pas faire ça ici, dans sa maison. Ils pouvaient rapporter le casier entier à Loon Lake, mais il ne savait pas trop comment elle allait prendre cette suggestion.

Elle paraissait détachée, mais il n'était pas dupe. Elle souffrait et ce pseudo-détachement était sa seule défense. Si elle détestait le travail de son mari avant qu'il soit tué, elle n'était sûrement pas très motivée pour les aider, même si c'était pour retrouver son assassin.

Ce fut finalement Jesse qui se décida à poser la question.

— Madame Pryce, serait-il possible que nous emportions ce casier avec nous ? Nous vous le rapporterons plus tard.

Stephanie soupira et se passa la main dans les cheveux.

— Je ne sais pas.

— Madame Pryce, je comprends ce que vous ressentez, dit rapidement Louis. Je sais qu'un étranger vous a tout pris et bouleversé votre vie en un instant. Je sais que vous essayez d'oublier et de continuer à vivre. Et nous, on débarque chez vous, et on vous replonge dans tout ça. J'en suis désolé.

Son menton se mit à trembler.

— Je vous en prie, laissez-nous essayer de vous aider en retrouvant l'homme qui a tué votre mari.

Stephanie essuya une larme. La petite pièce était silencieuse et chaude. Louis tira sur le col en fourrure de son blouson.

Finalement, elle le regarda.

— Entendu, prenez-le. Mais s'il vous plaît, renvoyez-moi mes papiers par la poste.

— Oui, madame, dit Louis.

CHAPITRE 6

Louis s'agenouilla devant le feu et poussa les bûches avec un bâton pour ranimer les flammes. Il faisait froid dans le chalet et il n'y avait que ce feu dans la cheminée comme source de chaleur. Le charme rustique qui l'avait tant séduit la première fois qu'il avait vu l'endroit était en train de s'évanouir aussi vite que le tas de bûches dans l'âtre.

Il regarda les deux dernières d'un œil mauvais. Il n'en restait plus que quelques-unes dehors. Il allait devoir ou bien aller en ville acheter du bois, ou s'aventurer dehors et couper un arbre. Demain, se jura-t-il, il irait en ville à la recherche du catalogue Sears pour commander un radiateur.

Il se leva, prit la couverture en laine sur le dossier du vieux canapé et se la mit sur les épaules. Il regarda le petit poste de télévision en sachant que ça ne valait même pas le coup d'essayer. Il n'y avait que deux chaînes, et la dernière fois qu'il l'avait allumé, tout ce qu'il avait pu trouver était une rediffusion de *Hogan's Heroes*[1] et un tournoi de curling au Canada.

Un livre, peut-être un livre. Il se dirigea vers le carton posé dans le coin et se mit à fouiller parmi les livres, des manuels universitaires pour la plupart ainsi que quelques livres de poche qu'il avait déjà lus. Il sortit *Les Pommes d'or*. Il passa les doigts sur les lettres dorées en relief, songeant à Grace Lillihouse, la femme qui

1. Série télévisée diffusée en France sous le titre *Papa Schultz*.

lui avait prêté le livre d'Eudora Welty. « N'oublie surtout pas de me le rendre. » Il se sentit coupable à l'idée qu'il ne tiendrait probablement pas sa promesse. Les poules auraient des dents avant qu'il retourne dans le Mississippi – ou lui n'en aurait plus.

Il retourna sur le canapé, essaya de se trouver un endroit confortable au milieu des ressorts cassés et ouvrit le livre. Il en lut un paragraphe, et le lut une deuxième fois. Finalement, il posa le volume à côté de lui. C'était inutile. Son cerveau marchait trop vite.

Il se mit à penser au casier de rangement de Thomas Pryce. Après être rentrés de Flint, Jesse et lui avaient passé deux heures à en examiner le contenu, mais ils n'avaient rien trouvé d'utile dans les tiroirs bourrés de papiers. Thomas Pryce avait la manie de tout garder, depuis ses relevés de compte bancaire jusqu'aux factures de téléphone. Mais il n'y avait rien sur son travail et finalement, ils avaient laissé tomber, trop fatigués pour continuer. Il semblait bien qu'il ne leur restait plus qu'à faire un paquet du contenu du casier et à le renvoyer à Stephanie Pryce par la poste.

Louis regarda le feu qui s'éteignait. Le visage de Stephanie Pryce lui avait tenu compagnie toute la journée. Son expression au moment où elle l'avait vu la première fois – comme s'il était un revenant. Et l'autre expression – son air de défaite. Il l'avait déjà vu aux obsèques du flic d'Ann Arbor, sur le visage de sa veuve. *J'abandonne. Vous avez gagné. J'ai perdu. Je vous le rends.*

Femmes de flics. Il se demandait parfois quelle sorte de femmes épousait des flics, quelle sorte de femmes arrivait à supporter cette vie. Parfois, dans les vestiaires ou dans les bars après le service, il écoutait les types mariés parler de leurs épouses. Les propos étaient souvent teintés d'humour noir, mais à les entendre, il sentait bien le gouffre que ce métier créait entre un homme et une femme. Il se souvint d'un type racontant la fois où il était sorti avec sa femme pour fêter leur vingtième anniversaire de mariage. Il avait repéré un cinglé au 7-Eleven[1] et avait bondi de sa voiture

1. Chaîne de commerces de proximité très populaire aux États-Unis.

en sortant son revolver. Elle s'était alors mise à pleurer et crier qu'elle en avait assez d'être mariée à John Wayne.

Et il avait entendu ce que disaient les flics divorcés. C'étaient toujours les mêmes arguments – personne ne pouvait vraiment comprendre ce que c'était. Et les femmes finissaient par laisser tomber d'essayer de danser dans un monde positif pendant que leurs maris évoluaient dans un monde négatif.

Lui-même n'avait que vingt-cinq ans et n'était jamais resté avec une femme plus de quelques semaines. Celles avec lesquelles il était sorti n'avaient pas la moindre idée de ce qu'était son boulot et il ne ressentait pas le besoin de le leur dire.

Femme de flic. Pour la première fois, il avait une image de ce que ça voulait dire. Et cette image était le visage triste de Stephanie Pryce.

Il s'emmitoufla encore plus dans sa couverture. Il ne pouvait pas attendre plus longtemps. Le moment était venu d'aller chercher des bûches.

Il se leva et se dirigea vers la porte. Enfila une paire de vieux mocassins et sortit. L'air était glacial et figé, et lorsqu'il en emplit ses poumons, il eut l'impression que c'était avec des aiguilles. Il se rendit en vitesse sur le côté du chalet, récupéra les trois dernières bûches et revint vers la porte.

Il s'apprêtait à rentrer quand il entendit un bruit feutré. On aurait dit un chat, comme un léger miaulement. Il scruta l'obscurité. Un nouveau bruit se fit entendre.

— Merde… merde…

Il y avait quelqu'un dehors, plus bas près du rivage. La lune émergea des nuages et il l'aperçut : sur un genou, sa silhouette se dessinait nettement devant le lac blanc baigné par la lune. Elle se frottait le pied gauche. C'était la jeune fille qu'il avait aperçue d'autres soirs en train de faire son jogging. Et apparemment, quelque chose n'allait pas.

Il laissa tomber ses bûches dans la véranda. Puis il s'enveloppa bien les épaules dans la couverture et avança avec précaution vers elle dans la neige. Elle l'entendit et leva la tête.

— Ça va ? demanda-t-il.

— Oui, oui, ça va, répondit-elle aussitôt. Je suis tombée. Mais ça va.

— Tenez. Et faites attention, dit-il en lui tendant la main.

Elle leva vers lui son visage rond et le regarda de ses yeux noirs brillants. Ses cheveux bruns mouillés étaient plaqués sur sa tête comme un casque luisant. Sa longue queue-de-cheval pendait mollement dans son dos. Elle hésita avant de lui prendre la main. Louis l'aida à se remettre debout, elle grimaça de douleur.

— Ça ne va pas, dit Louis.

— Mais si.

Elle fit un pas et refit la grimace.

— Merde.

Elle parcourut le lac des yeux, jusqu'aux pins dans le lointain.

— Merde, répéta-t-elle plus doucement.

Il grelottait. Ses mocassins étaient trempés.

— Écoutez, vous avez mal. Entrez, on va regarder ça.

— Non, dit-elle vivement. Il faut que je rentre.

Louis l'observa. Ce n'était pas une jeune fille comme il l'avait d'abord cru, mais une jeune femme. Petite, environ un mètre cinquante-cinq seulement, avec un corps androgyne parfaitement visible sous son collant de jogging et sa veste ajustée. Mais ses jambes et ses fesses étaient bien musclées, comme celles d'un coureur de marathon.

— Vous habitez loin ? demanda-t-il.

Elle fronça les sourcils.

— De l'autre côté du lac.

— Ah. Et vous allez courir huit kilomètres sur cette jambe ? Allons, je vais vous ramener en voiture.

— Je vais marcher, dit-elle sèchement.

Il haussa les épaules.

— Comme vous voudrez, ma petite dame. Mais moi, je me pèle le cul ici. Je rentre. Vous pouvez rester là ou venir avec moi, dit-il avec un signe de tête en direction du chalet. Il y a un bon feu qui brûle. En tout cas, il y en avait un.

Elle le regarda plusieurs secondes, puis dégagea une mèche de cheveux mouillés de son visage.

— D'accord. Merci.

Il lui offrit sa main, mais elle l'ignora et boitilla devant lui jusqu'au chalet. Il ramassa les bûches et la suivit à l'intérieur. Elle resta près de la porte en le regardant enlever ses mocassins et aller jeter une bûche sur les braises. Il tisonna le feu jusqu'à ce qu'il reprenne. Lorsqu'il se retourna, elle était toujours debout dans la pénombre près de la porte.

— Laissez-moi me réchauffer une minute et je vous ramène, dit-il.

Elle acquiesça.

Il se demanda quel âge elle pouvait bien avoir. Elle avait l'air d'avoir dans les vingt ans. Il réprima un soupir et pensa soudain à Abby Lillihouse. La dernière chose dont il avait besoin était une liaison compliquée avec une jeune ingénue comme il l'avait vécue dans le Mississippi. Le léger empressement qu'il avait ressenti dehors en la voyant pour la première fois était maintenant en train de disparaître rapidement. *Mon Dieu, protégez-moi des folles.*

Il jeta un nouveau coup d'œil vers elle. Elle grelottait.

— Là, venez vous mettre près du feu.

Avec méfiance, comme un chat dans un endroit inconnu, elle traversa la pièce. Le feu lui éclaira le visage. Étrangement exotique, teint foncé olivâtre et vaguement asiatique. Mais son front et son menton étaient plus forts que délicats, ce qui contrastait avec ses pommettes hautes. Elle avait une grande bouche, trop grande pour son petit visage. Son nez était petit, mais avec des narines légèrement dilatées. Quant à ses yeux… ils étaient en amandes avec de petites rides aux coins et reflétaient une certaine méfiance. Il la regarda avec attention. Elle n'avait pas vingt ans. Elle était au moins aussi âgée que lui.

Elle s'approcha du feu et tendit les mains. Elles étaient petites avec des doigts courts et des ongles coupés à ras, comme un garçon.

— Ça fait du bien, dit-elle.

— Je m'appelle Louis, dit-il en lui tendant la sienne. Louis Kincaid.

Elle lui serra la main. Douce, chaude à cause du feu, mais la poigne était ferme. Il sentit des durillons.

— Zoe, répondit-elle. Zoe Devereaux.

Elle retira sa main et se la passa dans les cheveux, jusqu'à l'extrémité de sa queue-de-cheval. Puis elle se retourna vers le feu.

— Je vous ai déjà vue faire votre jogging, dit-il.

— Je cours presque tous les soirs.

— Dans la neige ?

Elle fit oui de la tête.

— Je fais ça depuis des années. C'est la première fois que je tombe.

— Eh bien, je suis content que ce soit arrivé juste devant chez moi.

Elle leva la tête et le regarda, puis, lentement, lui adressa un sourire circonspect.

— Vous êtes nouveau ici, dit-elle. Cette maison était inhabitée depuis des années.

— Oui, je viens d'arriver.

— D'où ?

Il hésita. Du Mississippi ? De Detroit ? D'Ann Arbor ?

— Du Sud, dit-il finalement. Et vous ?

Pour une raison quelconque, il n'imaginait pas cette femme être de Loon Lake.

— De Chicago, dit-elle. Je loue un chalet à l'extrémité nord.

Il sourit. Une East Egger.

— Qu'est-ce que ça a de drôle ?

— Rien.

Il fit le tour et alla s'asseoir sur le canapé. Il se débarrassa de la couverture, soudain conscient de ce dont il avait l'air avec son vieux pantalon de jogging gris, sa chemise en flanelle, ses chaussettes et sa barbe d'une journée. Il regretta de ne pas avoir pris une douche. Même en costume de jogging et avec les cheveux emmêlés, Zoe, elle, réussissait à être élégante. Il ressentit une tension à mi-chemin entre son estomac et son bas-ventre. Bon Dieu, ça faisait combien de temps ? Depuis cette femme trois mois plus tôt. Du bon temps au lit, des conversations agréables, mais rien de plus. Le manque, il s'en rendit compte, était plus que sexuel. Il venait d'une profonde solitude.

Il jeta un coup d'œil à sa main gauche. Pas d'alliance.

— Alors, vous êtes ici en famille ? demanda-t-il.

— Non, je suis seule.

Merci, mon Dieu…

— Sans aucune famille ?

— Je n'en ai pas. Je viens ici pour être seule.

— Loon Lake est un endroit bien étrange pour y passer des vacances seule. Surtout pour une femme.

— Je suis une artiste. Je peins des paysages, principalement sous la neige. Je viens ici chaque hiver pour peindre, dit-elle en paraissant guetter sa réaction.

— Sans blague ? Je n'ai jamais rencontré d'artiste ! Je n'ai jamais rencontré quelqu'un de vraiment créatif jusqu'à maintenant. À part peut-être la vieille dame qui a tricoté ça, dit-il en soulevant la couverture.

Elle sourit. Hésita, puis s'assit tout au bout du canapé.

— Puis-je vous offrir quelque chose à boire ? dit-il en désignant d'un geste le petit réfrigérateur. Je n'ai pas grand-chose. Bière ? Du mauvais cognac ?

Elle déclina l'offre.

Il se leva d'un bond.

— Un chocolat !

Elle hésita, puis elle accepta :

— D'accord. Un chocolat.

Il alla à la cuisine, sortit un petit pot et la boîte de Nestlé du placard. Prit la brique de lait et s'aperçut qu'elle était presque vide. Il la vida dans le pot et rajouta de l'eau du robinet. Pendant qu'il attendait que ça chauffe, il se retourna pour la regarder. Elle était toujours assise et contemplait le feu. Il remua en vitesse le chocolat tiède et l'emporta au salon.

Elle prit la tasse et la tint précieusement entre ses mains, son regard posé sur lui tandis qu'il se rasseyait. Il but une gorgée et grimaça.

— C'est infect, dit-il.

— Ça va.

Elle jeta un coup d'œil derrière lui, vers la porte. Il sentit qu'elle était mal à l'aise et voulait s'en aller. Il n'allait pas la laisser faire – pas s'il pouvait l'éviter.

— Alors, parlez-moi de votre peinture, dit-il.

— Je ne préfère pas.

— Pourquoi ?

— Mon travail est quelque chose de personnel. J'ai du mal à en parler à des inconnus. (Elle vit son expression et hocha la tête.) Je suis désolée. C'était prétentieux de dire ça.

— Mais non, dit-il aussitôt. Je comprends.

— Vous connaissez la galerie Beauman dans Lake Shore Drive ?

— Je ne suis jamais allé à Chicago.

— Ah… C'est eux qui vendent mes toiles.

La pièce était silencieuse hormis les crépitements du feu. Il hésita, se demandant s'il allait lui dire qu'il était flic. Il ne savait jamais le genre de réaction que ça pouvait déclencher chez une femme. Certaines étaient intriguées, d'autres consternées, comme s'il venait de leur dire qu'il était nazi ou quelque chose du même genre. La plupart étaient seulement perplexes. Zoe Devereaux, elle, lui dictait son instinct, cherchait juste un prétexte pour déguerpir et il ne voulait pas que ce soit son insigne qui le lui donne. Il but une gorgée de chocolat et regarda son profil du coin de l'œil.

Dieu, quel visage ! Pas vraiment beau, certainement pas joli. Elle était de toute évidence métisse. Mais de quoi ? Un vague souvenir lui revint alors. Un souvenir de lui enfant, assis dans une vieille véranda en bois. Une femme lui brossait les cheveux. Sa mère ? Il ne voyait pas son visage. Par contre, il revoyait ceux des trois petites Noires qui, pieds nus dans la terre, le regardaient, fascinées. « On peut toucher ? avait timidement demandé l'une d'elles. On peut toucher ses cheveux ? » C'était la première fois qu'il prenait conscience de sa différence.

Son regard se porta sur les cheveux de Zoe. Presque secs maintenant, ils formaient autour de son visage une cascade de boucles serrées. Ils n'étaient ni noirs ni exactement bruns, mais de la couleur des dernières feuilles d'automne mouillées par la pluie.

— Vous êtes encore en train de me regarder.

Il sourit légèrement.

— Je sais. Excusez-moi. C'est juste que…

— Quoi ?

Il hocha la tête.

— C'est quelque chose de personnel.

— Dites.

Il hésita.

— Ma mère était coréenne, reprit-elle calmement. Mon père était noir. C'est ça que vous vouliez savoir ?

Il fit oui de la tête.

— Vous êtes née ici ?

— Non, en Corée. Ma mère est morte et je suis restée un an dans un orphelinat. Et puis un jour, un homme est arrivé, un grand soldat noir américain. Il m'a dit qu'il était mon père et m'a emmenée en Californie. (Elle s'appuya contre le dossier du canapé.) J'avais dix ans.

— Incroyable, murmura-t-il.

— Quoi ?

— Qu'il soit revenu vous chercher.

Elle acquiesça, puis sembla se perdre dans des pensées secrètes.

— Je l'aimais beaucoup, dit-elle au bout d'un moment.

Elle leva la tête et le regarda de ses yeux brillants à cause du feu.

Il attendit, sentant qu'elle avait envie d'en dire plus. Il le souhaita, se dit que si elle continuait, ce moment allait peut-être durer, peut-être même devenir autre chose. Mais elle garda le silence, le regard soudain vide dans la lumière déclinante du feu. Il se rendit compte qu'elle parlait de son père au passé. Il était mort et il eut l'impression que c'était récent. Elle avait l'aura d'une personne en deuil, encore sensible au toucher.

— Il est décédé ? demanda-t-il.

Elle fit oui de la tête sans le regarder.

Il regretta d'avoir posé la question. Elle semblait l'avoir encore plus plongée dans ses pensées secrètes.

— Il a été tué, dit-elle soudain. Pendant les émeutes de Watts. Une balle de sniper.

Il inspira fort et fronça les sourcils.

— Mon Dieu, dit-il lentement.

— Il était policier.

— Quoi ?

— Il faisait partie d'une des unités antiémeute. Sa voiture a été encerclée. Il n'a pas pu en sortir.

Le ton était neutre, presque froid.

— C'était un Noir. Ça n'avait pas d'importance, dit-elle.

Il renversa la tête en arrière contre le dossier du canapé, et ferma les yeux. *Putain, un flic, son père était flic.*

Il la regarda. Elle fixait les flammes. Il ne voyait pas ses yeux, mais ses mâchoires étaient crispées, presque figées. Il détourna le regard et se passa une main sur la bouche. Puis il se leva. Gagna lentement la cuisine, posa sa tasse et resta immobile, les deux mains au comptoir, à regarder l'évier.

— Il est tard, dit-elle à voix basse. Je ferais bien d'y aller.

Il se retourna pour la regarder. Elle s'était levée et se tenait déjà près de la porte. Elle enfila rapidement ses chaussures de jogging et s'agenouilla pour les lacer. Il se dirigea vers la porte et prit sa veste.

— Je vais vous reconduire, dit-il.

— Ce n'est pas nécessaire.

— J'y tiens.

Elle le regarda en souriant légèrement et accepta. Elle enfila rapidement sa veste et attendit qu'il ait mis ses bottes. Ils ne dirent rien en avançant péniblement dans la neige jusqu'à la Mustang à moitié enfouie dans une congère. Il aurait voulu dire quelque chose, n'importe quoi pour remplir le vide glacé qui s'était formé entre eux. Il voulait que ça évolue. Malgré ce qu'elle avait dit. Malgré ce qu'il était.

La Mustang démarra après plusieurs tentatives.

— C'est une vieille voiture, dit-il. Je ne sais jamais comment ça va se passer. Désolé, il n'y a pas de chauffage.

Elle hocha vigoureusement la tête et lui répondit par un sourire.

— Prenez la 44 Nord, dit-elle. Je vous indiquerai où tourner.

Puis elle ne dit plus rien. Il fit quelques commentaires sans grand intérêt sur la neige, le froid, le lac. Mais elle demeura silencieuse. Finalement, elle lui fit prendre une petite route secondaire et lui demanda de l'arrêter en bas d'une côte.

— C'est raide. Votre voiture n'arrivera pas à monter. Je vais continuer à pied, dit-elle vivement.

— Je viens avec vous.

— Non, répondit-elle aussitôt.

Elle poussa sur la poignée et ouvrit la portière. Il lui prit la main gauche.

— Je veux vous revoir, dit-il.

— Je ne pense pas que ce soit une bonne idée.

— Pourquoi ?

Malgré la faible lueur du plafonnier de la voiture, il put voir une certaine anxiété assombrir son visage.

— Je ne sais pas qui vous êtes, dit-elle. Et vous ne me connaissez pas.

— C'est vrai, mais j'ai envie de vous connaître.

Il serra sa main plus fort.

Elle fit lentement non de la tête.

— Essayons, au moins.

Elle baissa les yeux et regarda sa main. Il sentit son bras se tendre tandis qu'elle essayait de se dégager. Il la lâcha.

— Il faut que j'y aille, dit-elle.

— Zoe…

Elle descendit de voiture, s'apprêta à refermer la porte, puis s'arrêta. Elle regarda au loin, vers les bois sombres en haut de la colline, puis elle revint sur lui.

— Vous courez ? lui demanda-t-elle.

— Je courais avant, à l'université. Du cross.

— À quoi pensiez-vous ?

Il ne pensait qu'à gagner la course, mais il savait que ce n'était pas ce qu'elle voulait dire.

— À toutes sortes de choses.

Elle hocha lentement la tête.

— Je vais y réfléchir demain. En courant.

CHAPITRE 7

Il remonta son écharpe sur son visage pour se protéger du vent aveuglant. Quelque part dans l'obscurité devant lui, il aperçut la lueur de l'enseigne du commissariat de police et, soulagé, inspira une bouffée d'air glacé. Son chalet n'était distant que d'un kilomètre et demi, mais Dieu que ce kilomètre et demi avait été long.

Il se hâta d'en parcourir les derniers mètres. Une fois à l'intérieur, il glissa en arrière et heurta la vitre. Ses poumons se remplirent d'air chaud, lui déclenchant un violent frisson dans tout le corps.

Florence, l'opératrice de jour, leva la tête derrière son bureau.

— Louis, ça va ?

Il la rassura et dénoua lentement son écharpe. Il sentit la glace fondre dans ses sourcils. Il resta un moment immobile, de peur qu'en bougeant, ses os ne se brisent net.

— Vous êtes venu à pied ?

Il refit oui de la tête et se dirigea avec raideur vers la cheminée en enlevant ses gants en cuir durci.

— La voiture n'a pas voulu démarrer.

Elle gagna la fontaine à café.

— Pour l'amour du ciel, pourquoi ne pas avoir appelé quelqu'un ?

Louis la regarda verser du café dans un mug. Elle avait la soixantaine, et ses cheveux blancs frisottés surplombaient un corps longiligne. Elle ressemblait à un coton-tige, le négatif en maigre de la rondouillarde Edna.

— Pas encore le téléphone, dit Louis en défaisant sa fermeture Éclair et en laissant glisser sa veste le long de ses bras.

Florence lui mit le mug de café dans les mains qu'elle serra plusieurs secondes entre les siennes. Elle sentait le bonbon à la menthe et ses mains toutes ridées étaient chaudes.

— La prochaine fois, envoyez-nous un message radio et Dale fera un saut.

— Bien, madame.

Il commença à boire son café à petites gorgées et ferma les yeux en sentant le liquide chaud lui couler lentement dans l'estomac. Il était en train de se servir une seconde fois quand Dale franchit la porte d'entrée en lançant un joyeux « bonjour ». Quand il revint du vestiaire, Louis attendait à la grille du local des scellés.

— Qu'est-ce que tu fais là si tôt ? lui demanda Dale.

— J'arrivais pas à dormir. J'ai besoin du casier de Pryce.

Dale prit ses clés à sa ceinture.

— Signe le registre et note bien l'heure.

Louis alla au comptoir, ouvrit le grand livre et signa à la date du 21 décembre.

— Tu vas le sortir ? demanda Dale.

— Je vais rester là. Passe-moi juste ce tabouret.

Dale lui fit glisser un tabouret à roulettes que Louis poussa dans la petite pièce. Les étagères en contreplaqué montaient jusqu'au plafond, ployant sous l'âge et le poids de décennies de boîtes et de sacs de preuves matérielles qu'on y avait entassés. Tout était scellé avec du ruban adhésif orange avec la date et les initiales de ceux qui s'étaient chargés de le faire. Sur l'une des étagères se trouvaient les armes confisquées : des revolvers hors d'usage, des couteaux, des outils électriques. Louis se leva pour allumer. Il vit un sac Ziploc renfermant une culotte de femme. L'étiquette indiquait VIOL CUNNINGHAM, 69-23119. Bordel, celle-là devait pas être toute fraîche.

Il s'assit sur le tabouret et ouvrit le tiroir du haut du casier. Jesse et lui en avaient fouillé le contenu la veille au soir et n'avaient rien trouvé, mais il voulait y jeter un dernier coup d'œil avant de le renvoyer à Flint. Il passa les dossiers au crible et en sortit un qui indiquait : REÇUS. Il était rempli de factures de gaz et de nettoyages à sec, d'un étui de revolver, de bottes et autres frais professionnels. Pryce avait dû mettre tout ça de côté pour ses impôts.

En le remettant en place, il remarqua une autre chemise calée à l'intérieur. Il la sortit. Elle était étiquetée CV et il se rendit compte qu'il ne l'avait pas vue la veille. À l'intérieur se trouvait une douzaine d'exemplaires tout neufs du curriculum vitae de Pryce, des coupures de presse d'offres d'emploi et quelques lettres. Un en-tête familier attira son attention : *Ville de Detroit.* Il sortit la lettre adressée au domicile de Pryce : *En raison de restrictions budgétaires, la municipalité n'est pas actuellement en mesure de recruter des policiers supplémentaires…*

Louis sourit faiblement. Pryce avait donc tenté, lui aussi, de faire une grande carrière. Son sourire s'évanouit en feuilletant les autres lettres. Il y avait au moins une douzaine de demandes de poste et presque autant de réponses négatives, la dernière datant de février 1982. Pryce avait intégré les forces de l'ordre de Loon Lake en 1981. À en juger par ce dossier, il s'y était vite ennuyé.

Mais c'était illogique. Stephanie Pryce disait qu'ils avaient été heureux à Loon Lake. Peut-être Pryce ne lui avait-il pas dit qu'il cherchait un autre poste. Qui pouvait savoir comment les choses se passaient entre maris et femmes ?

Louis mit de côté la chemise contenant les CV et continua d'inspecter le reste. Trois quarts d'heure plus tard, dans le second tiroir, il tomba sur un bloc-notes jaune tout usé qu'il n'avait pas non plus remarqué la veille au soir. La reliure avant était couverte de griffonnages semblables à ceux qui ornaient le sous-main de son bureau. Il le feuilleta rapidement : encore des griffonnages au milieu de notes d'une écriture petite et difficilement lisible. Quelques chiffres, mais rien de frappant.

En prenant maintenant son temps, Louis commença par la fin et chercha le moindre détail ayant un rapport avec les derniers jours de Pryce. Puis il remonta jusqu'au début, en lisant chaque page. Le bloc-notes était daté de l'été dernier. Il contenait des notes succinctes concernant le cambriolage du chalet d'un touriste dont avait parlé Jesse.

Louis jeta le bloc par terre d'un air dégoûté. Et merde. Rien… absolument rien.

Il regarda le tiroir ouvert du casier et le referma d'un coup de pied. Ses yeux se posèrent alors sur le bloc-notes retourné par terre. Des griffonnages, toujours ces foutus griffonnages. Le dos de la couverture n'était qu'un seul et même griffonnage géant au motif de cachemire s'étalant en cercles concentriques compliqués. Au centre se trouvait un nombre : 61829.

Louis fit rouler le tabouret jusqu'à l'entrée du local.

— Hé, Dale, viens voir une seconde.

Dale leva la tête de derrière son ordinateur et vint le rejoindre.

Louis lui tendit le bloc-notes.

— Regarde ces chiffres. À quoi ça te fait penser ?

— Trop court pour un numéro de Sécu ou de téléphone, lança Dale.

Louis regarda les chiffres. Ce n'était probablement rien du tout, mais enfin… peut-être Pryce avait-il fait exprès de faire ce dessin compliqué tout autour, tout comme Jesse soulignait deux fois sa signature pour la mettre en valeur.

Mais les flics n'avaient pas l'habitude de noter les choses importantes sur leur gros bloc – ils les inscrivaient plutôt dans leur calepin. Et celui de Pryce restait introuvable. Il en avait parlé à Gibralter, mais le chef avait répondu qu'il ne l'avait jamais vu.

Louis rassembla le bloc-notes, la chemise aux CV et les quelques papiers qu'il avait mis de côté pour les photocopier. Le reste, il en était maintenant persuadé, n'avait aucun intérêt et il pouvait le renvoyer à Stephanie Pryce. Il se leva, s'étira, éteignit la lumière et referma la porte derrière lui.

— Tu fermes à clé ? lui cria Dale.

Louis referma le cadenas.

— C'est fait.

Il retourna à son bureau, rangea les documents dans son tiroir et jeta un coup d'œil à la pendule. Il était plus de 7 heures. Son travail de recherche était presque terminé pour la matinée. Il savait qu'il pouvait travailler tard le soir, mais il n'était pas sûr d'en avoir envie. Il préférait être rentré au cas où Zoe ferait son jogging.

Il entra dans le vestiaire pour se mettre en tenue. Normalement, il préférait se changer chez lui, mais avec ce froid et sa voiture en panne, il ne pouvait pas prendre le risque de se présenter au briefing autrement qu'impeccable et avec des chaussures reluisantes. La veille, Gibralter avait incendié un gars qui avait de la boue sur les siennes. Il y avait vingt-cinq centimètres de neige et Gibralter se préoccupait de la boue.

Une tenue propre était suspendue dans le vestiaire, l'une des trois qu'il avait reçues le premier jour. Il se demanda quand il en aurait d'autres. Ils lui en fourniraient sûrement plus que trois. Merde, il y avait des chances qu'il doive les payer.

— Bonjour, lança Jesse derrière lui.

— Salut, Jess.

— Tu es là tôt.

— Je voulais encore jeter un coup d'œil à ce casier.

— T'as trouvé quelque chose de nouveau ?

— Des CV et des lettres. Pryce était à la recherche d'un nouveau poste.

Jesse ne leva pas la tête.

— Ça m'étonne pas. Des fois, je me demandais s'il nous trouvait assez bien pour lui.

Louis lui jeta un rapide coup d'œil, mais ne fit pas de commentaire.

— Je cherchais aussi le dossier de l'enquête. Il y a une déposition que j'aimerais bien voir, celle d'un certain Moe Cohick, qui habitait derrière chez Pryce. Il a vu un type s'enfuir.

— Il a juste vu une silhouette, dit Jesse. Il a été incapable de nous en faire la description.

— Parfois, tu sais, la mémoire revient aux gens plus tard. J'aimerais bien lui parler. Tu peux venir après notre service ?

— Oui. Rappelle-moi juste d'appeler Julie. Ce soir, c'est tacos, et elle se met en rogne si je suis en retard.

Jesse retira son tee-shirt blanc et ouvrit son casier.

— Le salopard, il les a pas apportées.

— Quoi ?

— Pop's Cleaners. Ils devaient me déposer mes tenues. Bordel ! jura Jesse en regardant sa montre, le chef va me mettre en pièces si j'ai pas une tenue propre.

Louis se retourna pour dire quelque chose, mais son attention fut attirée par le dos nu et athlétique de Jesse. En travers de ses épaules et en bas de sa colonne vertébrale se trouvaient d'anciennes petites cicatrices, comme des marques de cravache ou de couteau.

La porte s'ouvrit soudain et un vieux type chauve avec un petit bouc frisé se précipita à l'intérieur, avec à peu près une douzaine de tenues sous plastique sur les épaules.

— Je suis désolé, Jesse. Il a beaucoup neigé ce matin.

Jesse le débarrassa de cinq cintres.

— Putain, Pop, tu sais pourtant à quel point c'est dur de patrouiller dans les rues cul nu.

— Et par ce froid.

— Combien ça fait ? demanda Jesse en sortant son portefeuille.

— Quarante.

— Espèce de vieux filou, dit Jesse en faisant claquer l'argent dans la main du vieil homme.

— Si tu continues à me parler comme ça, un jour, je vais garder les cochonneries que tu laisses dans tes poches.

Jesse soupira.

— Combien cette fois ?

Pop lui tendit une poignée de billets froissés.

— Quoi ? Tu penses que je les compte ?

— Et comment que tu les comptes, enfoiré !

— Cinq billets de un dollar et douze *cents*.

Jesse les prit, fit une pause, puis fourra l'argent dans la poche de chemise du vieil homme.

— Comprends pas pourquoi je continue à te donner des pourboires.

— Comprends pas pourquoi je continue à te remercier.

Pop fit un grand sourire. Il mit les tenues restantes sur son bras et adressa un signe de tête à Louis.

— Vous êtes un nouveau client ?

— Louis, je te présente Pop, dit Jesse. Il passe prendre les tenues et il livre. D'habitude, il est ponctuel.

— Laissez-les dans votre sac sur cette table tous les lundis. Vous les aurez le mercredi.

— Entendu. Merci.

Pop se pencha vers Jesse.

— Il fait la même taille que Pryce, non ?

— C'est reparti, gémit Louis.

— Ça me fait penser, fit Pop. J'en ai encore trois à lui. Je vais vous les apporter. Et c'est offert par la maison.

***

Jesse dépassa le parc et prit à gauche dans Fourth Street. Il n'était que 17 heures, mais en raison du pâle crépuscule hivernal, les réverbères étaient déjà allumés. Louis tendit le cou pour admirer leur modernité. Ils éclairaient la rue d'une lumière crue qui rendait le paysage lunaire. Finis les vieux lampadaires au charme désuet bordant Main Street. Même dans un bled comme Loon Lake, les propriétaires voulaient les éclairages publics les plus puissants, les plus récents qui soient, pour protéger leurs maisons.

Jesse engagea la voiture de police dans la rue de Moe Cohick. Tout comme celle de Pryce, c'était la dernière maison au fond. Au sud se dressait une solide barrière en bois de trois mètres cinquante délimitant un dépôt de bois de construction. Au nord se trouvaient d'autres maisons, avec un jardin clôturé par des grillages.

Moe sortit dans sa véranda. C'était un petit homme rond avec des joues rouges et des touffes de cheveux blancs éparses sur un crâne chauve. Il portait un pull à col roulé rayé de couleur vive qui le faisait ressembler à une poupée russe. Il était en train de manger une patte d'ours[1].

— Bonjour, messieurs. Qu'est-ce qui vous amène ?

Jesse ne lui dit pas son nom et Louis en déduisit que Moe et lui se connaissaient. Louis se présenta.

— Nous voudrions vous parler de l'homme que vous avez vu s'enfuir la nuit où l'agent Pryce a été tué, dit-il.

— Bien sûr, mais je ne vois pas ce que je peux vous dire de plus, répondit Moe avant de s'enfourner ce qui lui restait de sa patte d'ours dans la bouche.

— Pouvez-vous nous montrer où vous l'avez vu ?

Moe acquiesça d'un signe de tête et leur fit faire le tour de son garage jusqu'au jardin de derrière. Dans le jardin du voisin, un chien à long museau se précipita vers eux en aboyant furieusement. Moe s'arrêta au milieu du sien. Il leur indiqua du doigt l'arrière de la maison de Pryce, puis il fit courir son doigt le long du grillage et le pointa vers le nord, au bout de la rue.

— Il allait dans cette direction.

Louis ouvrit son bloc, là où il avait noté le signalement sommaire que Moe avait donné du bonhomme la première fois.

— Vous avez dit qu'il était grand ?

— Je crois avoir dit plus grand que moi.

Moe était tellement petit que Louis pouvait voir une marque de naissance sur son cuir chevelu.

— Pourriez-vous être plus précis, monsieur Cohick ?

— Quelle taille faites-vous ? lui demanda Moe.

1. Pâtisserie en forme de patte d'ours, à base de pâte d'amande et de raisins secs.

— Un mètre quatre-vingts.

— Moins grand que vous. Mais peut-être qu'il se penchait, comme pour s'accroupir.

Jesse poussa un soupir agacé. Le chien était toujours à aboyer derrière eux. Moe ramassa une boule de neige et la lui jeta dessus.

— Ta gueule, sale clebs !!!

La boule de neige s'écrasa sur la barrière, rendant le chien encore plus furieux. Il s'enrouait à force d'aboyer.

— Où vous trouviez-vous ? demanda Louis.

— À la fenêtre de ma cuisine.

— Vous êtes debout à 3 h 15 la nuit ?

— Je tiens la boulangerie de Main Street. Il faut que j'y sois vers 4 heures. (Moe se tapota le ventre.) Je fais la meilleure pâtisserie du comté. Toujours fraîche.

— On n'est pas venus vous parler de vos fichus biscuits, Cohick ! lui lança Jesse.

Louis jeta un coup d'œil à ce dernier. Il devina qu'il s'était fait passer un savon par Julie parce qu'il allait rentrer tard.

Un autre aboiement parvint aux oreilles de Louis. Celui-là était aigu, presque strident. Louis regarda par-dessus la tête de Cohick vers la maison diamétralement opposée. Un terrier agité tirait sur sa chaîne, jappant après le chien à long museau derrière eux.

— Monsieur Cohick, de quelle direction cet homme venait-il ? demanda Louis.

— Eh bien, en fait, je crois qu'il venait de par là et qu'il allait par là. Vers Pine, là où commence le parc.

Louis se mit à avancer avec difficulté dans la neige pour gagner la clôture du fond. Malgré le peu de lumière, il plissa les yeux pour tenter de discerner la grande barrière en bois du dépôt ; il était impossible de l'escalader. Il regarda de l'autre côté, vers la longue clôture grillagée qui séparait tous les jardins. Il parvint à voir les pins du parc au bout de la rue et compta six jardins que le tueur avait pu traverser dans sa fuite. Il se dit que celui-ci avait dû rester derrière les maisons, protégé par l'obscurité, et s'était dirigé vers Pine Street en passant par ces jardins. Ce n'était qu'une hypothèse, mais elle tenait debout. Un coup de feu fait beaucoup de bruit ; le voisin avait appelé pour le signaler presque immédiatement. Le tueur avait eu besoin de rester caché le plus longtemps possible. Il n'avait pas pu prendre le risque d'être repéré à la lumière des réverbères de la rue. Louis retourna auprès de Moe et de Jesse.

— Jess, tu as parlé à tout le monde dans la rue ?

— Tout le monde. Moe est le seul qui ait vu quelque chose, si on peut dire.

— Hé, c'est mieux que rien, protesta celui-ci.

— Merci, monsieur Cohick, désolé de vous avoir dérangé, dit Louis.

— Pas de problème.

Ils retournèrent vers la maison. Le chien à long museau se réveilla de nouveau quand ils approchèrent, remettant du même coup le terrier en action.

Bordel, mais comment les gens faisaient-ils pour dormir ? Louis s'arrêta et se retourna.

— Monsieur Cohick, est-ce que les chiens aboyaient cette nuit-là ?

Cohick frotta son crâne chauve.

— Eh bien, en fait, maintenant que j'y pense... oui, ils aboyaient.

— Bon Dieu, Cohick, je vous ai demandé si vous aviez entendu quoi que ce soit et vous m'avez répondu non ! s'exclama Jesse.

— Vous m'avez demandé si j'avais entendu quoi que ce soit d'inhabituel, protesta Cohick. Les chiens qui aboient comme des cons à 3 heures du matin, par ici, ça n'a rien d'inhabituel !

— Hé, on se calme, Boule de pain, lui renvoya sèchement Jesse.

Louis s'approcha.

— Monsieur Cohick, combien de chiens y a-t-il dans cette rue ?

— Voyons…, fit-il en se mettant à compter sur ses doigts.

Jesse l'interrompit.

— Je peux te le dire. Les Smith, les Jessup, et comment il s'appelle… Haskins. Ils ont tous un chien. On passe notre temps à les verbaliser parce qu'ils les promènent sans laisse.

— Pryce n'avait pas de chien ? demanda Louis.

— Non.

— Montre-moi où habitent ces gens.

Jesse lui indiqua les maisons. C'était une sur deux et il n'y en avait pas deux mitoyennes. Pour éviter les chiens, le tueur aurait donc été obligé de traverser en diagonale. Ceci seulement dans le cas où il était au courant de leur présence. Ce qui supposait qu'il connaissait probablement le quartier ou l'avait repéré pour préparer sa fuite.

Jesse repartit en direction du jardin. Les chiens poursuivirent leur cacophonie.

— Louis ! cria Jesse.

— Viens.

— Quoi encore, bordel ? marmonna Jesse en suivant Louis tant bien que mal.

Louis passa chez Pryce en enjambant la barrière et se dirigea vers le parc. Le chien à long museau se précipita contre elle quand Louis approcha.

— Louis ! Mais où est-ce que tu vas, bordel ? hurla Jesse pardessus les aboiements.

— Refaire son chemin.

Ils traversèrent les jardins, évitant ceux où Jesse avait dit qu'il y avait des chiens. À chaque barrière, Louis s'arrêtait et en ôtait la neige du sommet.

— Qu'est-ce que tu cherches ? demanda Jesse en soufflant pour tenir le coup.

— J'en sais rien…

Il faisait nuit lorsqu'ils atteignirent le dernier jardin qui longeait Pine Street. Les bottes de Louis étaient trempées et ses mains gelées lorsqu'il enjamba la dernière section de chaînons.

De l'autre côté de Pine Street, le parc apparut, sombre et tranquille.

Jesse tremblait de fatigue lorsqu'il enjamba la barrière à son tour pour rejoindre Louis sur le trottoir. Son visage était rouge et couvert de sueur.

— Bon, pourquoi on a fait ça, bordel ? s'écria-t-il en s'essuyant le front.

Louis ne répondit pas. Il marchait lentement le long de la barrière en la débarrassant délicatement de sa couche de neige. À mi-chemin de la longueur du jardin, il s'arrêta. Ôta rapidement son gant.

— Jesse, viens voir.

Jesse arriva en vitesse. Louis se poussa de manière à ce que la barrière soit bien éclairée par le réverbère. Là, enfilé sur une pointe de fer en forme de A, se trouvait un morceau de tissu foncé.

— Putain ! murmura Jesse en le découvrant.

Louis fouilla dans sa poche de blouson, en sortit un trombone et s'en servit pour enlever le bout de tissu de la barrière.

— Va chercher la voiture, Jess, dit-il.

Jesse fila. Louis attendit en grelottant de froid et tenant le petit morceau d'étoffe. Il se retourna et regarda le parc derrière lui.

L'entrée était indiquée par un panneau, mais ça n'était rien de plus qu'une petite allée de gravier à deux voies qui plongeait au milieu des pins recouverts d'une épaisse couche de neige. Un endroit pas mal choisi pour dissimuler un véhicule pendant qu'on commet un meurtre. Louis parcourut les alentours des yeux en se demandant par où le tueur était parti une fois sorti du parc. Prendre à gauche l'aurait directement ramené à Main Street, et tout près du commissariat. Peu probable. Prendre à droite conduisait vers l'autoroute en traversant un quartier résidentiel. Plus logique, bien qu'encore assez lent par des rues non déblayées.

La voiture arriva et Jesse en descendit avec une lampe torche et un sachet en plastique. Ils y enfermèrent le tissu et Jesse l'examina à la lumière de la lampe torche.

— C'est vert, dit-il. Comme les vestes militaires.

Ils prirent rapidement quelques Polaroid et marquèrent l'endroit. Jesse demeura silencieux tandis qu'ils montaient en voiture.

— Je suppose que j'ai merdé avec Cohick, dit-il finalement.

— Les témoins ne se rendent pas toujours compte de l'importance de ce qu'ils voient ou entendent, Jess.

— Tout de même, c'est pas comme si j'avais ni vu ni entendu ces putains de chiens, non ?

— Tu n'y as pas pensé, c'est tout. Ça arrive.

Jesse ne dit mot et mit brutalement la voiture en prise.

— Jess, entre dans le parc. Je voudrais vérifier quelque chose.

Une seule des deux voies était praticable et il n'y avait pas de lumière. Ils s'engouffrèrent dans l'obscurité, Jesse mettant pleins phares pour éclairer l'épaisse voûte que formaient les pins. La voie praticable conduisait à une aire de stationnement encombrée de congères intactes, puis continuait à travers bois.

— Les gens viennent beaucoup ici en hiver ? demanda Louis.

Jesse fit non de la tête.

— Il n'y a pas grand-chose ici à part le terrain de base-ball. Et les gosses font de la luge sur la colline près de l'école.

— Je parie que c'est ici qu'il a laissé sa voiture, dit Louis.

— Et je parie qu'il est parti par là, ajouta Jesse en lui montrant la route.

— Y a-t-il une autre entrée ?

Jesse confirma.

— Elle donne dans Evergreen, qui débouche sur la Highway 44, toujours déblayée et généralement déserte.

Louis le regarda.

— À quoi ça te fait penser ?

Jesse fronça les sourcils, puis cligna des yeux.

— Putain, ça veut dire qu'il savait. Il savait qu'il y avait une autre sortie.

— Et il savait probablement aussi pour les chiens.

Jesse se recula sur son siège, perdu dans ses pensées. Il se mit à neiger légèrement et il actionna les essuie-glaces.

— Le type qui a tué Pryce connaissait la ville, dit-il tranquillement.

— Probablement, dit Louis.

La radio se mit à émettre de violents parasites. Louis diminua le volume. La voix d'Edna se fit entendre.

— Loon-13 et 11. Quelle est votre position ?

Ce fut Jesse qui répondit.

— Le parc municipal.

— Je vous informe que Loon-1 vous demande de répondre à un appel au 181 Lakeside Drive, code 3[1].

Jesse regarda sa montre et soupira.

— C'est râpé pour les tacos.

Il cliqua sur le bouton de la radio.

— Central, de quel type d'appel s'agit-il ?

— Inconnu, Loon-13. La personne qui a appelé est un adolescent. Il a dit… (Elle hésita.) Il a juste dit qu'il y avait quelque chose de « dégueu » dans le lac.

1. Procédure d'urgence des véhicules de police incluant la mise en service du gyrophare et de la sirène.

CHAPITRE 8

Le corps était sur le ventre, congelé sous la glace près du rivage. Il flottait dans la position caractéristique des noyés, le haut du dos et les bras écartés visibles près de la surface et le bas du torse et les jambes disparaissant dans les profondeurs glaciales.

Même à travers la glace laiteuse, la parka verte et la casquette en laine rouge étaient parfaitement visibles. Les mains l'étaient aussi, gelées tout près de la surface, le bout de l'auriculaire gauche dépassant de la glace.

Louis regarda fixement le corps. Ollie s'approcha derrière lui, muni d'un appareil photo 35 mm. Sans un mot, il tourna autour du corps et se mit à prendre des clichés. Louis se souvint des initiales « O. W. » sur ceux pris dans la maison de Pryce. Apparemment, O. W. n'était autre qu'Ollie, le gars chargé de photographier les scènes de crime.

Louis inspecta le rivage. Il n'y avait que quelques chalets et la plupart étaient éteints, volets fermés. Il remonta jusqu'en haut la fermeture Éclair de son blouson et se rengonça dans son col de fourrure. Il faisait de plus en plus un froid de canard.

— Il va falloir installer des projecteurs, dit-il.

— L'Electric en apporte. (Jesse se mit à marcher autour du corps.) On risque d'être ici jusqu'à l'aube.

Louis soupira bruyamment.

— Merde.

— T'avais rancart ? demanda Jesse en souriant de toutes ses dents.

— J'aimerais bien, mec, j'aimerais vraiment bien. Tu as appelé ta femme ?

— Oui. Elle est furax. Pas de tacos pour *moi*[1] ce soir.

Jesse alla du côté où se trouvait Louis. Ils restèrent debout à contempler le corps. Ils avaient déjà appelé le coroner et les pompiers. Faire appel à ces derniers avait été l'idée de Jesse quand Louis lui avait demandé comment ils allaient sortir le corps de la glace. Au début, ils avaient envisagé de le dégager avec une barre à mine, mais ils s'étaient vite rendu compte à quel point c'était idiot compte tenu des trente centimètres d'épaisseur de la couche de glace. Sans compter les dégâts que ç'aurait pu occasionner au corps.

— Une idée de qui ça peut être ?

— Non. On est à mi-chemin du bout du lac. Il y a quelques petits chalets de touristes et donc, ça pourrait être un East Egger. Ils ont l'habitude de prendre des cuites, de sortir leur vieux Cris-Craft et de tomber dans le lac.

— Pas en hiver, fit remarquer Louis.

— Qui te dit que ce gars n'y est pas tombé l'été dernier et qu'il n'est remonté à la surface que maintenant ?

Louis lui jeta un bref coup d'œil.

— Il porte une parka.

— Sans blague.

Ils devenaient irritables à cause du froid. Louis sentit son estomac gargouiller sous la faim.

— Bon, quel que soit le moment où il est tombé, quelqu'un a peut-être signalé sa disparition, reprit Louis. Ça te dit quelque chose ?

Jesse fit non de la tête.

1. En français dans le texte original.

— C'est ce qui me fait me dire que c'est un Egger, quelqu'un qui était peut-être tout seul. Quelqu'un d'ici aurait été porté disparu.

Louis approuva d'un signe de tête. Il observait maintenant l'auriculaire dépassant de la glace. Il dirigea le faisceau de sa lampe torche sur la main et remarqua un reflet métallique.

— Il porte une montre, dit-il.

Il descendit avec précaution sur le bord, puis sur la glace qui se mit à grogner sous son poids. Il s'accroupit et braqua le faisceau de sa lampe sur le poignet gelé.

— Elle a l'air en or.

— Tu m'étonnes!

Jesse était remonté avec peine sur la berge.

— Qu'est-ce qu'ils foutent, ces pompiers?

Louis promena le faisceau de la lampe sur le corps déformé. C'était un grand type, et d'après le genre de manteau, ses cheveux gris clairsemés et l'épaisseur de son cou, probablement aussi un vieux. Bordel, pourquoi personne n'avait signalé sa disparition? Et comment diable s'était-il retrouvé sous la glace alors que le lac tout entier était gelé?

— Hé, tu sais à quoi ça me fait penser? s'écria soudain Jesse.

Louis sursauta. Il ne l'avait pas entendu revenir.

— Un film que j'ai vu l'été dernier. Julie et moi étions allés au cinéma en plein air de Rose City. C'était l'histoire d'un homme des cavernes qu'on avait retrouvé congelé dans les glaces du pôle Nord. Merde, c'est quoi, déjà, le titre de ce film?

Louis regarda vers la route dans l'espoir d'y voir apparaître des phares.

— Pas vu, grommela-t-il.

— C'était avec ce type, tu sais... celui qui jouait dans ce film où un gosse se noie et où son frère tente de se suicider en s'ouvrant les veines.

Louis pensait à Zoe. Peut-être qu'elle ne courrait pas ce soir. Il faisait trop froid.

— Louis... c'est quoi, le titre de ce film?

— Putain, Jess, j'en sais rien.

— Y avait aussi Mary Tyler Moore. Et le type qui jouait dans *Taxi*. Il faisait un psy.

— *Ordinary People.* Judd Hirsch.

— Oui ! C'est ça. Eh bien il jouait aussi dans le film sur l'homme des cavernes.

— Judd Hirsch jouait un homme des cavernes ?

— Non, non, il jouait le gamin dans *Ordinary People*, dit Jesse en s'impatientant. Et là, c'était le scientifique qui découvre l'homme des cavernes congelé dans la glace. Mais je me souviens plus comment ils l'en sortent.

— À la tronçonneuse, je parie, marmonna Louis.

Ils restèrent silencieux plusieurs minutes.

— *Iceman* ! dit brusquement Jesse.

— Quoi ?

— Le titre du film.

Ils se turent à nouveau. Un chien aboya au loin, le bruit résonnant dans les pins surplombant le lac. Ils restèrent debout à observer le corps dans son cercueil de glace.

— Voilà qui donne un tout nouveau sens à l'expression « raide mort », dit Jesse.

Louis leva la tête et le regarda. Jesse lui sourit. Louis éclata de rire. Jesse l'imita, l'écho de leurs rires se répercutant dans la masse sombre des arbres. La tension se relâcha, atténuant leur nervosité. Ça faisait bizarre de rire. Louis ne se rappelait pas avoir ri aussi fort depuis bien longtemps.

— Voilà le chef, dit Jesse.

Louis se calma rapidement et regarda vers la route. La voiture de Gibralter s'immobilisa au-dessus de la berge. Tandis que celui-ci en descendait, deux autres voitures ainsi qu'un camion de l'Oscada County Electric Company arrivèrent à leur tour. Les hommes de l'équipe commencèrent à décharger des projecteurs portatifs pendant que Gibralter, accompagné d'un autre type que Louis ne reconnut pas, descendait sur le rivage. Un autre, qui trimbalait un Nikon et un sac, trébucha derrière eux.

— Qui c'est, Jess ?

— Delp. Un petit morveux de l'*Argus*, le torchon local. Il se prend pour Geraldo Rivera[1].

— Qu'est-ce qu'on a, Jess ? demanda Gibralter.

— Je parierais pour un East Egger de la dernière saison de chasse.

— On sait qui c'est ?

— Non.

— Qui l'a trouvé ?

— Des gosses qui faisaient du patin. Il était caché par de la neige qu'on a nettoyée.

Gibralter regarda le corps, le visage aussi figé que l'était la glace. Le type à lunettes à la figure maigre et vêtu d'une énorme parka à capuche sortit une lampe de poche et se hasarda avec précaution sur la glace. Louis se dit qu'il s'agissait probablement du coroner du comté d'Oscada, Ralph Drexler.

— Qu'est-ce que tu en penses, Ralph ? demanda Gibralter.

Le coroner leva la tête et haussa les épaules.

— Pas moyen de dire quoi que ce soit avant de l'avoir ramené à la boutique et de l'avoir dégelé.

— On a appelé les pompiers, lança Louis.

— Les pompiers ? s'étonna Drexler.

— Ben oui... on s'est dit qu'ils auraient ce qu'il fallait pour le dégager, une tronçonneuse ou autre chose.

— Faites bien attention, dit Drexler. J'ai besoin que le corps soit intact. Lui cassez pas un bras. Ou les doigts. Les doigts sont importants. Faites très attention aux doigts.

Il se pencha au-dessus du corps. Le journaliste se mit à visser des accessoires à son appareil photo. Louis vit le chef remonter sur la berge et se diriger vers sa voiture. Un instant plus tard, il aperçut la flamme d'un briquet et la lueur d'une cigarette.

— La vache, ça va faire une sacrée photo.

1. Journaliste et animateur de télévision connu pour ses reportages dramatiques.

Louis se retourna. Le journaliste le regardait, un grand sourire aux lèvres. Il ne devait pas avoir plus de vingt ans et son visage était écarlate de froid. Il portait un gilet rouge en duvet sans manches sur un gros pull à col roulé. Ses cheveux blonds ébouriffés sortaient de chaque côté de son bonnet en laine. Il descendit sur la rive et commença à prendre des photos, envoyant avec son flash d'étranges éclairs dans la nuit noire. Louis l'observa, écœuré. Il sortait sa langue sur le côté de sa bouche à chaque photo qu'il prenait. Il avait l'air de bien s'amuser. Il descendit sur la glace et braqua son appareil droit sur le corps.

— Hé, recule un peu ! cria Gibralter de sa voiture.

Le gamin regarda Gibralter, puis Louis.

— J'ai ce qu'il me faut.

Il battit en retraite vers la berge pour prendre des photos de l'équipe en train de décharger les projecteurs.

Les six hommes de la caserne de pompiers volontaires de Loon Lake descendirent tranquillement près du corps et se mirent à le regarder avec curiosité en faisant des plaisanteries de mauvais goût. Louis fourra ses mains dans ses poches. Il avait de plus en plus froid et devenait plus irritable. Il regarda l'un des hommes tirer vainement sur le cordon d'une tronçonneuse pour tenter de la faire démarrer tandis que les autres attendaient en silence, grelottant de froid. Il leva la tête vers le ciel sombre et poussa un grand soupir en essayant d'imaginer Zoe sur la peau d'ours toute râpée.

***

Deux heures plus tard, un bloc de glace de deux mètres de côté était extrait et hissé à l'aide d'une poulie installée sur une dépanneuse. Il y resta suspendu, tout luisant et ruisselant dans la lumière crue des projecteurs. Tous se mirent en demi-cercle et le regardèrent en silence pendant plusieurs minutes. L'éclair d'un flash fit se retourner Louis. Il aperçut le journaliste quelques mètres plus loin, en train d'immortaliser la scène macabre.

Au bout d'une demi-heure de palabres, il fut décidé de faire appel à Noel Wolfe, qui dirigeait la carrière de granite, pour faire venir un camion suffisamment gros pour transporter le bloc de glace. Mais lorsque le camion arriva, Ralph Drexler s'avança.

— Ce corps va se casser en morceaux si tu passes sur une bosse, dit-il. Il faut quelque chose pour le protéger.

Gibralter regarda Jesse.

— Allez chercher un coussin, lui dit-il.

— Hein ? Où ça ?... (Jesse ôta sa casquette.) Voyons, chef, il n'est que minuit. On est au milieu de nulle part et vous voulez un putain d'oreiller pour ce macchabée ? Bordel, dans une heure, vous allez être obligé de tous nous décongeler.

— Harrison ! hurla Gibralter en faisant taire tout le monde. Je viens de vous donner des instructions. Veuillez les suivre.

Jesse regarda le chef, bouche bée. Louis observait, sentant que la réprimande de ce dernier était totalement inattendue. Apparemment, dans d'autres circonstances, Jesse pouvait se permettre ce genre de mouvements d'humeur. Mais pas ce soir.

Il disparut dans la pénombre et Louis le vit allumer ses phares et filer en ville en code-3. Une fois encore, les hommes se turent, quelques-uns retournant vers leurs véhicules pour mettre le chauffage et se dégeler. Louis se dirigea vers le camion, disparut sous le bloc de glace suspendu et braqua sa lampe torche sur le visage du mort.

Déformé par la glace, hideux et blême. De type caucasien, joufflu, le visage rasé de près bien visible sous les dessins que formaient les cristaux de glace. Ses yeux ouverts formaient deux petits trous sombres et lui donnaient l'air légèrement surpris. Sa bouche était ouverte elle aussi et la partie supérieure de son appareil dentaire s'était décollée.

Un éclair de lumière se produisit à côté de lui. Ce fichu journaliste s'était glissé sous le bloc avec lui pour prendre une photo.

— Celui-là n'est pas si mal, dit-il en regardant Louis.

— Quoi ?

— Pryce. Pryce était encore chaud quand je suis arrivé sur place. (Il lui tendit la main.) Delp, dit-il en souriant. Doug Delp. De l'*Oscoda County Argus*.

Louis regarda un instant sa main nue et rouge, puis la serra à contrecœur.

— Vous êtes le gars qui a remplacé Pryce, c'est ça ? demanda Delp.

— Oui. Excusez-moi, voulez-vous ?

Ollie était en train de les regarder furtivement.

— Est-ce que ça vaut la peine que je vienne là-dessous prendre des photos ? Ou est-ce que j'attends ? demanda-t-il plein d'espoir.

— Wickshaw ! Kincaid ! cria Gibralter. Sortez de là avant que ce bloc de glace ne vous tombe dessus et ne vous tue tous les deux !

Ollie recula, suivi par Louis et Delp. Louis remonta la pente jusqu'aux voitures.

Une demi-heure plus tard, Jesse revint avec un matelas double attaché sur le toit de la voiture. Le matelas fut placé sur le plateau du camion et le corps pris dans la glace délicatement posé dessus. Une fois le bloc attaché avec des cordes, des tendeurs et des sangles, l'équipe des électriciens et les pompiers commencèrent à remballer en vitesse leur matériel. Personne ne voulait s'attarder un instant de plus que nécessaire dans cette nuit glaciale. Même le journaliste avait filé depuis longtemps.

— Où est-ce qu'ils vont l'emmener ? demanda Louis à Jesse.

— À Cedar Springs. Au labo du comté. C'est à environ trente-cinq kilomètres.

— Dieu merci, on devrait être rentrés à l'aube.

Gibralter vint vers eux et jeta un mégot de cigarette. Il regarda les pompiers poser les dernières sangles, puis Louis et Jesse.

— Wickshaw va vous suivre avec la voiture, dit-il.

Louis regarda le corps, puis de nouveau Gibralter qui s'éloignait.

— Quoi ? Il veut qu'on fasse la route avec le macchabée ? demanda Louis à Ollie.

Ce dernier haussa les épaules.

— C'est bien ce que j'ai entendu. Pas toi ?

Jesse était déjà en train de grimper sur le plateau. Louis se remit à protester, mais Jesse l'interrompit et lui tendit la main.

— Louis, amène-toi ! lança-t-il.

Louis hocha la tête, grimpa sur le plateau, passa par-dessus le bloc de glace et s'assit à côté de Jesse, qui s'était installé dans le coin proche de la cabine.

— C'est ridicule, marmonna Louis.

— Et si tu voyais les choses autrement ? On préserve la chaîne de traçabilité des preuves.

Le camion démarra et Louis empoigna le rebord du plateau. Jesse regarda la route et vit le chef monter dans sa Bronco. Le camion s'éloigna lentement de la rive et gagna la route. Ollie se mit derrière et suivit.

— Le chef avait l'air un peu tendu, fit remarquer Louis au bout d'un moment.

— Il est seulement furieux contre moi, répondit nerveusement Jesse. Je n'aurais pas dû lui répondre comme ça.

Louis frissonna tandis que le vent commençait à cingler.

— C'était pas très malin de ta part.

— Il ne m'a jamais crié dessus comme ça juste pour insolence.

— C'est à cause de la situation, Jess. Il fait un froid de canard. Il se retrouve avec un cadavre sur lequel tout le monde blague et avec tout un tas de civils qui regardent. Il a un peu joué les Tarzan, voilà tout.

— Oui, ça doit être ça.

Louis se serra contre lui pour se tenir chaud.

— Si je meurs de froid cette nuit, dis-leur que c'était avec les honneurs, d'accord ? dit-il.

— Tu ne vas pas mourir. Le corps humain peut endurer des températures bien plus basses que ça.

Louis lui montra le corps d'un signe de tête.

— C'est à lui qu'il faut dire ça.

Ils redevinrent rapidement silencieux dans le froid mordant qui régnait sur l'autoroute.

— Louis, dit Jesse en rompant le silence.

Louis grommela.

— Tu t'es déjà senti replonger dans le passé d'un seul coup ? Tu sais, à cause de quelque chose qui arrive ?

— Quoi, tu veux dire l'impression de « déjà-vu » ?

— Non, plutôt comme si tu te sentais redevenir un gamin parce que quelque chose qui s'est passé à l'époque se produit à nouveau.

Louis le regarda. Avec le vent, sa voix semblait toute petite. Et son visage, éclairé par le faisceau des phares de la voiture de Wickshaw qui suivait, paraissait différent. Ses cheveux noirs étaient plaqués sur son front par le vent et ses yeux pleuraient à cause du froid. Il avait l'air d'avoir dix ans.

— Mon père me faisait toujours monter à l'arrière de son pick-up, enchaîna-t-il.

— En hiver ?

— En hiver comme en été. Qu'il pleuve ou qu'il fasse beau.

— Pourquoi ?

Jesse cligna des yeux.

— Il disait qu'il n'y avait pas assez de place à l'avant pour mon oncle et moi.

Louis frissonna et se recroquevilla sur lui-même.

— Excuse-moi de te dire ça, Jess, mais j'ai l'impression que c'était un vrai con.

— Il l'était. Mais en un sens, il a fait de moi ce que je suis.

— Qu'est-ce que tu veux dire ?

— Que s'il ne m'avait pas foutu dehors à dix-sept ans, je ne serais pas devenu flic. (Jesse jeta un coup d'œil à Louis et vit qu'il attendait la suite.) J'ai rencontré Gibralter juste après, et d'un seul coup, tout est devenu évident. Je voulais être flic. Il fallait que j'en sois un. Tu vois ce que je veux dire ?

Il ne voyait pas, mais fit quand même oui de la tête.

Ils restèrent silencieux tout le reste du chemin jusqu'à Cedar Springs. Le camion pénétra sur l'aire de stationnement de la morgue du comté à 1 h 30. Louis et Jesse descendirent de l'arrière du camion et entrèrent pour enregistrer l'arrivée du corps. Quelques minutes plus tard, ils retournaient vers la voiture d'Ollie.

— Fichons le camp d'ici, dit Louis en ouvrant la portière côté passager et s'apprêtant à monter.

— Laisse-moi aller devant, dit Jesse en lui attrapant le bras.

Louis haussa les épaules.

— Si tu veux.

Il grimpa à l'arrière et ferma les yeux.

— Ne m'attendez pas avant tard, marmonna-t-il. Je vais faire la grasse matinée.

Jesse tourna la tête et lui jeta un coup d'œil à travers la grille métallique qui séparait l'avant de l'arrière.

— Toi, au moins, tu as un endroit où dormir.

— Comment ça? demanda Louis.

Jesse fit un signe de tête en direction de la morgue.

— Cet enfoiré m'a piqué mon lit.

Louis fut réveillé par le grésillement de la radio se mettant en marche sur sa table de nuit. C'était Florence qui l'informait qu'il était 8 heures passées et qu'il avait raté le briefing.

Il se laissa retomber sur son oreiller. Bordel, après la nuit dernière, il pensait pouvoir dormir quelques heures de plus.

Il était en train de fermer sa braguette lorsqu'il entendit le hurlement d'une sirène dehors. Il écarta le rideau et vit Jesse qui attendait dans la voiture. Ils partirent effectuer leur patrouille habituelle sans passer par le commissariat. Louis resta affalé sur son siège, écoutant à moitié les bavardages de Jesse, refusant son offre de partager avec lui sa Thermos de café. Julie, il s'en était vite rendu compte, faisait un café épouvantable. À midi, Louis suggéra de retourner au commissariat.

Une fois sur place, Louis se dirigea directement vers la cafetière, puis s'écroula sur sa chaise en frottant ses joues qui piquaient. Il n'avait pas eu le temps de se raser et se demanda si Gibralter considérait cela comme ne pas être en tenue.

Le téléphone sonna et il décrocha. C'était le légiste de Cedar Springs. Louis fit un geste de la main à Jesse.

— Hé, ils ont identifié le cadavre, lui annonça-t-il.

Jesse le regarda et se dirigea vers son bureau.

— Ah, d'accord, j'ai compris, murmura Louis en prenant des notes.

Deux minutes plus tard, il raccrocha.

— Il a été abattu.

— Tu plaisantes ? dit Jesse. Quand ?

— Ils ne pourront le dire qu'après avoir analysé les tissus.

— Je t'avais bien dit que c'était sûrement un chasseur. Quelle arme ?

— Un fusil. Calibre 12.

L'expression de Jesse se modifia légèrement et il fronça les sourcils.

Louis s'apprêtait à lui demander ce qui n'allait pas quand il comprit.

— Pryce a été tué avec un calibre 12, dit-il.

Jesse confirma.

Louis déchira une feuille de son bloc-notes et la tendit à Dale.

— Ils ont trouvé un portefeuille. Dale, diffuse le nom du gars et vois s'il a été porté disparu. Diffuse-le aussi en dehors de l'État, au cas où ce serait un touriste.

Dale prit le papier et se dirigea vers l'ordinateur. Et s'arrêta.

— Jess, dit-il en se retournant.

Celui-ci leva la tête.

— Quoi ?

Dale avait pâli. Son regard alla du papier qu'il tenait dans sa main tremblante à Louis et finalement à Jesse. Ce dernier s'approcha et le lui prit des mains.

Quand il releva la tête, ses yeux étaient brillants.

— Dale, va chercher le chef, dit-il lentement.

CHAPITRE 9

Le chalet du mort fut localisé du côté ouest du lac, dans un quartier de petites maisons sans étage et de camping-cars, à environ deux cents mètres au nord de l'endroit où le corps avait été trouvé. C'était, devina Louis, là qu'habitaient les gens les moins aisés, les employés des stations-service, les guides pour la pêche et la plupart des serveuses de restaurant et des femmes de chambre des hôtels de tourisme.

Il s'appelait Fred Lovejoy. Il était âgé de soixante et un ans, célibataire, sans enfant et ancien flic de Loon Lake.

Maintenant, ça faisait deux. Un jeune et un vieux. Un Blanc et un Noir. Un qui vivait en famille, l'autre seul. Un en activité, l'autre à la retraite. Mais tous les deux avaient porté des tenues de Loon Lake.

Jesse n'avait pas dit grand-chose sur le chemin. Louis aurait voulu l'interroger sur le passé local, sur de possibles suspects et tout ce qu'il aurait pu lui apprendre. Mais l'expression qu'il avait sur le visage et le léger tremblement de ses mains l'en dissuadèrent. Jesse avait perdu deux collègues en moins d'un mois. Ses questions pouvaient attendre.

Jesse arrêta la voiture sur le côté déblayé de la route. Louis descendit, s'arrêta et regarda le chalet. La maison de Lovejoy ressemblait aux autres, petit cube vert foncé devant lequel poussaient quelques arbustes rabougris. Jesse emprunta le chemin enneigé.

— Jess, attends une minute, dit Louis en ouvrant la grosse boîte aux lettres métallique.

Elle était bourrée de papiers. Louis la vida entièrement et se mit à en passer en revue le contenu. Lequel s'avéra n'être rien d'autre que des factures, de la pub, et les revues *Field and Stream*[1] et *Hustler*[2], en un exemplaire de chaque. Il y avait également trois épais journaux protégés par des enveloppes en plastique bleu sur lesquelles était imprimé le logo du *New York Times*.

À côté de la boîte aux lettres se trouvait aussi un tube en plastique vert foncé avec dessus le logo du *Oscoda County Argus*, mais sans rien à l'intérieur. Louis fourra les journaux et le courrier dans un sac qu'il jeta sur le siège de la voiture avant de suivre Jesse vers la porte d'entrée. Il remarqua une Buick dernier modèle garée dans l'allée étroite et recouverte d'une couche de trente centimètres de neige.

Jesse remarqua que Louis la regardait.

— Fred adorait les Buick, dit-il. Il en achetait une nouvelle chaque année.

— Pas mal pour un flic à la retraite vivant sur sa pension, marmonna Louis.

— Il a touché une petite fortune au moment de prendre sa retraite. Une indemnité d'une mutuelle des travailleurs d'un montant de trente mille dollars.

— À la suite de quoi ? demanda Louis en ouvrant doucement la porte.

Il fut tout étonné qu'elle ne soit pas fermée à clé. Il se rappela alors que c'était chose courante à Loon Lake.

— Un tassement vertébral ou quelque chose dans le genre. En relevant un ivrogne.

La voix de Jesse s'estompa tandis qu'ils pénétraient à l'intérieur du chalet.

1. Magazine de vente par correspondance d'articles de sport et de pêche.

2. Magazine pornographique.

Il était évident qu'à part la Buick, Lovejoy ne dépensait pas d'argent pour son confort. La maison était un vrai taudis.

— Bon Dieu, qu'est-ce que c'est que cette odeur ? dit Jesse en reculant légèrement vers la porte.

— Des ordures, j'imagine. J'espère, dit Louis. Estime-toi heureux qu'il fasse aussi froid.

Il avança de deux pas dans le petit salon. Les vieux stores jaunis étaient baissés, plongeant la pièce dans une semi-obscurité mordorée. Le vieux canapé était à moitié recouvert d'un dessus-de-lit chenille bon marché. Les tables basses dépareillées croulaient sous des journaux jaunis, des magazines, des assiettes sales et des bouteilles de bière Pabst Blue Ribbon. Un vieux meuble de télévision danois de la marque Zenith trônait dans un coin, des papiers et autres cochonneries encore posés dessus. Des piles de journaux de un mètre de haut s'alignaient le long des murs, certaines s'étant renversées. La moquette verte était jonchée de vieux cartons à pizzas, de boîtes de conserve ouvertes et de ce qui ressemblait à de vieux os.

Jesse écarquilla les yeux en voyant les os. Louis sortit une paire de gants en latex de sa poche et les enfila en s'accroupissant. Il prit un os par son extrémité, puis le rejeta par terre.

— Poulet, dit-il.

Jesse poussa un soupir de soulagement et suivit Louis vers la cuisine.

— Putain, ce qu'il fait froid ici ! dit ce dernier.

Jesse s'arrêta devant le poêle noir. Il était sinistre et glacial.

— Ça devait être le seul chauffage qu'avait Fred.

Ils allèrent jusqu'à la cuisine. Une grande poubelle en plastique était retournée au milieu du linoléum, des détritus jonchant le sol. Un paquet de Cheerios était renversé sur le comptoir, la majeure partie des céréales disséminée tout autour. Une série de boîtes avait également été retournée, laissant une couche de sucre et de farine sur le comptoir et par terre. Tous les placards du bas avaient été ouverts, et les casseroles et les poêles sorties.

— Quelqu'un qui cherchait quelque chose, dit Jesse.

— Il semble qu'il ait pas trouvé grand-chose, répliqua Louis.

Jesse alla dans le couloir. Louis continua de fouiller la cuisine, s'accroupissant pour regarder dans les placards, puis se relevant. Étrange. Les placards du haut étaient intacts.

— Oh merde !

— Qu'est-ce qu'il y a ? cria Louis.

— Tu ferais bien de venir voir.

Louis se hâta de le rejoindre dans la chambre. Jesse contemplait quelque chose dans un coin. Louis fit le tour du lit défait et s'arrêta net. C'était un grand chien marron tacheté, un genre d'épagneul. Il était mort, couché sur le flanc, raidi par le froid.

— J'avais oublié que Fred avait un chien, dit Jesse en se passant une main sur le visage. Ça explique l'odeur. Il y a des crottes partout.

— Ça explique aussi le bordel, dit Louis. Ce chien a dû chercher quelque chose à manger.

Jesse fit la grimace.

— Tu penses qu'il est mort de faim ?

— C'est possible.

Jesse se pencha, prit une couverture sur le lit et en recouvrit délicatement le chien. Puis, sans regarder Louis, il sortit rapidement de la chambre.

Louis se mit à regarder partout autour de lui dans la chambre miteuse, mais ne découvrit aucun indice expliquant la mort de Fred Lovejoy. Ce n'était que le triste témoignage d'une vie solitaire. Il avait entendu dire que certains flics à la retraite finissent ainsi. Sans le cadre du commissariat ou d'une famille pour donner un sens à leur vie, ils sombrent dans l'enfer d'une vacuité solitaire. Les yeux de Louis se posèrent sur les tas de vêtements sales. Quelque chose sur la commode attirant son attention, il se dirigea vers elle.

C'était un revolver dans son étui. Il le sortit doucement et le fit tourner dans sa main. Il sentait le nettoyant frais pour armes Hoppes et l'huile laissa des traces sur ses gants. Même le cuir était entretenu, comme un gant de base-ball bien-aimé. Louis remit l'arme dans son étui et la replaça sur la commode.

Puis il gagna la petite salle de bains. Dégoûtante, avec de l'eau gelée dans la cuvette des toilettes. En sortant, il passa devant une porte fermée. Il l'ouvrit, lentement. L'odeur était tellement forte qu'il recula. Une grande cage se trouvait dans un coin, avec à l'intérieur une vieille couverture couverte de poils. C'était apparemment là que Lovejoy mettait son chien quand il sortait.

Louis mit son bras devant son nez et examina la cage. Il était clair que Lovejoy n'avait pas eu l'intention de rester longtemps parti de son chalet sinon il l'aurait enfermé dedans. Son tueur était-il venu à cet endroit? Lovejoy avait-il été assassiné chez lui avant d'être balancé dans le lac? Louis fronça les sourcils. Comment était-il possible de jeter un corps dans un lac gelé? Et où était le sang? Louis n'avait jamais entendu parler d'une blessure par coup de fusil qui ne laisse pas une ou deux gouttes de sang. Mais s'il n'avait pas été tué ici, alors où?

Jesse déboula du petit couloir.

— Hé, Louis, je crois que je…

Il se figea sur place dans l'encadrement de la porte. Ses yeux étaient rivés sur la cage. Son expression s'évanouit soudain, son teint devint livide.

— Écoute, Jess, il va falloir…

Jess sortit de la pièce comme une bombe.

— Jess!

Louis passa la tête par l'encadrement de la porte, mais Jesse avait disparu. Un instant plus tard, il entendit le claquement de la porte coupe-vent.

— Quelle mouche l'a piqué? marmonna Louis.

Il retourna au salon. Par la porte d'entrée ouverte, il aperçut Jesse penché contre un arbre. Il avait la tête baissée et sa respiration saccadée formait des volutes de vapeur blanche dans l'air froid.

Louis s'approcha.

— Jesse? Qu'est-ce qui se passe?

Jesse hocha la tête. Puis, lentement, il prit deux grandes inspirations et se redressa. Son visage était couvert de sueur.

— Je ne sais pas. Je me suis senti mal, dit-il. L'odeur m'a soulevé le cœur, je crois. Et aussi ce foutu chien.

Il finit par regarder Louis, ses yeux marron baignés de larmes.

— Je suis désolé, vieux. Ne… ne raconte pas ça au chef, d'accord ?

Louis le regarda un moment, puis lui tapota maladroitement l'épaule.

— Pas de problème. Ça n'est même pas arrivé.

Jesse se frotta le front et regarda vers le lac.

— Merde, je viens de me rappeler quelque chose.

— Quoi ?

— Fred était pêcheur.

— Et alors ?

— Pêche blanche. Tu sais, dans des cabanes… avec des trous dans la glace.

Louis fit le tour de l'arbre et suivit le regard de Jesse.

— Comme celle-là, là-bas ? demanda Louis en lui montrant du doigt une petite construction en bois érigée sur le lac glacé, à une trentaine de mètres de la rive.

— Oui. Exactement.

Louis remonta son col et s'éloigna dans la neige. Jesse s'écarta de l'arbre et tenta de le rattraper.

— On ferait peut-être mieux d'appeler le chef avant d'aller là-bas, dit-il.

Jesse sortit sa radio et contacta Florence. Il lui demanda de prévenir le chef et, sur une impulsion, l'unité de scène de crime du comté. Il remit la radio à sa ceinture juste au moment où ils arrivaient devant la cabane de pêcheur. Une couche de brume grise flottait au-dessus du lac, créant des ombres de vapeur que traversaient des flocons de neige étincelants. Dieu, quel endroit désolé !

— Tu ouvres ? demanda Jesse.

Louis poussa la mince porte. Le vent s'engouffrant à l'intérieur, il entendit des bruits de papiers qui s'envolaient. La cabane était sombre, Louis prit la lampe torche à sa ceinture, l'alluma et en promena le faisceau à l'intérieur.

C'était exigu – à peu près trois mètres sur trois – et fait de bois fendu. Au beau milieu, près d'un trou dans la glace, était disposé un vieux fauteuil bergère. À côté de lui se trouvait une petite table surmontée d'un plateau télé sur lequel était posée une lampe à gaz Coleman. Un radiateur alimenté par un générateur à pétrole occupait un coin, une glacière en polystyrène déformée occupait l'autre. Le sol de glace était recouvert de gazon vert artificiel et jonché de mégots de cigarettes, de papiers d'emballage de bœuf séché et de canettes de bière Pabst.

Louis entra et braqua sa torche sur les murs. Ils étaient couverts de matériel de pêche. Il y avait aussi une tronçonneuse Black et Decker, une couverture indienne et une outre en peau de mouton.

— Louis, regarde.

Louis braqua sa torche sur Jesse qui s'agenouillait à côté du trou. Sur l'un de ses bords irréguliers se trouvaient des taches brunes.

Louis s'agenouilla à son tour, puis éclaira le trou avec sa lampe. C'était du sang. Il dirigea alors la lampe vers le fauteuil. Il y avait une petite tache sur l'assise, aussi noire que l'eau dans le trou.

— C'est là qu'il a été tué, dit Louis.

— Ici ? Mais il a été trouvé tout près de la rive, lui rétorqua Jesse.

Louis se releva et braqua sa torche sur le fauteuil, puis sur le trou.

— Tu vois les traces de sang ? Il a été tué alors qu'il était assis. Après quoi je pense qu'il a été mis dans ce trou.

Jesse regarda le trou dans la glace.

— Nom de Dieu ! marmonna-t-il. Quelqu'un l'a flingué et l'a balancé dans ce putain de trou ? Il l'a tout simplement foutu dedans ? Dieu du ciel !

Il se retourna brusquement et se mit près de la porte pour regarder dehors.

— Jess ? Qu'est-ce que c'est que ça ?

Jess se tourna dans la direction où Louis dirigeait le faisceau de sa torche. Elle éclairait une barre métallique posée près du siège.

— C'est une barre à mine. On s'en sert pour découper des trous dans la glace.

Louis s'agenouilla pour examiner l'outil. Fred Lovejoy avait dû peser plus de cent kilos. Il y avait toutes les chances pour que le tueur n'ait pas eu la patience de se servir de la barre à mine et d'agrandir suffisamment le trou pour y faire passer un corps. Louis dirigea sa lampe vers la tronçonneuse accrochée au mur.

— Et ça ?

Jesse jeta un coup d'œil à l'outil.

— Les feignants se servent de ça. C'est plus facile.

— Et plus rapide, dit Louis d'un air pince-sans-rire.

Jesse était en train de regarder dans le trou.

— Je pige pas. Pourquoi quelqu'un prendrait-il la peine de faire ça ? Je veux dire… pourquoi ne pas laisser le corps là, tout simplement ?

— Peut-être pour gagner du temps. En prenant dix minutes de plus pour agrandir ce trou, il donnait du temps aux indices de disparaître, et aux témoins de commencer à oublier. Les traces ne sont plus fraîches et l'affaire devient plus difficile à résoudre.

Louis gagna la porte et se plaça devant le fauteuil en tenant dans les mains un fusil imaginaire.

— Tu penses qu'il connaissait son assassin ? demanda Jesse.

Louis baissa les bras.

— Difficile à dire. Je pense que le tueur est allé droit vers lui comme avec Pryce. (Il hocha la tête.) Mais Lovejoy était un flic aguerri. Comment quelqu'un a-t-il pu le prendre de vitesse aussi facilement ? (Il marqua une pause.) Peut-être qu'il le connaissait, en effet.

Jesse ramassa une canette de bière vide et glissa le doigt dans l'ouverture.

— Ou peut-être Fred était-il trop soûl pour réagir. Il buvait beaucoup. Et les gens par ici ne sont pas sur le qui-vive. Même pas nous.

— Sauf Pryce, dit Louis. Il avait sorti son arme.

Le silence s'installa pendant plusieurs minutes. Puis Louis se mit à balayer le sol de sa lampe torche.

— Qu'est-ce que tu cherches ? Une douille ? demanda Jesse.

— Non, une carte.

Jesse le regarda un moment, puis se mit à l'imiter à contrecœur. Pendant quelques minutes, il n'y eut d'autre bruit que celui de leurs respirations.

— Merde, elle doit bien être ici, dit Louis.

— Peut-être qu'elle est dans la maison, suggéra Jesse.

Louis fit non de la tête.

— Il avait laissé l'autre juste à côté du corps de Pryce.

— Peut-être qu'elle est tombée dans le trou.

— Ce serait bien notre chance.

Louis repéra un magazine près du mur du fond et se pencha pour le regarder de plus près. C'était le supplément du dimanche du *New York Times* du 24 novembre. Il était ouvert à la page des mots croisés, lesquels étaient presque terminés.

— Il était en train de faire des mots croisés quand il a été tué, dit Louis.

Jesse lui jeta un coup d'œil.

— Fred était un dingue de mots croisés. Il passait tout son temps à ça.

Louis s'agenouilla et se servit de sa lampe pour pousser le magazine de côté.

— Bingo ! s'exclama-t-il.

La carte était de dos. Louis supposa qu'elle s'était envolée et avait été projetée contre le mur en même temps que le magazine au moment où il avait ouvert la porte. Il sortit un stylo de sa poche et s'en servit pour retourner la carte.

— Dix de cœur, dit Louis. (Il se releva et promena son regard dans la cabane.) Il doit y avoir un rapport.

— Un rapport ?

— Pryce était un flic en activité, alors que Lovejoy était retraité. Qu'avaient-ils en commun ?

— Ben, c'étaient deux flics, dit Jesse.

— Il doit y avoir autre chose. Il faut qu'on fouille ce chalet, et de fond en comble.

Il se retourna. Jesse balançait la tête de droite à gauche.

— C'est juste là, Jess. Tout ce qu'on a à faire est de…

— Je n'y retourne pas ! s'écria Jess en se détournant.

Il inspira profondément.

— Je ne retourne pas là-dedans, répéta-t-il.

Le bruit d'une sirène attira l'attention de Louis avant qu'il ait pu répondre.

— Le chef arrive, dit vivement Jesse en sortant de la cabane.

Louis sortit à son tour, juste au moment où la Bronco s'arrêtait devant le chalet. Gibralter en descendit et se dirigea vers la porte d'entrée.

— Chef ! Par ici ! cria Jesse.

Gibralter s'arrêta, se retourna et regarda dans leur direction. Il descendit sur la berge enneigée et se mit à avancer sur la glace.

— Depuis quand Fred était-il à la retraite ? demanda Louis en l'attendant.

— Environ deux ans, répondit Jesse. C'est lui qui m'a formé. Je l'aimais beaucoup. Tout le monde l'aimait. Même le chef.

— Le chef ?

Jesse hocha lentement la tête.

— Ils étaient amis, on peut dire. Quand Fred a pris sa retraite, ils allaient quelquefois à la pêche ensemble.

Le silence s'installa.

— Jess, à propos du chalet…, reprit Louis.

— Laisse tomber, répondit sèchement Jesse avant de se porter à la rencontre de Gibralter.

Louis fronça les sourcils en le regardant s'éloigner. Qu'est-ce que ça voulait dire ? Qu'est-ce qui avait provoqué sa réaction dans le chalet ? Et pourquoi refusait-il d'y retourner ? Puis il comprit. Ce n'était pas l'odeur qui l'avait rendu malade. C'était la peur. Deux de ses collègues avaient été abattus. Et pour autant que chacun sache, celui qui avait fait ça n'en avait pas terminé.

Gibralter et Jesse arrivèrent près de Louis.

— Qu'est-ce qui se passe ? demanda Gibralter en scrutant des yeux la cabane.

— C'est ici que Lovejoy a été tué, dit Louis.

Le regard de Gibralter refléta son étonnement.

— Ici ? Comment le savez-vous ?

Mais il n'attendit pas la réponse. Il contourna Louis et regarda par la porte à l'intérieur de la cabane.

— Kincaid, passez-moi votre torche, dit-il.

Il entra et braqua la lampe sur le fauteuil et le trou au bord irrégulier et souillé de sang. Puis il ressortit lentement à reculons et se tourna vers Jesse et Louis.

— Fred était un type bien. Je pouvais compter sur lui, dit-il la gorge serrée.

Il détourna brusquement les yeux, d'abord vers le chalet, puis vers les pins bordant le lac.

Louis le regarda avec attention, guettant une réaction de sa part, pas juste celle d'un chef pour un camarade abattu, mais celle d'un homme endeuillé par la mort d'un ami intime. Mais le visage de Gibralter restant impassible, il ne sut pas s'il devait le plaindre ou l'admirer.

— Je veux que la zone tout entière soit sécurisée et entièrement fouillée, ordonna Gibralter. Du chalet jusqu'à ces arbres.

Louis scruta la rive du lac. La zone ne faisait pas loin de deux kilomètres carrés. Il vit le regard de Jesse et comprit qu'il pensait à la même chose que lui. Gibralter se raccrochait à ce qu'il pouvait.

— Harrison, ont-ils été avisés à Cedar Springs ? demanda-t-il.

— Oui, chef.

Il s'agenouilla et nettoya la glace d'une fine couche de neige poudreuse. Sur sa surface se trouvaient quelques taches brunes dont Louis avait tout de suite pensé qu'il pouvait s'agir de sang. Gibralter se releva, inspira profondément et souffla un jet de vapeur blanche. Il leva les yeux au ciel.

— Quelqu'un connaît-il les prévisions météo ?

— Quinze centimètres d'ici à minuit, répondit Louis.

— Bon, on ferait bien d'essayer d'obtenir quelque chose de tout ça, dit-il sèchement. Je veux que ces taches restent intactes. Harrison, allez chercher un balai au chalet. Je veux que la neige autour de cette cabane soit soigneusement enlevée et que la glace soit passée au peigne fin jusqu'au bord : on recherche le moindre indice.

Louis était sur le point de dire qu'il y avait eu deux grosses chutes de neige au cours de la semaine passée. Mais à en juger à la tête que faisait Gibralter, la logique ne serait pas un argument de poids.

— Vous ne voulez pas que j'aille aussi chercher une tente? demanda Jesse.

Louis le regarda, abasourdi par son sarcasme.

Gibralter jeta un coup d'œil vers lui.

— Faites ce que je vous dis, Harrison.

Jesse se mit à avancer sur la glace en faisant glisser ses pieds.

— Et attention où vous marchez! hurla Gibralter en se frottant les mains pour en ôter la neige.

Il se retourna et regarda par la porte de la cabane.

— Il y avait une carte? demanda-t-il au bout d'un moment.

— Oui.

— Où était-elle?

— À côté de son siège, sous les mots croisés.

— Quoi?

— Il était en train de faire des mots croisés quand il a été tué, chef.

Le regard de Gibralter devint distant.

— Des mots croisés, murmura-t-il doucement.

Il se détourna et parcourut le lac des yeux. Louis observa son profil. Quelle que fût l'émotion que pouvait ressentir cet homme, il ne laissait personne en être le témoin.

Au bout d'un moment, Gibralter se tourna vers lui.

— Autre chose? demanda-t-il brusquement.

Louis hésita.

— Vous avez quelque chose en tête, Kincaid. De quoi s'agit-il ?

— De Jesse, chef.

— Eh bien ?

— Quand on a fouillé le chalet, Jess était plutôt secoué. Je pense qu'il...

— Je connais Harrison mieux que vous, Kincaid, l'interrompit Gibralter.

Louis acquiesça d'un signe de tête.

— Je sais. C'est seulement que... en fait, je pense qu'il a peur de tout ce...

— Peur ? répéta Gibralter. Il ne peut pas se permettre d'avoir peur. Aucun de nous ne le peut en ce moment, Kincaid. Il y a une saloperie de tueur de flics en liberté.

— Chef, avec tout le respect que je vous dois, je ne pense pas que vous puissiez reprocher à un homme d'avoir...

— Deux hommes, deux de mes hommes sont morts ! aboya Gibralter. Je veux qu'on retrouve cette ordure tout de suite ! Et je me fous de ce qu'il en coûtera ! S'il faut que Jesse se mette à quatre pattes et qu'il examine chaque centimètre de glace, ou que vous grimpiez après chaque pin de cette forêt, eh bien vous le ferez, vous m'entendez ?

— Oui, chef, répondit Louis.

Gibralter tourna les talons et s'éloigna vers le bord. Puis il s'arrêta et se retourna vers Louis.

— Trouvez-le, Kincaid, dit-il.

CHAPITRE 10

Il était près de 23 heures. Toujours aucune trace d'elle.

Il était resté une heure dans la véranda à attendre qu'elle sorte de la brume qui recouvrait le lac. Et avait fini par rentrer. Maintenant, il était affalé sur le vieux canapé à contempler le feu qui s'éteignait. Un bloc grand format était posé sur ses genoux, couvert de notes sur Pryce et Lovejoy.

Il ne pouvait pas se sortir certaines images de la tête. Le visage de Fred Lovejoy gisant dans la glace. Celui de Pryce étendu mort dans l'escalier sur la photo de la scène de crime.

Et aussi celui de Jesse. Il n'arrivait pas à oublier l'expression qu'il avait eue après s'être enfui du chalet. Certains flics ont la chance de ne jamais avoir à sortir leur arme ni voir un cadavre tout au long de leur carrière et, vivant dans une ville comme Loon Lake, Jesse n'avait probablement jamais vu un mort avant Pryce. Et pas seulement un mort – un flic mort.

Louis poussa un soupir et pensa à Gibralter. Aussi éperdu de douleur fût-il pour son ami Lovejoy, il s'était montré trop dur envers Jesse. Celui-ci était en droit d'avoir peur. Bordel, ils en avaient tous le droit.

Il regarda distraitement la télévision. Le son était coupé, les images projetant sur les murs des ombres vacillantes. Il remonta la couverture sur ses épaules, mais rien ne semblait pouvoir le réchauffer. Le froid qu'il ressentait était en lui. Cela avait commencé au chalet de Lovejoy, quand il avait vu le chien. Ça n'avait fait qu'empirer dans la cabane, quand il avait vu le trou découpé dans la glace et dont le bord était couvert de sang. Et ça l'avait paralysé quand, dehors dans le froid glacial, il avait entendu l'ordre de Gibralter.

Trouvez-le.

Trouver quoi ? Un monstre qui avait assassiné deux hommes ? Un marginal qui allait peut-être recommencer ? Un fantôme aussi éphémère que le brouillard ? Il posa son bloc à côté de lui et éprouva un sentiment d'impuissance grandissant. Il ne savait pas quoi faire, par où commencer cette enquête.

Trouver qui... qui ?

Il tendit le bras pour prendre son verre de cognac, mais il était vide. Il soupira et fit l'effort de se lever du canapé pour aller le remplir. Il revint de la cuisine en traînant les pieds et vit le carton de livres posé dans un coin. Et se rappela soudain quelque chose.

Il reposa son verre, s'agenouilla, se mit à fouiller dans les bouquins et sortit le livre de poche bleu qu'il cherchait. *The Criminal Mind* de Dean Franklin.

Il reprit son cognac, retourna s'asseoir sur le canapé et jeta un coup d'œil au dos du livre. Le regard pénétrant de Franklin le renvoya immédiatement à la salle de lecture de l'université du Michigan. Le cours facultatif était intitulé *Analyses d'investigation* et dirigé par ce même Franklin, un agent du FBI en retraite qui pensait qu'on pouvait arrêter les meurtriers en établissant leur profil psychologique.

Louis avait opté pour ce cours parce qu'il n'avait pu s'inscrire à celui qu'il souhaitait ; il se souvenait s'être dit, comme tous les autres étudiants, que tout cela n'était que balivernes et Franklin un rond-de-cuir lessivé évacué dans les pâtures académiques. Il n'avait qu'à moitié écouté le vieil agent aux traits anguleux qui déblatérait sans fin sur l'ère nouvelle du « profilage criminel ».

Louis s'arrêta sur un chapitre intitulé « À l'intérieur du cerveau du monstre ». Il le parcourut en vitesse et digéra la théorie selon laquelle un profil de tueur peut être établi à partir de preuves et de tendances provoquées par une maltraitance durant l'enfance.

Il referma le livre. Merde alors, tout ce qu'il avait à faire était donc de chercher un pauvre petit fumier maltraité dans son enfance et qui s'était transformé en tueur de flics ?

Il jeta le livre à côté de lui et regarda l'écran de télévision. Le journal de 23 heures diffusait un écho d'un commissariat de Lansing. Une photo de Lovejoy était incrustée dans un coin de l'écran. Louis bondit sur ses pieds pour monter le son, mais arriva trop tard. Génial, Loon Lake était devenue célèbre.

Il regarda d'un œil le reste des informations jusqu'à ce qu'une image attire son attention. C'était une plaque de policier bleu et or, l'insigne porté par les officiers de la police de Detroit. Pardessus était inscrit : *Une saisie de drogue qui tourne mal ?*

Le présentateur s'attarda longuement sur les flics, puis introduisit une séquence de reportage sur un grand type en costume qui sortait d'un immeuble. Il avait un visage impassible mais d'une beauté saisissante, avec des yeux reptiliens. L'inscription sous son visage l'identifiait comme étant MARK STEELE, CHEF DES ENQUÊTES CRIMINELLES DE LA POLICE D'ÉTAT.

Louis s'avança sur son siège. Il se rappelait vaguement avoir entendu parler de Steele pendant son séjour à Ann Arbor. Il avait dirigé une enquête interne sur une affaire impliquant des flics de Detroit accusés d'avoir molesté un couple innocent au cours d'une saisie de drogue. Les flics avaient été suspendus et l'affaire du couple réglée à l'amiable. Mais cet événement avait façonné la carrière de Mark Steele. La combinaison de son physique télégénique et du sentiment antipolicier qui régnait à Detroit avait été trop forte pour que les médias et les politiciens y résistent. Ça n'était un secret pour personne que Steele voulait devenir procureur général et qu'il pavait la route qui menait à la capitale de carrières de flics détruites.

Louis observa l'image vacillante de son visage. Il se rappela soudain quelque chose qu'il avait vu dans les vestiaires du commissariat d'Ann Arbor. Quelqu'un avait découpé une photo de Steele dans un journal, l'avait enduite d'excréments et accrochée au tableau d'affichage.

Le visage de Steele disparut. Le présentateur enchaîna sur une histoire de chiot rescapé d'une canalisation.

Louis éteignit la télévision et s'enfonça dans le canapé. Il prit son verre de Christian Brothers, le porta à ses lèvres et le vida.

Un léger bruit derrière lui le fit se figer.

Ça venait de quelque part dehors. Il se raidit, l'oreille aux aguets. Rien. Le vent qui agitait les pins. Dieu de Dieu, ce qu'il pouvait être nerveux !

Un coup. Dans la véranda.

Il posa son verre et, d'un mouvement rapide, se leva et se plaqua le dos au mur à côté de la porte. Il chercha des yeux son revolver et le vit plus loin sur la commode de la chambre. Son cœur battait la chamade tandis qu'il essayait de s'ôter de l'esprit l'image de Thomas Pryce ouvrant la porte pour se retrouver face à son assassin.

Un coup à la porte.

— Louis ?

La voix, douce, était celle d'une femme.

Il souffla et ouvrit la porte. Elle se tenait debout dans l'obscurité, sa mince silhouette enveloppée dans une parka, de la fourrure encadrant sa figure ronde. Elle chercha des yeux son visage.

— Quelque chose qui ne va pas ? demanda-t-elle.

— Non.

Il ne s'en était pas rendu compte, mais son corps avait été sous tension et il tremblait de soulagement.

— Entrez, dit-il.

Zoe entra, hésitante comme la première fois. Elle promena son regard dans la pièce avant de le poser à nouveau sur lui.

— Je savais que vous étiez là. J'ai vu de la fumée sortir de la cheminée.

— Il est tard. Vous ne devriez pas être dehors toute seule, dit-il.

— C'est sans danger.

Il hocha la tête.

— Non, ça n'est pas sans danger, Zoe. Ça n'est pas sans danger.

— Il ne tue pas les femmes, Louis. Il tue des flics.

Il y avait quelque chose dans sa voix, un ton neutre qui le stupéfia. Elle n'avait pas dit ça par indifférence; elle avait fait cette observation en toute innocence. Non, elle l'avait faite pour une tout autre raison – elle l'avait faite par pur soulagement. Il le voyait dans ses yeux. *Je ne suis pas une cible. Je ne risque rien.* Alors il se rendit compte qu'il avait vu la même expression sur le visage des gens en ville, toujours des femmes. Il l'avait vue sur celui de Florence et d'Edna. Il l'avait vue sur le visage de la serveuse du Dot's Cafe. Elles étaient tourmentées qu'un tueur se trouve parmi elles, mais elles étaient aussi soulagées. *Nous ne risquons rien. Pour une fois, la cible, ce n'est pas nous.*

Il hocha la tête en songeant à l'ironie de la situation. Les femmes marchaient sans crainte dans les rues en pleine nuit alors que lui et d'autres – des flics – se barricadaient chez eux en tremblant.

— Louis? Qu'est-ce qu'il y a?

— Rien, répondit-il.

Elle levait la tête vers lui comme si elle attendait quelque chose.

— Je ne pensais pas que vous reviendriez, dit-il.

Elle sourit légèrement.

— Moi non plus.

Il regarda les chaussures qu'elle avait aux pieds.

— Vous n'avez pas couru?

— Non, je suis venue en voiture.

Il la regarda au fond des yeux. Pendant une seconde, il vit les trous noirs dans les cabanes de glace. Mais le noir de ses yeux était chaleureux, et il sentit qu'il pouvait s'y plonger et se laisser aller vers quelque endroit secret où il serait à l'abri.

— Vous pouvez rester? demanda-t-il.

— Un moment, dit-elle doucement.

Il l'aida à ôter sa parka. Elle portait un jean et un pull à col roulé noir. Elle se frotta les bras en se dirigeant vers le feu. Il accrocha son manteau et la suivit. Tandis qu'elle s'asseyait sur le canapé, il vit le bloc-notes par terre et le poussa en dessous avec le pied. Puis il jeta un coup d'œil vers la chambre. Son revolver avec son étui était sur la commode. Il alla jusqu'à la porte, la ferma et revint vers le canapé pour s'asseoir près d'elle.

— Je peux vous servir un verre ?

— Une bière ? dit-elle.

Il alla à la cuisine, rapporta deux Heineken et s'assit à côté d'elle. Il était encore nerveux, comme si sa peau était trop tendue. Elle le regarda en buvant une gorgée de bière et sentit sa tension.

— Il fait froid, dit-il en se levant pour aller rajouter une bûche.

— J'adore le froid.

Il la regarda par-dessus son épaule.

— Vous êtes de Chicago, vous avez l'habitude. Moi, je n'arrive jamais à me réchauffer.

— D'où êtes-vous ? demanda-t-elle en posant sa bière à côté d'elle.

— Du Michigan. Mais je suis né dans le Mississippi.

Il s'assit en arrière, nettement conscient que son épaule touchait la sienne. Une émotion le parcourut, électrique, magique. Lentement, il sentit qu'il commençait à se détendre.

Elle se tourna vers lui. Examina ses traits.

— Qu'est-ce que vous regardez ? demanda-t-il.

— L'ossature de votre visage. Je suis peintre, vous vous rappelez ?

— Paysagiste, je pensais.

— J'ai aussi pris des cours de dessin avec modèles.

— Ah, des hommes nus ?

— Beaucoup d'hommes nus.

Elle promena son regard sur lui en descendant à partir du visage. Il retint sa respiration. C'était intime, plus érotique encore que si elle l'avait touché.

— Vous avez un corps d'athlète, dit-elle.

— J'avais. Je manque d'entraînement maintenant.

Elle sourit et continua de le regarder.

— Votre deuxième orteil est plus long que le gros.

Il jeta un coup d'œil à ses pieds dans ses chaussettes.

— Vous savez ce que l'on dit à ce propos, non ?

Elle se mit à rire, puis elle regarda de nouveau son visage.

— Quelqu'un dans votre famille est blanc, dit-elle.

Il se sentit pris au dépourvu. Il pensa à dire quelque chose de désinvolte, mais son regard chaleureux l'en dissuada.

— Mon père, dit-il.

Elle le regarda dans les yeux.

— Alors vous savez, dit-elle. Vous savez ce que c'est.

Elle leva la main et lui toucha une pommette. Elle promena ses doigts sur son visage, sous son menton. Il ferma les yeux tant son toucher était délicieusement léger.

Quand il les rouvrit, elle le regardait fixement. Elle était éclairée par la lumière dorée du feu. De petites perles de sueur luisaient sur son front haut et large. Les boucles légères de ses cheveux formaient une auréole noire autour de sa tête. Elle lui toucha les lèvres. Les siennes s'entrouvrirent.

Il l'embrassa. Prit délicatement sa lèvre supérieure entre les siennes, en savoura le goût. Quand il la relâcha, elle se pencha vers lui et posa sa joue contre la sienne. Il sentit le rythme rapide de sa respiration au contact de sa poitrine contre la sienne. Lentement, il leva la main, passa ses doigts le long de la courbe de ses seins.

— Tu peux rester ? demanda-t-il doucement.

— Un moment, lui chuchota-t-elle.

CHAPITRE 11

Il consulta sa montre. Seulement 7 h 30, beaucoup de temps encore avant le briefing. Il se leva et alla se servir sa deuxième tasse de café de la matinée. Puis il retourna à son bureau et regarda les papiers et le courrier, tous les trucs qu'il avait pris dans la boîte aux lettres de Lovejoy. Gibralter lui avait dit de tout éplucher, d'essayer de trouver quelque chose, le moindre indice.

Il but le café à petites gorgées en faisant son possible pour faire circuler son sang – et travailler ses méninges. Il n'avait pas dormi plus de deux heures, mais pour une fois, il s'en fichait.

Zoe était restée jusqu'à presque 3 heures. Il aurait voulu qu'elle passe la nuit, tous les deux enlacés dans la couverture sur la peau d'ours toute mitée. Mais elle avait refusé. Étrange femme. Tendre dans sa façon de faire l'amour, mais dès que ç'avait été terminé, elle s'était montrée nerveuse, comme pressée de partir. Étrange, étrange femme, différente de toutes celles qu'il avait connues. Les autres s'attendaient toujours à quelque chose après l'amour – toutes sortes de choses allant de quelques minutes de tendresse à des promesses pour la vie. Pas elle. Il en avait été un peu déstabilisé et, avait-il fini par se l'avouer, quelque peu blessé dans son amour-propre. Elle ne lui avait même pas laissé son numéro de téléphone. Elle lui avait seulement promis de revenir. Il ne se rappelait pas avoir autant désiré une femme.

Il se frotta sans ménagement le visage avec les mains. Du calme, du calme… Et au boulot. Il se mit à trier le courrier de Lovejoy.

Un tas de factures… mais rien de la compagnie du téléphone, ce qui était ce qu'il aurait espéré trouver. Il laissa un mot à l'intention de Dale en lui demandant de lui dégoter l'historique des communications de Lovejoy. Laissant de côté les pubs et les magazines, il porta son attention sur les numéros du *New York Times*.

En en retirant l'emballage en plastique bleu, il constata que tous les trois étaient des suppléments dominicaux. Pourquoi diable un type qui ne lisait pas le journal local prenait-il la peine de se faire envoyer le *Sunday Times* chaque semaine ?

Les mots croisés. Lovejoy était en train d'en faire une grille au moment où il avait été abattu dans la cabane. Louis se concentra sur les dates indiquées sur les premières pages. 1er décembre, 8 décembre et 15 décembre. Il sortit son calepin et le feuilleta. La grille découverte dans la cabane était datée du 24 novembre. Pourquoi Lovejoy faisait-il une ancienne grille alors qu'il y en avait plusieurs nouvelles dans sa boîte aux lettres ?

Il s'assit en arrière sur sa chaise et fronça légèrement les sourcils. Merde, peut-être fallait-il trois semaines à ce foutu magazine pour arriver jusqu'à un endroit aussi retiré que Loon Lake.

Il ouvrit le journal et trouva le numéro du service des abonnements. Il le composa et joignit une opératrice, qui lui indiqua poliment qu'il pouvait recevoir par la poste l'édition du dimanche du « magazine le plus lu au monde » pour cinquante-six dollars par mois. Mais que s'il habitait une région rurale, cela nécessiterait trois jours d'acheminement.

Louis la remercia et raccrocha. Perdu dans ses pensées, il jetait encore un coup d'œil au *Times* lorsque Jesse arriva. Celui-ci marmonna un vague salut et se dirigea vers la cafetière. Et resta sur place, encore en parka, à avaler le café. Puis il s'approcha du bureau de Louis et regarda avec intérêt le courrier et les journaux.

— Ce sont les affaires de Lovejoy ?

Louis fit oui de la tête.

— Quelque chose d'intéressant ?

— Non. Aucun numéro de l'*Argus*, en tout cas.

Jesse eut un grognement de dédain.

— L'*Argus* ? Putain, Fred détestait ce torchon. Ça l'a rendu dingue quand ils ont soutenu Jimmy Carter et il a résilié son abonnement.

Louis se mit à tapoter sur son bureau avec son crayon. Cela expliquait au moins l'absence de journal local. Mais les numéros du *Times* continuaient de l'intriguer. Tout comme le chien mort, il s'en rendit compte soudain. Si Lovejoy avait été tué récemment, le chien ne serait pas mort de faim.

— Il y a quelque chose qui cloche, dit-il.

— Quoi donc ? demanda Jesse.

— Lovejoy a laissé son courrier dans sa boîte aux lettres. Les derniers mots croisés qu'il a faits datent du 24 novembre.

— Et alors ? dit Jesse en plissant le front.

— Et alors, cela peut vouloir dire que Lovejoy a été tué il y a des semaines de ça, entre le 25 novembre et le 4 décembre.

Il vit l'expression de Jesse passer de la confusion à l'agitation.

— Donc… à peu près à la même période que Pryce.

Louis fit oui de la tête.

Jesse se détourna. Louis ne le voyait pas faire, mais il pensa qu'il était en train de regarder la photo de Pryce accrochée au mur.

— Jess.

Ce dernier se retourna et le regarda.

— Je comprends pas, dit-il.

— Tu ne comprends pas quoi ?

— Ce qu'il attend. Si ça fait trois semaines, qu'est-ce qu'il attend ?

Louis n'avait pas de réponse. Un sentiment de peur sous-jacente régnait dans le commissariat depuis la découverte de Lovejoy, mais personne ne l'avait exprimé. Deux flics étaient morts. Qui serait le prochain ? C'était la question que chacun se posait, mais gardait pour lui.

— Peut-être en a-t-il fini, dit Louis, conscient que c'était sans grande conviction.

Jesse n'écoutait pas.

— Qu'est-ce que cette ordure attend ? murmura-t-il en se dirigeant lentement vers le vestiaire.

Louis faillit le suivre, mais que pouvait-il ajouter ? Il jeta un coup d'œil à l'horloge murale. Presque 8 heures – l'heure du briefing. Il rassembla le courrier de Lovejoy et le remit dans le sac. Ça pouvait attendre. Jesse aussi pouvait attendre.

— 'Jour, Kincaid.

Louis leva la tête et vit entrer Gibralter.

— Bonjour, chef.

— Je veux vous voir avec Harrison avant le briefing, dit-il en passant dans son bureau.

— Entendu.

Louis ramassa le sac et le déposa sur le bureau de Dale afin qu'il soit consigné aux scellés. Il était en train de remplir sa tasse de café quand Jesse apparut dans sa tenue impeccable.

— Le chef veut nous voir immédiatement, dit-il.

— Il a dit pourquoi ?

Louis fit non de la tête.

Gibralter était en train de s'allumer une Camel, debout derrière son bureau, quand ils entrèrent.

— J'ai décidé de vous dispenser tous les deux de votre travail habituel, dit-il. Je veux que quelqu'un s'occupe à plein-temps de Pryce et Lovejoy.

Louis n'eut pas besoin de regarder Jesse pour connaître sa réaction ; c'est tout juste s'il ne sentit pas son corps produire de l'électricité sous l'effet de l'excitation.

Gibralter jeta un dossier sur le bureau.

— Les examens préliminaires de la cabane de Fred sont arrivés. Les taches brunes n'étaient que de la graisse, un lubrifiant pour voiture. Ils ont aussi trouvé une empreinte grasse de chaussure, taille 42. Vérifiez si ça correspond avec celles trouvées dans la véranda de Pryce.

— Il y a un doute ? demanda Jesse.

Gibralter ignora sa question.

— Ils sont sûrs que l'ouverture dans la glace a été agrandie par la tronçonneuse fixée au mur. Le sang sur le siège est bien celui de Fred, et ils pensent qu'il a été tué alors qu'il se trouvait assis là.

Louis tenta de déceler une émotion quelconque sur le visage de Gibralter, mais sans succès. Il se surprit à se demander si lui-même serait capable d'une pareille maîtrise de soi.

— D'après l'angle de la trajectoire, ils estiment la taille du tireur à un mètre soixante-dix-huit… à supposer qu'il ait tenu le fusil droit devant lui à hauteur de nombril.

— Et s'il l'avait mis en joue, chef? demanda Jesse.

— Alors ça voudrait dire que cet enfoiré mesure quatre-vingt-dix centimètres, Harrison.

Les joues de Jesse s'empourprèrent.

— Ils ont fini de relever les empreintes dans la cabane et le chalet? demanda Louis.

— Pas encore. Il y en a une douzaine de partielles aux deux endroits. Mais je doute qu'on trouve celles de notre tueur dans la cabane.

— Et les détritus dans le chalet? demanda Louis.

— Cornwall et Evans s'en chargent.

Louis allait parler du courrier et de sa théorie sur la date du décès, mais le chef poursuivit.

— Je veux que vous parliez tous les deux à chaque habitant de cette partie du lac pour savoir si quelqu'un a vu quelque chose. Passez voir Elton à la boutique de matériel de pêche et tous les gens susceptibles de vous dire quelque chose d'utile.

— Chef…

— Ne m'interrompez pas, Harrison. Quand vous aurez fini, je veux que vous alliez voir tous les connards qu'on a déjà embarqués dans cette ville pour savoir ce qu'ils fabriquent maintenant.

— On sort les archives? demanda Jesse.

Gibralter fit oui de la tête et écrasa sa cigarette dans le cendrier. Apparemment, le chef n'avait pas remarqué la consternation dans la voix de Jesse, se dit Louis. Jesse espérait quelque chose de plus excitant que de passer au tamis des classeurs poussiéreux.

— Le légiste a-t-il déjà donné une date du décès ? demanda Louis.

Gibralter le regarda.

— Non, mais Fred portait une montre, son cadeau de retraite. Elle s'est arrêtée à deux heures trente. Ils en concluent que c'est l'heure à laquelle il a été immergé dans l'eau.

Gibralter se mit à fouiller dans son tiroir.

— J'ai une théorie concernant la date du décès, dit Louis.

Gibralter leva la tête.

— Une théorie ?

Louis lui fit un rapide résumé de ses réflexions sur le courrier de Lovejoy, sur son chien et sur ses grilles de mots croisés.

Gibralter écouta en allumant une autre Camel et en soufflant lentement la fumée. Son intervention terminée, Louis attendit que le chef dise quelque chose, mais celui-ci avait l'air d'être maintenant complètement ailleurs. Dehors, de l'autre côté de la porte close, il entendit les voix des hommes de l'équipe de jour qui se regroupaient pour le briefing.

— Y a-t-il autre chose, chef?

Gibralter le regarda en clignant des yeux.

— Non, non... Appelez-moi si vous trouvez quoi que ce soit, c'est tout.

Louis s'apprêta à partir.

— Kincaid.

Il se retourna.

— Il vous manque un bouton.

Louis baissa les yeux sur sa chemise.

— Je vais me changer, chef.

Il se hâta de sortir. Le bureau était vide, les autres hommes déjà rassemblés dans la salle de réunion mitoyenne. Louis remarqua quelqu'un d'étranger en tenue près de la porte, casquette à la main. Il portait une veste en Nylon vert et un pantalon kaki avec une bande marron. L'insigne sur sa manche indiquait BUREAU DU SHÉRIF DU COMTÉ D'OSCODA. Louis lui adressa un signe de tête auquel l'homme répondit.

— Shérif Armstrong, dit celui-ci en lui tendant la main.

Louis approcha pour serrer la main du shérif et se présenter.

— Comment vous sentez-vous, Kincaid ?

Louis comprit que la question du shérif concernait le commissariat tout entier. Le meurtre d'un flic traversait les limites territoriales et Armstrong était là pour offrir son aide, même si elle se limitait à une sympathie tacite.

— Frustré, répondit Louis.

Armstrong hocha la tête.

— Nous ouvrons l'œil sur tous les gens des environs qui pourraient paraître suspects. N'hésitez pas à nous dire s'il y a quelque chose que l'on puisse faire, d'accord ?

— Merci, shérif, dit-il en se dirigeant vers le vestiaire.

Il vit avec soulagement que Pop avait laissé deux tenues sur la tringle, avec dessus une étiquette à son nom. Il ouvrit son casier, en suspendit une à l'intérieur et sortit l'autre de sa housse en plastique.

Il sentit un regard posé sur lui et se retourna pour voir deux autres policiers à l'autre bout du vestiaire – ils finissaient de s'habiller avant de prendre leur service. Il ne les reconnut pas et devina qu'ils étaient des hommes de l'équipe de nuit appelés en renfort. L'un était un type mince d'environ quarante ans et l'autre était corpulent et avait dépassé la cinquantaine.

— Bonjour, dit-il en jetant un coup d'œil à leurs plaques.

Burt Cornwall et Ernest Evans.

— Bonjour, répondit Cornwall d'un ton bourru.

Louis retira sa chemise. Le silence s'éternisa.

— T'étais sur la scène de crime hier, non ? demanda Cornwall.

— Celle de Lovejoy ? Oui, en effet.

— J'ai appris que le chef t'avait aussi confié l'affaire Pryce, ajouta Evans.

L'hostilité qu'il y avait dans sa voix n'était en rien dissimulée.

— Oui, c'est vrai.

Apparemment, il s'était fait une réputation de lèche-cul. Mais qu'espérait-il d'autre ? Les services de police équivalaient à n'importe quelle autre entreprise pour ce qui était de la reconnaissance et des promotions. Ceux qui n'en obtenaient pas en voulaient à ceux qui en obtenaient.

Louis se retourna pour faire face à Evans et Cornwall et eut envie de leur dire « Pas de pot ! », tout simplement. Mais il savait qu'il ne pouvait pas se couper des autres, surtout des anciens flics qui connaissaient la ville. Ce serait à nouveau comme à Black Pool, Mississippi, et il ne pouvait pas se le permettre s'il voulait être aidé.

— Alors, dit-il, qu'est-ce que vous pouvez me dire sur la racaille des environs ? Vous avez un suspect qui vous vient à l'esprit ?

Evans claqua la porte de son casier.

— Je ferai part de mon opinion au chef, dit-il.

Les deux types se dirigèrent vers la porte. Louis les regarda en serrant les dents. Cornwall était probablement en rogne de s'être vu confier la tâche de faire les poubelles de chez Lovejoy. Evans, lui, était plus vraisemblablement quelqu'un d'usé, furieux qu'on ne lui ait pas confié la plus grosse affaire que le commissariat ait jamais eue.

Oui, eh bien, qu'ils aillent au diable ! Ils étaient censés faire le boulot qu'on leur confiait. Et si pour trouver l'assassin, il fallait en passer par la fouille des poubelles, alors ils devaient le faire. Dieu sait s'il avait fait sa part quand il n'était qu'un débutant.

Il ôta la chemise de tenue du cintre. Elle lui parut lourde, il en regarda le devant, s'attendant presque à voir l'insigne de Pryce accroché dessus. Il y avait un renflement au niveau de la poche. Il la déboutonna et en sortit un carnet de notes à spirales.

Il l'ouvrit. Peu à peu, il reconnut l'écriture en pattes de mouche. C'était le calepin de Pryce. Sa femme avait dit qu'il laissait toujours tout traîner. Comme oublier son calepin dans la poche d'une chemise sale.

Il se mit à tourner les pages. Elles étaient toutes pleines de notes, de haut en bas et de gauche à droite, pour la plupart en sténo.

Il sentit son estomac se nouer. Il devait bien y avoir quelque chose là-dedans, quelque chose pour servir de point de départ à son enquête. Il glissa le calepin dans sa poche de pantalon et se hâta de s'habiller.

***

— Tu as découvert quelque chose? demanda Jesse avec empressement.

Louis parcourait le calepin de Pryce tandis qu'ils roulaient vers le chalet de Lovejoy pour aller interroger les voisins. L'écriture de Pryce ressemblait à des hiéroglyphes, tout aussi énigmatiques que les griffonnages sur son sous-main.

— Je ne comprends strictement rien à tout ça, mec, murmura Louis. « C.L. J.L. C.I.S @ 5661. Novembre. Preuve. Preuve. Preuve. » Ensuite, en bas de la page… « X31. » Qu'est-ce que ça veut dire, putain? Et écoute aussi ça : « Sam Yellow Lincoln 61829. » Qui est Sam? Et puis qu'est-ce que c'est que ce numéro? Un numéro de plaque? Tu connais quelqu'un qui a une Lincoln jaune?

— Personne ne possède de Lincoln jaune par ici.

Louis connecta le micro.

— Salut, Flo, pourriez-vous effectuer un 10-29 sur Sam-Adam-Marie 61829?

Quelques minutes plus tard, Florence le rappelait.

— Aucune plaque avec ce numéro, Louis. En tout cas pas dans cet État.

Il la remercia et referma le calepin. Ils arrivaient chez Lovejoy. Il l'examinerait plus attentivement plus tard.

Jesse rangea la voiture sur le bas-côté de la route pleine de neige et coupa le moteur. Et resta assis à regarder le chalet.

— Jess, dit Louis.

Jess ne répondit pas.

— Jess, répéta Louis.

Il le regarda. Puis il hocha imperceptiblement la tête et descendit de voiture. Ils restèrent dans l'allée un moment, Jesse suggérant finalement de commencer par le camping-car trois terrains plus au nord et de s'y rendre à pied. Louis le suivit en se demandant si Jesse allait être d'une quelconque utilité dans cette enquête. Tôt ou tard, ils allaient devoir retourner au chalet de Lovejoy.

Louis ralentit le pas en se rendant soudain compte de quelque chose. Jesse n'avait pas eu la même réaction dans la maison de Pryce. Il se rappela avoir senti son estomac se retourner lorsqu'il avait vu la tache de sang de Pryce sur la moquette. Jesse, lui, avait gardé un sang-froid professionnel.

— Jess.

Celui-ci se retourna. Soudain, Louis ne sut comment formuler sa question.

— Je voudrais te demander quelque chose, dit-il finalement.

— Quoi ?

— La mort de Lovejoy t'affecte-t-elle beaucoup ?

— Évidemment qu'elle m'affecte. C'était un flic.

— Oui, mais Pryce aussi.

Jesse le regarda.

— Qu'est-ce que tu insinues ?

Louis regarda le lac, puis à nouveau Jesse.

— Je ne sais pas. C'est juste que…

— Tu es en train de me demander si la mort de Lovejoy m'a plus touché parce qu'il était blanc ?

— Quoi ?! s'exclama Louis, abasourdi. Je n'ai jamais dit ça !

— Tu n'as pas eu besoin.

— Ce n'est pas du tout ce que je…

— Alors qu'est-ce que tu voulais dire ?

— Écoute, je voudrais juste savoir pourquoi tu prends la mort de Lovejoy autant à cœur, c'est tout.

Jesse haussa les épaules.

— Peut-être que j'ai eu le temps de me remettre de celle de Pryce, tu vois ce que je veux dire ?

— Mais tu travaillais avec lui tous les jours !

Jesse regarda ailleurs, puis il ôta sa casquette et se passa le bras sur le front. Et se détourna, face au lac.

— Jess ?

Il se retourna.

— Je ne l'aimais pas, voilà.

— Qui ça ? Pryce ?

— Oui, Pryce. C'était une sorte de fouteur de merde.

— Qu'est-ce que tu veux dire ?

Jesse parut embarrassé.

— Eh bien… quelqu'un qui n'avait pas l'esprit d'équipe.

— Comment ça ?

— Il était… enfin quoi merde, il n'était pas comme nous, je te l'ai déjà dit.

— C'est-à-dire ? insista Louis.

Jesse hocha la tête.

— Par exemple, il lui arrivait de faire des rapports sur nous.

— Pour quelle raison ?

— Comme ça. Des conneries. Une fois, il a même cafté qu'Ollie avait tué un chevreuil pendant son service. Le chef s'en est foutu, il a même proposé qu'on le fasse cuire un de ces soirs pour dîner. Mais Pryce n'en a pas mangé. (Il hésita, puis se mit à balancer la tête de droite à gauche.) C'était un connard, Louis.

— Pourquoi ne m'as-tu pas dit tout ça avant ?

— Eh merde…

— Pourquoi tu ne me l'as pas dit avant ? C'est pas bien méchant !

— Je ne voulais pas que tu t'imagines que j'étais… enfin, quelqu'un de sectaire, quoi. (Il le regarda dans les yeux.) Je ne suis pas quelqu'un de sectaire.

Louis soupira longuement. Il voulait parler d'autre chose.

— Bon, désolé de t'avoir demandé ça. On laisse tomber, dit-il en se dirigeant vers le camping-car.

— Louis, attends.

Il se retourna.

— D'abord, dis-moi que tu sais que je ne suis pas sectaire.

— Oh merde…

— Je n'aimais pas ce type parce que des fois c'était un enfoiré. C'est ça la raison. La seule. Je ne suis pas sectaire.

Louis leva les mains en l'air.

— Bon, ça va, ça va, tu n'es pas sectaire, voilà.

— Je veux dire… Un Noir peut très bien être un enfoiré, exactement comme un Blanc, n'est-ce pas ?

Louis soupira. Jesse détourna le regard, et ils restèrent ainsi, à prendre tous les deux racine sur les bords du lac. Jesse se mit à hocher lentement la tête.

— Putain, quelle conversation idiote ! dit-il.

— Je ne te le fais pas dire.

— Il ne s'agit pas que de Lovejoy. Je ne l'avais pas vu depuis des années.

— Alors c'est quoi ?

Jesse jeta un coup d'œil au chalet de Lovejoy.

— C'est que maintenant il y en a deux… deux flics morts. Il veut notre peau, mec. C'est de savoir que cette ordure peut nous flinguer à tout moment. Ça joue sur tout ce que je fais. J'arrive plus à dormir, j'arrive plus à manger… j'arrive plus à…

Il ne termina pas sa phrase.

Louis ne savait pas quoi répondre.

— Mais qu'est-ce qu'il veut, bordel ? Pourquoi nous ? Qu'est-ce qu'on lui a fait ?

— C'est ce qu'il faut découvrir.

— Comment ça ?

— Ses dossiers. On va peut-être trouver quelque chose.

— Peut-être, dit-il.

Il remit sa casquette et remonta la fermeture Éclair de son blouson jusqu'au menton. Se mit à chercher des yeux le camping-car.

— Bon, débarrassons-nous déjà de ça. On devrait peut-être se partager le travail, ça ira plus vite.

— Bonne idée. Je m'occupe des cabanes, dit Louis.

Ils se séparèrent, Jesse se dirigeant vers le camping-car, Louis vers le lac et la cabane de pêcheur la plus proche.

Il passa la tête à l'intérieur. Le type fit un bond sur son tabouret et laissa tomber sa gaule.

— Bon Dieu, ce que vous m'avez fait peur, monsieur l'agent ! dit-il en serrant son manteau.

Louis ramassa la gaule et la lui tendit.

— Désolé, dit-il.

— J'étais en train de lire un article sur ce Lovejoy, dit le type en lui montrant l'*Argus* tombé sur la glace.

Louis se présenta et lui dit qu'il voulait seulement lui poser quelques questions. Le pêcheur lui tendit une grosse main rouge et se présenta comme étant Art Taub.

— J'imagine que vous ne voyez pas beaucoup d'étrangers par ici, commença Louis en sortant son calepin. Vous venez souvent ?

— Presque tous les jours, quand ma femme me laisse, répondit Taub en remettant sa ligne à l'eau.

— À quelle heure vous en sortez ?

— À 8 heures, en général.

— Il vous arrive à tous de pêcher la nuit ?

Taub fit non de la tête.

— Le meilleur moment, c'est le matin tôt.

— Avez-vous déjà vu M. Lovejoy ?

— Oui, une fois ou deux. Mais je l'ai surtout entendu.

— Entendu ?

— Son générateur, dit Taub en faisant la grimace. Il le mettait en marche vers 6 heures, 6 h 30 presque tous les matins. Il le faisait tourner un moment, puis il l'arrêtait, le remettait en route, l'arrêtait. Ça me rendait cinglé.

— Donc vous pensez qu'il était là vers 6 heures ?

Taub fit oui de la tête.

— Vous devriez parler à Elton. Il pourra vous dire à quelle heure il passait prendre ses appâts. Elton ouvre à 5 h 30.

Louis arrêta d'écrire et repensa soudain au *New York Times* dans la boîte aux lettres de Lovejoy.

— Monsieur Taub, est-ce que vous vous rappelez vous être trouvé ici le premier week-end du mois ?

Taub fronça les sourcils.

— Oui, oui, j'étais là. Je m'en souviens parce que ma femme est allée à Grayling pour voir sa mère, et du coup, j'étais là tous les jours.

— Vous rappelez-vous avoir entendu quelque chose comme un coup de feu vers 14 heures ou 14 h 30 ?

Taub fit non de la tête.

— Mais je n'y aurais pas fait attention à cause des chasseurs. Et de toute façon, je ne l'aurais probablement pas entendu à cause de ce foutu générateur.

Louis hocha la tête en écrivant.

— Aviez-vous une relation de sympathie avec Lovejoy ?

— Oh non, c'était un solitaire qui prenait même pas la peine de saluer en passant. Une fois, je suis allé lui emprunter de la ligne et il m'a dit que j'avais qu'à aller m'en acheter. J'y suis plus jamais retourné.

— Monsieur Taub, avez-vous remarqué quoi que ce soit d'inhabituel ce week-end-là… n'importe quoi ?

Taub fit non de la tête.

— Réfléchissez bien, monsieur Taub.

— Attendez voir… Si, il y a bien une chose. Il y avait une camionnette rouge qui vadrouillait entre les arbres au nord du camping-car de Will Jersey, comme si elle était perdue. Complètement déglinguée et toute rouillée. C'était un pick-up Ford, un vieux modèle. Je ne l'avais encore jamais vu dans le coin.

— Quelle heure était-il quand vous l'avez vu ?

— Un peu après 6 heures. Je suis rentré vers 8 heures pour remplir ma Thermos et il était parti.

— Avez-vous aperçu le conducteur ?

Taub fit non de la tête.

— Autre chose ?

Taub répéta son geste.

— Non. C'était une bonne journée. Pour la pêche, s'entend.

Louis reprit quelques notes, puis il referma son calepin, remercia Art Taub et partit. Il restait quatre cabanes. Deux étaient vides, et les entretiens avec les types des deux autres n'apportèrent rien d'intéressant. Aucun des deux n'avait aperçu de pick-up rouge ni entendu de coup de feu. En retournant vers la rive, il vit Jesse sortir des arbres près du chalet de Lovejoy. Ils se retrouvèrent à la voiture.

— Tu as quelque chose ? lui demanda Jesse.

— Un type dit avoir vu un pick-up rouge suspect. Et toi ?

— Rien. Je suis allé voir Elton. Il m'a dit que Fred lui avait acheté des appâts le dimanche premier et qu'il ne l'a pas revu depuis.

— Ce qui confirme ma théorie sur les mots croisés, dit Louis. Sauf si Fred se servait de vieux appâts.

Jesse fit non de la tête.

— Elton dit qu'il en achetait des frais tous les jours.

Louis fronça les sourcils en regardant les cabanes sur le lac.

— Qu'est-ce qu'il y a ? demanda Jesse.

— La montre. La montre de Fred s'est arrêtée à 14 h 30. Mais je n'imagine pas un tueur frapper en plein jour.

— Surtout que Pryce a été tué à 3 heures.

Ils demeurèrent silencieux un long moment.

— Et si la montre avait continué à marcher un peu, suggéra Jesse.

Louis fit non de la tête.

— Dans cette eau ? Elle a dû geler instantanément.

Jesse se retourna brusquement et monta dans la voiture de patrouille.

— Allons-y.

— Où ça ? demanda Louis.

— Vérifier.

— Vérifier quoi ?

Mais Jesse avait déjà démarré. Lorsque Louis monta à son tour, il était en train d'appeler Dale par radio pour lui demander de sortir la montre de Lovejoy des scellés et lui en indiquer la marque et le modèle. Le temps que Jesse s'arrête devant le Drugstore Red, Louis comprit ce qu'il avait l'intention de faire. Il attendit dans la voiture qu'il ressorte avec un sac contenant une Timex identique. Jesse avait l'air tellement excité de faire cette expérience qu'il n'eut pas le cœur de l'en dissuader. Il le laisserait jouer les Colombo ; peut-être que cela lui donnerait un peu plus confiance en lui.

De retour au commissariat, Louis regarda Dale récupérer un thermomètre dans la trousse des premiers secours, et Jesse remplir la cafetière en Pyrex avec des glaçons du freezer. En quelques minutes, tous deux étaient prêts à réaliser l'expérience sur le bureau de Louis.

— Vérifie la température, dit Dale, gagné par l'excitation de Jesse.

— Louis, sors la montre, lança Jesse.

Louis déballa la Timex plaquée or toute neuve et la lui tendit. Ils attendirent que l'eau soit complètement gelée dans la cafetière. Louis recula en hochant la tête d'un air sceptique.

Et regarda Jesse plonger la montre dans l'eau.

— Quelle heure as-tu, Louis ? demanda celui-ci.

— 17 heures pile.

Les secondes s'écoulèrent alors que Jesse et Dale observaient la montre plongée dans l'eau.

— Mais qu'est-ce que vous fabriquez ?

Louis se retourna vers la porte. Gibralter se tenait debout et regardait Jesse et Dale penchés au-dessus de la cafetière.

Jesse sursauta.

— Un test.

Gibralter s'approcha du bureau et regarda le bol de glace.

— Quel genre de test ?

— On essaie de voir combien de temps cette montre va continuer à fonctionner dans l'eau glacée.

— Pourquoi ? demanda sèchement Gibralter.

— Louis pense que Fred…

Le regard de Gibralter se porta sur Louis, puis revint sur Jesse. Il tira vers lui la cafetière, en sortit la montre et la jeta sur le bureau.

— Chaque minute que vous perdez peut coûter la vie à un autre policier, dit-il en fusillant Jesse du regard. Je vous ai demandé de fouiller les archives. Alors maintenant, faites votre travail.

Jesse se passa la langue sur les lèvres.

— Mais…

— Faites vo-tre bou-lot, Harrison, répéta Gibralter en détachant chaque syllabe comme s'il s'adressait à un gamin.

Sans un regard vers Louis, il retourna dans son bureau et claqua la porte.

Louis regarda Jesse. Il ne bougeait pas, rouge de confusion. Dale et Florence observaient, les yeux pleins de compassion.

— Eh merde ! marmonna Jesse en s'éloignant d'un pas nonchalant.

Louis regarda la montre. Une petite flaque d'eau s'était formée sous le bracelet doré et le verre était embué par la condensation. Il la ramassa.

Elle s'était arrêtée à 17 h 04.

CHAPITRE 12

Le bruit des cloches. Une prairie blanche, la neige, et au loin un bosquet de pins. Une église blanche, avec un clocher s'élevant dans un ciel bleu cobalt. Et une file bleue chancelante sortant lentement de l'église. Un cercueil… On emportait un cercueil dans le pré enneigé tandis que sonnaient les cloches.

Louis se réveilla en sursaut. Les cloches… le téléphone.

Il se frotta les yeux, se retourna et prit le combiné.

— Oui, dit-il d'une voix rauque.

— Louis ?

— Oui.

Il tendit la main vers sa montre et plissa les yeux pour voir le cadran. Nom de Dieu, il était plus de 10 heures. Il avait dormi une partie de la matinée.

— Louis, c'est Phillip.

— Phillip ?

Il cligna des yeux en entendant la voix de son père adoptif et se releva en s'appuyant sur un coude.

— Phillip ! Nom de Dieu, quelle bonne surprise !

Il se pencha pour prendre les couvertures et les remonter sur son torse nu. Il faisait un froid de chien dans la chambre.

— Tu as une drôle de voix. Ne me dis pas que je t'ai réveillé, dit Phillip en ricanant à l'autre bout de la ligne.

— Non, non. Enfin, si. Mais c'est pas grave. C'est aujourd'hui mon jour de congé.

Louis parcourut du regard le lit sens dessus dessous. Il repéra sa chemise en batiste emmêlée dans la couverture à ses pieds. Il plissa encore les yeux et vit deux verres sur la commode, à moitié remplis d'un liquide jaunâtre.

— Je sais. J'ai appelé le commissariat. Ils m'ont donné ton numéro.

Louis réprima un soupir. Il avait oublié de les appeler pour leur dire qu'il avait enfin une ligne.

— Écoute, Louis, reprit Phillip, je ne vais pas perdre de temps à te casser les pieds et te demander pourquoi on n'a pas de nouvelles de toi depuis des semaines.

— Merci, dit Louis.

Il faisait confiance à Phillip Lawrence pour le dispenser des conneries d'usage. Ce dernier détestait encore plus que lui parler au téléphone.

— Même si ça me permettrait de te culpabiliser assez pour que tu viennes dîner avec nous.

— Dîner ? dit Louis, surpris. Où est-ce que vous êtes ?

— À Higgins Lake. On est venus avec le camping-car pour la semaine.

Louis éclata de rire.

— Quoi, ce vieux tas de boue ? J'en reviens pas qu'il ait pu aller jusqu'au bout.

— Oh mais je me suis débarrassé du Winnebago. J'ai maintenant un Gulf Stream Super Coach flambant neuf. La cuisine est plus grande qu'à la maison. Frances est heureuse comme pas possible.

Louis sourit, se rappelant un voyage qu'ils avaient fait à Saugatuck l'été de son treizième anniversaire. Frances avait essayé de faire cuire un poulet sur la petite cuisinière.

— Alors, quand peux-tu t'amener ?

Il se passa une main sur le visage et tenta de s'éclaircir les idées. Quel jour était-on ? Il était resté la veille au commissariat avec Jesse, à passer au crible les affaires classées. C'était le jour de congé de Jesse, mais ce dernier était quand même venu avec l'espoir de trouver quelque chose après la scène de la montre avec Gibralter. Seulement, après des heures de recherche, ils n'avaient trouvé personne pouvant être considéré comme une menace.

— Louis, tu es là ?

— Oui, Phil.

— Que dirais-tu de ce soir ? Fran fait un jambon de Noël.

Noël… C'était dans deux jours. Ça aussi, il l'avait oublié.

— Bien sûr. Je suis de congé aujourd'hui. Je viendrai, dit-il.

Il prit un stylo sur la table de nuit et inscrivit sur la paume de sa main les indications pour se rendre jusqu'au camping. Puis il dit au revoir, raccrocha, se recoucha sur le dos et remonta les couvertures sur son corps dénudé.

Il frissonna et céda à son léger sentiment de culpabilité. Il n'avait pas appelé les Lawrence depuis son départ de Detroit et ne les avait vus que trois fois depuis son retour du Mississippi en février dernier. Ces derniers n'avaient pas insisté et il leur en était reconnaissant. C'étaient ses parents, mais ce n'étaient ni son père ni sa mère. Ils avaient toujours respecté la carapace émotionnelle qu'il s'était forgée. Et il les avait d'autant plus aimés pour cela. Mais là, il se sentait plus qu'un peu merdeux. Ils ne méritaient pas ça.

Un chasse-neige démarra quelque part au loin. Il n'avait pas envie de se lever. Il se sentait paresseux, plein de la torpeur et de l'énergie langoureuse qui font suite à une bonne nuit de sommeil. Il remonta le drap sur son nez glacé. Il sentit une odeur, la douce odeur musquée de l'amour.

Zoe…

Il ferma les yeux.

Zoe… neige… rougeurs.

Il sourit.

Rougeurs… allez… doucement.

Doucement… ne… pars… pas… Zoe.

Il se retourna sur le ventre et enfouit son visage dans l'oreiller pour sentir à nouveau son odeur, revivre en pensée le ballet chaotique de leurs étreintes.

Finalement, en soupirant, il sortit du lit chaud. Il frissonna et se dirigea à pas feutrés vers la salle de bains. Il y avait une heure de route pour rejoindre Higgins Lake et il fallait qu'il s'arrête en ville pour trouver quelque chose faisant office de cadeaux de Noël.

***

— Alors, comment se passe ton boulot?

Il se resservit un verre de cognac et se renversa en arrière dans le box de la cuisine.

— Bien. Ce n'est pas exactement ce à quoi je m'attendais, mais c'est un bon et honnête commissariat.

Phillip sourit.

— Ça ne m'étonne pas. Quand j'ai appelé, c'est un certain Dale McGuire qui a répondu. Quand je lui ai dit qui j'étais, il a réagi comme si j'étais son cousin dont il n'avait pas eu de nouvelles depuis longtemps.

Louis se mit à rire.

— Dale est très… amical.

— Donc ils te traitent bien là-bas?

Louis réfléchit à la question un instant. Phillip demandait, sans vraiment le demander, si les choses se passaient différemment que dans le Mississippi. Ça s'était toujours passé ainsi entre eux, cette façon bizarre de gérer la question raciale. Eux étaient blancs; lui était moitié blanc, moitié noir. Ils avaient toujours traité la question indirectement, comme quelque chose qu'ils considéraient du coin de l'œil, jamais de front. Parfois, ça le dérangeait. Parfois, il leur en était reconnaissant.

Comme maintenant. Il n'avait pas raconté à Phillip tout ce qui lui était arrivé dans le Mississippi, seulement que la couleur de sa peau avait constitué « un problème ». Il ne lui avait pas dit que, pour la première fois de son existence, elle avait failli lui coûter la vie.

Phillip Lawrence, il le savait, s'en tiendrait là. Ça faisait partie de sa carapace émotionnelle. Ça faisait partie de leur façon de faire.

— Ici, c'est différent, dit-il enfin.

Phillip se contenta de la réponse et but une autre gorgée de son cognac.

— Merci pour le Courvoisier, dit-il. En général, on ne prend pas quelque chose d'aussi bon.

— C'est pour moi que je l'ai acheté, dit Louis en souriant et s'en resservant trois doigts.

Phillip le regarda faire du coin de l'œil.

— Et merci pour les White Shoulders, chéri, cria Frances depuis ses fourneaux.

Louis lui répondit par un sourire. De l'alcool et du parfum n'étaient pas ce qu'il y avait de plus original comme cadeaux, mais Loon Lake n'était pas précisément un bazar turc.

— Merci à vous pour le pull. J'en avais bien besoin, dit-il.

Elle sourit à son tour et se pencha pour glisser la tête dans le four. L'odeur de jambon cuit emplit le camping-car. La radio passait en sourdine des chants de Noël. Frances se mit à fredonner.

— J'ai lu un article sur ton affaire dans *Free Press*, dit Phillip. C'est tragique.

— Oui, répondit Louis en prenant rapidement une gorgée de son verre.

— Vous êtes sur le point d'arrêter le coupable ?

— Non, pas encore.

Celui-ci jeta un coup d'œil vers Frances. Elle s'était arrêtée de fredonner.

— Tu es prudent, n'est-ce pas ? demanda Phillip.

— Bien sûr. On l'est tous.

Il prit vite une autre gorgée. Puis il tourna la tête à gauche, vers la fenêtre, pour éviter le regard de Phillip. La fenêtre était pleine de buée, il l'essuya du revers de sa manche. Et put alors voir Higgins Lake. C'était beaucoup plus grand que Loon Lake. Au nord, il aperçut des nuages gris se dirigeant vers eux. Des nuages annonçant la neige.

Frances posa une assiette devant lui. Il contempla l'assortiment de biscuits salés soigneusement disposés autour d'un ravier de fromage jaune vif.

Il releva la tête et la regarda.

— Win Schuler's[1] ? demanda-t-il en souriant.

— D'après toi ? répondit-elle en lui rendant son sourire.

Il trempa un cracker dans le fromage tendre et mordit dedans. Son goût prononcé raviva en lui bien des souvenirs. Il n'avait jamais rien mangé d'autre que du Velveeta avant que les Lawrence ne l'emmènent chez Win Schuler's pour son dixième anniversaire. Il n'avait encore jamais vu un buffet de crudités et n'était jamais allé au restaurant. Il s'était senti paralysé par tous les choix possibles. Frances lui avait conseillé d'essayer le fromage. Il avait adoré. Et il adorait toujours.

— T'es-tu fait de nouvelles relations, chéri ? demanda Frances en retournant à son poste devant l'évier.

Louis hocha lentement la tête de droite à gauche en souriant.

— Féminines, c'est ça ?

— Bon, d'accord… féminines, dit-elle.

— Fran, laisse ce garçon tranquille, dit Phillip en fourrant un cracker dans le fromage.

— Ça ne me dérange pas, Phil, dit Louis toujours en souriant. C'est un fait qu'il y a quelqu'un.

Frances sourit.

— Oh Louis ! Je suis tellement contente. Comment s'appelle-t-elle ? Quand pourra-t-on la rencontrer ?

— Zoe. Et pas avant un moment.

— Zoe, répéta Frances. Elle est étrangère ?

Louis sourit de toutes ses dents.

— On peut dire ça.

Phillip tendit le bras au-dessus de la table pour prendre un paquet de cigarettes et des allumettes. Frances le vit faire et fronça les sourcils au moment précis où il la regarda.

1. Célèbre restaurant du Michigan.

Il soupira.

— Allez, quoi, Fran. Il fait moins six dehors.

— Je m'en fiche. Je ne te laisserai pas empuantir ma nouvelle maison avec ces saloperies.

Phillip regarda Louis.

— Tu viens me tenir compagnie ?

— D'accord, dit Louis en prenant son verre.

Ils enfilèrent leurs manteaux et sortirent. Louis regarda Phillip s'allumer une cigarette et inhaler profondément la fumée. Elle ressortit lentement dans un souffle qui se termina presque en soupir.

— Tu ne devrais pas fumer autant, dit Louis.

— Et toi, boire autant, lui renvoya Phillip.

Louis se détourna, regarda vers le lac, puis revint sur Phillip. Il s'appuya contre la paroi métallique du camping-car en tenant son verre le long de sa jambe. Ils gardèrent le silence plusieurs minutes.

Louis leva son verre de cognac et le vida. Puis il se tourna vers Phillip et s'aperçut que celui-ci le regardait.

— C'est grave, n'est-ce pas ? dit Phillip.

Louis savait qu'il parlait des meurtres, mais ne savait pas quoi répondre. Aussi grand qu'était son amour pour Phillip, il n'avait jamais réussi à partager facilement ses émotions avec lui. Et même maintenant que leur relation était arrivée à un stade de maturité adulte, il ne pouvait se résoudre à s'ouvrir et à s'épancher devant lui.

— C'est minant. Mais on l'aura. J'en suis sûr. (Il demeura un instant silencieux.) Ils m'ont confié la responsabilité de l'enquête, dit-il avec une pointe de fierté dans la voix.

— Déjà une promotion ?

— Pas vraiment. Plutôt le principe de Peter[1].

— Alors, tu as déjà découvert quelque chose ?

1. Principe satirique selon lequel tout employé tend à s'élever à son niveau d'incompétence.

Louis lui parla du morceau de tissu et des autres maigres indices. Il lui raconta l'expérience avec la montre et sa théorie sur la chronologie des deux meurtres. Sans s'en rendre compte, il se mit à lui faire part de tous les détails de l'affaire, y compris de ses doutes concernant la solidité de Jesse. Cela lui fit du bien. Il avait besoin d'en parler à quelqu'un d'extérieur au commissariat. Et même s'il en avait eu très envie, il n'avait pu en parler à Zoe.

Phillip l'écouta attentivement. Finalement, Louis s'arrêta et remarqua qu'il se tenait debout bizarrement, une légère grimace sur le visage.

— Quelque chose ne va pas? demanda-t-il.

Phillip se frotta la jambe.

— Le froid me fait mal à la jambe, c'est tout.

— Tu veux qu'on rentre?

— Dès que j'aurai fini ma clope.

Louis regarda Phillip continuer à se frotter la jambe, sa cigarette entre les dents. Un autre souvenir d'adolescence resurgit dans sa mémoire – la première fois qu'il avait vu ses longues cicatrices. Phillip lui avait alors raconté comment il avait été blessé pendant la guerre de Corée, comment le médecin avait réussi à lui sauver la jambe, même si elle devait le faire boiter jusqu'à la fin de ses jours. Pour lui, ç'avait été la première indication que l'homme qui était devenu le personnage le plus important de sa vie n'était pas un dieu mais un simple être humain. Peu de temps après, Phillip avait ouvert un coffre au grenier et lui avait montré ses souvenirs de guerre. Louis se souvint de l'insigne de son uniforme qui avait attiré son attention. Un aigle en vol sur fond rouge avec au-dessus les mots SILVER EAGLES et le numéro de la compagnie de Phillip. Qui le lui avait donné. Cela faisait des années que Louis l'avait égaré. Il ne lui en avait jamais parlé. Il se demandait vaguement où il était passé.

Il se redressa et s'écarta du camping-car. Quelque chose le tarabustait, un rapprochement avec autre chose.

— Phillip, tu te souviens de l'insigne que tu m'avais donné?

— Quel insigne ?

— Celui de ton uniforme. Tu sais bien… avec l'aigle ?

— Ah oui. Qu'est-ce que tu en as fait, à propos ?

Louis ressentit une certaine excitation. Bordel, ce que le cerveau humain pouvait être étrange avec ses synapses qui se mettaient à établir des ponts là où on s'y attend le moins. Il pensait au tissu qu'ils avaient découvert sur la grille près du parc, vert foncé, comme celui d'un treillis militaire.

— Les sections, les unités, ils avaient tous des noms comme ça avec des numéros ? demanda Louis.

— Certains. Pourquoi tu me demandes ça ?

— Il pourrait y avoir un rapport avec un des trucs que j'essaie d'éclaircir dans mon enquête. Le tueur laisse derrière lui un indice, le dessin d'une tête de mort et les chiffres 1 2 3. Ça ne te dit rien ? Est-ce que ça pourrait être lié à quelque chose de militaire ?

Phillip haussa les épaules.

— C'est possible. Les emblèmes n'étaient pas officiels, ils étaient créés par les gars eux-mêmes.

— Et une carte ?

— Une carte ? Quoi ? Comme une carte de poker ?

— Oui. Tu as déjà entendu parler de quelque chose comme ça ?

Phillip fit non de la tête.

— Les gars peignaient leurs emblèmes sur les tanks, les avions, se faisaient faire des insignes, mais j'en ai jamais vu sur des cartes.

— Mais vous aviez des jeux de cartes ?

— Ah ça oui ! On les achetait à l'économat et on les emportait partout avec nous. (Il sourit.) J'ai perdu un mois de solde à Séoul en essayant de faire rentrer une quinte.

Louis réfléchissait à toute vitesse. Ça pouvait être aussi simple que ça ? Une sorte de symbole militaire ? Il fallait qu'il trouve quelqu'un qui connaisse l'armée et ce que ces chiffres pouvaient vouloir dire. S'agissait-il d'une compagnie ? D'un escadron ? Et dans quelle guerre ? Ça pouvait être…

— Louis ?

Pendant une seconde, celui-ci ne réagit pas. Il fallut que Phillip répète son nom pour qu'il lève la tête. Il décela alors de l'inquiétude sur son visage.

— Tout va bien, Phil, dit-il calmement.

— Je me fais du souci pour toi.

— Je fais attention.

Phillip le regarda un long moment, puis il tira une dernière, longue et lente bouffée de sa cigarette.

Louis en regarda le bout incandescent et fut soudain frappé par la façon différente qu'avait Phillip de fumer par rapport à Gibralter. Celle de Phillip était consciente, presque sensuelle, comme s'il s'abandonnait. Gibralter, lui, attaquait le tabac comme s'il le considérait comme son ennemi.

— Mon chef fume des Camel sans filtre, dit-il.

— Une cigarette d'homme, de vrai, dit Phillip d'un air pince-sans-rire.

— C'est bien ça. Un vrai homme.

— Tu l'aimes bien ?

Louis hésita, puis hocha la tête.

— Oui, oui. Je crois.

— Tu crois ?

Louis eut un petit rire.

— Il n'est pas particulièrement aimable. Assez énigmatique. Avec un ego de la taille du lac Michigan. Intelligent, strict. Probablement un ex-marine, et probablement surdiplômé pour ce boulot.

— Surdiplômé. Ça me fait penser à quelqu'un que je connais, dit Phillip en souriant vaguement.

Louis ne releva pas.

— Et ton chef, reprit Phillip au bout d'un moment. Il est du genre à bien s'occuper de ses hommes ?

Louis fronça légèrement les sourcils, pas certain de ce que Phillip entendait par là.

— C'est un flic extrêmement dévoué, finit-il par répondre.

— Oui, mais à quoi ? Les forces de l'ordre sont assez semblables à l'armée, Louis. Les hommes qui les dirigent savent qu'il doit parfois y avoir des victimes.

Louis savait maintenant où Phillip voulait en venir et se crispa.

— Je sais lire entre les lignes des articles de journaux, dit Phillip. Ton commissariat semble bien être la cible de ce cinglé. C'est pas vrai ?

Louis fit oui de la tête en regardant au loin, vers le lac.

— Ce Gibralter… est-ce qu'il veille sur ses hommes ?

— Il ne peut pas grand-chose. Il faut bien qu'on fasse notre boulot.

Phillip ne dit plus rien. Il jeta sa cigarette qui grésilla avant de s'éteindre dans la neige.

— J'ai eu un commandant, reprit-il, un certain Clif McInerney. On l'appelait Captain Mac. On se dirigeait vers le nord près de Yongsan et on a été pris dans une embuscade.

— C'est là que tu as été blessé ?

Phillip fit oui de la tête.

— On est restés coincés là pendant deux jours. On a perdu deux hommes. Finalement, le capitaine Mac a décidé de ne pas attendre plus longtemps et de tenter de nous sortir de là. La section a foncé sous un feu nourri, avec lui en tête. À un moment donné, il a fait demi-tour et traversé en courant un champ à découvert pour porter secours à Hooper, qui était tombé dans une tranchée. Je me suis dit qu'il était cinglé. (Il regarda Louis.) Et peut-être qu'il l'était. Mais il nous a tirés de là alors qu'on était tous assurés d'y rester.

— Qu'est-ce qu'il est devenu ?

— Il a été tué. On traversait un village. Une grenade est tombée d'on ne sait où. Il s'est jeté dessus pour protéger les deux hommes de tête.

Louis vit une légère émotion passer sur le visage de Phillip.

— Un chef doit croire en lui-même, reprit celui-ci. Mais, plus important, il doit donner aux autres la force de croire aussi en eux-mêmes.

Louis leva son verre et le regarda en regrettant qu'il soit vide.

Phillip lui prit délicatement le verre des mains, puis l'attrapa brusquement par la nuque et l'attira tout contre lui.

— Je t'en prie, Louis, dit-il. Sois prudent.

CHAPITRE 13

Le ciel était de la couleur de la tôle. Louis regarda les nuages bas, puis tendit le bras pour monter d'un cran le chauffage de la voiture.

— On dirait qu'il va encore neiger, dit Jesse.

— C'est bien pour ça que je voulais qu'on démarre plus tôt, dit Louis d'un air mécontent.

Jesse soupira.

— Je te l'ai dit, mec, on a déjà parlé avec ces trous-du-cul.

— Vous ne leur avez pas montré la carte. Ils savent peut-être quelque chose.

— Fais-moi confiance, c'est juste une bande de croulants. Ils savent pas en quelle année on est.

— Je pensais que tu serais content de sortir un moment ton nez des dossiers.

Jesse prit sa Thermos.

— Oui, à condition que ce ne soit pas une perte de temps.

Ils continuèrent de rouler sur le Highway 33 dans un silence pesant. Louis résista à l'envie de lui passer un savon. Il l'avait fait sortir du lit en l'appelant à 5 heures pour lui annoncer qu'ils devraient être partis vers 6 heures. Il y avait une heure de route jusqu'à Lake Orion, et qui savait encore combien de temps ça leur prendrait pour trouver le camp des anciens combattants.

Il jeta un coup d'œil aux indications qu'Ollie avait griffonnées sur un bout de papier. Ce dernier l'avait prévenu que l'endroit était difficile à trouver. Il l'avait également mis au courant de ce qui s'était passé la première fois qu'ils avaient interrogé les anciens combattants. Le lendemain du meurtre de Pryce, Gibralter avait ordonné de ratisser toutes les « infrastructures de barges des environs ». Ce qui les avait amenés à embarquer quelques membres de la Michigan Militia Corps, deux dissidents détraqués de la Nation Aryenne, une poignée de végétariens dont l'occupation principale était de se constituer un stock de nourriture en conserve en prévision d'une catastrophe nucléaire, et un timbré local qui avait un jour bousillé tous les parcmètres de Main Street à l'aide d'une masse.

Ils avaient aussi déniché sept anciens combattants qui vivaient sur un lopin de terre à cent kilomètres au nord de Loon Lake. Ces types avaient été emmenés au commissariat et « copieusement interrogés », avait précisé Ollie. Gibralter n'avait pas réussi à obtenir un mandat de perquisition pour le camp. Mais, avait ajouté Ollie, celui-ci continuait de soupçonner que l'assassin de Pryce figurait parmi ces sept hommes qui vivaient dans les bois.

Louis regarda la forêt dense dans laquelle ils étaient sur le point de pénétrer. La route semblait se resserrer pour devenir un tunnel de nuages gris et de pins gigantesques. Tout cela ne lui disait rien qui vaille, et il était à peu près certain qu'aucun de ces hommes ne parlerait. Mais après ce que Phillip Lawrence lui avait raconté la veille sur ces emblèmes, il fallait qu'il essaye.

— Tourne là, dit-il à Jesse en repérant une petite route secondaire.

— Où ça ?

— Arrête-toi ! Là. Tu vois cette route ?

— Une route ? Quelle route ? dit Jesse en hochant la tête. On pourra jamais prendre par là sans des chaînes !

— Essaye.

La voiture se mit à patiner sur la neige vierge, progressant peu à peu au milieu des arbres massifs. Au bout de trois kilomètres, ils arrivèrent devant une barrière installée en travers de la route. Un grand écriteau indiquait DÉFENSE D'ENTRER. PROPRIÉTÉ PRIVÉE.

— Et maintenant, qu'est-ce qu'on fait ? demanda Jesse.

— On continue à pied, répondit Louis en descendant de voiture.

La route se faufilait entre les pins épais pendant encore environ huit cents mètres. Finalement, ils aperçurent les contours sombres d'un bâtiment. Ils s'approchèrent, les détails du camp devenant plus nets. Il y avait au moins quatre bâtiments solidement construits bien que sommaires, chacun possédant son propre générateur. Sur le toit d'un des bâtiments se trouvait une énorme antenne parabolique. Il y avait un hangar devant lequel étaient garées deux Jeeps. Une odeur de feu de bois flottait dans l'air humide.

Le calme fut interrompu par de violents aboiements de chiens.

— Putain, j'espère qu'ils sont attachés ! dit Jesse en portant la main à son étui.

Ils entendirent une porte claquer. Une silhouette sortit du bâtiment le plus proche. L'homme resta immobile à les regarder. Louis aperçut les fins contours d'un fusil qu'il portait dans le dos.

— Laisse-moi parler, dit Louis tandis qu'ils s'approchaient de l'homme.

— Limite-toi à des mots de deux syllabes maximum, marmonna Jesse.

Le type n'avait pas bougé. Les chiens étaient dans un enclos, deux bergers allemands et un troisième qui ressemblait à un rottweiler avec une queue touffue. Ils aboyaient comme des malades, se précipitant contre le grillage comme des boules de flipper. Le type fit glisser son M-16 de son épaule et le tint à bout de bras. Il portait un gilet en duvet sur un gros pull marin, un pantalon de treillis et de grosses bottes noires pleines de boue. Il était grand et costaud. Le haut de son visage était dissimulé par une casquette avec le logo des Oakland Raiders et le bas par une épaisse barbe rousse.

— On ne bouge plus, dit-il lentement.

Louis et Jesse s'arrêtèrent à une dizaine de mètres. Les aboiements des chiens devenaient assourdissants.

— Assez ! cria brusquement le type.

Les chiens cessèrent d'aboyer. Ils se tournèrent un moment autour à cause de l'excitation, puis ils s'assirent, les oreilles en avant, en grognant après Louis et Jesse.

— Vous êtes dans une propriété privée, reprit l'homme.

— On le sait, dit Louis. On veut juste vous parler.

Louis perçut des mouvements du coin de l'œil. Il se tourna légèrement vers la gauche. Deux hommes venaient de sortir du bois. Tous deux portaient les mêmes tenues militaires hybrides et des vêtements de plein air. Il entendit un bruit derrière lui et sentit d'autres présences dans son dos.

— Ici, on n'aime pas les flics, reprit le type à la barbe rousse.

Louis hocha la tête.

— C'est noté.

Un autre homme sortit du bâtiment le plus proche. Il était plus petit que les autres, maigre et nerveux, et noir. Il se mit à regarder Louis avec insistance. Celui-ci soutint son regard un moment, puis vit que la manche gauche de sa veste était vide. Il regarda de nouveau le type à la barbe rousse.

— Nous sommes de Loon Lake, dit-il. Nous enquêtons sur un meurtre.

— Maintenant ça fait deux, dit le type.

Louis le regarda dans les yeux.

— Oui, deux. Deux officiers de police. (Il attendit, mais le barbu n'ajouta rien.) Nous pensons que le tueur a quelque chose à voir avec l'armée. Nous pensons…

— Vous pensez que votre tueur est un ancien combattant cinglé. Et vous voilà, avec devant votre nez tout un camp de *loonie-tunes*[1]. (Il sourit et remit son fusil en bandoulière sur son

1. Nom générique donné par les studios Warner Bros aux personnages de dessins animés de la série éponyme.

épaule.) Voilà ce qui s'appelle une enquête rondement menée, mister Kojak.

— Écoutez, je voudrais juste vous montrer quelque chose, dit Louis en sortant de sa poche le sachet en plastique renfermant l'élément de preuve et le brandissant en s'approchant. Avez-vous déjà vu une carte comme celle-là ?

Le type n'y prêta aucune attention.

— Écoutez, cette fois on n'a pas à supporter vos conneries. Ici, on n'est pas dans vos cellules. On est sur mon terrain. Mon terrain, monsieur l'agent, et à moins que vous ayez un mandat de perquisition, vous n'avez rien à y faire.

Louis sentit les hommes se rapprocher derrière lui. Il regarda discrètement le soldat noir. Ce dernier avait les yeux fixés sur la carte. Soudain, il pivota sur ses talons et s'éloigna vers les arbres. Il commençait à neiger.

— Louis, fichons le camp d'ici, dit Jesse à voix basse.

— Vous devriez écouter votre collègue, mon ami, dit le type.

Louis hésita. Tout cela ne menait nulle part. Il remit le sachet en plastique dans sa poche et s'essuya la neige sur le visage. Jesse avait raison. Il n'obtiendrait rien de ces cinglés.

Il fit volte-face et repartit vers la voiture. Jesse lui emboîta rapidement le pas.

— Je te l'avais bien dit, fit celui-ci lorsqu'ils se retrouvèrent hors de portée de voix des autres.

— Ferme-la, Jess.

— Putain, mais regarde cette merde ! reprit Jesse en montrant la neige. On n'arrivera jamais à redescendre avec la voiture. On va se retrouver coincés ici et…

Jesse s'immobilisa. Louis leva la tête.

Le soldat noir se tenait quelques mètres devant la voiture. Avec un gros fusil.

— Génial, dit Jesse entre ses dents, si cet enculé…

— Ta gueule ! s'écria Louis.

Il s'approcha du soldat et regarda son fusil. Il eut comme un nœud à l'estomac en reconnaissant un AK-47. Comment ce type pouvait-il tirer avec un seul bras ?

D'après les traits de son visage, le soldat paraissait avoir la quarantaine. Il dégageait une énergie maîtrisée, avait un corps musclé prêt à l'action, et clignait rapidement de ses yeux noirs. Louis regarda le nom à moitié effacé sur sa veste usée. CLOVERDALE. Il reconnut deux insignes en se souvenant de Phillip Lawrence : des galons de sergent et un CIB[1]. « Si tu rencontres un type avec un CIB, lui avait dit Phillip, il mérite ton respect. »

— Vous avez de la chance que Randall vous ait pas fait sauter la cervelle, dit le soldat.

Jesse avança d'un pas.

— Écoute, trou-du-cul…

Le soldat se raidit. Louis mit son bras en travers de la poitrine de Jesse. Il tourna le dos à Cloverdale et lança à Jesse un regard furieux.

— Bordel, Jess, lui chuchota-t-il sèchement, on a besoin de ce type. Il sait quelque chose.

Jesse fusilla Cloverdale du regard par-dessus l'épaule de Louis avant de regarder ce dernier. Sa nuque était rouge, et la rougeur lui montait aux joues.

— Va m'attendre dans la voiture, dit Louis. S'il te plaît.

Jesse hésita, lança un dernier regard au soldat, puis se dirigea d'un pas lourd vers la voiture. Louis attendit d'entendre la portière claquer et le moteur démarrer, puis il se retourna vers Cloverdale.

— Vous savez quelque chose ? demanda-t-il.

Cloverdale regarda fixement Louis.

— Pourquoi est-ce que je vous le dirais ?

— Parce que j'ai besoin d'aide.

L'homme eut un petit rire amer.

1. Combat Infantry Badge, décoration décernée aux soldats ayant pris part à des combats dans l'infanterie.

— De l'aide ? C'est drôle, non ?

Louis brandit son sachet.

— Vous savez ce que veut dire cette carte. Et je crois que vous voulez m'en parler.

— Pourquoi ? Parce que vous êtes noir ? Vous pensez qu'il se passe quelque chose entre nous du genre fraternel ? (Cloverdale se remit à rire.) Laisse-moi te dire une bonne chose, mon frère. Les seuls frères que j'ai sont ces six Blancs là-bas.

Il se détendit et regarda vers la voiture, vers Jesse assis au volant d'un air renfrogné.

— C'est ton coéquipier ?

— Oui.

— Dommage, mon pote.

Louis s'essuya la neige des yeux. Elle tombait maintenant à gros flocons. Mais il ne pouvait pas s'en aller, pas encore. Cet homme avait envie de parler, il en était certain.

— Tu as une cigarette ? demanda Cloverdale.

— Désolé. Je ne fume pas.

Cloverdale mit son fusil en bandoulière et vit que Louis le regardait.

— Eh oui, c'est lourd, dit-il en examinant le visage de Louis. Allez, demande-moi, va.

— Demander quoi ?

— Comment j'ai perdu mon bras. C'est à ça que tu pensais.

— Non.

Cloverdale sourit. Il avait de belles dents bien droites. Des dents de star de cinéma.

— Quel âge as-tu ? demanda-t-il.

— Vingt-cinq ans, dit Louis.

— J'en avais vingt-quatre quand je me suis engagé. J'ai grandi dans un trou en Arkansas… Marked Tree. J'aurais fait n'importe quoi pour quitter le Sud.

— Mississippi, dit Louis.

— Quoi ? demanda Cloverdale en plissant les yeux sous la neige.

— Black Pool, Mississippi, c'est là que je suis né. En comparaison, Marked Tree doit probablement ressembler à Paris.

Cloverdale le regarda un moment dans les yeux, puis sourit.

— T'as pas une gueule de militaire, dit-il. Tu as déjà servi ?

Louis fit non de la tête.

Le soldat cessa de sourire et devint songeur.

— J'étais à Fort Campbell, reprit-il. Ils m'ont pris dans la compagnie Delta, 2e bataillon, 501e régiment d'infanterie, 101e division aéroportée. (Il inclina la tête.) Tu as vu le film *Les Douze Salopards* ?

Louis fit oui de la tête.

— On était quelque chose dans ce genre, les laissés-pour-compte, les mecs dont personne ne veut. Il y en avait qui piquaient volontiers des conneries, genre fournitures et équipements. Du coup, on nous appelait « les Braqueurs ». On était unis, vraiment une superunité.

Le regard de Cloverdale se perdit dans le vague.

Louis commençait à avoir froid, mais ses muscles étaient tendus par l'impatience. Il jeta un nouveau coup d'œil vers la voiture en espérant que Jesse ne fasse pas une bêtise qui risque d'interrompre les souvenirs du soldat.

— Alors, comment c'est arrivé ? demanda-t-il en indiquant de la tête son bras manquant.

Cloverdale cligna des yeux et s'essuya la neige du visage.

— Échange de tirs près de Hué, à la Saint-Valentin 1968, dit-il d'un ton neutre. On a eu six tués et dix-huit blessés y compris le commandant. J'ai perdu mon bras, mais j'ai gagné un billet de retour pour Marked Tree.

La tête de Cloverdale était couverte de neige, formant un casque blanc sur ses cheveux coupés à ras. Il avait brusquement l'air d'un vieillard.

— Comment es-tu arrivé ici ? demanda Louis.

Cloverdale remonta son fusil sur son épaule.

— Je suis resté pas mal de temps à l'hôpital militaire, puis j'ai vagabondé à travers le pays pendant un an ou deux. J'ai remisé mes souvenirs de guerre dans une petite boîte et j'ai essayé de me construire une vie. (Il s'interrompit en souriant.) Pas toujours facile de laisser le couvercle de cette putain de boîte fermé.

Son regard se posa sur le sachet en plastique que Louis avait à la main.

Jesse se mit à klaxonner. Louis regarda vers la voiture et leva impatiemment le bras.

— Tu vas te transformer en bonhomme de neige, mon pote.

— Continue, répondit Louis. S'il te plaît.

Cloverdale regarda le groupe de bâtiments en haut de la route.

— Randall faisait partie de mon unité. Sa famille est de la région. Ils lui ont donné ce terrain et il a décidé d'en faire un camp d'anciens combattants. On n'est que sept pour le moment, mais on est en train de construire des maisons pour en accueillir de nouveaux. On prend soin les uns des autres, quoi.

Louis acquiesça d'un signe de tête.

Le visage de Cloverdale se durcit.

— Je n'aime pas les gens qui s'apitoient sur leur sort. Ce que je veux dire, c'est... ce qui est fait est fait. Mais les gens de l'extérieur, ils se rendent pas compte. Ils s'imaginent pas ce que c'est, c'est tout.

Louis hésita, la main serrant le bord du sachet.

— Pourquoi tu me parles alors ? demanda-t-il.

Cloverdale le regarda.

— Parce que je veux que tu saches qu'on n'est pas des meurtriers. On est des marginaux, mais on n'est pas des meurtriers.

Louis hocha lentement la tête et lui tendit le sachet hermétiquement fermé. Cloverdale le saisit et regarda le dessin.

— Où est-ce que tu as trouvé ça ? demanda-t-il.

— Il y en a deux comme ça. On les a trouvées à côté des corps des policiers.

Cloverdale lui rendit le sachet et s'essuya le visage.

— C'est un message, dit-il.

— Un message ? Quel genre de message ?

Cloverdale hésita, détournant légèrement le visage.

— Ton type est un militaire. (Louis attendit.) Certaines compagnies faisaient imprimer leurs surnoms sur des cartes. (Il fit une pause et regarda les arbres.) J'ai entendu parler de ça, mais je n'y ai jamais assisté. (Il s'interrompit à nouveau.) La compagnie attaquait, rasait un village vietcong et jetait des cartes sur les cadavres. C'était de la provocation, une sorte de défi à Charlie[1], histoire de lui dire qu'on était passé par là. (Il regarda Louis.) On appelait ça les cartes de la mort.

Louis essuya la neige sur le sachet et le lui tendit à nouveau.

— Et ça ? Tu reconnais ?

Cloverdale ne prit pas le sachet.

— Non. Le numéro est probablement celui d'une compagnie ou d'un escadron.

Louis jeta un coup d'œil au sachet, puis le remit dans sa poche. Et regarda le visage aux traits tirés de Cloverdale.

— Merci, dit-il.

Cloverdale remonta légèrement le fusil sur son épaule. Louis tourna les talons et commença à s'éloigner.

— Je connais ton homme, dit Cloverdale.

Louis se retourna vivement.

Cloverdale se contenta de le regarder, puis sourit légèrement.

— Je l'ai rencontré des centaines de fois.

— Écoute, dit calmement Louis, ne te fous pas de moi.

— J'ai été psychologue après. J'ai travaillé avec pas mal de types perturbés, et beaucoup auraient pu faire ce qu'a fait ton tueur, compte tenu des circonstances.

— Quelles circonstances ?

— Tu me demandes un profilage ?

Louis repensa au livre de l'agent du FBI.

— Oui. Quel genre de type est-ce que je recherche ?

Cloverdale ôta son fusil de son épaule et le posa par terre sur la crosse.

1. Surnom générique donné à l'ennemi.

— Cherche un type normal.

— Normal ?

— Un type qui a essayé de l'être et qui a pas réussi.

Louis fronça les sourcils.

— Je comprends pas.

— Il s'est probablement engagé, peut-être parce que jusque-là sa vie était merdique et que l'armée fait beaucoup de grandes promesses pour se charger de ce genre de choses à votre place.

— Continue, s'il te plaît.

— Il a dû faire de son mieux une fois dans l'armée et il a peut-être même goûté pour la première fois à la réussite, poursuivit Cloverdale. Mais quelque chose s'est passé et il s'est à nouveau pris pour un raté. Il a pu avoir un problème de drogue ou d'alcool et il a fait un passage éclair par l'administration des Anciens Combattants. (Il marqua un temps d'arrêt.) Ils ont un joli nom pour ça maintenant, le syndrome de stress post-traumatique. À l'époque, on était juste des toxicos.

— Et après la guerre ?

— Après, dit Cloverdale. Eh bien... disons juste que personne n'a vraiment envoyé de pétales de rose aux pieds de ton bonhomme. Il est parti à la guerre, il a fait son boulot, et en rentrant, tout le monde lui a dit que ce qu'il avait fait, c'était de la blague. Pas idéal pour l'estime de soi.

Louis attendit la suite en regrettant de ne pas avoir de quoi prendre des notes.

— Il n'a probablement pas pu trouver de travail, poursuivit Cloverdale. Ou alors dans une usine quelconque qui l'a licencié quand il y a eu la récession. Les anciens combattants du Vietnam gagnaient moins, obtenaient moins de promotion et étaient remplacés plus vite. (Il respira un grand coup.) Cherche dans les foyers de sans-abri, ce genre de choses. Il y a encore deux cent cinquante mille anciens combattants à la rue.

Un Klaxon retentit. Louis se tourna vers la voiture. Jesse lui faisait signe de venir. Il se retourna vers Cloverdale.

— Tu peux me dire pourquoi ?

— Pourquoi il a fait ça ? Qui sait, bordel ! Il a pu se focaliser sur des figures représentatives de l'autorité. Projeter ses frustrations personnelles sur un symbole de l'establishment. (Il indiqua l'insigne de Louis d'un mouvement de tête.) Les flics pouvaient faire l'affaire.

Louis acquiesça d'un signe de tête.

— Un raté de la normalité. Ça ne peut pas être aussi simple.

— Vois ça comme un rêve de col-bleu qui s'effondre.

Louis regarda Cloverdale encore une seconde, puis il leva la tête et cligna des yeux sous les énormes flocons de neige. Il soupira longuement. Quand il baissa la tête, Cloverdale s'appuyait lourdement sur son fusil. Son gilet était devenu vert foncé, trempé par la neige. Il paraissait soudain très fatigué.

— Ton homme n'est pas ici, dit-il.

— Maintenant, je le sais.

Cloverdale regarda la voiture.

— Tu ferais bien de te dépêcher de remonter cette côte.

Louis hocha la tête, hésita, puis lui tendit la main. Cloverdale la regarda fixement un instant et déplaça maladroitement son fusil pour pouvoir la lui serrer.

— Merci pour ton aide.

— De rien. Mais ne reviens pas.

Cloverdale lui adressa un dernier sourire et retourna vers le camp. Louis tourna les talons et commença à avancer péniblement dans la neige, vers la voiture.

— Hé, Black Pool !

Louis se retourna.

— Le Sud, cria Cloverdale. Ça t'arrive d'y penser ?

— J'évite.

Cloverdale rigola doucement. Il leva son fusil pour saluer, se retourna et disparut dans les tourbillons de neige.

CHAPITRE 14

— Mets le dégivrage.

— Il est mis.

— Alors augmente-le.

— Il est au maximum, dit Jesse, agacé. (Il essuya le pare-brise du revers de sa manche.) Bordel, j'y vois rien.

— Jess, gare-toi sur le côté.

— Pour quoi faire ?

— Je vais conduire.

— Je peux m'en charger.

— Pas comme tu t'y prends. Tu peux pas. Ralentis ou on va finir enroulé autour d'un arbre.

Jesse ralentit à moins de soixante. La voiture avança vaille que vaille sur la petite route pleine de neige. Louis poussa un soupir de soulagement lorsqu'ils se retrouvèrent sur la grand-route. Elle aussi était enneigée, mais au moins était-elle à quatre voies jusqu'à Loon Lake. Ils continuèrent de rouler un quart d'heure dans un silence tendu.

— Tu as appris quelque chose d'intéressant ? demanda enfin Jesse.

— Je ne sais pas trop.

Il lui raconta ce que lui avait dit Cloverdale.

— Donc le tueur est un militaire, dit Jesse.

— Peut-être.

— Mais tu ne crois pas que c'est l'un de ces types ?

— Non.
— Pourquoi ?
— Je ne sais pas. Je le sens pas.
Jesse rit doucement.
— Tu le sens pas. D'accord.
Louis regarda Jesse. Il tenait le volant de la main droite, la gauche appuyée contre la tempe. Louis jeta un coup d'œil au compteur. Qu'est-ce qu'il lui prenait encore ?
— Jess, dit-il, qu'est-ce qu'il y a ?
— Rien.
— Alors pourquoi tu me parles comme ça ?
Jesse ne le regarda pas.
— Excuse-moi, dit-il après un moment. Je suis fatigué, c'est tout.
Louis décida de laisser courir. Ils firent le reste du trajet en silence, profitant du passage tout récent d'un chasse-neige au moment de récupérer la route à l'extrémité nord du lac.
Florence leur demanda leur position par radio. Lorsque Louis répondit qu'ils étaient sur le chemin du retour, elle leur dit que Gibralter les attendait au Dot's. Louis lui confirma avoir bien reçu et ferma la radio.
— Allons bon, marmonna Jesse.
— Il veut probablement juste faire un point.
— Ou me passer un savon pour un truc quelconque.
Jesse accéléra jusqu'à près de soixante-dix. Les portails des maisons de touristes se remirent à défiler. Ils rattrapaient rapidement un pick-up rouge, mais Louis se retint d'à nouveau lui demander de ralentir.
— Ford, dit brusquement Jesse.
— Quoi ?
— C'est un Ford rouge, répéta Jesse en regardant le pick-up couvert de neige devant eux.
Un bref instant, le cœur de Louis se mit à palpiter. Mais non, le pick-up était trop récent. Art Taub avait dit que le Ford était vieux et rouillé.

— C'est pas celui-là. Laisse-le filer, Jess, dit Louis.

— Sûrement pas, bordel. Ses vitres sont trop teintées.

Jesse alluma les phares et fit hurler deux fois la sirène. Le chauffeur regarda son rétroviseur et se rangea sur le côté de la route. Pendant qu'ils s'arrêtaient, Louis put voir que le pick-up était un nouveau modèle sans la moindre trace de bosse, et encore moins de rouille.

Jess était descendu de voiture avant même que Louis ait eu le temps de répondre. Il attrapa le porte-bloc en soupirant et le suivit.

Le conducteur avait la trentaine, un visage fin et pâle et des frisottis de cheveux roux sales. Il portait un bandana bariolé autour de la tête et un petit anneau doré à l'oreille gauche. Et quelques poils au menton qui se battaient pour former une barbichette.

— À quoi dois-je cet honneur? demanda-t-il nerveusement tandis que Jesse ouvrait la portière du pick-up.

— Descends.

— C'est une requête ou un ordre?

— Descends de ce foutu véhicule.

Le type prit tout son temps. Jesse le saisit et le tira si brutalement qu'il tomba sur la chaussée. Le chauffeur attrapa la poignée de la portière pour s'aider à se relever en regardant Jesse les yeux écarquillés. Il n'avait pas de manteau, seulement un jean délavé et un tee-shirt d'un blanc douteux. Debout et grelottant sous les tourbillons de neige, on aurait dit une tige de roseau.

— Alors, on est un peu à cran aujourd'hui, m'sieur l'agent? dit-il.

Louis s'avança en vitesse.

— Votre permis de conduire, s'il vous plaît, dit-il.

Le type tourna ses yeux clairs vers le pick-up.

— Il est dans le sac posé sur le siège.

Jesse se pencha à l'intérieur et attrapa un sac bleu Crown Royal. Il en sortit le permis du type et le lança à Louis.

— Tu t'en occupes, oui ou non? dit-il en voyant que Louis hésitait.

— Ce permis est expiré, monsieur Bates, dit Louis.

— Oh ! mon Dieu, il n'y a vraiment pas assez d'heures dans une journée, dit le type en soupirant.

Louis jeta un coup d'œil à Jesse. Celui-ci trépignait d'impatience d'épingler le mec pour un truc quelconque. La meilleure chose à faire était d'en finir le plus vite possible. Il se dirigea vers la voiture de patrouille.

— J'adore ta tenue, mec ! lui cria Bates.

Louis entendit un bruit sourd et se retourna. Jesse tenait Bates plaqué contre le pick-up et sortait ses menottes. Louis actionna le micro et dit à Florence de contrôler l'immatriculation et le permis. Il fallait vraiment vite en finir avant que Bates ne perde une partie de ses dents de devant.

Louis s'appuya contre la voiture et vit Jesse se mettre à fouiller l'intérieur du pick-up. Qu'est-ce qu'il foutait ? S'il trouvait quoi que ce soit, Bates porterait plainte pour perquisition sans mandat. Il s'apprêtait à appeler Jess quand Florence rappela pour dire que Bates n'était pas recherché et n'avait pas de casier.

Bates braillait après Jesse depuis l'arrière du pick-up.

— Vous allez me fouiller aussi, m'sieur l'agent ? J'aime les fouilles avec exploration de tous les orifices du corps. Vous en avez déjà réalisé, m'sieur l'agent ?

Bates regarda Louis.

— Et toi, Mandingo[1] ?

— Fermez-la, dit Louis.

Jesse ressortit du pick-up avec un petit sachet en plastique.

— Qu'est-ce que c'est ? demanda Louis.

— À mon avis c'est de l'herbe, dit Jesse en l'agitant sous le nez de Bates. Je t'ai demandé si tu étais en possession de stupéfiants, trouduc. Tu m'as menti.

— Hé, vous n'aviez pas le droit de fouiller mon véhicule, dit Bates. Je connais mes droits.

1. Titre d'un livre, puis d'un film de 1975 de Richard Fleischer relatant l'histoire d'un esclave devenu champion de boxe à mains nues.

Jesse fit volte-face et attrapa Bates par le col de son tee-shirt.

— Ferme ta gueule !

Il tapa la tête de Bates contre le côté du plateau du pick-up. Louis se précipita, lui attrapa le bras et l'obligea à lui lâcher le col.

Bates se mit à saigner du nez et recula en titubant. Louis le rattrapa par la manche pour l'empêcher de tomber et regarda Jesse.

— C'était pas vraiment nécessaire, dit-il.

— Je n'ai pas à supporter les insolences des petites tapettes, siffla Jesse.

— Écoute, arrête avec tes conneries de macho. Ce n'est ni le moment, ni l'endroit, tu as pigé ? dit calmement Louis.

Jesse tourna les talons et se dirigea avec raideur vers la voiture. Louis respira profondément et jeta un coup d'œil à Bates appuyé contre l'aile du pick-up. Il lui ôta les menottes. Bates se toucha la tête et regarda le sang sur ses doigts.

— Vous pouvez conduire ? demanda Louis.

— Je devrais porter plainte, dit-il d'une voix qui tremblait légèrement.

— Vous ne porterez plainte contre personne, Bates, dit Louis en ramassant le sachet d'herbe.

Il défit le lien qui l'enserrait et secoua violemment le sachet, projetant l'herbe dans le vent.

— Oh non ! gémit Bates. C'est de la sinsemilia.

Louis fourra le sachet vide dans la poche de Bates.

— Écoute-moi bien, trouduc. Tu vas reprendre ta camionnette et rentrer bien sagement chez toi dans le comté d'Alcona. Et en chemin, tu vas te dire à quel point tu as de la chance que ce soit le soir de Noël et que je t'aie fait ce cadeau.

Louis se pencha plus près et lui tendit son permis de conduire.

— Tu as compris ?

Bates fit oui de la tête, prit le permis et remonta dans le pick-up. Louis attendit qu'il ait démarré, puis il fit demi-tour et retourna à la voiture. Jesse était assis sur le siège passager, le menton sur la poitrine. Louis monta et mit les deux mains sur le volant. Ils restèrent ainsi quelques secondes.

— Les clés ? demanda Louis.

— Les menottes ? demanda Jesse.

Louis jeta les menottes de Jesse sur le siège. Celui-ci répondit en balançant la patte de lapin et les clés sur le tableau de bord. Louis les prit et mit la clé dans le contact.

— Pourquoi est-ce que tu l'as laissé filer ? demanda Jesse en se penchant en avant pour poser ses menottes.

— Ce n'était pas notre homme.

— Il était en possession de stupéfiants.

— Quinze grammes d'herbe découverts au cours d'une perquisition illégale. (Louis marqua un temps d'arrêt.) Écoute, on a des choses plus importantes à faire qu'arrêter les fumeurs de beu. (Il mit la voiture en prise.) Allez. Gibralter nous attend.

***

Le café Dot's sentait la graisse de bacon et le café fort. En entrant, Louis aperçut le chef assis au fond dans un box et Jesse et lui allèrent le rejoindre.

— Qu'est-ce qui vous a retardés ? demanda Gibralter en s'essuyant le visage avec une serviette en papier.

Louis se glissa dans le box, suivi de Jesse qui s'assit à côté de lui.

— Il neige vraiment beaucoup, chef, dit Louis. Et en plus, on a effectué un contrôle de véhicule.

Gibralter les regarda l'un après l'autre.

— Alors ?

— J'ai parlé avec un des anciens combattants, un certain Cloverdale, dit Louis. Il a servi au Vietnam et il pense que notre tueur pourrait être un militaire. Il m'a aussi fait part de sa théorie sur ce que veut dire la carte.

Gibralter repoussa son assiette d'œufs brouillés à moitié mangée.

— Qu'est-ce qu'il a dit ?

— Ça s'appelle une « carte de la mort », poursuivit Louis en parlant moins fort afin que les gens assis dans le box voisin n'entendent pas. C'était un truc que certains GI faisaient pendant la guerre. Un groupe partait nettoyer un village vietcong…

— Pas un groupe, Kincaid. Les soldats ne sont pas envoyés en « groupes ».

Louis se retint de soupirer.

— Oui, chef. Ensuite, ils passaient parmi les morts et jetaient des cartes avec l'insigne et le numéro de leur escadron sur les corps. C'était censé dire : « On est passés par là. Voilà ce qu'on a fait. »

— Vous avez la carte sur vous ? demanda Gibralter.

Louis la sortit de sa poche. Gibralter la prit et l'examina à travers le plastique.

— Une carte de la mort, dit-il. 123 est un numéro d'escadron ?

— Probablement, chef.

— Et cette tête de mort ?

— D'après Cloverdale, ça pourrait être l'emblème de l'unité.

Gibralter posa la carte et regarda par la fenêtre. La neige tombait tellement fort que Louis n'arrivait même pas à voir les magasins de l'autre côté de la rue. Les bruits du petit déjeuner s'élevaient autour d'eux, tintements d'assiettes et de verres, grésillements du grill. Des rires leur parvenaient, mêlés à la petite clochette du père Noël de l'Armée du Salut officiant au coin de la rue. Des bruits réconfortants.

La serveuse déposa deux tasses de café avec les menus. Louis en ramassa un.

— Quoi d'autre ? demanda Gibralter en lui enlevant le menu des mains.

— Il a dit que le tueur avait probablement souffert d'un complexe d'infériorité toute sa vie, lui faisant s'imaginer que tout le monde lui en voulait.

— J'aurais pu vous dire ça tout seul. C'est classique.

— Cloverdale pense que quels que soient les problèmes qu'a eus notre tueur dans l'armée, ils ont pu être exacerbés par des drogues. En d'autres termes, il a le cerveau cramé.

Gibralter lui décocha un regard plein de mépris.

— C'est des conneries.

— Pardon ?

Il prit son paquet de Camel et en alluma une.

— Le pauvre malheureux ancien combattant incompris… Ça me donne envie de vomir, dit-il. Ces enfoirés sont ces mêmes lopettes qui restaient assises en cercle à fumer de l'herbe pendant que les vrais soldats étaient dehors à se faire tuer. Après quoi ils allaient raconter à l'administration que la guerre leur avait flingué la tête.

Louis jeta un coup d'œil à Jesse. Il avait le regard perdu au loin.

Gibralter se renversa en arrière et posa le bras sur le dossier de la banquette.

— Qu'est-ce que ce Cloverdale a dit d'autre ?

— Que le type passait sa colère sur le symbole d'autorité le plus à sa portée… les flics.

— C'est plus que ça, dit Gibralter. Si c'est un militaire, alors il est en mission, comme au Vietnam. Et il ne s'en prend pas à n'importe quel policier. Il s'en prend à nous.

— Que voulez-vous dire ? demanda Jesse.

— Que Lovejoy et Pryce ont été tués chez eux, Harrison. Ces meurtres sont ciblés.

La serveuse vint remplir leurs tasses et prendre leur commande. Ils la passèrent, Louis pas mécontent de l'accalmie que cela entraîna.

— Vous pensez donc toujours qu'il s'agit de l'auteur d'un crime antérieur ? demanda-t-il.

— Il n'y a pas d'autre explication, dit Gibralter.

— Alors qu'est-ce qu'on doit faire maintenant, chef? fit Jesse.

Gibralter le regarda.

— Je vous l'ai déjà dit, Harrison : éplucher tous les anciens dossiers. Vous l'avez fait ?

— Mais, chef, on en a déjà examiné des centaines. On a regardé…

— Peut-être n'avez-vous pas assez bien regardé.

Jesse détourna le regard, ses mâchoires se contractant tandis que le rouge lui montait aux joues.

Gibralter écrasa sa cigarette dans ses œufs.

— J'attends un rapport détaillé sur mon bureau concernant ce Cloverdale aujourd'hui vers la fin du service. C'est compris ?

Louis regarda la pendule au-dessus de la tête de Gibralter. Il était presque 9 heures. Ils s'en étaient déjà occupés pendant trois heures et il restait des cartons entiers d'affaires à éplucher.

— Oui, chef, dit Louis.

Il tendit la main pour récupérer le sachet en plastique avec la carte, mais Gibralter posa la sienne dessus.

— Je prends ça, Kincaid. Je connais un colonel à Grayling. Je vais voir ce qu'il en dit. Si on suit la filière normale, ça va prendre des semaines.

Louis jeta un nouveau coup d'œil vers Jesse. Celui-ci était toujours en train de regarder tomber la neige.

Gibralter se leva et jeta un billet de vingt dollars sur la table.

— Le petit déjeuner est pour moi. Joli travail, Kincaid.

***

— Quelle heure est-il ?

— Il vaut mieux pas que tu le saches.

— Si. Quelle heure ?

Louis regarda sa montre.

— 23 h 30.

Jesse posa sa tête sur le bureau.

— Réveille-moi pour l'appel.

Louis se frotta le visage. Ils étaient dessus depuis des heures et n'étaient pas plus avancés dans leur recherche d'un ancien criminel que deux jours plus tôt. Belle façon de passer la veillée de Noël !

Il regarda le bureau d'Edna qui était plongée dans son nouveau roman d'amour. La radio était silencieuse. Le seul bruit provenait de temps en temps d'un cookie croqué. Douce nuit, sainte nuit, le calme règne, tout baigne. Putain, ce qu'il était fatigué.

Il regarda la pile de dossiers éparpillés sur le bureau entre Jesse et lui. Ils en avaient examiné au moins cent depuis qu'ils avaient quitté le Dot's dans la matinée, et le meilleur suspect qu'ils avaient réussi à trouver était un ancien sergent arrêté en 1981 pour vol à main armée et ayant servi trois ans dans l'armée, jusqu'en 1980. Quand ils avaient appelé pour vérifier sa situation actuelle, on leur avait dit qu'il était dans une chaise roulante.

Louis tendit le bras par-dessus les dossiers et prit la sortie papier de la liste qu'il avait demandée à Dale de rechercher pour lui plusieurs heures auparavant. Elle faisait un centimètre d'épaisseur et comportait tous les pick-up Ford rouges de l'État. Les trois mille cinq cents. Ils avaient commencé à comparer les noms de leurs propriétaires avec d'anciens taulards, mais jusque-là, ça n'avait rien donné.

Louis lâcha le document. Comment était-il possible que personne ne sache qui était ce type ? Et pourquoi s'en prenait-il aux flics de Loon Lake ? Pourquoi choisir un commissariat anodin de neuf hommes perdu au milieu de nulle part ?

« Il est en mission. Ces crimes sont ciblés. »

Louis se leva et se dirigea vers la cafetière. Peut-être n'était-ce pas quelqu'un d'ici. Peut-être était-ce quelqu'un qui vengeait un membre de sa famille. En se rendant compte combien de suspects ça leur faisait en plus, il se sentit encore plus déprimé.

La porte s'ouvrit et Ollie Wickshaw entra avec un sac. Il était couvert de neige et s'ébroua comme un lévrier mouillé. Ollie salua Edna qui répondit par un grognement, et il alla s'asseoir à son bureau.

Louis versa une deuxième tasse de café et la lui apporta. Ollie leva la tête et plissa ses yeux gris clair.

— Merci, dit-il en la prenant.

— Je t'en prie.

Ollie ôta sa veste en se tortillant et un petit flacon de médicaments tomba par terre. Et roula jusqu'aux pieds de Louis qui le ramassa. Et le rendit à Ollie, mais ne put manquer de lire l'étiquette sur le devant : VALIUM.

Ollie marmonna un merci, détourna les yeux et remit l'objet dans sa poche. Puis il s'accroupit et sortit un vélo d'enfant Hot Wheels tout neuf de derrière un bureau.

— C'est pour mes petits-enfants, expliqua-t-il.

Louis hocha la tête.

— Combien ?

Ollie sortit un arc du sac du drugstore et le posa sur le vélo.

— Trois.

— Quel âge ?

— Deux, trois et cinq ans. Ça, c'est pour celui de deux ans, Joshua.

— Sympa.

— Tu as des enfants ?

Louis fit non de la tête.

— Il faut d'abord la femme qui va avec.

Ollie le regarda d'un air absent.

— Oui, j'imagine que ce serait utile.

Il ramassa le sac en papier, se leva et se dirigea vers les boîtes aux lettres installées sur le mur. Louis l'observa tandis qu'il sortait du sac des petits cadeaux enveloppés comme des bonbons et les déposait dans la boîte de chaque policier. Il revint vers Louis et lui en tendit un.

— Joyeux Noël, dit-il.

Louis hésita, puis prit le petit paquet.

— Hé, merci, mec, dit-il surpris.

Ollie fit un petit signe de tête et retourna à son bureau.

Louis défit la papillote dorée. C'était une pierre. Une jolie pierre noire tachetée de blanc, mais une pierre tout de même. Il tourna la tête vers Ollie qui le regardait.

— C'est une obsidienne flocon de neige, dit-il.

Comme Louis ne répondait pas, Ollie lui adressa un petit sourire.

— Tu ne crois pas aux pouvoirs des cristaux, hein ?

Louis fit non de la tête.

— Désolé, dit-il.

— Le flocon de neige est la pierre de la pureté ; elle équilibre le corps et l'esprit, poursuivit Ollie. Elle donne à celui qui la porte force et protection. (Il sortit une chaîne de sa chemise.) J'en porte moi-même une depuis dix ans.

Louis frotta la pierre entre ses doigts. Il regarda, amusé, Ollie qui, comme à son habitude, débarrassait ses affaires de son bureau pour la nuit. Il s'apprêtait à mettre une boule de quartz de lavande dans son tiroir quand Louis se rendit compte qu'il avait vu la même chez Stephanie Pryce.

— Pryce en avait une, dit-il.

Ollie leva la tête en tenant le quartz.

— Oui, c'est moi qui la lui ai donnée. Ça fait environ un an.

Étrange, se dit Louis, compte tenu que Pryce n'avait pas d'ami au commissariat.

— Comme cadeau de Noël ?

Ollie fit non de la tête.

— Non, j'ai pensé que ça pourrait l'aider.

— À quoi ?

— Avec ce qui le tourmentait. Les améthystes apportent sérénité, paix de l'esprit, indulgence.

— Tu penses que Pryce était tourmenté ?

Ollie lui adressa un sourire ironique.

— Nous avons tous nos démons, n'est-ce pas ?

Louis résista à l'envie de lui dire ce qu'il pensait, à savoir que si ce foutu cristal de la sérénité marchait aussi bien, pourquoi donc avait-il besoin de se taper du Valium ?

Ollie déposa doucement la géode dans le tiroir et le ferma à clé. Et regarda Louis.

— À toi l'honneur, dit-il.

Louis hocha la tête.

— Oups, j'allais oublier, dit Ollie.

Il ouvrit le tiroir du milieu, en sortit les lunettes de lecture de Louis et les plaça avec précaution dans le porte-crayon où celui-ci les avait laissées quelques heures plus tôt.

— Désolé de les avoir changées de place, dit Ollie. Je ne savais pas que tu serais là ce soir.

Louis s'approcha et prit ses lunettes.

— Je pensais que c'était Florence qui nettoyait mon bureau le soir.

— Je suis un peu un maniaque de l'ordre, dit Ollie presque en s'excusant. J'espère que ça ne te dérange pas que je range tes affaires. Pryce n'aimait pas beaucoup ça.

— Ne te gêne surtout pas, mec.

Louis retourna vers le bureau où il avait examiné les dossiers. Jesse ronflait doucement, la tête sur le bras. Louis s'assit et prit un nouveau dossier. Quelques instants plus tard, il sentit une présence derrière lui, leva la tête et vit Ollie.

— Beaucoup de mauvais karma là-dedans, dit celui-ci en indiquant les dossiers de la tête.

— Mais pas de meurtriers, répondit Louis. Cette ville ne semble pas engendrer de cinglés. Il doit y avoir quelque chose dans l'eau du robinet.

Ollie sourit mollement.

— Depuis combien de temps es-tu dans la police, Ollie ?

— Douze ans. Plus que huit ans et quarante-cinq jours avant la retraite. Mais je suis pas pressé.

— De quand date votre dernier homicide ? Avant Pryce et Lovejoy, je veux dire.

Le visage pâle d'Ollie se déforma tandis qu'il réfléchissait.

— Ah oui, les frères Swope… en 1973, non, 74. Ils se sont soûlés et il y en a un qui a poignardé l'autre.

Louis hocha la tête et empila un tas de dossiers.

— Mais personne susceptible d'en vouloir aux flics locaux. Difficile à croire.

— Jesse a bien eu quelques petits accrochages. Mais je ne vois personne qui aurait pu, je veux dire… vouloir infliger ce genre de… châtiment. Ça n'est pas normal, ça n'est pas…

Il ne termina pas sa phrase. Il surprit le regard de Louis et détourna les yeux avant de retourner à son bureau.

Louis jeta un coup d'œil à Jesse, l'enviant de dormir profondément. Bon Dieu, ce qu'il était fatigué ! Fatigué de réfléchir. Son cerveau lui faisait mal.

— Merde, c'est dingue, s'exclama-t-il surtout pour lui-même. On le trouvera jamais comme ça.

Ollie lui jeta un rapide coup d'œil.

— Pourquoi pas ?

— L'événement qui a rendu ce mec furieux a pu se produire il y a dix ans, vingt ans de ça.

— Mais alors, pourquoi a-t-il attendu ? demanda Ollie.

— Quoi ?

— Si c'est lié à un ancien crime, pourquoi avoir attendu aussi longtemps pour tuer ?

Ollie marquait un point. La vengeance était un plat qui se mangeait rarement froid. Le meurtre est une réaction presque toujours violente et immédiate. Qu'est-ce qui avait pu faire attendre le tueur aussi longtemps ?

Louis s'assit vers l'avant et posa les pieds bien à plat par terre.

— La prison, dit-il.

Ollie le regarda d'un air ébahi.

Louis se leva en hochant la tête.

— Il a fait de la prison. Je le parierais. Ça ne peut être que ça. (Il se retourna vers Ollie.) Réfléchis. Un abruti quelconque, incarcéré, ruminant quelque chose que les flics lui ont fait. Jour après jour, semaine après semaine, année après année, il devient de plus en plus dingue et il élabore un plan. Non parce que… qu'est-ce qu'il a d'autre à faire ? Il rumine son plan et il attend. (Il fit rapidement quelques pas vers Ollie.) Et le jour où il sort… *Pan.*

Ollie recula d'un pas en clignant rapidement des yeux. La peau relâchée de son visage paraissait grise à la lumière crue du néon. Louis regretta soudain d'avoir utilisé une image aussi forte. Pendant plusieurs secondes, ils restèrent à se regarder.

Ollie lui tourna le dos, s'affairant à ranger la bicyclette et à mettre son manteau. Puis il empoigna le vélo et se hâta de gagner la porte. Mais il s'arrêta et se retourna.

— Louis, dit-il.

— Oui ?

— Joyeux Noël.

— À toi aussi.

Ollie sortit et le bureau redevint silencieux. Louis se frotta les yeux et tenta de se concentrer. Il lui fallait une liste des remises en liberté. Il griffonna rapidement un mot à Dale, lui demandant de lui établir un relevé de tous les prisonniers de l'État libérés après le 30 novembre 1984, et il le scotcha sur son téléphone.

— Edna, lança-t-il.

Pas de réponse.

— Edna !

Son visage rond apparut au-dessus de son livre.

— Edna, quand Dale arrive, pouvez-vous lui demander de laisser ces dossiers sortis ? Sinon, il va les reclasser. Je rentre chez moi.

Edna goba son dernier petit morceau de cookie.

— Message bien reçu, Louis. (Elle indiqua du menton Jess en train de ronfler.) Et lui ?

— Laissez-le dormir, va.

Il bâilla et se leva en s'étirant. Puis il se mit à penser à son chalet glacial avec son lit glacial. Il se demanda ce que Zoe faisait ce soir. Il ne l'avait pas vue depuis trois jours ; elle lui avait dit qu'elle rentrait chez elle pour Noël. Il l'imagina soudain assise dans un luxueux appartement en haut d'un immeuble de Lakeshore Drive, en train de déballer le cadeau contenant un sous-vêtement d'un petit ami sans visage. Merde, d'où est-ce que sortait ce truc ?

Il poussa un soupir frustré, se demandant si elle serait partie toute la semaine. Il avait espéré passer la soirée du nouvel an avec elle. Surtout depuis qu'il savait qu'il allait selon toute vraisemblance passer la journée de Noël tout seul.

Il enfila son blouson. Le téléphone sonnant sur le bureau de Jesse, il décrocha avant qu'il ne le réveille.

— Police de Loon Lake, agent Kincaid.

— Jess est-il là ? demanda une voix féminine.

— Vous êtes Julie ?

— Oui.

Elle avait une voix très jeune.

— Ne quittez pas, je vais le réveiller.

— Il dort ? demanda Julie. Mais où ça ?

— Sur son bureau.

— Attendez, ne le réveillez pas.

Louis fronça les sourcils. Il ne pouvait quand même pas laisser Jesse dormir au commissariat le soir de Noël.

— Julie…

— Laissez-le dormir, s'il vous plaît, dit-elle vivement.

Louis sentit une certaine anxiété dans sa voix et se demanda s'ils avaient des problèmes.

— Julie, je peux le ramener chez vous si vous voulez.

— Non, il est en sécurité là-bas, dit-elle doucement. Laissez-le. Il est en sécurité. En sécurité.

CHAPITRE 15

L'aube. Du jour de Noël. La vie s'était arrêtée.

Louis descendit lentement Main Street à pied, passa devant les devantures sombres des magasins, les colonnes de la First National City Bank et sous la marquise du Palace Theater. Son attention fut attirée par Sylvester Stallone tenant torse nu sa mitrailleuse au-dessus du titre : *Rambo 2, La Mission*. Il se hâta.

La Mustang avait encore refusé de démarrer, mais ce matin-là, l'idée de marcher jusqu'au commissariat ne l'avait pas dérangé. Après une nuit de sommeil agité, il avait besoin de temps pour réfléchir. C'était tout juste s'il ne sentait pas ses neurones se contracter dans l'air glacial.

Il était obligé de marcher lentement, d'avancer péniblement dans la neige fraîche qui tombait depuis la veille au matin. Les rues étaient vides, tapissées de blanc. Pas de voitures, pas de gens, pas de bruit, aucune trace de vie humaine. Seulement le crissement de ses bottes et le bruit de son sang dans ses oreilles.

Il se sentait courbaturé, fragilisé en quelque sorte, comme si ses os pouvaient se casser. Étonnant ce que le manque de sommeil pouvait faire au corps et à l'esprit. Tout son corps lui faisait mal en raison de la tension constante de ses muscles et de ses sens en alerte. Mais en alerte de quoi ? D'indices qui se dissimulaient peut-être dans ces piles de dossiers classés, dans le calepin de Pryce ou dans les gribouillages de son sous-main ? En alerte de quoi ? D'une balle arrivant d'on ne sait où un matin en ouvrant sa porte ?

Devant lui, il aperçut la lueur de l'enseigne du commissariat et pressa le pas. Vers l'est, le ciel prenait un ton rose pâle. Au-dessus de lui, quelques flocons épars voltigeaient doucement dans le halo de lumière ambrée des antiques réverbères.

Il traversa la rue, passant par-dessus le tas de neige qui garnissait le caniveau. Toute la nuit, il avait réfléchi entre ses bribes de sommeil intermittent. Des fragments. Seulement des fragments d'un puzzle qu'il ne parvenait toujours pas à voir dans sa totalité.

Lovejoy... Un test avec une montre qui s'était arrêtée trois minutes après avoir été immergée dans l'eau. Un meurtre probablement commis dans l'après-midi, mais passé inaperçu auprès des pêcheurs. Ou alors commis avant l'aube quand personne ne venait pêcher sur le lac.

Pryce... Un enquêteur intelligent et expérimenté qui conservait des notes incompréhensibles, faisait des gribouillages dénués de sens sur un sous-main et inondait l'État de ses curriculum vitae.

Rien ne concordait. Quelle était la vue d'ensemble ? À quoi ressemblait même seulement ce puzzle ?

Il renversa la tête en arrière, sous la neige tombant à petits flocons qui se posaient délicatement sur son visage avant de fondre.

Quelqu'un avait déjà déblayé le trottoir devant le commissariat. Il débarrassa ses bottes de la neige en piétinant le ciment et entra. Dale était près de la cafetière, en train d'ouvrir une boîte de Donuts.

Il leva la tête et regarda Louis.

— Ça t'arrive de dormir ?

Louis hocha la tête.

— Pas envie.

Dale remplit une tasse, sortit de la boîte un Donut saupoudré de sucre et déposa le tout sur le bureau de Louis.

— J'ai eu ton mot. La demande de la liste des ex-taulards est déjà partie. Je leur ai dit qu'il me fallait ça pour avant-hier. Ils ont répondu qu'ils allaient essayer, mais qu'avec les fêtes et tout, ils ne pouvaient rien me promettre.

Louis le remercia et se débarrassa de son manteau. Il vit la pile de dossiers toujours sur le bureau, là où Jesse et lui l'avaient laissée la veille au soir. Il n'avait pas le courage de faire ça maintenant. Ça pouvait attendre l'arrivée du rapport sur les prisonniers récemment libérés et ils pourraient alors comparer les noms.

Il se laissa tomber sur sa chaise et commença à boire son café à petites gorgées. Son regard se posa sur le sous-main avec ses gribouillages et ses chiffres sans queue ni tête. Enfin bordel, Pryce n'avait-il pas de Rolodex ? Il se concentra finalement sur plusieurs séries de nombres. Sept chiffres, pas de trait d'union mais peut-être un numéro de téléphone. Il appela Dale et lui demanda s'il les reconnaissait.

— C'est le numéro de chez Ollie, dit-il. Et celui-là, là, c'est celui du chef.

Louis lui indiqua un troisième numéro, presque illisible au milieu des gribouillages.

— Et celui-là ?

— Connais pas.

Louis fit le numéro. Il tomba sur un disque lui demandant de composer le 1 pour un appel régional. Il essaya de nouveau et cette fois, tomba sur une femme.

— Police de l'État du Michigan.

— Oh pardon, c'est une erreur, dit-il en raccrochant.

— C'était quoi ? demanda Dale.

— La police de l'État.

— Pas étonnant. Ils ont mis une annonce dans le journal de Lansing le mois dernier pour des agents.

Louis ouvrit un tiroir et sortit la chemise dans laquelle se trouvaient les CV de Pryce, son vieux bloc-notes et quelques papiers qu'il avait trouvés dans le casier de rangement de Stephanie Pryce. Il ouvrit la chemise de CV, y chercha quelque chose venant de la police de l'État mais ne trouva rien.

— Hé, Louis ?

Il tourna la tête vers Dale.

— J'allais oublier. Hier, Mme Pryce a appelé. Elle a demandé quand tu allais lui renvoyer son casier.

Louis ramassa les papiers.

— Je ferais bien de ranger tout ça.

Dale lui ouvrit le local des scellés. Louis s'approcha du casier, ouvrit un des tiroirs et remit les CV dedans. Il était sur le point d'en faire autant avec le bloc-notes quand il s'arrêta. À nouveau ce gribouillage géant sur la couverture avec ce numéro au milieu : 61829. Merde, où est-ce qu'il avait déjà vu ça ?

Le calepin…

Il prit le bloc-notes, retourna à son bureau et ressortit le calepin de Pryce d'un tiroir. S'assit et se mit à le feuilleter, à la recherche du numéro.

Il y était – 61829. Mais cette fois avec SAM YELLOW LINCOLN devant. Sam… Yellow… Lincoln.

Bon Dieu, Pryce ne faisait pas référence à une voiture ou à une plaque ; il utilisait le code radio standard : SYL 61829. Était-ce le numéro de série d'une arme ? Il le nota sur un papier et se dirigea vers l'ordinateur de Dale.

— Dale, j'aurais besoin que tu contrôles le numéro d'une arme.

— Bien sûr. Pas de problème.

Louis consulta sa montre. Le service commençait bientôt ; il fallait qu'il se mette en tenue. Il se hâta de gagner le vestiaire. Lorsqu'il revint dans le bureau en bouclant son ceinturon, Dale était en train de regarder le résultat qui venait de s'imprimer.

— C'est un Beretta 9 millimètres, dit-il en détachant la feuille. Il est enregistré au nom de Calvin Hammersmith, 4578 Pine Bluff Road, Kalkaska, Michigan.

— Vérifie son casier, dit Louis dont le cœur se mit à battre plus vite.

Dale commença à entrer des numéros. Louis s'assit à son bureau et regarda le nom sur la feuille. Qui pouvait bien être ce type ? Et pourquoi Pryce s'était-il intéressé à son arme ?

— Hammersmith a été arrêté pas mal de fois, lança Dale quelques minutes plus tard. La dernière remonte à 1975 pour agression. Et c'était ici même, à Loon Lake.

Louis bondit sur sa chaise.

— Ici ? Tu plaisantes ?

— Il a fait deux ans.

Louis vint à côté de l'ordinateur pour lire le compte rendu.

— Rien après ça ? Rien depuis 77 ?

Dale fit non de la tête.

Louis se mit à arpenter la pièce.

— Il faut que j'en sache plus sur ce type.

Dale décrocha le téléphone.

— Je vais appeler le shérif de là-bas.

Louis retourna à son bureau, ramassa le calepin de Pryce et regarda avec attention le numéro de série de l'arme. La radio grésilla et il entendit Florence donner des indications sur le lieu d'un accident de la circulation.

Dale raccrocha.

— Bon, j'ai de bonnes et de mauvaises nouvelles, dit-il. Hammersmith était un dur à cuire. Un ancien combattant handicapé avec un passé de violences et d'alcoolisme.

Le cœur de Louis s'arrêta de battre.

— Et… ?

— Il est mort en 1980. Accident de moto.

Louis jeta le calepin sur le bureau.

— Merde !

— Qu'est-ce qu'il y a ? demanda Dale.

Louis le regarda en hochant la tête.

— J'espérais juste un beau cadeau de Noël, Dale, c'est tout.

Il reprit le calepin. Bordel, Pryce avait écrit ce numéro deux fois. Il ne devait sûrement pas être là pour rien. Ou alors… est-ce que, même mort, Hammersmith avait un rapport quelconque avec l'affaire ? Il regarda bien le numéro, l'enregistra dans sa mémoire. Il ne devait pas être là pour rien.

CHAPITRE 16

— Qu'est-ce que tu as eu pour Noël ?

Jesse regarda Louis derrière ses lunettes.

— Une partie de jambes en l'air.

— Je voulais dire comme cadeaux. Quelle mouche t'a piqué ?

Le feu passa au vert, Jesse démarra et descendit Main Street.

— Excuse-moi. Julie ne me lâche pas. Elle dit qu'elle a peur pour moi. On n'arrive à dormir ni l'un ni l'autre.

— Eh bien on dirait que tu as trouvé une solution de remplacement acceptable.

Jesse sourit mollement.

— C'est vrai. En fait, elle m'a offert un chouette cadeau, un lecteur de disques compacts. Tu en as déjà vu ?

— Cette année, en quadriphonie. Quel genre de musique aimes-tu ?

— Le bon vieux rock and roll. Mes préférés sont les Stones. Et toi ?

— J'aime toutes sortes de musique.

— Mais qu'est-ce que tu écoutes le soir, tu sais... quand tu es tout seul ?

— Du rhythm and blues... Chuck Willis, Sam Cooke, Clyde McPhatter. Tu connais ?

Jesse fit non de la tête.

— J'aime pas tous ces vieux trucs.

— Tu devrais essayer. Les Stones ne font que réarranger du rhythm and blues.

— Les Stones sont des rockers, Louis.

— Tu connais leur chanson *Time is on my side*?

— Bien sûr. C'est sur le disque 12 × 5, cinquième morceau de la face A. Super album.

— C'est un vieux blues que chantait Irma Thomas, dit Louis en souriant. Ton pote Mick est le plus noir de tous les chanteurs de rock blancs.

Jesse fronça les sourcils, digérant l'information pendant que Louis rigolait.

Ce dernier attrapa la sortie papier posée sur le siège entre eux. Elle dressait la liste des soixante et onze Ford pick-up rouges des trois comtés de la région, mais après les avoir associés à des noms de repris de justice, ils n'en avaient plus que huit à voir. Ils en avaient déjà fait deux sans résultat.

— À qui le tour? demanda Jesse.

Louis lut l'adresse à haute voix, Jesse prit à droite au carrefour suivant et ils sortirent de la ville. Ils dépassèrent la station-service Sunoco et prirent le virage. Plus loin se dressait un bâtiment en rondins à l'ombre des grands pins. Louis était déjà passé devant le Jo-Jo's, après une nuit blanche. Il avait failli s'y arrêter pour boire un verre, mais l'endroit dégageait quelque chose de tellement rebutant qu'il avait passé son chemin et était rentré chez lui. Il en examina mieux l'extérieur. Ça avait un air plus accueillant à la lumière du jour, avec ses publicités rouges Budweiser sur les vitres, les volutes de fumée sortant de la cheminée et les quelques voitures garées sur son parking boueux.

Jesse écrasa la pédale de freins.

— Mais qu'est-ce que… ! s'exclama Louis en s'arc-boutant contre le tableau de bord.

Jesse engagea violemment la marche arrière, se retourna et se mit à reculer.

— Il y a un pick-up Ford rouge. Un vieux.

Tandis que Jesse pénétrait dans le parking, Louis jeta un coup d'œil au véhicule. C'était un ancien modèle à la couleur passée et au bas de caisse piqué par la rouille. Ils se garèrent derrière et descendirent. Louis fit le tour du pick-up et regarda à travers les vitres sales tandis que Jesse contrôlait la plaque.

— Il appartient à une certaine Mildred Cronk de Dollar Bay, comté d'Houghton, dit-il en arrivant près de Louis.

— Où c'est ?

— Dans la péninsule supérieure.

— C'est pas la porte à côté.

— Pas de casier.

Louis regarda l'auberge.

— Bon, eh bien allons trouver Millie.

À l'intérieur du Jo-Jo's, ils furent accueillis par un mélange fétide d'odeurs – bière, tabac, poisson frit et urine. Depuis un coin sombre leur parvint la voix de basse nasillarde de Freddie Fender en train de chanter *Wasted Days and Wasted Nights*. Jesse s'enfonça dans l'obscurité, vers le bar. Louis resta sur le pas de la porte et plissa les yeux pour dilater ses pupilles et tenter de voir quelque chose.

Au début, il ne vit que des taches de couleur. La lueur pourpre d'un néon au-dessus du bar. La tache verte de la table de billard éclairée par l'enseigne lumineuse Stroh[1] en plastique opaque disposée au-dessus. Les lumières multicolores du juke-box. Et le rouge incandescent d'une cigarette. Les silhouettes se transformèrent peu à peu en personnes. Le costaud faisant office de barman, trois types debout autour du billard, un petit groupe assis à une table. Tous muets et immobiles, ils regardaient et attendaient.

Le bruit des pas de Jesse sur le plancher de bois gauchi attira l'attention de Louis. Il sentit son cœur s'accélérer. Il y avait là quelque chose de bizarre.

1. Marque autrichienne d'ersatz de rhum très populaire aux États-Unis.

— Arrêtez la musique! cria Jesse.

La silhouette derrière le bar ne bougea pas.

— Arrêtez la musique, bordel! répéta Jesse.

Le barman ne bougeait toujours pas. Jesse se dirigea vers le juke-box et lui donna un bon coup de pied. L'aiguille dérapa sur le disque qui s'arrêta, plongeant l'auberge dans le silence.

— À qui est le Ford pick-up rouge qui est dehors? aboya Jesse.

Personne ne réagit.

— Je vous ai posé une question, bande d'abrutis!

Les types à la table de billard se mirent à marmonner. Jesse se dirigea lentement vers eux, Louis réprimant un soupir, ses muscles se contractant dans l'attente de ce qui allait se produire. Une image dingue lui vint à l'esprit : Dean Martin dans *Rio Bravo*, juste avant qu'il descende un type dissimulé dans les chevrons.

— Il y a quelqu'un qui s'appelle Cronk? demanda Jesse en élevant la voix.

Comme personne ne répondait, il se tourna vers Louis dans l'intention de lui dire quelque chose, mais n'en fit rien. Louis vit que son regard était attiré par quelque chose derrière lui.

Soudain, Jesse se précipita et passa à côté de lui, disparaissant dans un couloir sombre.

— Qu'est-ce qu'il y a par ici? cria Louis au barman.

— Seulement les chiottes. Et la porte de derrière.

Louis se précipita dans le couloir. Il entendit un grand bruit et comprit que Jesse avait ouvert une porte d'un coup de pied. Il s'arrêta en sentant sur son visage un courant d'air glacial. La porte de derrière était grande ouverte. Jesse et un type couraient comme ils pouvaient dans la neige, vers les bois à l'autre bout du champ. Louis se lança à leurs trousses et décrocha la radio de sa ceinture.

— Central! Central! Ici L-11. Poursuivons à pied un homme à la peau blanche…

Le suspect se dirigeait vers une barrière de fils barbelés qui clôturait le champ. Il ne pouvait plus s'échapper. Mais Louis le vit avec consternation franchir la clôture et continuer en direction des bois. Jesse tenta à son tour de sauter par-dessus, accrocha sa jambe de pantalon et s'écroula de l'autre côté dans la neige, le pied pris dans les barbelés.

Louis le rejoignit, saisit le fil du haut et l'enjamba. Le type était presque arrivé aux arbres. Louis sortit son arme.

— Arrêtez-vous ! cria-t-il. Arrêtez-vous ou je tire.

Le suspect s'immobilisa et leva les bras en l'air. Louis se hâta de le rejoindre.

— Ne bougez pas ! ordonna-t-il.

Jesse arriva en trottinant, boitant et soufflant. Il attrapa une des deux mains levées du type pour le menotter, celui-ci tentant d'échapper à son étreinte.

— N'essaye pas de résister, enfoiré ! dit Jesse en lui tordant le bras.

— Je résiste pas.

Une veste de l'armée pendait sur les frêles épaules du type. Il avait des cheveux jaunes filasse et une peau tendue et tannée parcourue de fines rides. Il regardait Louis de ses petits yeux gris clair.

Jesse le poussa brutalement et le type tomba.

— Comment tu t'appelles ?

Le type leva la tête et regarda Jesse calmement.

— Réponds !

— Jess, prends-lui son portefeuille, dit fermement Louis.

Jesse le fouilla. Il sortit un papier et un jeu de clés, mais pas de portefeuille. Il les tendit à Louis.

Louis déplia le papier. Ça semblait être une lettre. Louis la fourra dans sa poche arrière ainsi que les clés.

— Où est ta pièce d'identité ? demanda Louis.

— J'en ai pas, marmonna le type.

— Ton nom ?

— J'en ai peut-être pas non plus.

— Joue pas au con ! dit Jesse en l'attrapant par le col.

Louis vint rapidement se placer entre eux. Sa radio se mit en marche. Florence appelait pour avoir un compte rendu de la situation.

— Jess, réponds, dit Louis.

À contrecœur, Jess répondit qu'ils avaient maîtrisé le suspect et coupa la communication. Louis prit fermement le type par le bras et l'entraîna vers la voiture. Il remarqua le pantalon déchiré de Jesse.

— Tu saignes, dit Louis en lui indiquant sa cuisse du menton.

Jesse regarda l'accroc de quinze centimètres à son pantalon. Il était plein de sang foncé. Soudain, il poussa violemment l'homme à l'épaule, le libérant de l'étreinte de Louis et le faisant s'écrouler dans la neige.

— Espèce de salopard. Tu as vu ce que tu as fait ?

— Jess ! protesta Louis.

Il attrapa le type par le bras et le fit se relever. Il sentit ses muscles noueux à travers sa veste.

— Comment tu t'appelles, petite merde puante ? aboya Jesse.

— Harrison ! dit sèchement Louis.

Jesse se tourna et jeta un coup d'œil à Louis.

— Tu saignes, dit lentement celui-ci en détachant chaque syllabe. Retourne à la voiture. (Jesse ne réagit pas.) Tout de suite.

Jesse affronta le regard de Louis encore une seconde ; puis il se retourna et s'éloigna dans la neige en boitant.

Louis secoua le bras du type.

— Ton nom, ordonna-t-il.

— John Smith.

Louis soupira et poussa sans ménagement le type vers le parking.

— Très bien, John Smith. Allons-y.

Dans la voiture, Jesse essayait de se bander la jambe avec de la gaze de la trousse de premiers secours. Louis fit monter le suspect à l'arrière, se mit au volant et démarra le moteur. Il regarda la jambe de Jesse. Les barbelés lui avaient fait une entaille de plusieurs centimètres à la cuisse. Il était en sueur.

— Tu veux que j'appelle l'EMS[1] ?

— Sûrement pas, bordel, dit Jesse sans lever la tête. Emmène-moi juste aux urgences.

Louis sortit du parking, annonçant par radio qu'ils rentraient avec le suspect. Jesse restait impassible, sortant de temps en temps plus de gaze pour tamponner sa plaie. Louis regarda dans le rétroviseur et aperçut les yeux du suspect. Visage sale, cheveux mouillés par la neige.

— Pourquoi vous m'arrêtez ?

Il avait un accent bizarre, plus encore que celui, nasillard, du Michigan.

Louis ne répondit pas.

— J'ai rien fait.

Jesse se retourna et le regarda fixement.

— Écoute, espèce d'abruti de Yooper[2], ferme ton clapet si tu ne veux pas que je te fasse bouffer tes dents.

Louis observa le visage du type dans le rétroviseur. Celui-ci regarda Jesse plusieurs secondes, puis s'affaissa sur son siège, détournant le visage et se mettant à regarder la neige d'un air absent.

Louis déposa Jesse devant l'entrée des urgences de l'hôpital. Quand il arriva au commissariat cinq minutes plus tard, Dale se tenait juste derrière la porte à l'attendre.

Il le regarda faire descendre « John Smith » de voiture, et le suivit une fois qu'il eut fait rentrer le suspect.

— Qui est-ce ? demanda-t-il.

— Je sais pas encore.

Louis lui dit d'envoyer quelqu'un chercher le pick-up rouge garé sur le parking du Jo-Jo's.

— Un pick-up rouge ? Tu penses…

1. Emergency Medical Service, soit le service médical d'urgence.

2. Nom péjoratif donné aux habitants de la péninsule supérieure du Michigan.

— Je sais pas encore.

— De quoi est-ce que je l'inculpe ? demanda Dale en regardant le suspect d'un air embarrassé.

— Tentative de fuite, pour le moment.

Pendant que Dale emmenait le suspect vers le fond, Louis se débarrassa de son blouson et se dirigea vers son bureau. Il se laissa tomber sur sa chaise et respira à fond. Être tombé pile sur le bon pick-up était trop beau pour être vrai. Mais le signalement collait, et le type mesurait environ un mètre soixante-dix-huit, la taille estimée du meurtrier de Lovejoy.

Louis jeta un coup d'œil à travers la vitre séparant le bureau de la salle des inculpations. Smith avait enlevé sa veste de l'armée. Louis fut surpris de constater à quel point il était mince en dessous. On aurait dit que quelqu'un lui avait mis une main sur la tête et l'avait réduit de quelques centimètres. Il avait les jambes arquées, mais son torse et ses bras, saillant sous son fin tee-shirt, étaient tout en muscles.

Louis se leva, alla jusqu'à la porte de la salle des inculpations et croisa les bras. Smith jeta un coup d'œil vers lui pendant que Dale relevait ses empreintes.

— J'ai rien fait, dit-il.

— Alors pourquoi tu as essayé de fuir ?

Smith haussa les épaules.

— C'était pas très malin de ta part. Pourquoi tu ne dis pas qui tu es ? Tu es recherché ?

Smith fit non de la tête tandis que Dale lui faisait poser ses pouces pleins d'encre sur la carte à empreintes.

— De toute façon, on va le savoir.

Smith poussa un soupir.

— D'accord, d'accord. On peut parler seul à seul ?

Louis fit signe à Dale de sortir.

— Je t'écoute, dit-il en refermant la porte.

— Je m'appelle Duane Lacey. Je suis en liberté conditionnelle. Je devrais pas être sorti du comté de Houghton sans autorisation.

— À qui appartient le pick-up ?
— À ma mère.
Il dégagea son front d'une mèche de cheveux blonds sales.
— J'ai cru que vous étiez après moi pour infraction à la conditionnelle.
— Qu'est-ce que tu es venu faire par ici ?
— Voir mon gamin.
— Où est-il ?
— Au centre pour mineurs délinquants de Red Oak. C'est à quelques kilomètres de…
— Je sais où c'est. Depuis quand es-tu ici ?
— Hier. J'allais y aller cet après-midi. Les visites, c'est seulement l'après-midi.
Lacey alla s'asseoir sur le banc.
— Je l'ai pas vu depuis des années. C'est sa mère qui l'a gardé.
— Triste histoire, dit Louis.
— Écoutez, je vous dis la vérité. Regardez la lettre que vous m'avez prise. Elle est de mon gamin.
Louis glissa la main dans sa poche arrière de pantalon et en sortit la lettre que lui avait donnée Jesse au Jo-Jo's. Elle était écrite sur un feuillet mobile réglé et commençait ainsi : *Cher papa.*
Louis ouvrit la porte pour appeler Dale ; il voulait que celui-ci vérifie que Lacey ne faisait pas l'objet d'un mandat d'arrêt. Il n'était nulle part.
— Qui est ton agent de probation ? demanda Louis.
— Bill James.
Louis sortit un stylo de sa poche.
— Très bien, Lacey, donne-moi ton numéro de sécurité sociale.
Lacey le lui débita et Louis se dirigea vers la porte.
— Vous trouverez pas James à son bureau, dit-il. C'est les vacances.
Louis prit la veste de l'armée de Lacey et sortit en verrouillant la porte. Il donna son numéro de sécurité sociale à Florence afin

qu'elle vérifie qu'il ne faisait pas l'objet d'un mandat d'arrêt, puis il alla s'asseoir à son bureau et consulta les renseignements de Dollar Bay pour obtenir le numéro personnel de William James. Louis l'appela, et après s'être excusé de le déranger un jour de Noël, il l'informa pour Lacey.

James eut un petit rire amer.

— Il a fui ? Ça ne m'étonne pas.

— Pourquoi ?

— Parce qu'il est parano. Il n'arrête pas de me dire que tout le monde lui en veut. Attendez, je baisse le son de la télé.

Louis attendit que James revienne au téléphone.

— Alors, qu'est-ce qu'il a encore fait ? demanda-t-il.

— Grillé un feu, dit Louis en décidant de ne pas mettre James au courant tant qu'il n'avait pas une bonne raison de le faire.

Ce dernier soupira.

— Cet imbécile n'est pas censé se trouver hors du comté d'Houghton. Qu'est-ce qu'il fabrique chez vous ?

— Il dit qu'il est venu rendre visite à son fils.

— Quel fils ? Ah oui, j'avais oublié. Je m'occupe de Lacey depuis peu de temps et ne me souviens pas de tout. Tout ce que je peux vous dire, c'est que c'est un vrai citoyen modèle depuis qu'il est sorti de prison.

— Quand était-ce ?

— C'est tout récent, mais il faudrait que je regarde.

Louis sentit de l'impatience dans la voix de James, comme s'il voulait retourner à sa télévision.

— Pour quel motif a-t-il été incarcéré ? demanda-t-il.

— Écoutez. Je vais appeler les services de police locaux et leur demander de vous faire parvenir son casier. Leur chef est mon cousin. Quel est votre numéro de fax ?

Louis le lui donna.

— Une dernière question. Lacey est-il dangereux ?

— Eh bien, disons qu'il est bizarre, mais il a toujours été correct avec moi. C'est Noël, il voulait probablement voir son gamin.

Louis le remercia et raccrocha. Il jeta un coup d'œil à la lettre qu'il avait à la main, puis il se retourna vers Lacey, assis calmement dans la salle des inculpations. Lui tournant le dos, il déplia la lettre.

Cher papa,

Je sais que t'as pas eu de lettres de moi pendant que t'étais là-bas mais j'ai pensé que maintenant que t'es sorti tu voudrais peut-être venir me voir. Je sais pas où est passée maman. La dernière fois que je l'ai vue, elle a dit quelle donnerait son adresse à Grandma comme ça quand je sortirais je pourrais peut-être venir. Elle avait parlé de la Floride. Mais j'ai pas de nouvelles de Grandma non plus. Je sais que tu voudras peut-être pas venir jusqu'ici parce que la route est longue et c'est pas grave si tu viens pas. Grandma a jamais voulu venir non plus et tout va bien ici pour moi. Je veux dire que je suis toujours vivant pour le moment. Pourtant ça craint drôlement.

Louis replia la lettre. En attendant le fax, il examina soigneusement la veste de Lacey, y cherchant le moindre accroc. Elle était vieille, mais intacte.

Le fax se mettant à ronronner, il s'approcha et détacha les papiers quand ils arrivèrent au bout.

Duane Herbert Lacey était un criminel depuis l'âge de dix-huit ans. Vol à l'étalage, vol d'automobile, rodéo en voiture, cambriolage, détention de drogue et agression contre sa femme. En février 1977, il avait été arrêté pour agression à main armée et condamné à purger douze à quinze ans au pénitencier d'État de Marquette.

Louis regarda Lacey. Qu'est-ce qu'il fabriquait dehors au bout de seulement sept ans ? Puis il vit pourquoi. Duane Lacey avait été libéré sur parole grâce au programme de libération anticipée du gouverneur au début du mois, le 10 décembre 1984.

Louis baissa lentement le papier, se sentant envahi par une vague de déception. Pryce et Lovejoy avaient été tués le 1er ou dans ces eaux-là. Ce type ne pouvait pas être leur meurtrier.

Il retourna à la salle des inculpations. Lacey leva brusquement la tête quand il déverrouilla la porte.

— Vous avez joint James ? demanda-t-il.

Louis fit oui de la tête.

— Pour l'agression... qu'est-ce qui s'est passé ?

Lacey regarda ailleurs en hochant la tête.

— C'était pendant une bagarre de bar, j'ai sorti un couteau.

— Tu n'as fait que te défendre, c'est ça ? dit Louis d'une voix lasse.

— C'est ça, répondit Lacey en le regardant.

Louis l'observa avec attention, regardant ses yeux gris clair. Ils étaient comme de l'eau, délavés et sans expression, comme s'il ne se passait rien derrière. Lacey finit par fuir son regard.

James avait raison, ce gars avait quelque chose de bizarre. Mais pas plus que des centaines d'autres pauvres types un peu trop à cran. Il était facile d'appeler Red Oak pour vérifier l'histoire de Lacey à propos de son gosse, mais quel intérêt ? Duane Lacey était derrière les barreaux à huit cents kilomètres de là au moment où Pryce et Lovejoy avaient été tués. En plus, s'il l'inculpait maintenant de délit de fuite, le gars allait retourner directement à Marquette pour infraction à la conditionnelle.

Florence appela Louis.

— Aucun mandat, Louis. Il est clean.

Louis regarda les yeux délavés de Lacey, s'attendant à une réaction. Mais ils n'exprimèrent rien, pas même du soulagement.

Louis lui envoya sa veste de treillis.

— Allez. Fiche-moi le camp d'ici, dit-il en lui tendant la lettre et les clés du pick-up. Ramène tes fesses à Dollar Bay.

Lacey se leva lentement, prit la lettre et les clés et enfila sa veste.

— Vous savez pas à quel point je suis reconnaissant, monsieur l'agent, vraiment, dit-il en vitesse. Je veux pas me retrouver à nouveau en prison juste parce que je voulais voir mon gamin.

Louis sortit et, sur le chemin du vestiaire, demanda à Florence d'annuler le remorquage du pick-up. Il poussa la porte du vestiaire.

Il faisait froid à l'intérieur, il frissonna en passant à côté de la première rangée de casiers. Bon Dieu, ce qu'il était découragé ! Il s'en était fallu d'un cheveu. D'abord Hammerstein ou Hammersmith, peu importe son nom. Et maintenant ce pauvre type qui avait risqué la prison pour voir son délinquant de fils à Noël.

Il était en train de passer un sweat-shirt quand la porte s'ouvrit à toute volée. Louis leva la tête. Jesse se précipita à l'intérieur en agitant un papier.

— Où est cet enculé ? hurla-t-il.

Louis fronça les sourcils.

— Qui ça ?

— Lacey ! répondit Jesse en tapant du doigt sur le fax. Lacey. Cet enfoiré de Lacey. J'arrive pas à y croire ! On le tient ! Où est-il ? Où est Lacey ?

— Je l'ai relâché.

Jesse en resta bouche bée.

— Quoi ?! Tu l'as relâché ? Mais pourquoi ?

— Parce qu'il était en prison.

Jesse regarda Louis.

— Quoi ?! C'est pas possible !

— Lis la date de sa libération.

Jesse lut le fax. Lentement, il enregistra les informations et se mit à cligner rapidement des yeux.

— Merde, murmura-t-il.

Il froissa le papier avec colère et se laissa tomber sur le banc.

Louis s'assit à côté de lui. Sa propre déception l'empêchait de lui dire la moindre parole de réconfort.

Jesse défroissa le papier et le lut à nouveau.

— Il doit y avoir une erreur, dit-il.

— Jess…

Celui-ci se leva d'un bond.

— Je vais le rattraper. Il doit y avoir…

Louis lui attrapa le bras.

— Jess, écoute-moi, dit-il fermement. J'ai parlé avec son agent de probation. Lacey se trouvait à Marquette quand Pryce et Lovejoy ont été tués. C'est pas lui.

Le visage de Jesse se relâcha, le mélange de fatigue et d'amère déception finissant par prendre le dessus. Louis regarda sa jambe de pantalon coupée au niveau du genou. Une estafilade de quinze centimètres avec des petits points de suture noirs apparaissait sous de la gaze toute neuve.

— Comment va cette jambe ? demanda Louis.

Jesse ne sembla pas l'avoir entendu. Il continuait de regarder fixement le fax. Soudain, il pivota sur lui-même et donna un grand coup de pied dans le casier. Il attrapa son blouson et se dirigea vers la porte. Dale l'ouvrit juste au moment où il l'atteignait. Jesse le frôla au passage, le faisant se cogner contre l'encadrement de la porte.

Louis le regarda s'en aller, sentant monter en lui une colère sourde. Bon Dieu, il en avait ras le bol. Ras le bol des impasses et des nullards. Ras le bol des flics morts. Et vraiment ras le bol de la mauvaise humeur de Jesse.

Dale approcha.

— Il faudrait que tu signes ça, Louis.

Celui-ci lâcha la porte des yeux et prit le papier des mains de Dale. Il le signa et lui rendit. Il remarqua que Dale se frottait le bras.

— Ça va ?

— Bien sûr. Qu'est-ce qu'il lui prend, à Jess ?

— Je ne sais pas.

Bien sûr qu'il le savait. Jesse perdait les pédales et son état d'esprit le rendait totalement inopérant sur cette enquête. Ça ne pouvait plus durer. Le moment était venu d'en parler à Gibralter.

— Le chef est déjà là ? demanda-t-il à Dale.

— Il vient d'arriver.

— Merci.

Louis sortit du vestiaire, gagna la porte du bureau de Gibralter et frappa. Le chef lui cria d'entrer.

— Oui, qu'est-ce qu'il y a ? dit Gibralter en levant la tête de dessus ses papiers.

— J'ai besoin de vous parler, chef.

— Ça ne peut pas attendre ?

— Pas vraiment, chef. Ça concerne Jesse.

Gibralter poussa ses papiers de côté et reprit sa cigarette dans le cendrier.

— Qu'est-ce qui lui arrive ?

Louis inspira à fond.

— Je pense qu'il devrait être mis en congé quelque temps.

— Expliquez-vous.

— On a arrêté aujourd'hui un type dont on pensait qu'il pouvait être notre tueur, mais ça n'a rien donné. Jesse a perdu le contrôle, chef, son sang-froid. Je pense qu'il est en train de… perdre les pédales.

— Expliquez-vous.

— Je pense qu'il a peur, chef, trop peur pour être opérationnel. Je pense qu'il finira par se faire du mal, à lui ou à quelqu'un d'autre s'il ne se calme pas.

Gibralter prit une bouffée de sa cigarette et l'éteignit lentement dans le cendrier.

— On est tous un peu à cran ces temps-ci, Kincaid, dit-il.

— Je sais. Mais Jesse n'arrive plus à se maîtriser. L'autre jour, en effectuant un contrôle de véhicule, j'ai été obligé d'intervenir.

— Intervenir ?

— Il avait tapé la tête du type contre la carrosserie.

— Qu'est-ce que vous avez fait ?

— Je l'ai retenu.

Gibralter se leva et contourna le bureau pour se mettre devant Louis.

— Et le type vous a vu faire ça ? demanda-t-il.

Louis fit oui de la tête.

Gibralter le gifla, légèrement mais sèchement. Louis plissa les yeux sous l'effet de la surprise.

— Humilié ? demanda Gibralter.

Louis se refusa à répondre même d'un signe de tête.

Gibralter refit le tour de son bureau.

— Si j'ai fait ça, c'est pour que vous sachiez ce que Jess a ressenti quand vous vous êtes interposé. Ne recommencez jamais ça.

Les mâchoires de Louis frémirent.

— Vous avez quelque chose à dire, Kincaid ?

Il avait beaucoup à dire, mais s'en abstint.

— Asseyez-vous, Kincaid.

Louis leva la tête, surpris par la soudaine douceur de Gibralter. Ce dernier se trouvait maintenant debout à côté de la crédence et tenait une des pièces de l'échiquier. Louis s'assit sur l'accoudoir du siège en face de son bureau.

— Avant de venir ici, je travaillais à Chicago, commença Gibralter. J'avais gravi les échelons jusqu'au grade de commissaire. J'étais le plus jeune de toute l'histoire de la ville. Avant, j'étais lieutenant dans l'armée, à la tête d'une section au Vietnam.

Louis se demanda où il voulait en venir.

— Ces deux expériences m'ont beaucoup appris sur le commandement d'une unité, poursuivit Gibralter en tripotant la pièce d'échec. J'y ai appris que chaque homme a ses points forts et que c'est le travail de celui qui commande de les exploiter au profit de l'unité tout entière.

Il leva la pièce d'échec, Louis vit qu'il s'agissait d'un pion.

— Certains hommes sont des fantassins. Ils sont l'élément vital du jeu, mais ils n'ont aucun pouvoir par eux-mêmes.

Gibralter ramassa une tour.

— D'autres sont comme les tours, limités et lents, mais utiles à condition qu'on sache s'en servir.

Il échangea la tour contre une autre pièce.

— Et puis il y a le cavalier, dit-il en brandissant la pièce en étain. Le cavalier est l'attaquant, toujours prêt à prendre part au combat au service de son roi, mais avec lequel il faut être prudent car difficile à contrôler.

Gibralter lança la pièce à Louis. Celui-ci l'attrapa et leva la tête vers lui.

— Jesse est mon cavalier, dit-il.

Louis tourna la pièce entre ses doigts, essayant de trouver un moyen de dire à Gibralter que Jesse se comportait plutôt comme un âne et qu'il en avait par-dessus la tête de ses métaphores.

— Jesse vous a-t-il un peu parlé de son passé ?

Louis regarda Gibralter.

— Non, dit-il.

— Ça ne m'étonne pas.

Gibralter s'avança et lui reprit le cavalier des mains. Il le remit à sa place sur l'échiquier et retourna s'asseoir à son bureau.

— Il y a certaines choses que vous devez savoir sur lui. D'habitude, je ne le fais pas, mais je vais vous les dire parce que vous semblez juger les gens un peu hâtivement, ce qui n'est pas une qualité pour un flic. Et parce que je pense que Jesse ne mérite pas ça.

Louis le regarda.

— L'enfance de Jesse a été un enfer. Sa mère était une ivrogne et Len, son père... Eh bien, c'était tout bonnement une ordure.

Louis se mit à penser à Lila Kincaid et à son odeur : *Soir de Paris* mélangé à l'alcool. Merde, il n'avait aucun souvenir de son père, pas même mauvais.

— J'ai rencontré Jesse quand il avait dix-sept ans, juste après qu'il s'était enfui de chez lui. Il ne m'a pas tout raconté en détail, mais je sais que Len s'en servait comme sac de sable à partir de l'âge de dix ans. Un jour, quand Jess avait environ douze ans, il a tenté d'empêcher son père de frapper sa mère et le père l'a attaqué avec son couteau de poche. C'est de là que lui vient sa cicatrice à la nuque.

Louis se rappela l'entremêlement de cicatrices dans le dos de Jesse.

— Mais le pire de tout était la cage, reprit Gibralter. Quand Jesse faisait des bêtises, Len l'enfermait dans la cage du chien dans la cour et l'y laissait pendant des jours.

Louis sentit son estomac se retourner. Bon Dieu, la cage dans le chalet de Lovejoy.

Gibralter fit une pause, observant le visage de Louis.

— Il y a mieux. Vous voulez que je continue ?

Louis respira un grand coup.

— Non.

— Jesse a son caractère. Je le sais, mais je l'ai vu revenir de loin pour finalement devenir un homme bien et un bon flic. Je peux compter sur lui, Kincaid. J'aimerais pouvoir en dire autant de tous les hommes qui ont travaillé sous mes ordres.

Louis hocha la tête. Bordel, ce type, c'était quelque chose. Un moment parlant du Vietnam, et l'instant d'après s'épanchant sur l'enfance de Jesse.

— Vous pouvez disposer, dit calmement Gibralter.

Louis se leva et sortit du bureau. Il resta un moment derrière la porte, la tête lui tournant. Il ressentait de la colère – envers Gibralter d'excuser Jesse et envers Jesse d'en avoir besoin. Il ressentait de l'humiliation, sa joue encore sensible suite à la gifle de Gibralter. Mais plus que tout, il ressentait une immense déception d'avoir perdu Lacey comme suspect.

Il sentit un regard posé sur lui et leva la tête pour voir qu'Ollie l'observait. Ollie… tour ou pion ?

Putain !

Il jeta un coup d'œil à sa montre, alla à son bureau et prit son blouson. Il marqua une pause, puis il ouvrit un tiroir et en sortit le bloc avec ses notes sur les affaires Pryce et Lovejoy. Chez lui, il restait une demi-bouteille de Christian Brothers dans le placard. Peut-être qu'une fois vide, il trouverait le courage de se replonger dans ses notes.

CHAPITRE 17

Elle était là, debout dans la véranda, quand il arriva au chalet. Il se dépêcha de la rejoindre et l'attira tout contre lui.

— Tu es là, dit-il.

Zoe colla son corps contre le sien, le serra fort contre elle.

— Je viens d'arriver. Je suis venue tout de suite.

Il l'embrassa. Ses lèvres étaient fraîches et gercées. Il prit son petit visage entre ses mains.

— Tu m'as manqué, murmura-t-il.

Il la serra de nouveau tout contre lui et ferma les yeux.

Elle s'écarta et regarda son visage.

— Quelque chose qui ne va pas ? demanda-t-elle.

— C'est tendu au travail.

Elle sourit à nouveau.

— Ce sont les arbres qui te rendent tendu.

Louis se mit à rire, mais plus pour dissimuler sa culpabilité qu'autre chose. La deuxième nuit qu'ils avaient passée ensemble, il lui avait menti sur ce qu'il faisait. L'idée de ce mensonge lui était venue un matin en voyant un panneau de la Huron State Forest. Il lui avait dit qu'il travaillait pour le Forestry Office[1], une affectation provisoire rattachée à l'université du Michigan.

— Mon patron est un connard, dit-il.

— Tu as besoin de diminuer ton niveau de stress.

1. Équivalent de nos Eaux et Forêts.

— Ah oui ? Et tu as des idées ?

— Eh bien en fait, oui. As-tu une paire de chaussures de jogging ?

— Quoi ?

— Tu pourrais venir courir avec moi.

Il sourit pour dissimuler sa déception.

— Je pensais à un autre genre d'exercice.

Elle rit à nouveau.

— Va te changer. On va courir jusqu'à chez moi.

Ils entrèrent dans le chalet. Il était sur les rotules et n'avait aucune envie d'aller où que ce soit, mais il joua le jeu, s'habillant en vitesse.

Ils coupèrent à travers la neige. Louis était embêté que Zoe ralentisse pour lui, mais quand ils contournèrent l'extrémité est du lac, il oublia peu à peu son embarras. Il oublia, presque, Gibralter, les flics, les affaires, enfin tout, s'abandonnant au simple plaisir de courir. Il jeta un coup d'œil à Zoe. C'était tellement bon d'être amoureux. En prendre conscience le frappa comme un laser. Bon Dieu, comment pouvait-il l'être après seulement quelques semaines ? Non, se dit-il rapidement, ce n'était pas de l'amour. C'était du désir, purement et simplement. Mais alors, pourquoi lui avait-elle tant manqué ?

Au bout d'une heure, ils arrivèrent en bas d'une colline qu'ils gravirent en marchant jusqu'à un petit chalet en rondins bâti au milieu d'un bosquet de grands pins. Au-dessous d'eux, le lac formait une vaste étendue blanche au clair de lune, bordée par les lumières jaunes des chalets et celles concentrées de la ville, tout en bas au sud.

— Tu es vraiment loin de tout ici, dit-il.

— C'est ce que j'aime, répondit-elle en lui tenant la porte.

Il entra. Et fut immédiatement frappé par l'odeur, un truc douceâtre qui lui rappela aussitôt l'université. L'encens au patchouli.

— Laisse tes chaussures ici, dit-elle en retirant les siennes ainsi que sa veste. Je vais me changer.

Il enleva ses Nike trempées et son blouson en jetant un coup d'œil dans la petite pièce. Vu de l'extérieur, c'était un chalet en bois très semblable au sien. Mais à l'intérieur, ça ressemblait à un bordel exotique. Les murs en bois étaient drapés de crinoline couleur orange et pêche. Il y avait des bougeoirs en cuivre sur le manteau de la cheminée, les rebords de fenêtres, les tables, et la cire des bougies avait dégouliné sur le plancher. Une grande table basse en bois brut trônait au milieu de la pièce, avec encore des bougies et flanquée d'un canapé victorien recouvert d'un tissu à motif cachemire. Le sol était couvert par un tapis oriental et jonché de douzaines de coussins, offrant une débauche de couleurs, d'étoffes et de dessins.

Il promena son regard à travers l'incroyable pièce. Il n'y avait pas de tableaux, à l'exception d'une grande reproduction au large cadre doré disposée au-dessus de la cheminée. Elle représentait deux hommes et une femme pique-niquant dans les bois. Les hommes portaient des habits formels du XIXe siècle et affichaient une expression bovine et bienheureuse. Mais la femme était nue et regardait nonchalamment celui ou celle qui admirait le tableau.

Il était en train de le contempler lorsqu'elle entra. Elle était pieds nus, portait un caftan rouge et avait à la main deux petits verres de cognac. Elle lui en tendit un en souriant, puis se mit en devoir d'allumer les bougies.

— J'ai déjà vu ce tableau, dit Louis.

— Manet. *Le Déjeuner sur l'herbe*, dit-elle en allant s'asseoir sur le canapé.

— Le Déjeuner…, articula Louis avant de renoncer.

— Sur l'herbe.

— J'y arrive plus, j'ai perdu mon français universitaire, dit-il en venant s'asseoir près d'elle.

Elle sourit et but une gorgée de cognac.

— L'original est au Louvre. J'irai le voir un jour. C'est un de mes tableaux préférés.

— Pourquoi ?

— Cette femme, dit-elle en indiquant le tableau du menton. Regarde-la. Elle a beau être nue, c'est de toute évidence elle qui porte la culotte.

Il but une grande rasade de cognac en inclinant la tête et fermant les yeux. Il sentit le liquide doux et chaud lui couler dans la gorge. Il entendit un léger tintement et regarda Zoe. Elle s'était tournée de côté pour être face à lui et avait replié les jambes sous elle. Elle portait des boucles d'oreilles, des petits anneaux en or avec de minuscules clochettes.

— J'aime bien chez toi, dit-il. C'est très…

— Tarabiscoté ? dit-elle en souriant.

— Romantique.

— À condition d'aimer les anciens bordels turcs.

— Ça me donne envie d'écouter *White Rabbit*[1] et de calfeutrer le bas de la porte avec des serviettes.

Elle se mit à rire. Il se sentait bien, comme s'il dérivait sur une mer chaude, baignant dans une odeur de fleurs. C'était le patchouli et son parfum. Elle s'était approchée de lui et s'adossait aux coussins en faisant tourner le cognac dans son verre.

— En fait, je ne suis qu'une vieille hippie dans l'âme.

— Vieille comment ?

— Trente-cinq.

Il haussa les sourcils.

— Je ne suis jamais sorti avec une fille plus vieille que moi.

Une chatte noire sauta sur le canapé et s'installa sur ses genoux. Zoe tendit la main pour la chasser, mais Louis l'arrêta.

— Ça va, dit-il. Ça ne me gêne pas.

L'animal se mit à lui pétrir le ventre en étirant ses pattes et en ronronnant bruyamment.

— Tu lui plais, dit Zoe.

— C'est l'effet que je fais aux femmes, répondit-il en frottant la tête du chat. Comment s'appelle-t-elle ?

1. Célèbre morceau des Jefferson Airplane inspiré par la marijuana et les champignons hallucinogènes.

— Isolde.

— Pardon ?

— Isolde, répéta Zoe avant de lui montrer un autre chat blanc tapi sous une chaise. Et voilà Tristan. Tu connais ? Wagner.

Louis haussa les épaules, intrigué.

— *Tristan et Isolde*. C'est un opéra sur deux amants maudits.

Elle s'arrêta et sourit.

— Louis, ne me dis pas que tu n'as jamais entendu du Wagner.

— Bien sûr que si. Il a écrit une partie de la musique d'*Apocalypse Now*, la scène où Robert Duvall est dans l'hélicoptère et raconte à quel point il aime l'odeur du napalm le matin.

Il se calma. Merde, pour ce qu'il en savait, sa mère avait peut-être été tuée par un soldat en Corée.

Mais à son grand soulagement, elle n'eut pas l'air de comprendre. Elle se leva, se dirigea vers la chaîne stéréo et mit une cassette. Quelques instants plus tard, la musique démarra, si doucement qu'il l'entendit à peine. Puis elle revint, se blottit dans le creux de son bras et posa la tête sur son épaule.

— Ça s'appelle Liebestod, dit-elle.

— Joli, murmura Louis.

— Ça veut dire « l'Amour à mort ». C'est le chant d'extase d'Isolde, juste au moment où elle s'apprête à sauter dans les flammes pour rejoindre Tristan dans la mort.

— Ah, ces farfelus d'Allemands…

Zoe ferma les yeux.

— Maintenant, écoute. Ça démarre si lentement, avec tellement de sensualité que…

Louis posa son verre de cognac à côté de lui et ferma les yeux.

— Écoute bien, murmura-t-elle. Tu entends comme ça monte ?

— Mmmmm.

— Écoute ce moment. Louis ? Tu écoutes ?

La musique devenait plus forte. Zoe lui parlait dans l'oreille.

— Là, dit-elle. Le climax commence. Ça arrive par vagues, tu entends ?

— Oui, oui.

— Et maintenant, juste quand on pense que c'est fini…

— Zoe…

— Ça monte à nouveau.

— Zoe…

— Attends, ça ne dure que sept minutes.

— C'est pas ça, le problème.

La musique arriva à un crescendo, puis redevint douce et s'estompa progressivement comme au début. Elle prit fin par une vibrante montée dans les aigus. Le seul bruit après cela fut celui du ronronnement du chat sur ses genoux. Zoe embrassa Louis sur la joue et celui-ci ouvrit les yeux.

— J'aime bien l'opéra, murmura-t-il.

— J'en étais sûre.

— Mais je pense qu'il ne vaut mieux pas que je me lève tout de suite.

Elle rit et alla mettre une autre cassette. Billie Holliday. Il écouta *Trav'lin' Light* et *Gimme a Pigfoot and a Bottle of Beer*, un petit sourire aux lèvres. Zoe battait délicatement la mesure sur sa cuisse. Ce qui se transforma en caresse quand Billie Holliday entonna *What a Little Moonlight Can Do*.

La chanson suivante, *Strange Fruit*, démarra. La main de Zoe s'arrêta de bouger. Ils demeurèrent immobiles pendant sa courte durée avec ses images glaçantes de magnolias et de corps noirs pendus aux branches. Ni lui ni elle ne bougèrent jusqu'au morceau suivant.

— Quand je vivais dans le Mississippi, je me suis mis à beaucoup plus écouter sa musique, dit Louis. Mais je n'arrivais pas à écouter cette chanson. J'avançais la cassette quand elle démarrait.

Zoe se pencha pour l'embrasser et posa sa main sur sa joue. Puis elle s'écarta, ses yeux noirs rivés aux siens.

Il eut soudain envie de lui dire. Lui dire la vérité sur lui, sur ce qu'il était. Il eut envie de tout lui raconter, sur ce qui s'était passé dans le Mississippi, sur les os de ce Noir qu'il avait découverts dans la tombe sous l'arbre, sur ce qu'il avait ressenti en trouvant enfin son meurtrier. Il eut envie de lui dire la terreur qu'il avait éprouvée dans la cellule où Larry Cutter lui avait passé la corde autour du cou et avait serré. Il eut envie de lui parler des idées noires qui encombraient son esprit et l'empêchaient de dormir. Il avait envie de lui parler parce que quelque chose lui disait qu'elle l'écouterait.

Elle l'embrassa encore, plus sensuellement. Il lui rendit son baiser, puis s'écarta doucement d'elle. Alors il se leva, lentement, et prit son verre de cognac. Il en but une grande gorgée et alla se mettre devant la cheminée. Il contempla le tableau, incapable de se retourner et de la regarder en face.

Au bout d'un moment, elle vint le rejoindre, lui passa les bras autour de la taille et s'appuya contre lui.

— Qu'est-ce que tu veux faire maintenant? lui demanda-t-elle.

Ce qu'il voulait, c'était faire l'amour. Mais il n'arrivait pas à la regarder en face. Pas encore.

— Je pourrais voir tes tableaux? demanda-t-il.

— D'accord. Ils sont dans l'autre pièce.

Il la suivit dans la pièce d'à côté. Elle alluma une petite lampe. Contrairement au salon, la pièce était nue. Il n'y avait pas de meubles à l'exception d'une table et d'une vieille chaise. La table était couverte de tubes de peinture et de boîtes de conserve remplies de pinceaux. Dans un coin se tenait un grand chevalet, sur lequel était fixée une toile blanche et vierge d'environ un mètre vingt sur un mètre cinquante. Le mur nord était constitué de deux immenses fenêtres sans rideaux.

Dehors, au clair de lune, Louis put constater que tous les arbres se trouvant à moins de dix mètres de la maison avaient été coupés. Zoe s'aperçut qu'il regardait les souches.

— J'ai été obligée de les enlever; il me fallait de la lumière, dit-elle. Tu ne vas tout de même pas m'arrêter, n'est-ce pas?

Il se retourna vivement, puis comprit qu'elle plaisantait sur son « travail » au Forestry Office. Il hocha la tête.

Il s'approcha de la table et toucha les tubes de peinture, Zoe juste derrière lui. Pour finir, son regard se posant sur les toiles entassées contre le mur dans un coin, il en sortit une. C'était un paysage du lac en hiver, une austère étude en gris, blanc et noir. Il la remit à sa place et jeta un coup d'œil aux autres. Toutes étaient des variations sur le même thème : des études en tons sombres de la nature saisie dans ses périodes les plus froides.

Il se retourna vers elle.

— Elles sont bien. Mais… désertes. Pourquoi cette absence de personnages ?

— Je ne sais pas.

Elle le regardait. Elle parut soudain mal à l'aise, vulnérable, comme elle ne l'avait jamais été, même quand ils faisaient l'amour.

— Je n'ai jamais permis à qui que ce soit d'entrer ici, dit-elle.

Il ne trouva rien à répondre.

— J'aimerais te peindre, dit-elle.

— Quoi ?

— J'y ai pensé toute la nuit. Je voudrais te peindre.

Elle se dirigea rapidement vers la table.

Il la regarda s'éloigner.

— Tout de suite ? demanda-t-il.

Elle se retourna en souriant.

— Pourquoi pas ? Enlève ton haut.

— Zoe…

Elle avait attaché ses cheveux en queue-de-cheval et fouillait dans une boîte de fusains. Elle se retourna et vit qu'il n'avait pas bougé.

— Allez, ça va être amusant, reprit-elle avec un sourire. Je vais t'allumer le radiateur.

Elle alla jusqu'au chevalet et y installa une petite toile. Il hésita, puis il fit passer son sweat-shirt par-dessus sa tête.

— Assieds-toi simplement sur le fauteuil, dit-elle. Aussi confortablement que possible.

À contrecœur, il s'assit sur le fauteuil rembourré. Elle l'examina un moment, puis déplaça un de ses bras sur le dossier et prit place derrière le chevalet.

— Ne bouge plus, dit-elle.

— Pendant combien de temps ?

— Jusqu'à ce que j'aie fini l'esquisse.

Le silence s'installa. Il resta assis sans bouger et la regarda effectuer de rapides mouvements circulaires sur la toile. Elle avait le front légèrement plissé par la concentration tandis que, le regard à la fois intense et étrangement détaché, ses yeux passaient de la toile sur lui pour revenir sur la toile. Il sentait la chaleur du regard qu'elle portait sur son corps, mais c'était différent de la façon dont elle le regardait quand ils faisaient l'amour. Il sentit le trouble l'envahir et sut qu'il allait avoir une nouvelle érection.

Elle le remarqua et rit. Elle continua de dessiner.

Il regarda vers les fenêtres. Il s'était mis à neiger et elles commençaient à se couvrir de buée à cause du radiateur. Jusqu'à ce qu'elle parle, il ne se rendit pas compte qu'il avait fermé les yeux et qu'une demi-heure s'était écoulée.

— Tu as un bon visage, dit-elle en dessinant.

— Bon ? répéta-t-il.

Elle fit oui de la tête.

— J'avais oublié comme tout ressort quand on dessine les gens. Leurs traits de caractère surtout. (Elle ôta une mèche de cheveux de devant son visage, laissant sur sa joue une traînée de fusain noir.) Je vois des choses sur ton visage, dit-elle, des choses que j'essaie de reproduire sur la toile.

— Quelles choses ?

— De la bonté, dit-elle. De la grâce, de la gentillesse, un sens de l'honneur.

Il détourna les yeux vers les fenêtres. Hocha lentement la tête et laissa tomber son bras du dossier du fauteuil. Elle était concentrée et ne le remarqua pas.

— Zoe…

Elle leva la tête et le regarda.

— Zoe, il faut que je te dise quelque chose.

— Quoi ?

Il posa les bras sur ses genoux et baissa la tête.

— Louis, qu'est-ce que c'est ?

Il releva la tête et la regarda.

— Le premier soir, quand tu m'as parlé de ton père, tu te souviens ?

Elle hocha légèrement la tête, le fusain près de la toile.

Il se passa une main sur la tête.

— Pour l'amour du ciel, s'exclama-t-elle en riant, de quoi s'agit-il ?

— Je t'ai menti. Quand je t'ai dit ce que je faisais dans la vie. Je t'ai menti. (Il soupira longuement.) Je suis flic, Zoe.

Pendant un moment, elle ne bougea pas. Puis elle cligna des yeux, lui tourna le dos et se dirigea vers la table.

— Ici ? demanda-t-elle.

— Oui.

Soudain, elle saisit une boîte de conserve remplie de pinceaux et la jeta violemment contre le mur. Elle heurta le bord du chevalet et se renversa, projetant de l'eau colorée sur les murs. La toile tomba par terre. Louis se leva pour la ramasser.

— Laisse ça ! s'écria-t-elle.

Elle avait une main devant les yeux. Elle tremblait.

Elle se retourna brusquement.

— Fiche le camp d'ici !

Elle ramassa son sweat-shirt par terre et le lui lança.

— Zoe, parlons…

— Fous le camp ! hurla-t-elle.

Elle gagna la fenêtre d'un pas guindé en se tenant les bras et en regardant la neige dehors.

Louis la contempla un moment, puis retourna lentement au salon. Il s'habilla en vitesse et s'arrêta devant la porte pour mettre ses chaussures. Il fit une pause et écouta, la main sur la poignée de la porte. Il n'entendait rien dans l'autre pièce. Enfin il ouvrit la porte et sortit dans le froid.

Il neigeait fort. Il apercevait à peine le lac en bas et les lumières de la ville au loin. Il fit quelques pas après la véranda et commença à redescendre la colline, puis il s'arrêta. Et se retourna pour regarder le chalet. Il avait une sensation de vide dans la poitrine et dans tout le corps, comme si tout en avait été ôté. Ça le brûlait, presque comme quand on lui avait tiré dessus.

Il avait tout gâché. Et il n'y avait pas moyen d'y retourner pour arranger les choses. Il posa les mains sur son ventre, mais la brûlure ne cessa pas.

— Bordel de merde! murmura-t-il.

Puis, plus fort.

— Bordel de merde!

Il se retourna et écrasa le poing contre un arbre.

CHAPITRE 18

Il poussa la porte de la salle des urgences et s'arrêta pour examiner la bande qui lui entourait la main droite. Quel abruti, de donner un coup de poing dans un arbre ! La douleur l'avait gardé éveillé une grande partie de la nuit – ça et le souvenir du visage de Zoe. À 5 h 30, il avait fini par se lever, s'était habillé et rendu à l'hôpital à pied. Une simple entorse, avait dit le médecin, ne vous en servez pas pendant quelques jours.

Il jeta un coup d'œil à sa montre : 7 h 15. Et maintenant ? Il remonta le col de son blouson et se mit en marche vers le commissariat. Il n'y avait nulle part ailleurs où aller.

Comment avait-il pu être aussi bête ? Il aurait dû lui dire la vérité dès le premier soir. Se comporter différemment avec elle qu'avec les autres femmes. Différemment parce qu'elle était différente, parce que c'était différent. Même s'ils ne se connaissaient que depuis quelques semaines, il avait bien senti que cette relation était spéciale, qu'elle pouvait déboucher sur quelque chose. Mais plus maintenant. Il l'avait gâchée dans les grandes largeurs.

Il tourna au coin de Main Street. La ville commençait seulement à s'éveiller. Quelques commerçants étaient dehors en train de déblayer le trottoir. La boulangerie de Moe Cohick était allumée, l'odeur de pain frais flottant dans l'air glacial. Quel jour était-on ? Il ne savait même plus. Pire, il s'en foutait.

Occupé à s'apitoyer sur son sort, il n'entendit pas qu'on l'appelait. Finalement, la voix pénétrant ses pensées cafardeuses, il se retourna. Une Honda Civic marron toute rouillée s'approcha tout près du trottoir. La vitre côté passager descendit et un visage rougeaud apparut.

— Hé, vous voulez que je vous dépose ?

Louis regarda le type sans prononcer un mot.

— Delp, dit le type. Doug Delp. Le journaliste de l'*Argus* ?

Louis tourna la tête et continua son chemin.

La Civic le suivit au pas.

— Vous allez où ? lança Delp.

Louis continua de regarder devant lui.

— Agent Kincaid ? Il faudrait qu'on se parle.

— J'ai rien à vous dire, répliqua Louis sans s'arrêter.

Un journaliste minable lui braillant dans l'oreille était bien la dernière chose dont il avait besoin maintenant.

— Et ce Duane Lacey ?

Louis s'arrêta et regarda Delp, qui s'était penché sur le côté pour lui parler par la fenêtre côté passager.

— Qu'est-ce que vous savez ?

— Juste ce que j'ai entendu, répondit Delp en indiquant de la tête son scanner radio installé sur le tableau de bord.

— Allez vous faire voir, dit Louis en s'éloignant.

— J'ai entendu que vous l'aviez relâché. C'est vrai ? insista Delp.

Louis s'approcha de la voiture et pointa son doigt vers la fenêtre ouverte.

— Dégagez-moi de là, Delp, dit-il lentement.

Delp leva ses mains gantées.

— Hé, je ne fais que mon boulot, je suis l'enquête. C'est toujours une bonne idée de suivre l'enquête.

Louis se remit à marcher.

— J'ai trouvé ces coupures de journaux sur Lacey, cria Delp.

Louis tourna la tête. L'autre lui tendait une enveloppe en papier kraft par la fenêtre.

— Bizarre, non ? dit Delp. Pourquoi mon journal garderait-il un dossier rempli d'articles sur un minable quelconque de la péninsule supérieure ?

Louis s'approcha.

— Montrez-moi ça.

Delp recula vivement l'enveloppe.

— *Quid pro quo.*

— Quoi ?

Delp sourit et ouvrit la portière.

— Je vous montre ce que j'ai, vous me montrez ce que vous avez. Allez. Je vous offre le petit déjeuner. Vous avez l'air d'en avoir bien besoin.

Cinq minutes plus tard, ils étaient assis chez Dot's dans un box tout au fond dans un coin. Louis attendit que Delp ait commandé et que la serveuse soit partie.

— Qu'est-ce qui vous est arrivé à la main ? lui demanda Delp.

— Rien, répondit Louis en la glissant sous la table. Alors, qu'est-ce que vous avez sur Lacey ?

Delp sourit et leva l'enveloppe.

— C'est du sérieux, vieux. Putain, c'est vraiment du sérieux.

Louis dut faire appel à tout son sang-froid pour ne pas arracher l'enveloppe des mains de cet enfoiré.

— Montrez-moi ça, dit-il.

Delp leva ses yeux marron sous la visière de sa casquette des Lions.

— Dites-moi d'abord pourquoi vous avez relâché Lacey.

— Je ne peux pas divulguer des informations relatives à une enquête en cours.

— Foutaises.

La serveuse apparut avec deux tasses fumantes. Louis se versa du sucre à flot et saisit maladroitement sa petite cuillère avec sa main bandée pour le touiller.

— C'est pas bon pour vous de prendre autant de sucre, dit Delp.

Louis reposa la cuillère.

— Bon, vous vous décidez à me montrer ce que vous avez ou faut-il que j'aille à votre journal de merde me servir moi-même ?

— Vous ne pouvez pas. C'est fermé jusqu'à demain, répondit Delp en souriant. Mais je peux vous faire gagner beaucoup de temps. Tout est dans cette enveloppe.

Louis but une gorgée de café.

— Qu'est-ce que vous attendez de moi ?

— Juste des infos.

— Je ne peux rien vous divulguer sans autorisation.

— Je sais. Je veux juste être mis au courant de tout ce que vous trouverez. (Le sourire de Delp s'estompa.) Parce que quand ceci va être rendu public, les grands journaux vont se ruer dessus comme des mouches sur du miel, et je veux passer avant.

Louis observa le jeune journaliste. Quelle importance ? Ce gamin était un imbécile et Lacey n'était plus suspect.

— Pourquoi avez-vous relâché Lacey ? insista Delp.

— Parce qu'il était en prison au moment des meurtres.

Delp fronça les sourcils.

— C'est pas logique, mec, dit-il.

— Comment ça ?

Delp fouilla dans les coupures de presse et en sortit une.

Louis palpa sa chemise et poussa un soupir. Il avait laissé ses lunettes au poste.

— Dites-moi, fit-il impatiemment.

— Duane Lacey avait de bonnes raisons de vous en vouloir.

— Pourquoi ?

— Parce que vous avez tué deux de ses gamins, dit Delp.

Louis le regarda fixement.

— Quoi ?

— Pas vous bien sûr. Vous n'étiez pas là.

— Où ça ?

— Ici même, à Loon Lake. En 1979.

— Que voulez-vous dire : « tué deux de ses gamins » ?

— C'est ici noir sur blanc, mec.

Louis prit l'article. Il n'arrivait pas à déchiffrer les petits caractères, mais le titre lui coupa le souffle.

DES ADOLESCENTS ABATTUS À LOON LAKE
AU COURS D'UNE DESCENTE DE POLICE
par Arnold Rogers

Il y avait deux portraits en noir et blanc des gamins, probablement des photos de fin d'année du lycée. Louis plissa les yeux pour distinguer leurs traits. Bon Dieu, l'un des deux était une fille.

— Qu'est-ce qui est arrivé ? demanda-t-il.

— Apparemment, les gosses avaient pénétré par effraction dans le chalet d'un touriste au nord du lac, expliqua Delp. L'un d'entre eux était recherché par les flics pour des histoires de gang et ils les avaient suivis jusqu'au chalet. Les flics leur ont donné l'ordre de sortir, mais les gosses étaient armés et ont tiré. Les flics leur ont balancé des lacrymos, mais deux gamins sur trois ont été tués.

— Deux ?

— Oui. Les deux jumeaux. Le plus jeune s'en est sorti.

Louis but lentement une gorgée de café et repensa à la lettre que le fils de Lacey avait écrite à Red Oak.

— Comment vous avez su pour Lacey ?

— Eh bien, en fait je ne travaillais pas ici à ce moment-là. Mais quand j'ai entendu le nom de Lacey hier sur mon scanner radio, j'en ai parlé à mon rédacteur en chef et il s'est vaguement rappelé avoir déjà entendu ce nom. J'ai donc vérifié à la morgue et me suis trouvé tous ces articles.

— Je peux les avoir ? demanda Louis.

Delp poussa l'enveloppe sur la table.

— Allez-y. Il y a plein de copies.

— Je vais avoir besoin de parler à ce Rogers.

— Pas possible. Il a cassé sa pipe l'hiver dernier. Crise cardiaque. Voilà ce que c'est que de passer vingt ans à couvrir des enquêtes de police.

Louis examinait les photos des jumeaux Lacey.

— Il y a trop d'armes, voilà ce que je pense, reprit Delp en hochant la tête. Les gens d'ici adorent les armes. Les gosses s'en fournissent quand ils perdent leurs dents de lait.

Louis le regarda.

— Vous n'êtes pas d'ici, n'est-ce pas ?

— Oh non ! Je suis de Detroit, et je fais tout ce que peux pour y retourner le plus vite possible.

Louis se leva, enfila son blouson et ramassa l'enveloppe.

— Alors, qu'est-ce que vous allez faire pour Lacey ? demanda vite Delp.

Louis ne répondit pas et commença de se diriger vers la porte.

— Hé ! Vous me tenez au courant !

Louis retourna en vitesse au commissariat. Dans les vestiaires, il se mit rapidement en tenue et alla directement aux archives. Il tira sur le tiroir marqué NOVEMBRE 1979. Il était fermé à clé. Il allait devoir attendre l'arrivée de Dale.

Il alla à son bureau et prit l'enveloppe que Delp lui avait remise. Il repéra ses lunettes accrochées au porte-crayon où Ollie les avait laissées. Il les mit et ouvrit l'enveloppe.

Elle ne contenait que quatre articles. Le plus long était celui sur lequel il avait jeté un œil au Dot's, celui avec le titre et les deux photos.

PAR ARNOLD ROGERS
Rédacteur à l'*Argus*

LOON LAKE – Deux adolescents ont été tués et un troisième arrêté mercredi après une descente de routine de la police locale dans un chalet de touriste.

John Andrew « Johnny » Lacey et Angela Lee Lacey, tous deux âgés de seize ans, domiciliés au 476 Manetta Drive, ont été abattus par la police après avoir tiré sur les agents qui les avaient pris en filature jusqu'à un chalet isolé au nord de Loon Lake, ce chalet étant la propriété de David et Glenda Eden résidant habituellement à Dearborn, Michigan.

Les policiers traquaient les adolescents soupçonnés d'appartenir à un gang terrorisant les touristes des environs. On estime que les adolescents se servaient du chalet comme d'un repaire.

Selon le commissaire Brian Gibralter, quand les policiers leur ont donné l'ordre de se rendre et ont introduit des gaz lacrymogènes dans le chalet, les jeunes ont ouvert le feu sur eux.

Le commissaire Gibralter précise que John Lacey s'est enfui du chalet et a été tué au cours d'une lutte avec l'agent Jesse Harrison, l'arme de ce dernier s'étant déchargée accidentellement. Angela Lacey, la sœur de John, a alors tiré sur les policiers et été également abattue.

Cole Lacey, âgé de douze ans, a été retrouvé dans un placard où il se cachait et emmené pour être placé en garde à vue. John Lacey, toujours selon le commissaire Gibralter, était soupçonné d'être le chef d'un gang d'adolescents basé dans le comté d'Oscoda, lequel gang serait à l'origine d'une série de cambriolages de chalets de touristes dans la région.

La police enquête actuellement pour savoir si le gang serait également impliqué dans le braquage d'une supérette le 24 juillet dernier. Pendant les faits, l'employée du magasin, Denise Lawicki, âgée de vingt-deux ans, a été molestée.

Les conséquences de ces événements s'avèrent très pénibles pour tous ceux qui y ont été impliqués, a déclaré le commissaire Gibralter. La mort de ces deux jeunes gens est tragique et regrettable.

Le commissaire Gibralter a ajouté qu'une enquête interne aurait lieu sur cet incident pour déterminer si les policiers impliqués ont bien agi selon la procédure habituelle.

Cependant, tous les éléments semblent indiquer que ces hommes avaient toutes les raisons de craindre pour leur vie et ont agi en état de légitime défense, a conclu le commissaire.

Helen Lacey, la mère des trois adolescents, n'a pas souhaité répondre à nos questions.

Louis posa l'article. Aucune mention de ce cher vieux papa. Il parcourut les trois autres papiers. Le premier était une suite qui n'offrait aucune information supplémentaire. Le deuxième une brève relatant que « l'enquête interne » n'avait révélé aucune faute de la part des policiers de Loon Lake. Le quatrième un article de fond dénonçant sans nuances les gangs d'adolescents à partir du cas des enfants Lacey. Le titre : QUAND LES GENTILS GAMINS TOURNENT MAL. C'était écrit par une femme et plein de citations rebattues de psychologues et d'experts avançant des suppositions sur l'origine de la violence chez les jeunes. Mais la journaliste avait pris la peine de retrouver Duane Lacey et fini son papier sur une conclusion adroite : « Pour les enfants Lacey, les graines de la violence avaient été semées à la maison. Leur père, Duane Lacey, est actuellement incarcéré à la prison d'État de Marquette, où il purge la septième année de sa peine pour agression à main armée. »

Louis sentit son estomac se nouer. Mais bordel, pourquoi personne ne lui avait parlé de ça ? Gibralter lui avait ordonné d'examiner les affaires classées, mais pourquoi diable n'avait-il pas considéré Duane Lacey comme un suspect potentiel ? Et Jesse… il avait participé à la descente. Pourquoi ne lui avait-il rien dit ?

Louis relut le dernier paragraphe de l'article. D'accord, on y disait que Lacey était en prison. Tout comme le fax de l'administration pénitentiaire. Mais ce fax pouvait être erroné. Louis savait qu'il y avait régulièrement des erreurs dans les archives des prisons, surtout les archives informatiques, dont les données étaient entrées par des employés détenus.

Il n'avait pas vérifié. Merde, et si le compte rendu était erroné ?

Il sentit un filet de sueur lui couler le long du dos. Il jeta un coup d'œil à l'horloge. Il était encore trop tôt. Les services de l'administration pénitentiaire n'ouvraient pas avant 8 heures.

— Bonjour, Louis.

Il se retourna et vit Dale sortir des vestiaires et se diriger vers la cafetière.

— Hé, comment se fait-il que tu n'aies pas encore fait de café ? demanda-t-il aimablement. Mais après tout, ça n'est pas vraiment ta spécialité, sans vouloir t'offenser.

Louis garda le silence. Finalement, Dale leva la tête et remarqua son air dur.

— Quelque chose ne va pas ? demanda-t-il.

En examinant la face rougeaude de Dale, Louis se rendit soudain compte qu'il était en colère. En colère contre lui. Contre lui et contre Gibralter. Contre tous ceux qui ne lui avaient rien dit de cette descente dans ce chalet. Et en colère contre lui-même de n'avoir pas vérifié.

— Louis ? Qu'est-ce qu'il y a ? insista Dale.

— Rien, répondit-il sèchement en retournant vers son bureau. J'ai besoin d'un dossier.

— Bien sûr pas de problème, dit prudemment Dale. Laisse-moi juste m'occuper du café…

Louis pivota sur lui-même.

— Donne-moi juste les clés. Je vais le chercher.

Dale le regarda un instant, puis sortit les clés de sa poche. Louis vint les chercher, les lui arracha presque des mains, déverrouilla le casier et se mit à passer les dossiers au peigne fin. Mais ne trouva pas celui sur la descente.

— Où est-ce qu'il est, bordel ? marmonna-t-il.

Dale s'approcha derrière lui.

— Laisse-moi m'en occuper. Qu'est-ce que tu cherches ?

Louis se retourna.

— Novembre 1979, John et Angela Lacey. Ces noms te disent quelque chose ?

Dale parut embarrassé.

— Je vais le trouver. (Il lui tendit une tasse de café.) Voilà trois sucres. Hé, qu'est-ce qui t'est arrivé à la main ?

Louis ne répondit pas, prit le café et retourna à son bureau. Il ressentit une pointe de culpabilité en voyant Dale fouiller dans le tiroir. Il n'avait probablement rien à voir avec cette descente. Mais à ce moment précis, il était dans le même bain que les autres. Qu'est-ce qui se passait ici ? S'agissait-il seulement de l'incompétence du commissariat d'une petite ville ? Il avait du mal à le croire ; en prison ou pas, Lacey était un suspect trop évident.

Dale s'approcha et lui tendit un épais dossier portant la mention : LACEY, JOHN. A. #79-11-543.

— Je t'ai aussi apporté ton courrier, reprit Dale en déposant quelques enveloppes sur le bureau et faisant demi-tour.

Louis mit ses lunettes et ouvrit le dossier. Sur le dessus se trouvait le rapport de crime de trois pages établissant la liste des victimes et des suspects avec leurs renseignements personnels. Le policier ayant rédigé le rapport était le commissaire Brian Gibralter, n° 1. Louis se mit à lire.

> Le 23 novembre 1979, à 16 h 05, l'agent Pryce (voir annexe du « rapport n° 2) observait le suspect n° 1, jeune mineur blanc âgé de douze ans, de sexe masculin, identifié sous le nom de Cole Lacey, en train de longer un immeuble situé au 1400 Lakeside Drive. Lorsque l'agent Pryce a tenté d'interpeller le suspect, celui-ci s'est enfui sur une centaine de mètres, jusqu'à un chalet inoccupé situé au 1387 Lakeside Drive. Le suspect a alors pénétré dans le chalet.
>
> L'agent Pryce s'est approché du chalet et a entendu une certaine activité lui faisant penser que le suspect n'était pas seul dans le chalet. L'agent Pryce a alors verbalement sommé le suspect de quitter les lieux. À ce moment-là, un suspect non identifié s'est écrié à l'intérieur : « Va te faire foutre ! Viens me chercher. »
>
> L'agent Pryce a alors demandé du renfort et avisé le Central qu'il était intervenu dans une course-poursuite s'étant terminée par un défi lancé à pénétrer dans les lieux. Le commissaire Gibralter, n° 1, ainsi que les agents Harrison, n° 13, Wickshaw, n° 8, et Lovejoy, n° 10 (rapports supplémentaires n° 3, 4 et 5) se sont rendus sur les lieux. En y arrivant, j'ai constaté la présence de l'agent Pryce en position à côté de sa voiture de patrouille. L'agent Pryce a indiqué avoir tenté à de nombreuses reprises de convaincre les suspects de quitter les lieux et qu'un nombre indéterminé de suspects avait répondu par des menaces verbales.
>
> J'ai alors pris le commandement de l'opération et ordonné aux agents Wickshaw, Lovejoy et Harrison de sécuriser le chalet en prenant position à chaque coin. Posté devant le chalet,

j'ai à nouveau tenté de persuader les suspects de se rendre. Ils ont répondu par de nombreuses obscénités verbales.

À environ 16 h 20, j'ai ordonné l'utilisation de gaz lacrymogènes. Les grenades ont été lancées par les deux fenêtres de devant. Des suspects non identifiés se sont mis à crier à l'intérieur des lieux.

À environ 16 h 28, le suspect n° 2, John A. Lacey, jeune mineur blanc de sexe masculin, est sorti des lieux par la porte de derrière. Le suspect a tenté d'échapper à l'agent Harrison, qui a demandé des renforts par radio. Le suspect J. Lacey s'est alors enfui vers la partie arrière de la propriété, parcourant une distance d'environ vingt-cinq mètres. L'agent Harrison l'a plaqué au sol et a tenté de le maîtriser. L'arme de l'agent Harrison est partie, atteignant le suspect dans la zone faciale frontale gauche. Le suspect est décédé sur place.

Les agents Wickshaw, Lovejoy et moi-même avons quitté notre position pour porter assistance à l'agent Harrison. À ce moment-là, la suspecte n° 3, Angela Lacey, jeune mineure blanche, est sortie des lieux par la porte de derrière, armée d'un pistolet de petit calibre. Elle a pris position dans la véranda et déclaré qu'elle tirerait sur les policiers si on ne la laissait pas partir.

Les agents Wickshaw et Lovejoy ont ordonné à la suspecte de lâcher son arme. La suspecte a refusé. La suspecte a levé son arme et a tiré sur les agents. L'agent Wickshaw a ouvert le feu, blessant mortellement la suspecte à la poitrine. Les agents Lovejoy et Wickshaw sont entrés par la porte de derrière pour prendre le contrôle des lieux. Le suspect n° 1, C. Lacey, a été découvert caché dans un placard de la chambre du fond à l'étage. Après avoir menacé les agents de son arme, le suspect s'est rendu sans incident.

Aucun policier n'a été blessé au cours de l'intervention.

Louis ferma les yeux, le visage brûlant de colère.

— Bordel de merde, nom de Dieu de bordel de merde! marmonna-t-il.

Dale lui jeta un coup d'œil, mais ne dit rien.

Louis se passa une main sur le visage et continua de consulter le dossier. Une photo le figea sur place. Celle d'Angela Lacey. Elle était affalée contre le mur extérieur en bois du chalet, son sweat-shirt de l'île de Mackinac trempé de sang. Il y avait une arme posée par terre à côté de sa main ouverte.

Une fille, nom de Dieu, une fille qui aurait dû aller au bal de fin d'études, mais qui s'était planquée dans un chalet avec une arme pour tirer sur des flics.

Louis regarda l'horloge. Il était 8 heures pile. Il refit le numéro de l'administration pénitentiaire. Un bref instant, il espéra que personne ne réponde.

— Administration pénitentiaire, bonjour, Mme Meyer à l'appareil.

Louis expliqua ce qu'il voulait.

— Cela prendra quelques minutes, dit-elle. Ce matin, l'ordinateur est…

— Non, l'interrompit Louis. Pas l'ordinateur. Dans le dossier d'origine.

— Mais ça n'est pas du tout nécessaire…

— Si, ça l'est, lui renvoya-t-il sèchement. Il est très important que je vérifie cette information. S'il vous plaît.

La femme soupira.

— Dans ce cas, cela va prendre un moment. Donnez-moi votre nu…

— Je ne quitte pas.

Il patienta en regardant les autres rapports. D'abord celui de Jesse, puis ceux d'Ollie et de Lovejoy, mais ils n'offraient aucune information supplémentaire. Il regarda de nouveau les photos.

Les douze premières étaient des clichés habituels de scène de crime, il les survola rapidement. De la neige tachée de sang, des vitres cassées, des grenades lacrymogènes et la voiture de patrouille de Pryce. Il y avait aussi deux photos de Johnny Lacey. Une d'identité judiciaire le montrant avec des cheveux blonds coupés court et un sourire arrogant. La deuxième était un gros plan de lui après qu'il avait été abattu. Toute sa pommette gauche avait été arrachée, laissant un trou noir béant dans son visage.

— Agent Kincaid ? Vous êtes toujours là ?

— Oui, répondit Louis en changeant le téléphone d'oreille.

— Le dossier indique que cet homme a été libéré le 10 novembre 1984, grâce au programme de libération anticipée du gouverneur.

— Novembre ? Vous êtes sûre ?

— C'est bien ce que j'ai dit.

Il raccrocha et ne put faire un mouvement pendant plusieurs secondes. Le 10 novembre et non pas le 10 décembre. Vérifier. Toujours vérifier. Comment avait-il pu être aussi négligent ? Comment avait-il pu réagir aussi mal ? Il avait merdé. Mais les autres aussi, tous, tous les types de ce foutu commissariat qui étaient au courant de la descente et ne lui en avaient pas parlé.

— Louis, ça va ? lui demanda Dale.

— Pourquoi personne ne m'a parlé de cette affaire ? lui renvoya-t-il sèchement.

Dale hésita et parut mesurer soigneusement ses paroles.

— C'était une sale période, dit-il calmement. Jesse l'a très mal vécue.

Louis n'écoutait pas. Sa colère l'en empêchait. Il jeta un coup d'œil à sa montre. Jesse et le chef étaient attendus sous peu.

— J'étais là quand Jesse est arrivé tout de suite après, poursuivit Dale. Il avait encore… il avait du sang dans les cheveux, tu sais ? Il était vraiment mal. Il n'arrivait pas à en parler.

Louis hocha la tête d'un air écœuré. Il en avait soupé que tout le monde excuse Jesse. Jesse avait dissimulé des informations sur cette descente parce qu'il n'arrivait pas à en parler ?

— Louis, dit Dale, ça n'est pas très important. Je veux dire… ce Lacey était encore…

— Dale, dit vivement Louis, Lacey était dehors en novembre. Il a bénéficié d'une libération anticipée. Il y avait une erreur sur la sortie papier. Une putain d'erreur.

Pendant plusieurs secondes, Dale se contenta de le regarder. Puis il se retourna et alla s'asseoir à son bureau. Le silence fut interrompu par les grincements de sa chaise. Louis regarda dans sa direction. Il était pâle et avait les yeux fixés sur les photos de Pryce et de Lovejoy accrochées au mur.

Louis referma le dossier.

— Dale, fais-m'en une copie, s'il te plaît, dit-il.

Dale fit lentement oui de la tête et prit le dossier.

La voix de Gibralter qui se fit entendre par radio rompit le silence.

— Loon-1 à Central, dit-il. Je vais être absent un moment. Patientez pour le briefing jusqu'à mon arrivée.

Dale ne réagit pas.

— Dale, lança Louis. La radio.

Dale saisit le micro et accusa réception.

— Dis-lui que j'ai besoin de lui parler… que c'est important.

Dale hocha la tête d'un air impassible et transmit le message. Louis entendit Gibralter répondre qu'il le verrait après le briefing.

— Non, dit sèchement Louis. Dis-lui que ça ne peut pas attendre.

CHAPITRE 19

Louis regarda de nouveau sa montre. 8 h 20. Mais où était passé Gibralter ? Il n'était jamais en retard au briefing.

Son regard se porta sur Jesse, assis à l'autre bout de la pièce. Il ressentit une nouvelle bouffée de colère, mais la ravala. Lorsqu'il était arrivé, il avait voulu lui parler tout de suite du dossier de la descente, lui envoyer tout ça à la figure. Mais il savait que pour le moment, il devait rester calme en parlant à Gibralter.

Un courant d'air glacé envahit la pièce. Louis tourna la tête et le vit entrer. Il détourna rapidement les yeux afin d'éviter son regard.

— Kincaid, venez dans mon bureau, lui lança Gibralter en donnant sa parka à Dale.

Jesse leva la tête d'un air surpris. Louis ne le regarda pas en passant à côté de lui.

— Fermez la porte.

Louis referma derrière lui et se retourna face à Gibralter.

— Alors ? Qu'est-ce qu'il y a de si important ? demanda ce dernier d'un ton tranchant.

— Hier, on a arrêté un suspect, commença Louis.

— Duane Lacey.

Louis fit oui de la tête.

— Il semblait plausible, sauf que son dossier indiquait qu'il était en prison jusqu'au 10 décembre. C'est pour ça que je l'ai relâché.

— Et… ? dit Gibralter.

— La date de sa remise en liberté était fausse. C'était une faute de frappe. J'ai appelé l'administration pénitentiaire ce matin. En fait, Lacey a été libéré le 10 novembre.

Gibralter ne bougea pas, pas un muscle, pas un sourcil, rien. De l'extérieur provenaient les bruits des hommes de l'équipe de jour attendant le briefing. L'odeur de café pénétrait dans le bureau. Louis se rendit compte qu'il retenait sa respiration et la relâcha. La moquette rouge sous ses pieds paraissait tanguer, onduler.

Gibralter pivota sur ses talons et se dirigea vers la fenêtre.

— Pourquoi ne m'avez-vous rien dit sur la mort de ces gamins ? demanda Louis.

— Lacey n'était pas suspect, il était en prison.

— Vous auriez dû vérifier.

Gibralter lui fit face.

— C'est ce qu'on a fait, Kincaid. J'en ai chargé Jesse.

Louis regarda de nouveau la moquette. Bon Dieu ! Jesse s'était fié au document écrit au lieu d'appeler comme lui l'avait fait.

— Jesse a merdé, dit Gibralter, mais cela ne rend pas pour autant ce que vous avez fait moins stupide. Vous aviez un véhicule qui correspondait et vous aviez Lacey en garde à vue. Il fallait l'y maintenir.

— Sous quel motif?

— N'importe quoi, dit Gibralter, en haussant le ton. Vous le teniez, Kincaid, il ne fallait pas le relâcher.

Louis ravala les propos virulents qui lui venaient à l'esprit. Lacey était en liberté et pouvait tuer à nouveau. Il était prêt à endosser une part de responsabilité, mais il n'allait pas laisser Gibralter le mettre au pilori.

— Puis-je disposer, chef? demanda-t-il en appuyant sur ce dernier mot.

— Oui, mais avant que vous n'alliez au briefing, je veux que vous fassiez parvenir un message à toutes les patrouilles.

Louis hocha la tête, lui tourna le dos et sortit. Il n'y avait personne à l'extérieur du bureau, tous les hommes attendant dans la salle de réunion. Louis gagna rapidement son bureau et y griffonna tous les renseignements concernant Lacey avant de se diriger vers celui de l'opératrice.

— Flo, diffusez ceci dans les plus brefs délais, je vous prie.

Elle prit le papier et le lut, les yeux écarquillés. Louis l'entendit faire l'annonce radio de sa voix douce tandis qu'il se dirigeait vers la salle de réunion.

Il s'arrêta un instant devant la porte, le temps de respirer pour se calmer, puis il entra. Gibralter se tenait à sa place habituelle derrière le lutrin. Cinq agents, dont Dale, étaient assis sur des chaises pliantes. Il n'y avait aucun autre siège, Louis resta au fond de la salle. Soudain, il comprit ce qui allait se passer. Il allait se faire sermonner, ici même, devant tout le monde.

— Restez à votre place et présentez-vous, lança Gibralter.

Louis se força à le regarder et se concentra sur une petite marque blanche qu'il avait sur la mâchoire, une tache de crayon hémostatique.

— Je vais vous aider, reprit Gibralter en faisant le tour du lutrin. Je m'appelle Kincaid et je ne suis qu'une gonzesse sentimentale qui plaint les tueurs de flics et n'a pas idée de ce qu'implique de porter un insigne… contrairement à ces hommes.

Louis sentit tout son corps se raidir. Le silence était tel qu'on aurait entendu une mouche voler et les cinq visages devinrent flous.

— Expliquez à vos collègues pourquoi vous avez relâché un tueur de flics.

Louis ne le quitta pas des yeux.

— Le compte rendu informatique indiquait que Lacey était encore en prison. Nous n'avons pas…

Gibralter l'interrompit sèchement.

— Endossez la responsabilité de vos actes, agent Kincaid. Il n'y a pas de « nous » qui tienne dans ce scénario.

Louis jeta un coup d'œil à Jesse, mais ce dernier ne le regardait pas.

— Je n'avais pas de raison de le retenir, dit-il lentement.

Gibralter ramassa quelque chose sur le lutrin et le montra à la salle. C'était une photo de Thomas Pryce étendu dans son escalier, bras et jambes écartés, le pyjama couvert de sang.

— Ceci ne serait pas une raison suffisante, agent Kincaid ?

Louis sentit une bouffée de chaleur lui monter à la figure.

— Et ceci ? insista Gibralter en brandissant une autre photo.

C'était un gros plan du visage de Lovejoy, les yeux ouverts, ses cheveux formant une auréole de petites mèches aux pointes gelées.

— J'ai fait une erreur, dit Louis d'un air distant. Mais j'ai fait diffuser un message à toutes les patrouilles, on peut encore le retrouver...

— Il est parti ! cria Gibralter. Parti, bordel ! Vous croyez qu'il est aussi bête que vous ?

La pièce était plongée dans un silence de mort. Gibralter s'avança et s'arrêta à quelques centimètres de Louis. Puis il leva brusquement le bras et tira sur sa cravate en lui déchirant son col. Louis trébucha en arrière, puis se rattrapa et fixa Gibralter des yeux.

Viré ! Il était viré ! Un bref sentiment de honte l'envahit, suivi d'une vague de soulagement. Gibralter tendant de nouveau le bras vers sa chemise, il se crispa, s'attendant à ce qu'il lui arrache l'insigne de sa poche. Gibralter lui fourra les deux photos dans la chemise.

Louis se raidit, serra les mâchoires de colère.

— Dites-leur, lança Gibralter. Dites à ces hommes à quel point vous regrettez.

Louis ne quittait pas son visage des yeux.

— Dites-leur ! hurla-t-il.

Louis sortit les photos de sa chemise et regarda les autres. Il vit Cornwall et Evans, le visage plein de mépris. Ses yeux se posèrent sur Jesse, qui fixait ses chaussures.

— Je suis désolé, dit Louis d'une voix rauque.

Un téléphone sonna dans le bureau. Quelqu'un toussa. Louis ne pouvait pas en supporter davantage et baissa les yeux.

— Bon, écoutez-moi, reprit Gibralter en retournant vers le lutrin. Voilà comment on va s'y prendre.

Lorsque Louis releva la tête, il vit que Gibralter s'était approché d'une carte installée sur le tableau d'affichage. Il la regarda. Ça n'était qu'une mosaïque de couleurs, il s'efforça de la voir avec netteté, s'efforça de retrouver sa concentration.

Il respira lentement et soigneusement en tentant de maîtriser sa colère. Il n'allait pas laisser triompher Gibralter, pas comme ça. Il n'allait pas le laisser l'humilier, rejeter sur lui la responsabilité de cet échec et le chasser. Il resterait jusqu'à ce que ce salopard de Lacey soit arrêté. Le comté était un grand carré de terre avec un total de cinq villes tout juste assez grandes pour mériter d'être signalées sur une carte. À peu près un tiers du comté faisait partie de la Huron National Forest. Le reste n'était qu'étendues sauvages. Des milliers de kilomètres carrés où se cacher.

Il hocha la tête. Neuf hommes… Ils ne retrouveraient jamais Lacey. Ils auraient besoin de l'assistance de la police d'État. Pourquoi Gibralter n'en parlait-il pas ?

Finalement, Gibralter les libéra. Tous défilèrent à côté de Louis, aucun d'entre eux ne le regardant dans les yeux. Il attendit. Il savait que ça n'était pas fini. Gibralter se pencha sur le lutrin, les yeux fixés sur lui. Il sortit une cigarette de son paquet de Camel et la glissa entre ses lèvres. Lentement il l'alluma. Elle grésilla dans la pièce silencieuse.

— Que pensez-vous que je devrais faire de vous ? dit-il.

— Une mise à pied serait appropriée, dit Louis avec raideur.

— Non.

— Suis-je viré ?

— Non.

— Dans ce cas, quelle sera ma tâche précise au cours des recherches ?

— Croyez-vous que j'aie l'intention de vous laisser y aller avec le reste des hommes ?

Louis décida de ne pas répondre.

— D'abord, vous ne méritez pas de vous trouver parmi eux, reprit Gibralter en pointant sa cigarette sur lui. Et ensuite, avec ce qu'ils pensent de vous maintenant, l'un d'entre eux serait capable de vous tirer dessus.

Louis sentit la colère lui nouer à nouveau l'estomac.

Gibralter s'écarta du lutrin et se dirigea vers la carte en lui tournant le dos.

— Actuellement, si on veut retrouver cette ordure de Lacey, il me faut tous les hommes disponibles. Si je n'avais pas besoin de vous, vous ne seriez déjà plus là. Vous avez compris ?

Ce que j'ai compris, c'est qu'on a besoin d'une aide extérieure, bordel, pensa-t-il.

— Mais je ne veux pas vous voir par ici pour le moment, Kincaid, ajouta Gibralter en se tournant vers lui. Je ne veux pas voir votre gueule. Vous irez à Dollar Bay.

— Pardon ?

— Lacey habite à Dollar Bay. Je veux que vous y alliez glaner tout ce que vous pourrez. Prenez la Bronco n° 3. Les clés sont dans la boîte. Rangez vos trucs dans votre casier, prenez quelques affaires chez vous et fichez-moi le camp d'ici.

Gibralter lui tourna le dos.

— Rompez.

Louis regarda son dos. Merde, on l'exilait. Ça n'était pas maintenant que Lacey allait retourner dans la péninsule supérieure. Il était encore là, il se cachait en attendant de pouvoir tuer les autres types qui avaient participé à la descente. Il était ici même. Et lui était exclu du vrai travail de recherche pour le retrouver.

Il sortit de la salle de réunion et ferma la porte derrière lui. Le bureau était désert, à l'exception de Florence, qui lui adressa un bref regard de sympathie avant de détourner les yeux.

Il alla rapidement à son bureau, mit quelques documents dans une grande enveloppe en papier kraft et se dirigea vers le vestiaire. Il était vide. En approchant de son casier, il ralentit le pas. Il était entrouvert. Il ne le fermait jamais à clé ; personne ne le faisait.

Il l'ouvrit lentement. Suspendue au crochet se trouvait une serviette périodique usagée sur laquelle était écrit un seul et unique mot : *Gonzesse.*

CHAPITRE 20

Il y avait trop peu de monde et trop de temps pour réfléchir sur la route de Dollar Bay.

Pour réfléchir à Pryce, Lovejoy et Lacey. Aux montres qui fonctionnaient dans l'eau glacée, aux numéros de série sur des armes dénués de sens. À des adolescentes mortes et au côté gâchette sensible de Jesse. À Gibralter. À Zoe. À lui-même.

Gardant la main gauche sur le volant, Louis se servit du pouce de sa main droite bandée pour ôter le couvercle de son gobelet en polystyrène. Il but une gorgée de café chaud et le replaça avec précaution dans le porte-gobelet. Son estomac criait famine malgré le muffin graisseux du 7-Eleven qu'il avait déjà avalé. Il jeta un coup d'œil à sa montre. Il avait appelé à Dollar Bay et s'était entendu dire que le shérif Bjork le retrouverait à midi et demi dans un bar local. Il était en retard et appuya sur l'accélérateur, dépassant les quatre-vingt-dix kilomètres-heure autorisés. Peu importait. La route était déserte. C'était ainsi quasiment depuis qu'il avait traversé le pont Mackinac environ une heure plus tôt.

Le superbe paysage défilait, mais il n'y prêtait guère d'attention. Il se dit qu'il devenait insensible aux étendues de neige immaculées et à leurs cadres de forêts de pins vert foncé. Il n'en voyait plus la beauté, ne trouvait plus aucun charme à la sérénité totale des grands espaces du Michigan. Ce jour-là, tout lui paraissait désert… seulement ça. Incroyablement et terriblement désert.

Il traversa une petite ville, un point sur la carte nommé Little Bear, et ne ralentit pas. Elle ressemblait aux innombrables autres qu'il avait traversées en se dirigeant vers le nord de la péninsule. Pas un seul être humain en vue. Il continua son chemin.

Une demi-heure plus tard, il parvint à un panneau annonçant la ville de Houghton. Il jeta un coup d'œil à la carte dépliée sur le siège passager. Dollar Bay se trouvait juste après.

Il s'attendait un peu à ce que Houghton ressemble à un avant-poste sibérien de cabanes en tôle ondulée, mais elle s'avéra être une jolie ville, faite de beaux immeubles en brique rouge construits sur des promontoires enneigés dominant le fleuve. Fraîchement déblayées, les rues étaient bordées de hautes congères. En roulant le long du fleuve, il passa à côté des bâtiments modernes du Michigan Tech. Sur l'autre rive du fleuve, il aperçut les parkas colorées de skieurs descendant une pente escarpée. La ville avait l'animation tranquille de n'importe quelle ville universitaire et lui fit un peu penser à une version polaire d'Ann Arbor.

Il prit le chemin du centre-ville et ralentit pour chercher la King's Tavern, où le shérif Bjork avait dit qu'il l'attendrait pour déjeuner. Il aurait préféré régler ça dans ses bureaux, mais il savait comment étaient les shérifs de ces petites villes. Jamais à court de bons conseils, mais manquant de savoir-faire technique pour résoudre les affaires de meurtres.

La King's Tavern était un petit bâtiment en bois coincé entre un magasin d'antiquités et une librairie. Louis la dépassa et dut effectuer un rapide demi-tour. Il se gara, mit un peu de monnaie dans le parcmètre et entra.

Il lui fallut quelques minutes pour s'adapter à la faible lumière ambiante, mais il aperçut bientôt l'inévitable bar acajou, le juke-box, la table de billard et les box. Ça ressemblait au Jo-Jo's, mais en plus propre et avec une agréable odeur de noyer qui montait d'un poêle noir. Il sentit aussi une délicieuse odeur de viande.

Il balaya des yeux les clients vêtus de flanelle. Bon, où était encore passé Dudley Do-Right[1] ?

— Kincaid ?

Il se retourna, la voix était douce. Le visage d'une femme dépassa du dernier box. Elle portait une chemise marron. Louis regarda avec attention. Un insigne y était épinglé.

— Par ici.

Elle lui fit signe d'approcher.

Il se dirigea tranquillement vers le box en enlevant sa casquette. Elle lui tendit la main.

— Shérif Bjork, dit-elle.

Il la regarda, médusé.

— Asseyez-vous, je vous en prie, reprit-elle.

Il se glissa dans le box et s'assit en face d'elle. Elle avait dans les quarante ans, une forte mâchoire carrée et un visage constellé de taches de rousseur. Des rides d'expression prolongeaient ses yeux bleus pleins de vie, encadrés par de petites mèches de cheveux roux sortant d'une épaisse natte. Nom de Dieu, une femme shérif. Ce fut tout juste s'il ne sentit pas les rouages de son cerveau changer de vitesse tandis qu'il tentait d'assimiler la nouvelle.

Un petit sourire se dessinait sur les lèvres de Bjork. Elle s'amusait de son étonnement et n'avait nullement l'intention de lui faciliter l'entrée en matière en s'excusant de son sexe.

— J'espère que vous ne m'en voudrez pas, mais je ne vous ai pas attendu pour passer commande, dit-elle.

— Non, non, c'est très bien, répondit-il.

— Qu'est-ce que vous voulez boire ?

— Un Dr Pepper, s'il y en a.

— Dave, lança-t-elle.

— Oui, Liddie ?

— Tu as du Dr Pepper ?

— J'ai du Coca, du Vernor's, du 7-Up et du Faygo Rock and Rye. C'est tout pour les sodas.

1. Héros fictif et parodique de la police montée canadienne.

Elle regarda Louis.

— Coca, dit-il.

Le shérif Bjork s'adossa à son siège. Louis se surprit à examiner son insigne. Et ses seins. Ils étaient gros et pleins de santé, tout comme elle paraissait l'être elle-même. Soulagé lorsque Dave lui apporta un Coca et un verre, il se plongea dans l'activité consistant à le remplir.

— Alors, comment s'est passé le trajet ? lui demanda le shérif Bjork.

— Bien. La circulation était assez fluide.

— Vous n'avez pas eu de mal à trouver le King's.

— Non, pas du tout.

— Je vous ai vu faire votre petit demi-tour. Ici, c'est une infraction.

Il réussit à sourire.

— Courtoisie professionnelle ?

Elle lui rendit son sourire et fit oui de la tête.

— Donc, par où voulez-vous qu'on commence pour Lacey ?

— Eh bien, par tout ce que vous avez sur lui.

Elle déposa un épais dossier sur la table.

— J'aurais aussi bien pu vous faxer tout ça. Cela vous aurait évité le voyage.

— Mon chef a pensé que c'était mieux ainsi, dit Louis. En plus, je veux parler à sa mère.

— Millie ? dit-elle en hochant lentement la tête. Je ne sais pas si elle peut vous être d'une aide quelconque.

— Pourquoi ?

— Ce n'est pas vraiment Donna Reed[1].

Louis hocha la tête.

— N'empêche, il faut que je voie le domicile de Lacey.

Bjork haussa les épaules.

— Il est midi passé. Elle doit être sobre à l'heure qu'il est.

1. Célèbre actrice ayant joué notamment dans *La vie est belle*.

Dave arriva à la table et déposa deux assiettes devant eux. Louis contempla la préparation fumante et odorante ressemblant à une tourte.

— C'est une sorte de petit pâté en croûte, un peu comme une tourte Swanson, mais en meilleur, dit-elle en souriant. C'est le nec plus ultra de la cuisine *yooper*.

Louis goûta un morceau. C'était délicieux.

— Vous permettez ? dit-il en faisant glisser le dossier vers lui.

Elle acquiesça d'un signe de tête et attaqua son repas. Louis jeta un rapide coup d'œil au dossier. Il était rempli de procès-verbaux détaillés : les comptes rendus des arrestations de Lacey, avec les doubles de chaque incident versé au procès-verbal, son dossier judiciaire, ses empreintes digitales, et même ses carnets de scolarité. Louis chercha son livret militaire. Ça lui prit un moment, mais il le trouva : Lacey avait été rattaché au 123e escadron au Vietnam. Il referma le dossier.

— C'est très complet, dit-il.

Bjork le regarda par-dessus son verre couvert de givre.

— Ça semble vous surprendre.

— Non, c'est juste que… enfin…

— Nous sommes de vrais professionnels, agent Kincaid, dit-elle.

— Je ne voulais pas dire que…

— Savez-vous combien de Yoopers sont nécessaires pour visser une ampoule électrique ?

— Pardon ?

— Aucun, nous n'avons pas l'électricité.

Il sourit faiblement.

— Vous avez entendu parler du Yooper qui a vu la pub : *Buvez Canada Dry* ? Depuis, il essaie[1].

Louis s'esclaffa.

Elle sourit.

1. On peut aussi comprendre : buvez jusqu'à ce qu'il n'y ait plus de Canada.

— Nous savons ce que vous pensez de nous, là-bas. Nous savons que pour vous, nous passons notre temps à chasser le chevreuil, à boire et à jouer au bowling. C'est bien comme ça que vous autres trolls nous voyez, n'est-ce pas ?

— « Trolls » ?

— Oui, vous tous qui vivez « en dessous du pont[1] ».

Louis se remit à rire.

— Terminez votre déjeuner, agent Kincaid, dit-elle. Après, je vous emmènerai voir Millie.

— Appelez-moi Louis, je vous en prie.

— Seulement si vous m'appelez Bjork, lui renvoya-t-elle avec un bref signe de tête.

***

Ils prirent la Jeep de Bjork. Après avoir quitté Houghton, ils traversèrent un vieux pont métallique qui enjambait une rivière partiellement gelée. Des postes d'amarrage abandonnés apparurent sur la rive sud, longeant le fleuve comme une immense chaîne rouillée. De l'autre côté, Hancock était loin d'être aussi joli que sa sœur jumelle Houghton et s'évanouit rapidement tandis que Bjork faisait gravir à sa Jeep une colline à la sortie de la ville. Neuf ou dix kilomètres plus loin, ils aperçurent le panneau métallique vert de l'État annonçant Dollar Bay.

La ville en elle-même avait un air désordonné, comme si elle s'était formée complètement au hasard plutôt qu'à la suite d'un plan précis de la chambre de commerce. Même les rues semblaient avoir été pensées après coup – elles ne portaient pas de noms, juste des numéros ou des lettres. Le cœur de la ville était constitué d'un groupe de bâtiments : une épicerie générale, un institut de beauté, un bar et, un peu plus loin, un dépôt de bois d'œuvre délabré.

1. Les péninsules supérieure et inférieure du Michigan sont séparées par un pont.

Louis contempla les rangées de maisons couvertes de bardeaux qui formaient le quartier résidentiel de Dollar Bay. Gris… Tout était gris. Même la neige. L'endroit sentait la boue, la rouille et l'échec. Il se rappela le profilage de Cloverdale. « Le rêve du col-bleu qui s'effondre. »

Ils dépassèrent un établissement scolaire de deux étages en vieilles briques et, au moment même où il se demandait pourquoi ils avaient besoin d'une aussi grande école, Bjork lui dit qu'elle accueillait tous les élèves de la région.

— C'est donc là qu'a été Lacey ? demanda-t-il.

— Et moi aussi.

— Vous l'avez connu ?

Elle fit oui de la tête.

— Nous n'étions que huit en terminale. Et donc oui, je l'ai connu.

— Comment était-il ?

— Discret. Maigre. Il séchait pas mal les cours, vous voyez le genre ? Mais il ne m'a jamais donné l'impression d'être dangereux. C'était juste un de ces gars bizarres qui prenaient des cours de travaux manuels, fumaient dans les chiottes et restaient toujours dans leur coin.

Elle se baissa et ramassa un livre bleu tout mince.

— Voilà notre annuaire. N'oubliez pas de me le rendre.

Il le prit et l'ouvrit à la section des terminales. Il trouva rapidement la photo de Lacey. Il avait le visage émacié et triste, ses yeux délavés lui donnant un drôle de regard qui mettait déjà mal à l'aise. Il ressemblait à un animal sauvage, chat errant ou furet. Rien n'était inscrit sous son nom en dehors de *club audiovisuel.* Les rédacteurs de l'annuaire avaient utilisé des titres de chansons populaires pour faire des prédictions sur l'avenir de chacun et dans un accès de méchanceté, un petit malin avait associé à Lacey la chanson de Chuck Berry intitulée : *No Particular Place to Go*[1].

— Duane voulait aller à l'université, dit Bjork.

1. Nulle part où aller.

— À l'université ? s'étonna-t-il.

— Oui. Il s'est présenté à l'IUT, mais n'a pas été pris. Deux mois après, il a été arrêté en train de faire du rodéo dans une voiture volée avec des gamins plus âgés que lui. Le juge lui a dit de se secouer s'il ne voulait pas finir en prison. Il lui a conseillé de s'engager dans l'armée.

— Il a un casier de délinquant mineur ?

— Oui, mais c'est confidentiel.

Il acquiesça d'un signe de tête.

— Les juges pensent que quand les parents n'arrivent pas à garder un gosse dans le droit chemin, l'armée peut s'en charger.

— Tout ce que je sais, c'est que pour une fois, on était ravis qu'il pose un problème à d'autres que nous, dit-elle en prenant une rue transversale. Il a été absent par intermittence pendant huit ans. Et puis un jour, je l'ai vu en ville, devant la pharmacie Rexall. Il avait été rendu à la vie civile, mais il portait toujours l'uniforme, les rangers, tout le toutim. Il était en treillis et ne s'était pas fait couper les cheveux depuis des mois.

— Beaucoup d'anciens combattants étaient passablement excités, dit Louis en se souvenant des propos de Cloverdale.

Elle hocha la tête.

— C'était plus que ça. Duane avait toujours été bizarre, mais en revenant, il donnait carrément la chair de poule. Il répétait sans arrêt à quel point tout le monde se faisait avoir par le gouvernement. (Bjork lui jeta un coup d'œil.) Non, parce que par ici, beaucoup de gens ressentent la même chose, que leurs libertés sont de plus en plus restreintes et ils veulent que les autorités leur fichent la paix. (Elle hocha de nouveau la tête.) Mais Duane, lui, semblait en faire une affaire personnelle. Je me souviens qu'un jour, il est entré dans le bureau de poste, a déchiré son permis de conduire et sa carte de sécurité sociale et les a jetés au visage de la malheureuse employée qui se trouvait derrière son bureau.

— A-t-il déjà été impliqué dans une quelconque organisation antigouvernementale ?

— Il est devenu membre de la Michigan Militia[1]. Mais on les surveille de près et ils sont plutôt inoffensifs. Ils prennent leur pick-up, se soûlent à la bière et passent leur temps à râler. Mais le lendemain matin, ils retournent travailler avec la gueule de bois et ça s'arrête là.

— Et Lacey ?

Elle haussa les épaules.

— Pour lui, ça manquait d'action. Il a laissé tomber au bout de six mois. (Elle ralentit.) Nous y sommes.

Il jeta un coup d'œil. C'était une maison étroite de deux étages couverte de bardeaux gris, semblable à toutes les autres. Il y avait des pots de fleurs en bois fendus sur les rebords des petites fenêtres de devant, avec des vrilles de plantes mortes serpentant dans la neige. En descendant de la Jeep, Louis regarda le côté de la maison. Pas de pick-up rouge en vue.

— On a envoyé quelqu'un ce matin quand on a entendu l'avis de recherche, mais Lacey n'était pas là, dit-elle en descendant de la Jeep. Depuis, Dennis s'y trouve et ouvre l'œil. Lacey ne s'est pas montré.

En refermant sa portière, Louis aperçut une Jeep garée un peu plus loin dans la rue enneigée.

Bjork se dirigea tant bien que mal vers la véranda en s'enfonçant dans la neige jusqu'aux genoux, et frappa fort à la porte.

— Vous avez parlé à sa mère ? demanda Louis en la rejoignant.

— En général, elle a du vent dans les voiles. Peut-être aurons-nous plus de chance à cette heure de la journée.

Elle tambourina de nouveau à la porte et le mince rideau de la petite fenêtre s'écarta légèrement.

— Tout va bien, madame Cronk, ce n'est que moi, lança Bjork.

1. Importante organisation paramilitaire créée pour défendre les droits du citoyen sous l'administration Clinton.

La porte s'entrouvrit en grinçant et un unique œil clair bardé de peau flétrie les regarda furtivement.

— Encore les flics ?

Bjork ouvrit la porte coupe-vent et poussa délicatement la porte en bois. Millie Cronk recula et les laissa entrer.

La maison était aussi sombre qu'une caverne et sentait l'alcool et le tabac froid. De la poussière et de la fumée étaient en suspension dans un rai de lumière jaune passant à travers un store déchiré.

Millie était petite, silhouette voûtée indistincte recroquevillée près de la première marche d'un long escalier raide et dont le haut disparaissait dans l'obscurité. Bjork tendit le bras devant Louis et appuya sur un interrupteur. Un plafonnier de faible intensité éclaira l'entrée. Millie recula comme une taupe pas habituée à la lumière du soleil.

— Vous n'avez pas bu aujourd'hui, Millie ? demanda Bjork. J'ai besoin de vous parler de Duane.

Millie eut une moue de mépris et se dirigea vers le salon en traînant les pieds et en faisant courir sa main le long du mur. Ils la suivirent, Bjork remontant le store déchiré qui inonda la pièce de soleil.

Louis jeta un coup d'œil alentour. Les tables étaient de vieux trucs en acajou qui possédaient presque un certain cachet, mises à part les marques de verres et la poussière qui les recouvraient. Le canapé de Millie était, quoi… vert peut-être ? Il disparaissait sous des plaids élimés et des « napperons » jaunes de taches de nicotine.

Louis concentra son attention sur Millie. Elle s'était écroulée sur le canapé, les mains jointes entre les cuisses. Un peignoir de coton, imprimé de grossières marguerites, lui tombait sur les genoux. Elle portait des chaussettes jusqu'aux mollets et des chaussons roses crasseux à museaux de cochon munis d'yeux en plastique.

Elle passa ses doigts tremblants dans ses cheveux décolorés. Elle leva la tête, son regard glissant sur le visage de Louis.

— Qui est-ce ? demanda-t-elle.

— Il est d'en bas, Millie. Il cherche Duane.

— Qu'est-ce qu'il a encore fait ? demanda-t-elle d'une voix rauque marquée par des années de tabac et d'alcool.

— L'agent Kincaid pense que Duane a pu créer certains problèmes et souhaiterait juste vous poser quelques questions, vous comprenez ?

Millie se ratissa les cheveux.

— J'aime pas les flics. Je les ai jamais aimés.

— Millie..., dit Bjork.

— Pourquoi vous pouvez pas lui ficher la paix ? Pourquoi toujours lui chercher des ennuis ?

Louis se crispa involontairement et dut se rappeler qu'il s'agissait de la mère de Lacey. Elle était en droit de le croire inoffensif.

— Madame Lacey..., commença-t-il.

— Cronk ! le corrigea Millie en postillonnant. Ça fait des années que je ne suis plus une Lacey.

— Excusez-moi. Nous avons besoin de retrouver votre fils. Si nous parvenons à le localiser tranquillement, il ne sera fait de mal à personne.

— Tranquillement, hein ? dit Millie d'un air méprisant.

Elle se retourna et prit un paquet de Pall Mall au bout de la table. Une boîte d'allumettes tomba par terre, Bjork la ramassa. Y jeta un coup d'œil et la passa à Louis. Dessus était portée la mention : Jo-Jo's, Loon Lake, Michigan.

— Pouvez-vous nous dire quand Duane s'est trouvé ici pour la dernière fois ? demanda Bjork.

Millie tira sur sa cigarette, sa peau grise remontant le long de ses hautes pommettes.

— Mardi ou mercredi dernier, dit-elle en soufflant la fumée. C'était... non, attendez... environ une semaine avant Noël. Il est rentré à la maison à peu près le premier du mois et il est resté jusqu'à... Bon Dieu, je sais plus. Je confonds les jours.

— Il est parti aux environs du 1er décembre ? demanda Louis.

— Oui, à peu près.

— Où est-il allé ?

— Vous le savez pas ?

Louis la regarda avec attention. Elle avait les mêmes yeux étranges que Lacey, sauf que les siens étaient attaqués par la cataracte, plus laiteux que délavés.

— Vous savez, il me dit pas grand-chose, poursuivit-elle. Il n'a pas été là quelques jours. Quand il est revenu, il s'est mis à boire et à parler de choses sans queue ni tête.

— Qu'est-ce qu'il a dit ? demanda Louis en faisant un pas en avant.

Millie regarda autour d'elle. Bjork l'observa, puis se rendit dans la petite cuisine et revint avec une bouteille de gin Beefeater's. Elle la posa lourdement sur la table basse. Millie s'en empara et en dévissa la capsule. Elle regarda Bjork.

— Quoi ? Vous pensez que j'ai pas la classe ?

Louis repéra un verre sur la table et se pencha pour prendre la bouteille des mains de Millie. Il lui remplit le verre à moitié et le lui tendit.

Millie leva la tête vers lui.

— Aucun Noir n'était jamais rentré chez moi.

Louis jeta un coup d'œil à Bjork, qui roula les yeux au ciel.

— Madame Cronk, est-ce que votre fils a dit quelque chose en revenant de voyage ? répéta Louis.

— Il a parlé de choses qui tournaient pas rond. Il a dit que tout avait foiré. Tout avait foiré.

Louis fronça les sourcils.

— A-t-il dit autre chose ? A-t-il mentionné un nom ?

— Non, non, juste qu'il fallait qu'il ait les idées claires, répondit-elle en ricanant. Comme s'il en était capable ! Ça va plus dans sa tête depuis… depuis, merde, qui sait depuis quand.

— A-t-il emporté quelque chose avec lui en partant ? demanda Louis.

Millie ferma les yeux.

— Madame Cronk ? répéta Louis en haussant le ton.

— Quoi ?

— Est-ce que votre fils a emporté quelque chose avec lui en partant d'ici ?

Elle haussa les épaules.

— Des vêtements et de la nourriture. Il a vidé la cuisine, il a embarqué les conserves de bœuf et de pâtes. Et aussi mon pick-up, ajouta-t-elle en tirant frénétiquement sur sa cigarette, apparemment furieuse pour le pick-up.

— Autre chose ? insista Louis.

— Ses armes. Et ses raquettes. Me rappelle qu'il est descendu les chercher au sous-sol.

Louis jeta un coup d'œil à Bjork avant de regarder à nouveau Millie.

— Madame Cronk, peut-on voir la chambre de Duane ? demanda-t-il.

— Il vous faut un mandat pour ça, hein ?

Bjork sortit un papier de sa poche.

— Il est là, Millie.

— Bon, mais alors foutez pas le bordel, hein ? dit Millie en se laissant aller en arrière dans le canapé.

Bjork précéda Louis dans l'escalier lugubre et ouvrit au passage plusieurs portes le long de l'étroit couloir. Il n'y avait que deux chambres et une minuscule salle de bains crasseuse. Bjork s'écarta afin de laisser Louis entrer dans la chambre de Lacey.

Il s'arrêta sur le pas de la porte. C'était une petite pièce qui empestait le linge sale et le tabac. Le papier peint était d'un jaune pisseux imprimé de ce qui semblait être des fleurs, mais était en fait des petits personnages de cow-boys et de chevaux en train de ruer. Le mobilier paraissait de trop petite taille : un étroit lit d'une place avec une minuscule table de nuit, un petit bureau et une vieille commode à quatre tiroirs sur le devant de laquelle était gravé bien en vue DUANE. C'était du mobilier d'enfant, une chambre de petit garçon. Avant d'y regarder de plus près.

Louis passa de la couverture de l'armée tendue sur le lit à une photo encadrée accrochée au-dessus du bureau. Celle de trois soldats torse nu.

Il s'approcha du bureau. Il était couvert de cochonneries — papiers, quelques livres, canettes de bière, un cendrier plein à ras bord et plusieurs numéros de *Soldier of Fortune.* Louis examina soigneusement les papiers.

Il y avait des brochures de foires aux armes, dont un prospectus appelant à *se munir de la sienne avant qu'il ne soit trop tard.* Il y avait aussi une pub pour des AK-47 complets, *Cartes Visa ou MasterCard acceptées,* et une autre pour des gilets pare-balles et des fusils à visée nocturne. Un prospectus proposait des containers souterrains pour dissimuler des armes ainsi que de la nourriture en vue du « Nouvel Ordre Mondial. »

Louis porta son attention sur la petite pile de bouquins. Il y avait là un livre de poche intitulé *Comment se créer une nouvelle identité* et un guide des dagues du Troisième Reich. Et un manuel mal relié pour la fabrication détaillée de bombes artisanales. Louis prit le dernier volume intitulé *Les Carnets de Turner* et écrit par un certain William Pierce. Il sentit son estomac se nouer. Il en avait déjà entendu parler. C'était un roman d'anticipation se passant dans les années 90 et traitant d'une guerre raciale aux États-Unis. Le héros, Earl Turner, commandait un groupe de soldats aryens qui appliquaient leur justice en lynchant ou en tuant Juifs, Noirs, journalistes, politiciens, féministes et partisans des mariages mixtes.

— Qu'est-ce que c'est que ça ? demanda Bjork en s'approchant dans son dos.

— Sa bible, marmonna Louis en jetant le livre sur le bureau.

Il jeta un nouveau coup d'œil à la photo des GI's et reconnut aussitôt Lacey. Il la décrocha du mur. Ressentit un soudain étourdissement dans cette chambre confinée, se dirigea lentement vers le lit et s'y s'assit.

— Ça va ? demanda Bjork.

Il leva la tête. Elle se tenait près de l'armoire. Il fit oui de la tête et contempla la photo. Tout était calme, en dehors du grincement des cintres que Bjork faisait glisser le long de la barre métallique en fouillant dans les vêtements de Lacey.

Louis regarda la petite table de nuit. Il tendit le bras et en ouvrit l'unique tiroir. Fouillis de papiers, apparemment rien d'important. Il sortit une feuille d'imprimante d'une boutique Radio Shack[1] de Houghton. C'était une fiche d'instructions pour programmer quelque chose, suivies par une liste de numéros.

Son regard se posa sur le plateau éraflé de la table de nuit. Il était recouvert d'une épaisse couche de poussière, à l'exception d'une petite surface d'environ cinq centimètres sur huit. Louis l'examina plusieurs secondes, puis il regarda de nouveau le papier de Radio Shack qu'il tenait à la main. L'endroit sur la table de nuit était exactement de la taille d'un scanner portatif de radio sur piles. La sortie d'imprimante, se rendit-il compte, donnait la liste des fréquences du comté d'Oscoda.

— Louis, regardez ça.

Bjork alla vers le lit et lui tendit une enveloppe. Elle était adressée à Lacey en prison et rédigée d'une écriture enfantine. Louis sortit la lettre. Elle était de Cole, datée du 5 décembre, et provenait du centre de détention pour mineurs délinquants.

> *Cher papa,*
>
> *J'ai tout vu à la télé! Je suis fier de toi. Je suis très impatient que tu viennes me voir dimanche. C'était génial. Tout le monde ici parlait de comment ce flic nègre s'est fait buter. Je parie que cet enfoiré de Gibralter doit être furieux. Et avoir la trouille. Pas vrai? Tu dois te sentir super bien maintenant.*

Louis lui tendit la lettre. Elle la lut en vitesse.

— Salopard, murmura-t-elle en s'éloignant.

Louis sentit un nœud à l'estomac. Il savait au moment de partir pour Dollar Bay que Lacey était le tueur. Mais se retrouver là, dans sa chambre, à respirer le même air que lui changeait les choses. Ça les rendait réelles, plus réelles encore que le jour où il s'était trouvé dans le bar. Il glissa la lettre dans sa poche en même temps que le papier de Radio Shack.

1. Chaîne de magasins de produits et composants électroniques.

— Alors, quel va être votre périmètre de recherches ?

Il regarda Bjork. Elle était appuyée contre l'encadrement de la porte, les bras croisés sur la poitrine.

— Quoi ?

— Où est-ce que vous allez le chercher ?

— Je ne sais pas exactement.

Il regarda ailleurs – il n'aimait pas la question qu'il voyait dans ses yeux, à savoir : « Pourquoi n'êtes-vous pas là-bas en train de le chercher ? »

— Je parie qu'il se cache quelque part dans les bois, dit-elle en poussant la porte.

— Il y gèlerait.

Bjork hocha la tête.

— Lacey a vécu dehors toute sa vie. Quand il était gosse, il s'était construit une cabane dans les bois. Il s'y réfugiait lorsque Millie piquait une crise après une de ses beuveries.

— Vous y êtes allée ?

— Aussitôt. Aucune trace de lui.

Louis se leva doucement du lit. Il jeta un rapide coup d'œil dans la pièce, sans trop savoir où aller ensuite.

— Je ne pige pas, dit-il doucement.

— Quoi donc ?

— Comment ses gosses se sont retrouvés à Loon Lake. Lacey n'y a jamais vécu.

— Mais sa femme oui. Elle était de là-bas. (Elle fronça les sourcils.) Zut, j'arrive pas à me rappeler son nom…

— Mais Lacey, lui, n'y a jamais vécu ? insista Louis.

Elle hocha la tête.

— Non, mais quand sa femme a fini par en avoir marre et l'a fait jeter en prison pour coups et blessures, elle est retournée s'installer là-bas. C'était début 77, je crois. Et lorsque Duane a fini de purger sa peine, elle en est partie pour de bon.

— Vous avez une idée de l'endroit où elle peut se trouver maintenant ?

Elle fit non de la tête.

— J'ai envoyé mes hommes à sa recherche, mais elle reste introuvable.

— Vous pensez qu'elle peut revenir ?

— Vous feriez ça, vous ? (Bjork marqua un temps d'arrêt.) Ça me fait de la peine pour Cole. Ma fille était en classe avec lui.

Il poussa un soupir moqueur.

— Ah oui, Cole est un jeune homme comme il faut. Fier comme tout de son père d'avoir buté un flic nègre.

Il referma brutalement le tiroir de la table de nuit.

Bjork garda le silence. Elle se retourna et se dirigea vers la fenêtre.

— J'étais présente la première fois qu'on est montés pour la plainte en maltraitance, dit-elle. J'étais débutante.

Il se retourna vers elle. Elle regardait par la fenêtre.

— Cole n'avait que cinq ans, poursuivit-elle. Il avait tout un tas de petits ronds rouges dans le dos. Il pleurait et je me rappelle m'être dit qu'il devait s'agir de la varicelle. Ça s'est avéré être des brûlures de cigarette. Duane le brûlait parce qu'il mouillait son lit. (Louis attendit, ne sachant trop quoi dire.) Le toubib a dit qu'il pensait qu'en plus, Cole avait été sodomisé. Probablement avec un manche à balai. Mais Cole a refusé de nous le dire. Le médecin n'a pas pu le jurer sous serment au procès et nous n'en avons pas eu la preuve. Les services sociaux ont refusé d'intervenir. Cole a été rendu à son père après six mois de procédure.

Louis poussa un soupir. Puis le calme régna un bon moment dans la pièce.

— Helen, dit enfin Bjork. C'était comme ça qu'elle s'appelait. Sa mère… Helen.

Elle se retourna. Il s'attendait à la voir pleurer. Elle avait les yeux secs et sa bouche se réduisait à un trait.

— Fichons le camp d'ici, dit-elle.

Il descendit l'escalier à sa suite. Elle franchit rapidement la porte sans adresser un mot à Millie, mais Louis marqua un temps d'arrêt dans le salon et se demanda s'il n'avait pas d'autre question à poser à la vieille femme.

Elle avait redescendu le store et allumé la télévision. Avachie sur le canapé et éclairée par la terne lueur ambrée derrière elle, elle tirait des bouffées de sa Pall Mall. Elle avait les cheveux hérissés sur la tête et le visage dans l'ombre.

— Madame Cronk, dit-il, merci de votre coopération.

Millie détourna son attention de *The Newlyweed Game*[1] et, tête de méduse et nuage de fumée, regarda Louis de ses yeux laiteux.

— Si vous voyez Duane, demandez-lui de m'appeler, dit-elle.

Il la regarda.

Elle tira longuement sur sa cigarette et plissa les yeux pour tenter de voir la télévision malgré la fumée.

— Parlez-lui, et dites-lui que je veux qu'il me ramène mon pick-up, vous m'entendez ?

— Je lui dirai.

— Sale gosse, marmonna-t-elle.

Elle se détourna et appuya sur le volume de la télécommande, emplissant la pièce fétide de rires préenregistrés. Louis sortit à reculons et referma la porte derrière lui.

1. Jeu télévisé au cours duquel de jeunes couples mariés répondaient à des questions pour savoir qui de l'homme ou de la femme connaissait le mieux l'autre.

CHAPITRE 21

Il mit ses lunettes, croisa ses jambes sur le lit et ouvrit le dossier d'identification de Lacey. Il faisait plusieurs centimètres d'épaisseur. Les services de Bjork avaient fait le travail à fond.

La photo d'identité judiciaire de Lacey était au-dessus. Louis l'examina sans y toucher. Finalement, il la mit de côté et s'intéressa au très long compte rendu général.

Lacey était né le 1er mars 1940 à Houghton, Michigan. Il avait obtenu son diplôme de fin d'études secondaires au lycée du comté en 1959 après avoir redoublé une petite classe. Il avait été arrêté en juillet 1959 pour s'être livré à un rodéo automobile et pour délit de fuite au nez et à la barbe d'un policier. Le juge avait recommandé le service militaire. Lacey avait rejoint les forces armées le 5 août 1959.

Louis fit une pause et s'essuya le front. La chambre d'hôtel était surchauffée et confinée. Il jeta un coup d'œil au radiateur, un long engin métallique disposé sous la fenêtre et qui semblait disposer de deux uniques réglages possibles : très chaud et étouffant. Il se leva du lit et alla entrouvrir la fenêtre. Un courant d'air froid entra dans la chambre. Il passa le bras sur le rebord de la fenêtre enneigée et défit une canette de Dr Pepper du pack de six qu'il y avait posé plus tôt.

Il retourna sur le lit, but une longue gorgée, puis il prit le livret militaire de Lacey.

Après ses classes, Lacey avait passé deux ans dans l'armée sans incident et était rentré chez lui à Dollar Bay en 1962, juste assez longtemps pour y épouser Helen Scully et concevoir Johnny et Angela. Il s'était réengagé avant leur naissance, Helen et les jumeaux s'installant chez Millie.

En 1964, Lacey avait été envoyé au Vietnam où il avait été affecté à quelque chose connu sous le seul nom de LRRP. Il avait reçu une médaille spéciale pour habileté au tir et avait rempilé.

Lacey avait obtenu le grade E5 de sergent de première classe. Mais lorsqu'il avait quitté l'armée, il avait été rétrogradé au grade de caporal E4. Louis éplucha le reste des informations, mais rien n'expliquait ce fait, en dehors d'une note indiquant que Lacey avait fait l'objet de l'article 15 et d'une démobilisation totale en 1967.

Louis posa le Dr Pepper à côté de lui. Totale ? Il se dit qu'il n'y avait que deux façons de quitter l'armée. Avec les honneurs, ou pour conduite déshonorante. Il se gratta nerveusement le menton. Il n'y connaissait rien en matière militaire et ne voyait pas trop à qui s'adresser. Phillip…

Il prit le téléphone et composa son numéro. Phillip Lawrence décrocha après seulement deux sonneries.

— Bonjour Phillip, c'est moi, commença Louis. Je suis content de te trouver.

— Je suis rentré tôt. (Phillip fit une pause.) Alors, de quoi as-tu besoin ?

— Qu'est-ce qui te fait croire que j'ai besoin de quelque chose ?

— Une visite et un appel dans la même semaine ? dit Phillip en riant. Ça n'est pas vraiment dans tes habitudes.

— D'accord, d'accord, arrête tes sarcasmes, dit Louis en riant doucement. J'appellerai plus souvent, je te le promets.

— Je dis ça pour t'embêter. Comment vas-tu ?

Louis mit l'appareil à son autre oreille et regarda sa main bandée.

— Bien. Juste un peu enrhumé, je crois.

— Je dirai rien à Fran.

— Merci.

Louis ferma les yeux. Pendant une seconde, il envisagea de dire la vérité à Phillip Lawrence, qu'il buvait trop, écrasait son poing sur des troncs d'arbre, trouvait des serviettes périodiques dans son casier et faisait un bond chaque fois qu'il entendait craquer une branche. Mais il ne pouvait pas. Et Phillip Lawrence savait qu'il ne pouvait pas.

— Écoute, Phillip, je me demandais si je pourrais faire appel à tes lumières, dit-il rapidement.

— Tu me demandes de t'aider ? Voilà qui est nouveau.

— Ça concerne mon affaire. Tu te souviens que je t'avais suggéré que mon suspect était peut-être dans l'armée ? Eh bien, il s'avère que j'avais raison. J'ai son livret militaire et certaines choses ne sont pas logiques.

— Je t'aiderai dans la mesure du possible, Louis.

Louis prit la première page.

— Que veut dire l'abréviation LRRP ?

— Ça signifie *Long Range Reconnaissance Patrol.* On les appelait les *Lurps*. Ton gars a fait le Vietnam ?

— Oui.

— Les *Lurps* étaient des types déposés par hélicoptère derrière les lignes ennemies pour aller en reconnaissance, pas pour tuer. Ils y restaient généralement une semaine ou dix jours avant d'être récupérés. Des flingués de la testostérone.

— Dur pour les nerfs, hein ?

— Fallait être à moitié dingue pour être un Lurp. Et ceux qui s'en sortaient vivants le devenaient complètement.

Louis prenait des notes en marge du rapport.

— Ce type était devenu sergent, mais au moment de quitter l'armée, il n'était plus que caporal.

— Au moment de sa démobilisation, c'est ça ?

— Comment tu le sais ?

— On ne peut pas être promu caporal, on ne peut être que rétrogradé, dit Phillip. Il a probablement fait quelque chose qui a déplu à un supérieur.

— Il est tombé sous le coup de l'article 15.

— C'est une sanction ne relevant pas de la cour martiale. Probablement un refus d'obéissance. J'ai connu un type comme ça en Corée. C'était un bon soldat, mais il était devenu peu loquace – alors qu'il était sur le point d'être libéré – et un jour, on a reçu l'ordre de se rendre dans un village. Et le type a refusé. Il a posé son fusil et a refusé.

Louis hocha lentement la tête.

— Mais ce type, lui, avait l'air de filer droit, dit-il. Il était devenu sergent, avait reçu des citations…

— L'armée change les hommes, Louis, lui renvoya Phillip. Souvent pour le meilleur, mais parfois pour le pire. Certains finissent par craquer. Mon commandant les appelait les carafes fêlées. Ils vont bien, à l'exception d'une petite fissure qui ne se voit pas. On continue à s'en servir, on les remplit normalement d'eau, et tout se passe bien. Et puis un jour, sans prévenir, la rupture a lieu. (Il marqua une pause.) Tu es toujours là ?

— Oui, oui, je suis là.

— Louis, est-ce que tu es sûr que tu te sens bien là-bas ?

Louis s'appuya sur la table de nuit.

— Tout va bien.

Il y eut un instant de silence.

— Louis ?

— Il faut que j'y aille, Phillip.

— Louis… sois prudent.

— D'accord.

Il raccrocha et resta assis un moment sans bouger. Puis il enleva ses lunettes et se frotta l'arête du nez. Une carafe fêlée.

Les pubs dans la chambre de Lacey lui revinrent soudain à l'esprit. Les lunettes à infrarouge. Les fusils à longue portée. Lacey était-il passé du fusil d'assaut à un armement plus sophistiqué ? Sa période où il approchait ses victimes pour les tuer en face à face était-elle révolue ?

Il sentit un filet de sueur lui couler le long du dos. Il se leva, attrapa une de ses chaussures et s'approcha du radiateur. Tapa à plusieurs reprises sur le bouton de réglage. Le chauffage répondit par un sifflement et un souffle d'air chaud. Louis retourna sur le lit et se replongea dans le passé de Lacey.

Après son retour à la vie civile, Lacey était rentré à Dollar Bay. Cole était né un an plus tard. À cet endroit, Bjork avait inséré une note personnelle : Lacey n'avait pas réussi à trouver du travail et était retourné chez sa mère, Millie. Louis repensa à la sordide petite maison de trois pièces à Dollar Bay. Bon Dieu, trois adultes et trois gosses les uns sur les autres dans ce dépotoir ? Qui ne serait pas devenu dingue ?

Il poursuivit sa lecture, de plus en plus déprimé. Une fois rentré à Dollar Bay, Lacey avait poursuivi sa carrière de délinquant. Arrestation à la suite d'une bagarre dans un bar d'Houghton ; arrestation pour avoir vandalisé le bureau d'un fonctionnaire de l'administration des anciens combattants. Deux ans plus tard, il avait agressé un médecin dans un hôpital militaire de Marquette. Il avait fait trois jours de prison jusqu'à ce que les charges pesant contre lui soient abandonnées par le procureur local ; le juge avait ordonné qu'il soit mis sous lithium.

Louis jeta un rapide coup d'œil à la photo d'identité judiciaire de Lacey. Ses yeux lui renvoyèrent son regard avec l'éclat morne de billes de roulement. Louis poursuivit sa lecture.

Ça y était : premier compte rendu de violence domestique. Veillée de Noël 1970. En état d'ébriété, Lacey avait jeté dehors dans la neige tous les cadeaux de Noël et giflé Helen avant de perdre connaissance sur le trottoir. Bjork était l'officier de police de garde. En juin 1972, Lacey avait envoyé Helen à l'hôpital avec une mâchoire défoncée et deux côtes cassées. Enfin, elle l'avait expédié en prison. Il y était resté soixante jours.

Un an plus tard, il avait été arrêté à nouveau, cette fois pour maltraitance sur enfant. Louis examina le Polaroid attaché au rapport. C'était un gros plan des frêles épaules de Cole avec six petites marques rouges. Les brûlures de cigarette. Louis remit la photo en place dans le dossier. Il lut un bref résumé de l'inculpation non corroborée de sévices sexuels. Ainsi que l'avait dit Bjork, les services sociaux avaient soustrait Cole Lacey à la garde de ses parents, mais il était retourné chez lui six mois plus tard.

Jusque-là, Lacey s'était contenté de tabasser femme et enfants. Qu'est-ce qui avait fini par faire de lui un meurtrier ? Qu'est-ce qui avait fini par causer la rupture de la carafe ?

Louis réexamina son casier judiciaire et arriva enfin à février 1977, et à l'agression qui avait abouti à sa peine de prison.

Il avait dit qu'il s'agissait d'une bagarre de bar au cours de laquelle il n'avait fait que sortir un couteau. Il l'avait effectivement sorti, mais l'avait aussi enfoncé à cinq reprises dans l'abdomen d'un vieil homme. Il avait alors été condamné à passer entre douze et quinze ans à la prison d'État de Marquette. Bjork avait joint un bref compte rendu du comportement carcéral de Lacey. Il était étonnamment quelconque.

Louis vida le Dr Pepper et s'adossa à la tête du lit. Lacey n'était pas resté inactif en prison, loin de là. Il avait, d'une manière ou d'une autre, appris la descente de police. Peut-être Cole le lui avait-il dit, peut-être sa mère. Mais Lacey avait su que son fils et sa fille avaient été tués par les flics de Loon Lake. Et pendant deux ans, il était resté assis dans sa cellule, sans rien faire d'autre qu'attendre et préparer sa vengeance.

Louis referma le dossier. Il avait l'estomac noué, tout comme dans la chambre de Lacey, mais avec en plus une légère nausée qui le gagnait. Maintenant il le connaissait. Et Lacey les connaissait. Lacey savait qui il avait l'intention de tuer, savait où ils habitaient, quand ils étaient en service, – il connaissait même leurs numéros de téléphone. Tout ce qu'il avait à faire était de choisir le bon moment.

Louis se glissa hors du lit, gagna la fenêtre et l'ouvrit en grand. Des bruits de rire attirèrent son attention dans la rue. Sa chambre donnait sur le centre-ville de Houghton. Des congères de deux mètres cinquante s'étaient amoncelées le long de Main Street et la neige continuait de tomber. Mais l'activité de la ville ne faiblissait pas, principalement, lui sembla-t-il, en ce qui concernait les étudiants. Il observa un couple qui se promenait sous ses fenêtres. Le rire de la fille lui parvint à nouveau. Ils s'arrêtèrent le temps d'échanger un baiser.

Il retourna vers le lit et y examina les dossiers éparpillés sur le couvre-lit aux couleurs passées. Il avait besoin de sortir.

***

La King's Tavern était calme, à l'exception du juke-box installé au fond qui jouait *All My Ex's Live in Texas*. Un trio d'étudiantes était assis au bar, collées les unes aux autres, secouées de petits rires nerveux. Il se glissa sur un tabouret et posa son manteau sur le tabouret voisin.

Il commanda une Heineken et quand elle arriva, il ignora le verre et la but au goulot. La bière lui dégoulina sur le menton. Il se mit à chercher une serviette en papier sur le bar, mais en vit une apparaître sous son nez.

Louis se tourna vers Bjork debout à côté de lui. Il prit la serviette et s'essuya le menton.

— Merci, dit-il.

— J'étais assise dans le fond et je vous ai vu entrer.

Elle n'était pas en tenue. Elle portait un jean et un gros pull beige.

— Vous m'accompagnez ? lui demanda-t-il.

— Vous m'invitez ?

— Bien sûr.

Il récupéra son manteau et le posa sur ses genoux, Bjork se glissa sur le tabouret. Elle avait un air différent, plus doux. Sa tresse avait disparu et ses cheveux roux défaits et ondulés lui tombaient dans le dos. Elle les releva et les coinça derrière ses oreilles, qu'elle dégagea, laissant apparaître des boucles d'oreilles en or qui scintillèrent à la lueur des néons du bar. Il mit un moment à se rendre compte qu'il s'agissait de minuscules menottes.

Bjork remarqua qu'il les regardait.

— Un cadeau de mon ex, dit-elle.

— Un flic, lui aussi ?

Elle fit non de la tête.

— Ouvrier charpentier.

Il hésita, se demandant s'il pouvait se permettre des questions personnelles. Il n'y avait eu qu'une femme à l'académie de police et il n'avait jamais travaillé avec aucune.

— Que pensait-il du fait que vous soyez flic ? demanda-t-il.

Il ne savait pas trop ce qui l'avait amené à lui poser la question. Peut-être le fait que quelque chose dans l'expérience de Bjork pouvait lui donner des indices concernant Zoe.

— Il n'en raffolait pas. Je pense que c'est ce qui a fini par le décider à me quitter. (Elle se mit à tripoter ses boucles d'oreilles en souriant.) Il m'avait offert ça pour un Noël. C'était une allusion après qu'une chemise de nuit noire n'avait rien donné. (Elle fit signe au barman.) Ed n'était pas la personne la plus subtile qu'on puisse imaginer.

Il l'observa, des questions plein la tête. Il détourna les yeux, termina sa bière et la déposa au milieu des bouteilles devant lui. Une autre fit son apparition, en même temps que la Stroh's commandée par Bjork. Qui porta un toast.

— À l'arrestation de ce fils de pute.

Louis trinqua et but une gorgée.

— Vous avez fini de lire le dossier ?

— Presque. J'ai eu faim.

— Il me semble que vous êtes plutôt en train de boire votre dîner.

Il sourit pour masquer son léger embarras.

— Les risques du métier.

Elle laissa courir.

— Vous voulez me soumettre quelques idées ? lui demanda-t-elle.

— À quel propos ?

Son visage devint grave.

— À propos de deux flics morts. Je pourrais peut-être vous être utile.

Il hésita, puis il regarda autour de lui. Il y avait un box disponible, il ramassa sa bière et lui fit signe de le suivre. Il se glissa d'un côté, elle s'assit en face de lui. Ni l'un ni l'autre ne prononça un seul mot pendant plusieurs longues secondes. Le juke-box se mit à jouer *Summit Ridge Drive* d'Artie Shaw.

— Bon, dites-moi comment ils sont morts, lança-t-elle.

— Tous les deux par surprise, d'un coup de fusil en pleine poitrine, tous les deux en dehors de leurs heures de service.

— Une belle petite ordure, hein ?

Il fit oui de la tête.

— L'un était une cible facile, un vieux barbon retraité qui buvait trop. Il était en train de pêcher à 6 heures du matin. L'autre était encore en activité, jeune, alerte et expérimenté. Il est allé jusqu'à sa porte d'entrée avec son arme de service. Lacey était dans la véranda et a tiré à travers la porte.

— Mon Dieu !

— Il devient macabre. Il laisse des cartes.

— Quel genre ?

— Un truc militaire, des cartes de mort. Quelque chose qui est censé dire : « Je suis passé par là. »

Il attira l'attention du barman et lui indiqua d'un signe de la main de leur remettre ça.

— Kincaid, qu'est-ce qu'il cherche exactement ? demanda-t-elle.

— Que voulez-vous dire ?

— Je veux dire… pourquoi s'en prend-il à vos flics ?

Il hésita.

— Vengeance. Deux de ses gamins, des adolescents, ont été tués par nous pendant une opération au cours de laquelle ils s'étaient réfugiés dans une maison, il y a de cela cinq ans. Ils ont tiré sur les flics et refusé de se rendre. La fille a mis en joue un des policiers.

Elle but une gorgée de bière et réfléchit à ce qu'il venait de dire.

— Et Cole ?

— Il est enfermé à Red Oak jusqu'à ses vingt et un ans.

— Lourde sentence pour un gamin.

— Il a sorti une arme quand ils l'ont arrêté.

Elle hocha la tête.

— Excusez ma franchise, mais compte tenu de ce que vous venez de me dire, pourquoi avoir mis autant de temps pour considérer Lacey comme un suspect ?

Il ne fut pas mécontent qu'il fasse aussi sombre ; elle ne pouvait voir son embarras. Mais pourquoi ? Parce que Jesse avait merdé ? Parce que l'administration pénitentiaire était pleine d'incompétents ? Parce que personne ne s'était donné la peine de signaler la descente de police ? Parce que Gibralter était trop obstiné pour demander une assistance extérieure ? Parce que lui-même avait laissé filer Lacey ?

Sa question resta en suspens dans l'air enfumé, en attente d'une réponse. Peut-être était-il embarrassé tout simplement parce qu'il ne savait pas quoi répondre. Bordel, peut-être était-il aussi embarrassé parce qu'il n'avait pas la moindre idée de ce qu'il fallait faire maintenant.

Il la regarda dans les yeux, remarqua de nouveau ses pattes d'oie, vit pour la première fois la profondeur de son regard. D'accord, c'était une femme. Mais c'était aussi un flic. Un flic avec des dizaines d'années d'expérience de plus que lui. Si quelqu'un était capable de comprendre pourquoi il avait laissé filer Lacey, c'était elle.

— On l'a tenu une fois, dit-il.

— Lacey ?

Il acquiesça d'un signe de tête.

— Le lendemain de Noël. On l'a arrêté alors qu'il tentait de nous échapper au moment où on entrait dans un bar.

Elle attendit la suite.

Il s'adossa à son siège. *Allez, va, dis-le.*

— Je l'ai relâché.

— Vous n'avez pas vérifié son identité ? Vous n'avez pas fait le rapprochement ?

— Je ne savais pas qui c'était. Son nom ne me disait rien. Et l'administration pénitentiaire le donnait comme étant en prison au moment des faits. Ce qui s'est avéré être une faute de frappe. (Il poussa un soupir.) Une fichue faute de frappe.

Elle l'observa.

Il regardait fixement son verre.

— C'était Noël. J'ai voulu être sympa.

— Louis, il y a une différence entre être sympa et être idiot.

— Merci, marmonna-t-il.

— Vous vous attendiez à de la compréhension de ma part ?

Il la regarda brièvement dans les yeux, puis il tourna la tête.

— Je ne sais plus à quoi je dois m'attendre.

— Comment est-il possible que personne dans votre commissariat n'ait pensé à lui, que personne ne se soit dit que cette opération avait…

— Je n'en ai aucune idée, dit-il en l'interrompant.

Il écouta la musique d'une oreille distraite et se mit à regarder fixement un tas d'initiales gravées sur le plateau de la table.

— Vous l'aurez, Louis, dit-elle.

Il leva la tête vers elle.

— Oui.

Elle hocha la tête et jeta un coup d'œil vers le bar. Son regard s'illumina et elle adressa un signe à quelqu'un qui brailla un bonjour amical à travers la salle.

Louis l'observa.

— Vous aimez cet endroit, n'est-ce pas ?

— J'adore. C'est chez moi, répondit-elle en souriant. Non parce que… j'ai un peu voyagé, j'ai même vécu dans la péninsule inférieure pendant un an. Mais je reviens toujours. Ma place est ici.

Il put presque sentir son esprit ralentir, ralentir à l'approche de cette étrange bifurcation sur sa route : un chez-lui. C'est ce qu'il avait pensé que deviendrait Loon Lake. Un endroit sûr où s'installer. Mais ce n'était pas ce que ç'avait paru être au premier abord. Rien ne l'était jamais. Loon Lake n'était pas une carte postale paradisiaque ; c'était un endroit de mort. Jesse n'était pas un coéquipier sur lequel il pouvait compter ; c'était un lâche dont le jugement était faussé par sa loyauté aveugle envers Gibralter. Quant à ce dernier… qui était-il ? Certainement pas le chef génial et parfait.

Et Zoe… qu'avait-il ressenti pour elle ? Qu'est-ce que c'était ?

— Louis ?

Il la regarda.

— À quoi pensez-vous ?

— À Loon Lake, à mon travail, à mon chef.

— Je lui ai parlé aujourd'hui. Drôle de type.

— Il vous a appelé ?

— Oui, il voulait s'assurer que vous étiez bien arrivé.

— Ça alors ! dit-il entre ses dents.

Ils demeurèrent silencieux, les rires et la musique meublant le bar tout autour d'eux.

— Qu'est-ce qu'il voulait vous dire d'autre ? demanda-t-il enfin.

Elle jouait avec le goulot de sa bouteille de Stroh's.

— Quoi d'autre ? insista Louis.

— Il m'a dit qu'il s'inquiétait parce que, je cite : « il confondrait son cul avec un trou dans le sol », fin de citation.

Il se sentir rougir, mais ne regarda pas ailleurs.

— Ça m'a tout l'air d'être un dur à cuire, fit-elle remarquer.

Elle avança le bras vers lui et lui toucha la main. Il baissa les yeux et regarda ses doigts. Ses ongles étaient coupés court et recouverts de rose écaillé. Elle portait au doigt une de ces bagues maternelles avec trois petites pierres. Il libéra sa main et se la posa sur la cuisse.

Elle se recula et le regarda. Puis elle saisit vivement sa bouteille, la vida et la reposa bruyamment.

— Bon, j'ai besoin d'une vraie bonne nuit. Et vous ? Ça va ?

— Ça va aller.

Elle se leva sans le quitter des yeux. Des yeux humides à la lueur des néons, et Louis voulut croire que c'était dû aux effets de l'alcool, et non à une quelconque sympathie de l'ancienne pour le petit nouveau. Ou pire, un truc de femme à l'égard d'un homme. Bordel, il avait commencé la soirée à se demander à quoi elle ressemblait quand elle était attachée à un lit avec des menottes et voilà qu'elle le regardait comme s'il était son gamin.

— L'officier de police Byrd tiendra à votre disposition vos éléments de preuve demain matin, dit-elle. Passez les prendre.

Il acquiesça.

Elle hésita, puis elle lui tendit la main.

— Ce fut un plaisir, agent Kincaid.

Il lui serra la main.

— Merci Bjork, dit-il doucement. Merci pour tout.

CHAPITRE 22

Aucun doute possible. Il était soûl.

En rentrant de Dollar Bay, il s'était arrêté à l'épicerie pour acheter un pack de six Heineken. Il ne lui avait fallu que deux heures pour les finir, après quoi il était passé au Christian Brothers.

À présent, il était avachi sur le canapé et regardait le feu s'éteindre dans l'âtre. Quelque chose dans son esprit embrumé lui disait de sortir pour aller chercher des bûches, mais il était trop fatigué pour bouger.

En poussant un grognement, il se tourna et ramassa la bouteille par terre. Il la souleva et la regarda en plissant les paupières. Vide. Il se leva, trébucha jusqu'à la cuisine et y ouvrit le placard. Vide. Ni à boire, ni à manger, plus de femme, et bientôt, probablement plus de boulot. Quelle semaine de merde!

En retournant vers le canapé, il prit un sweat-shirt à capuche, ouvrit brutalement la porte et se dirigea vers le lac. Il ne savait pas trop pourquoi. Peut-être pour faire un trou dans la glace et sauter. Merde alors, on ne le retrouverait qu'au printemps, à moins, évidemment, qu'il ne remonte sous les patins d'un gosse comme ça s'était produit pour Lovejoy. Ce serait bien sa chance.

Il était à mi-chemin des bords du lac lorsqu'il lui vint à l'esprit qu'il était peut-être en ce moment même dans la ligne de mire du fusil de Lacey. Au moins était-il trop soûl pour sentir la balle.

Il s'appuya lourdement contre un arbre et regarda les eaux sombres du lac d'un air ahuri. Il fallait qu'il arrête. Qu'il arrête de boire autant. Une image lui vint à l'esprit – le visage aux joues creuses et à la peau parcheminée de sa mère sur l'oreiller blanc de son lit de mort. Pour la première fois, il commençait à comprendre comment des gens peuvent boire jusqu'à en mourir. Il se passa une main tremblante sur le visage. Non, il était seulement… Quoi ? Stressé ? Sous pression. Et merde, tous les flics buvaient trop, non ? Il n'était pas comme elle. Il n'allait pas mourir comme elle, le foie rongé, seul et terrifié.

Il leva la tête. La lune dessinait un croissant doré dans le ciel noir. Il regarda le lac en plissant les yeux et tenta d'apercevoir les taches de lumière en se demandant quel chalet était celui de Zoe et en pensant à Jay Gatsby. Gatsby, cette espèce d'andouille qui restait à rêvasser en regardant le quai de Daisy.

— Kincaid ! s'exclama-t-il. Comment as-tu pu être aussi bête pour tant de choses ?

Il entendit un bruit et se retourna vivement en essayant de voir nettement le chalet. Il aperçut une voiture et se demanda comment il ne l'avait pas entendue arriver. Il poussa un soupir de soulagement en voyant Jesse qui se dirigeait vers la véranda. Sale traître.

Jesse frappa, attendit, frappa encore. Et battit en retraite vers sa voiture.

— Hé ! cria Louis.

Jesse se retourna et Louis sortit de l'ombre. Jesse se dirigea vers lui en s'enfonçant dans la neige.

— Qu'est-ce que tu fabriques dehors ? demanda-t-il.

— Je cherche des ovnis, marmonna Louis.

Jesse leva la tête en l'air et fourra ses mains dans les poches de sa parka beige. Louis le regarda du coin de l'œil. Il portait un jean et un col roulé, et le vent lui rabattait les cheveux sur le front. En civil, il avait l'air d'un adolescent.

— Qu'est-ce que tu fais là ? lui demanda Louis.

Jesse haussa les épaules.

— Je voulais juste savoir comment ça s'était passé à Dollar Bay.

Louis lui jeta un regard froid.

— Tu pourras lire mon rapport.

Jesse poussa un long soupir de vapeur blanche.

— Écoute, Louis, si je suis venu… Merde, je devais vouloir m'excuser.

— De quoi ?

— Le chef a été plutôt dur avec toi l'autre jour.

— Ah ben ça alors, merci de ton soutien, grommela Louis en repartant vers le chalet.

Jesse hésita, puis le suivit.

— J'aurais peut-être dû dire quelque chose, Louis, mais c'est difficile avec lui, vu comment il est. Je veux dire… c'est un petit commissariat et je…

— Et tu m'as laissé pendu par les couilles.

— Je vois pas ce que j'aurais pu faire !

— Foutaises.

— Quoi ? s'écria Jesse en levant les bras en l'air. Qu'est-ce que tu aurais voulu que je fasse ?

Louis se tourna face à lui.

— Tu aurais pu me mettre au courant de la descente de flics. Tu aurais pu me dire pour les gosses. Tu aurais pu me dire pour leur salaud de père !

— Je ne savais pas qu'il était en liberté !

— Tu aurais dû. Ton boulot était de le savoir.

Jesse fit soudain demi-tour et se dirigea vers sa Bronco. Puis il s'arrêta, se retourna et regarda la neige par terre. Pendant plusieurs secondes, il garda le silence.

— D'accord, dit-il finalement, j'aurais dû le savoir. J'aurais dû vérifier ce putain de rapport.

Louis hocha la tête d'un air écœuré.

— Fiche-moi le camp d'ici. J'ai assez entendu tes excuses bidon.

Il se dirigea vers la véranda et passa à côté de lui en titubant. Jesse hésita, puis le rattrapa et le saisit par le bras. Louis se dégagea et poussa la porte. Une fois à l'intérieur, il envoya promener ses chaussures mouillées et se dirigea vers le canapé où il s'écroula. Il entendit la porte se refermer et comprit que Jesse l'avait suivi.

— Écoute, dit doucement ce dernier, je sais que j'aurais dû dire quelque chose pour te défendre, mais si j'avais ouvert la bouche, Gibralter m'aurait viré. Et je ne supporterais pas de plus être flic.

Louis leva la tête et le regarda.

— Et qu'est-ce qui te fait penser que t'en as jamais été un ?

Jesse le regarda dans les yeux.

— Tu sais, je commence à en avoir par-dessus la tête de tes conneries, dit-il.

— On est deux.

— Allez, quoi, merde ! Lâche-moi un peu !

— T'as merdé !

— Toi aussi ! cria Jesse.

Louis ferma les yeux. Tout était calme. Il entendit le parquet craquer et rouvrit les yeux. Il lui fallut un moment pour parvenir à voir nettement la bouteille qui se trouvait devant son nez. Il leva la tête vers le visage de Jesse.

Il attrapa la bouteille de Jack Daniel's des mains de Jesse, en dévissa le bouchon et en prit une lampée. Il grimaça et la lui rendit. Jesse fit trois pas en arrière pour s'asseoir avec précaution sur l'accoudoir d'un fauteuil. Pendant un long silence, Louis sentit le whisky lui couler dans la gorge jusque dans son estomac vide. Un moment, il crut qu'il allait vomir. Il ouvrit les yeux et vit Jesse qui lui tendait à nouveau la bouteille. Il la refusa d'un geste de la main.

— Pourquoi tu n'as pas démissionné ? lui demanda tranquillement Jesse.

Louis hocha la tête.

— Je peux pas.

— Pourquoi ?

— Il est toujours en liberté.

Ils restèrent silencieux. Louis frissonna et se redressa pour tirer la couverture à lui et se couvrir.

— Tu as du bois ? demanda Jesse en jetant un coup d'œil à la cheminée où rien ne brûlait.

Louis fit non de la tête. Jesse attendit qu'il dise quelque chose. Finalement, il se leva.

— Il faut que j'y aille, dit-il. Julie m'attend.

Louis le regarda en haussant les sourcils.

— Hein ?

— Julie. C'est elle qui m'a dit de venir ici… elle en avait marre de m'entendre râler.

Louis le regarda en plissant les yeux.

— Il reste un peu de cette cochonnerie ? demanda-t-il en indiquant la bouteille du menton.

Jesse la lui tendit. Louis en prit une gorgée et la lui rendit. Jesse but un coup à son tour.

— Le whisky te tuera, marmonna Louis.

— Il vaut mieux ça que le sirop contre la toux que tu bois, répondit Jesse en lui montrant la bouteille vide de Christian Brothers posée par terre.

Louis se remonta la couverture jusqu'au menton et frissonna.

— Julie…, dit-il. Ça lui plaît que tu sois flic ?

Jesse ne sut pas trop quoi répondre. Il y avait quelque chose dans le ton de Louis, quelque chose de non dit et de direct dans la question. Jesse changea de position sur son accoudoir, l'air vaguement mal à l'aise.

— Je crois, dit-il. J'ai fait sa connaissance en lui collant une contravention. La première fois qu'on l'a fait, elle m'a demandé de garder ma chemise d'uniforme. Ça lui donnait l'impression de faire quelque chose de très vilain.

Louis se mit à rire doucement.

— Pourquoi tu me demandes ça ?

— Comme ça.

— Allez. Tout ce qu'on dit ou ce qu'on fait n'est jamais sans une bonne raison. Tu sors avec quelqu'un ?

Louis fit non de la tête. Jesse but une nouvelle gorgée et lui tendit la bouteille. Louis la refusa d'un geste.

— Tu peux lui en parler ? demanda Louis. Du boulot, je veux dire ?

Jesse attendit un instant, puis acquiesça.

— Oui. La plupart du temps.

Ils demeurèrent à nouveau silencieux. Louis savait que l'alcool l'avait désinhibé et qu'il était sur le point de devenir sentimental. Mais même s'il ressentait le besoin de se confier à quelqu'un, il n'avait pas l'intention de laisser Jesse le voir dans cet état. Même s'il ressentait le besoin de parler de Zoe, il n'était pas prêt à le faire avec lui. Il ferma les yeux, sombra, sombra... dans le sommeil, qu'il espéra réparateur.

Il entendit un bruit, celui de la porte qui s'ouvrait et se refermait. Jesse était parti. Mais après plusieurs minutes, il y eut un autre bruit sourd. Louis ouvrit les yeux et vit Jesse qui s'agenouillait et déposait une brassée de bûches dans l'âtre. Il le regarda y ajouter des feuilles de journaux froissées et faire en sorte que le feu prenne peu à peu.

La chaleur lui arrivant lentement, Louis étendit les jambes vers la cheminée.

— Merci, murmura-t-il.

— Je n'allais tout de même pas te laisser assis là dans le noir à geler à mort, et tu es bien trop pété pour sortir chercher du bois.

— Oui, pourquoi rendre la tâche de Lacey encore plus facile qu'elle ne l'est, hein ?

Jesse le regarda un moment, puis se mit à rire. Louis en fit autant. Finalement, ils se calmèrent.

— Tu n'es qu'un enfoiré de taré, dit Louis.

— C'est toi qui le dis, lui renvoya Jesse en se laissant tomber dans le fauteuil et en débouchant la bouteille de Jack Daniel's.

Louis le regarda boire.

— Tu as peur ? demanda-t-il doucement.

Jesse ne le regarda pas. Il fit oui de la tête avant de reprendre une gorgée. Louis se passa sans ménagement une main sur le visage.

— J'ai découvert pas mal de choses intéressantes à Dollar Bay, dit-il.

Jesse parut soulagé de parler travail.

— Comme quoi ?

— Il connaît des techniques de survie qu'il a acquises en sa qualité de « Lurp ».

— En sa qualité de quoi ?

— D'ancien de la Long Range Reconnaissance Patrol, ânonna Louis. Au Vietnam, ils les débarquaient d'hélicos et les mecs devaient se débrouiller tout seuls pour sortir de la jungle.

— Pour quoi faire ? Pour les mettre à l'épreuve ?

— Non, au combat, répondit Louis en luttant contre les effets de l'alcool. Phillip dit qu'ils étaient dingues et que…

— Qui est Phillip ?

— Mon père adoptif. Il dit…

— Tu as été placé dans une famille d'accueil ?

Louis se mit à bâiller.

— Bjork dit que Lacey était un…

— Bjork ? Qui est-ce ?

— Le shérif de Dollar Bay, murmura Louis en esquissant un léger sourire. Beaux cheveux, petites boucles d'oreilles en or…

Jesse se leva et mit les mains en l'air.

— J'ai pas envie d'entendre tout ça. Tu me raconteras demain.

Louis tenta de se lever du canapé. Jesse lui posa une main sur l'épaule.

— Ne bouge pas. Et dors. Demain, tu vas être dans un sale état.

Louis approuva et ferma les yeux.

Jesse tira sur la couverture et l'en couvrit.

— À demain matin, mon pote.

CHAPITRE 23

Louis ôta la feuille de la machine à écrire une fois terminé le rapport de sa mission à Dollar Bay. En se relisant pour vérifier les fautes de frappe, il se rendit compte que sa main tremblait.

Il soupira lentement. C'en était fini des beuveries comme la veille au soir. Il ne pouvait plus se permettre de ne pas être en pleine possession de ses moyens. Il s'apprêtait à prendre son café, mais préféra se diriger vers la fontaine et avaler son troisième gobelet d'eau.

Il était en train de faire une boule de ce dernier lorsque Gibralter entra, abaissa la fermeture Éclair de sa parka, l'aperçut, lui adressa un bref signe de tête et gagna son bureau.

— Chef? lui lança Dale.

Gibralter se retourna.

Dale alla rapidement vers lui en brandissant plusieurs fiches roses.

— M. Steele a encore appelé deux fois ce matin.

Gibralter saisit les fiches, les froissa et les jeta à la corbeille. Il rata son coup et elles terminèrent par terre.

— Jesse est arrivé? demanda-t-il à Dale.

— Il est au vestiaire, chef.

— Dites-lui que je veux le voir.

Gibralter regarda Louis.

— Et vous aussi, Kincaid, dit-il en disparaissant dans son bureau.

Louis se versa une tasse de café frais. Son regard se porta sur la boule de fiches froissées par terre et il la ramassa. Il la défroissa et regarda longuement le nom de Mark Steele en se demandant à quel sujet il appelait. Lui proposait-il son aide pour l'enquête? Il jeta les papiers dans la corbeille. Toute aide aurait été la bienvenue à ce stade, même de la part d'un enfoiré comme Steele. Il s'empara de sa tasse, alla jusqu'à sa boîte aux lettres et y prit l'unique papier qui en dépassait – le récapitulatif des communications téléphoniques de Lovejoy. Ça avait dû arriver pendant qu'il était à Dollar Bay.

Arrivé à son bureau, il mit ses lunettes. La plupart des numéros semblaient être des appels locaux, mais deux retinrent son attention. Le premier était le 578-7770, que Lovejoy avait appelé chaque matin à peu près à la même heure, c'est-à-dire 6 h 35. La dernière fois qu'il l'avait fait remontait au dimanche 1er décembre. L'autre numéro était le 578-3482, qu'il avait composé à 22 h 10 le 30 novembre.

— Dale, lança-t-il, tu pourrais chercher à quoi ça correspond?

Dale s'approcha pour voir les deux numéros que Louis avait soulignés.

— Inutile, le premier est celui de la météo. Et le deuxième, le numéro personnel du chef.

— Du chef? répéta Louis en fronçant les sourcils. Lovejoy était à la retraite. Pourquoi aurait-il appelé le chef?

Dale haussa les épaules.

— Ils étaient assez amis.

Il avait oublié; Jesse lui avait bien dit qu'il arrivait au chef et à Lovejoy d'aller pêcher ensemble. Mais n'importe quel flic savait que la dernière personne à qui avait parlé un mort était importante. Pourquoi Gibralter n'en avait-il rien dit?

Louis s'adossa à sa chaise. Bon, au moins les appels à la météo étaient-ils logiques. C'était une preuve de plus que Lovejoy pêchait le matin et non le soir. Mais il n'était toujours pas logique que Lacey ait pris le risque de le tuer en plein jour.

Louis se pencha soudain en avant. À moins… que Lovejoy n'ait pas été jeté à l'eau au moment où il avait été tué ?

Louis retira ses lunettes et réfléchit à cette nouvelle éventualité. Lacey avait-il tué Lovejoy de nuit, tout comme Pryce, puis était-il revenu le lendemain après-midi pour le balancer dans le trou ? Ceci avait au moins l'avantage de coller avec la façon de faire de Lacey. Mais pourquoi avait-il estimé devoir faire disparaître le corps de Lovejoy alors qu'il avait laissé celui de Pryce exposé à la vue de tous ?

Il regarda le rapport sur Dollar Bay posé sur son bureau – et quelque chose qu'avait lâché Millie Cronk le chiffonna. Elle avait dit que Lacey était rentré à la maison après son premier voyage à Loon Lake, et qu'il paraissait perturbé. Il lui avait affirmé que « tout avait foiré. »

Qu'avait-il voulu dire par là ? Que quelque chose avait mal tourné pour lui ? Avait-il planifié un troisième meurtre qui n'avait pas marché ? Était-ce pour ça qu'il n'avait plus frappé ces quatre dernières semaines ?

— Tiens, tu es vivant.

Il se retourna et vit Jesse qui venait du vestiaire.

— Limite, répondit-il en refermant son calepin. Le chef veut nous voir.

— Avant le briefing ? Il a dit pourquoi ?

— Pas un mot.

Louis prit son rapport sur Dollar Bay en se levant. Plusieurs autres hommes se dirigeaient vers la salle de réunion et le regardèrent au passage. Jesse le remarqua.

— Laisse courir, lui dit-il discrètement.

Jesse frappa à la porte du bureau du chef et Gibralter leur cria d'entrer. Celui-ci se tenait face à la fenêtre, et se retourna.

— Du nouveau sur Lacey ? demanda-t-il à Jesse.

— On a retrouvé sa femme, répondit celui-ci. Elle est au Texas, un nom en berg près d'Austin. Elle y est depuis trois ans. Les flics de là-bas l'ont interrogée, mais elle a dit n'avoir aucune nouvelle de Lacey depuis 77.

— C'est tout ?

— On a aussi découvert que Lacey était descendu dans un motel près de Rose City le 30 novembre, mais les recherches n'ont rien donné.

— Et depuis ? demanda Gibralter.

— Aucune trace de lui.

— Il est entraîné aux techniques de survie dans des conditions extrêmes, lança Louis.

— Comment le savez-vous ?

Louis lui résuma brièvement le livret militaire de Lacey et les autres informations qu'il avait intégrées à son rapport sur Dollar Bay.

— C'est dans mon rapport, dit-il en le lui tendant.

Gibralter s'en saisit, le parcourut et le jeta derrière lui sur son bureau. Puis il se dirigea vers la carte murale et se mit à l'étudier.

— Lacey n'est pas d'ici. Il ne connaît pas la région, dit-il. S'il se planque quelque part, c'est avec l'aide de quelqu'un.

Louis parcourut des yeux la carte du comté fixée au mur derrière Gibralter, jusqu'à la grande tache verte en forme d'amibe que formait la Huron National Forest. Lacey s'y trouvait quelque part et ils ne l'y trouveraient jamais. Pour eux, c'était un site inconnu et hostile ; pour lui, c'était un refuge.

— Et son fils ? demanda Louis. Il a vécu ici, et Lacey lui a rendu visite à Red Oak. Le gamin lui a également écrit.

— Alors, c'est votre prochaine étape : aller voir le gosse. Je veux que vous alliez tous les deux l'interroger aujourd'hui même.

Louis survola à nouveau la carte. Même si Cole Lacey savait quelque chose, les neuf policiers d'une petite ville n'avaient pas la moindre chance de retrouver Lacey sans assistance.

— Chef, j'ai une question, dit-il. Allez-vous requérir l'aide de la police d'État ?

Gibralter le regarda à travers le nuage de fumée de sa cigarette.

— On va s'occuper de ça nous-mêmes, dit-il. C'est ce que font tous les bons commissariats : ils prennent en charge leurs propres problèmes. Ils n'ont besoin de personne d'extérieur.

Louis sentit son crâne le marteler légèrement. Les effets persistants de l'alcool mélangés à un début de migraine. Il résista à l'envie de se frotter les tempes et à celle de dire ce qu'il pensait, à savoir que ça n'était pas le moment pour Gibralter de se mesurer à ce Steele pour savoir lequel des deux pissait le plus loin. Involontairement, il ne put s'empêcher de soupirer.

— Ce que je viens de dire vous pose un problème ? demanda Gibralter.

— Non, chef.

Le regard glacial et perçant de Gibralter eut pour effet d'accentuer les martèlements de son crâne.

— Vous avez autre chose en tête, Kincaid. Qu'est-ce que c'est ?

Louis hésita.

— Le récapitulatif des appels téléphoniques de Lovejoy est arrivé.

— Et… ?

— Et ils indiquent qu'il a appelé chez vous à 10 h 30 le jour où il a été tué.

— Et alors ?

— Et alors, dit-il prudemment, j'étais curieux de savoir pourquoi vous n'avez pas fait mention de cet appel.

Louis entendit Jesse respirer doucement.

— Je n'en ai pas fait mention parce que je n'ai jamais reçu cet appel, dit Gibralter.

Louis hésita, sachant qu'il allait se faire guillotiner. Et merde, au moins, ça mettrait fin à sa migraine.

— Quelqu'un a pris cet appel, enchaîna-t-il. Il a duré quatre minutes.

Le regard de Gibralter ne vacilla pas.

— J'ai une femme, Kincaid. Peut-être ont-ils bavardé un moment.

Louis baissa les yeux. *Idiot. Idiot.*

— Bien, si on en a terminé avec Lacey, reprit Gibralter, il y a quelque chose dont je veux vous parler, Kincaid.

Louis se crispa. Quoi encore ?

Gibralter gagna le buffet et saisit une des épées accrochées au mur.

— Ceci est un sabre de samouraï, dit-il. Savez-vous pourquoi je l'ai ici, Kincaid ?

Louis sentit Jesse gesticuler nerveusement à côté de lui.

— Non, chef, dit-il.

— Je l'ai pour me rappeler ce qu'est l'honneur. Nous avons déjà parlé de cela ensemble une fois, n'est-ce pas ?

— Oui, chef, dit lentement Louis.

La main de Gibralter se promena sur la poignée ornementée.

— Leur code d'honneur était simple. Le travail du samouraï consistait à se comporter en accord avec sa condition sociale, à se montrer loyal envers son maître et à accroître la confiance et la fidélité de ses compagnons guerriers. (Il le regarda.) Pensez-vous qu'un samouraï puisse enseigner quelque chose à un flic ?

— J'en suis sûr, répondit Louis qui ne voyait pas où il voulait en venir.

Gibralter remit avec précaution le sabre dans son étui.

— J'ai parlé aujourd'hui à un certain Bob Roberts. Ce nom vous dit quelque chose ?

Les poils des bras de Louis se hérissèrent et son cœur se mit soudain à palpiter dans sa poitrine. Puis plus fort, jusqu'à se mélanger aux martèlements de son crâne.

— Pourrions-nous discuter de cela en privé ? demanda-t-il.

— Non. Je pense qu'il s'agit de quelque chose que l'agent Harrison devrait entendre.

— Chef, c'est…

— Nous sommes menacés, Kincaid, l'interrompit Gibralter. N'importe lequel d'entre nous peut prendre une balle à n'importe quel moment par votre faute. Je pense qu'on doit savoir ce que vous comptez faire pour vous racheter.

D'un seul coup, Louis comprit ce qui allait suivre et il n'avait aucun moyen de l'expliquer.

— L'agent Kincaid a passé l'année dernière quelques jours intéressants au tribunal fédéral du Mississippi, n'est-ce pas ? dit Gibralter.

— Oui, dit fermement Louis.

— L'agent Kincaid a témoigné contre un de ses collègues policiers appelé Lawrence Cutter. Quels étaient les chefs d'accusation, agent Kincaid ?

— Violation des droits civiques, dit Louis.

— Qu'est-ce qu'il avait fait, agent Kincaid ? Il vous avait traité de bamboula ?

Louis se crispa.

— Larry Cutter…

— Fermez-la quand je parle ! brailla Gibralter.

Louis sentit tout son corps se mettre à trembler, signe que la colère montait. Il ne voulait pas que Jesse entende tout cela sans connaître la vérité. Il se tourna vers lui.

— Jess, cet homme avait essayé de me tuer. Il avait essayé de me pendre…

— Je me fous de ce qu'il avait fait ! cria Gibralter. Vous vous en êtes pris à l'un des vôtres, et les flics ne doivent pas faire ça !

— Chef, je pense…, dit doucement Jesse.

— Vous ne pensez rien du tout, lui lança sèchement Gibralter.

Louis regarda ce dernier.

— Vous me limogez ?

Gibralter hocha la tête.

— Je n'ai pas l'intention de vous faciliter les choses. Si vous partez d'ici, ce sera parce que vous aurez démissionné ou parce que vous vous serez fait tuer à cause de votre bêtise.

— Bon Dieu, chef, murmura Jesse d'une voix rauque.

— C'est tout.

Pendant un long moment, le silence régna dans le bureau. De l'extérieur leur parvinrent les murmures des autres hommes de l'équipe du matin, ponctués par la sonnerie du téléphone. Finalement, Gibralter leur tourna le dos.

— Rompez, dit-il.

CHAPITRE 24

Ils roulèrent en silence. Louis conduisait, les mains crispées sur le volant, ne quittant à aucun moment la route des yeux. La neige ayant laissé la place à de la neige fondue, il mit en route les essuie-glaces pour éviter que le givre ne s'installe sur le pare-brise. Depuis une demi-heure, le silence était tombé entre eux, comme de la glace sur du verre. Ce fut Jesse qui finit par le rompre.

— Parle-moi de ce flic.

Louis fit non de la tête.

— Laisse tomber. Ça s'est passé à des milliers de kilomètres d'ici, il y a un millier d'années.

— Louis, je t'en prie, raconte.

— Je t'ai dit de laisser tomber. Je n'y pense même plus.

— C'est ça. C'est pour ça que les veines de tes tempes ressortent. Raconte-moi pourquoi ce type a essayé de te pendre.

— Tu en as assez entendu comme ça.

Louis regarda droit devant lui. Ils se dirigeaient vers le sud-ouest, traversant des terres arables, des hectares de néant blanc se fondant dans le ciel gris ardoise.

— Quoi ? Tu penses que parce que je suis blanc, je ne peux pas comprendre ? C'est ça ?

Louis lui jeta un coup d'œil en coin avant de se remettre à regarder la route.

Jesse poussa un grognement.

— Tu es paumé, mon pote, tu sais ? Tu souffres de rétention émotionnelle, ce qui t'a flingué la tête, et du coup tu transformes ça en agressivité.

— Épargne-moi ta psychologie à la petite semaine, tu veux ?

— Tu es en colère après le chef et tu reportes ta colère sur moi.

— Foutaises.

Louis augmenta la vitesse des essuie-glaces d'un cran. Ils continuèrent de rouler en silence pendant encore une quinzaine de kilomètres jusqu'à ce que Jesse lui indique de tourner.

— Le chef nous a ordonné de tous nous mettre par deux, dit-il.

— Pour la patrouille ? demanda Louis.

— Oui. Pendant que tu n'étais pas là. Il ne veut personne tout seul au volant en ce moment.

Louis hocha la tête. Au moins Gibralter prenait-il enfin des précautions pour protéger ses hommes. Il jeta un nouveau coup d'œil en coin à Jesse en se demandant si ça valait la peine d'essayer de lui expliquer pour Larry Cutter. Quel intérêt ? Même si lui comprenait, ce ne serait pas le cas des autres. Et Gibralter ferait en sorte que chaque homme jusqu'au dernier soit au courant. Bon Dieu, mais quelle mouche avait piqué ce type ? Était-ce un des moyens de le briser juste parce qu'il avait relâché Lacey ? Ou bien était-ce seulement parce qu'il l'avait provoqué en parlant des gosses de Lacey, de l'appel de Lovejoy et de la demande d'aide extérieure ?

— Tu as trouvé des lettres de Cole ? lui demanda Jesse en l'interrompant dans ses pensées.

— Oui, dans la chambre de Lacey.

— Qu'est-ce qu'elles racontaient ?

— Pas grand-chose. Il est fier de son père pour avoir, ouvrez les guillemets, « tué ce nègre », fermez les guillemets.

Jesse hocha la tête.

— J'ai l'impression que le gosse ne s'est pas calmé.

— Qu'est-ce que tu veux dire ?

— Je l'ai coincé une fois, il devait avoir onze ans, en train de voler à l'étalage. Il avait déjà une grande gueule.

Louis tenta d'imaginer Cole à onze ans. La seule image qui lui vint à l'esprit fut celle d'un gamin de cinq ans avec des brûlures de cigarette dans le dos.

— Il a subi des maltraitances. Tu le savais ? demanda Louis.

— Et alors ? Plein de gamins maltraités ne tournent pas mal pour autant, lui renvoya sèchement Jesse.

— Oui, ça n'a pas toujours le même effet sur…

— Ça n'est pas une excuse pour devenir un enfoiré, l'interrompit Jesse en hochant la tête. Je déteste ce genre d'argument. C'est bidon, comme ce que disait le chef sur les anciens combattants qui mettent tout sur le compte du syndrome de stress post-traumatique. C'est comme si personne ne voulait plus assumer la responsabilité de ses actes.

Louis se retint de lui dire ce qu'il pensait, à savoir que Jesse était en train de parler de son propre tempérament.

Ils passèrent le reste du trajet en se limitant à parler vaguement de l'enquête. Il était 11 h 30 lorsque Louis fit prendre à la Bronco une route fraîchement déblayée et passa sous une arche métallique qui indiquait MAISON DE REDRESSEMENT POUR GARÇONS DE RED OAK. La route coupait un ruban noir détrempé à travers les hautes congères conduisant à un affreux bâtiment en forme de boîte de Kleenex au milieu d'un champ de neige dépourvu d'arbres. L'enceinte était entourée par une haute barrière grillagée surmontée de fils de fer barbelés. Au loin se trouvait un terrain de basket. Jesse se retourna vers le portail au moment où celui-ci se refermait.

À l'entrée, Louis appuya sur le bouton. Le gardien les scruta du regard à travers la porte vitrée avant d'en actionner l'ouverture automatique. Après leur avoir fait signer le registre, il les conduisit le long d'un couloir sinistre jusqu'à une porte sur laquelle était inscrit WARREN LITTLE.

— Agents Kincaid et Harrison pour Warren Little, dit Louis à la secrétaire. Il nous attend.

Celle-ci appuya sur une sonnette et un instant plus tard, un petit bonhomme chauve en costume gris sortit de son bureau.

— Messieurs, dit Warren Little en les accueillant avec un vague sourire et une poignée de main des plus molles. Puis-je vous offrir un café ?

— Non merci, répondit Louis. Nous aimerions voir Cole Lacey.

— Aucun problème. Je l'ai installé dans notre salle des visites. Nous estimons plus pertinent d'amener ces garçons à se détendre. C'est réconfortant pour eux de se retrouver dans un environnement accueillant.

— Le niveau de bien-être de Cole Lacey ne nous intéresse pas, Warren, dit Jesse en suivant Little le long du couloir.

Ce dernier jeta un rapide coup d'œil vers lui et appuya sur le bouton de l'ascenseur.

— Nous n'allons pas discuter des arguments sociologiques en matière de délinquance juvénile, monsieur l'agent. Mais laissez-moi vous assurer d'une chose : bon nombre de mes garçons sont des victimes, tout comme ceux à qui vous rendez justice.

— Allez donc dire ça à Stephanie Pryce, marmonna Jesse tandis qu'ils pénétraient dans l'ascenseur.

— Pardon ? lui renvoya Little.

— Nous avons toutes les raisons de penser que le père de Cole Lacey a assassiné deux officiers de police, lui expliqua Louis.

— Je vois… À propos, dit Little en fouillant dans sa poche de poitrine. Voici la liste des visiteurs que vous m'avez demandée.

Louis prit le papier et s'efforça de la lire sans ses lunettes. Il finit par la passer à Jesse.

— Et voilà, dit ce dernier. Lacey est venu ici le 11 novembre. Le lendemain de sa sortie de Marquette. Et il est revenu le soir de Noël.

L'ascenseur les déposa au deuxième étage. Un gardien costaud en uniforme kaki se tenait debout à côté d'une porte, les bras croisés, une matraque et des menottes accrochées à sa ceinture sans arme. Sa plaque indiquait qu'il s'appelait HAYNES. Il déverrouilla la porte et leur conseilla de frapper quand ils auraient terminé. Louis attendit que Haynes soit parti pour se tourner vers Jesse.

— Je prends le commandement, tu es d'accord ? lui demanda-t-il.

— Parole de scout.

Ils entrèrent et la lourde porte se referma derrière eux. La pièce bleu clair était petite et empestait le désodorisant au pin. L'unique petite fenêtre était décorée de rideaux à fleurs, le givre visible entre les barreaux. Assis à la table installée au milieu de la pièce se tenait un frêle adolescent. Il portait le pantalon bleu réglementaire et une chemise en toile de jean qui ballonnait sur sa maigre poitrine. Tête baissée, la mine sombre et ses mains osseuses jointes posées sur la table, il ne bougeait pas, ses jambes nouées autour des pieds métalliques de la chaise pliante.

Louis s'éclaircit la voix.

De ses yeux marron, Cole Lacey regarda les chaussures de Louis, sa tenue, puis son visage. Et se tourna vers Jesse et changea légèrement d'attitude, passant de la langueur de l'adolescent arrogant à une froideur que Louis interpréta comme de la peur.

Cole se leva et alla lentement se placer derrière sa chaise comme un chat de gouttière tentant de se mettre à l'abri de prédateurs.

— Qu'est-ce que vous me voulez ? demanda-t-il.

— Assieds-toi, dit Louis.

— Non.

Louis tendit le bras et saisit Cole par l'épaule. Le gamin se raidit, mais se rassit sur sa chaise sans résister. Louis prit une autre chaise métallique le long du mur et s'assit de l'autre côté de la table, en face de lui.

— On veut te poser des questions sur ton père, dit-il.

— Je le vois pas, marmonna Cole.

— Ne mens pas.

— Allez vous faire foutre.

Louis se pencha au-dessus de la table.

— Écoute, Cole, ton père est recherché pour le meurtre de deux policiers. Et nous, on a tendance à faire de ce genre d'affaires quelque chose d'assez personnel, tu me suis ?

Cole baissa la tête. Sa nuque était encore rouge d'une récente coupe de cheveux au rasoir.

— Je ne sais rien de tout ça.

Louis abattit une des lettres de Cole sur la table.

— Regarde-moi, dit-il en haussant le ton.

Cole regarda la lettre, puis leva les yeux.

— Ce sont des affaires personnelles. Vous n'avez aucun droit dessus.

— Tu es prêt à nous dire ce que toi et ton père vous êtes dit quand il t'a rendu visite ?

Le regard de Cole devint fuyant.

Louis se renversa en arrière sur sa chaise et reprit son souffle.

— Je vais t'expliquer quelque chose, Cole, et je veux que tu m'écoutes très attentivement. Cette affaire concernant ton père va se terminer de deux façons possibles. La première, tu nous dis où il est, on l'arrête et quand tu sortiras d'ici, tu pourras lui rendre visite parce qu'il sera toujours en vie.

Cole regarda Jesse, qui se tenait debout derrière Louis, puis à nouveau la table.

Louis tapota doucement le visage de Cole, juste de quoi retenir son attention. Cole contracta les mâchoires en le regardant fixement.

— La seconde, on va traquer ton père comme un chien, poursuivit Louis, et quand tu sortiras d'ici dans cinq ans, tu ne pourras plus que planter des fleurs sur sa tombe.

— Je ne sais rien.

— D'accord, alors je vais te dire ce que nous, on sait. On sait que ton père t'a dit ce qu'il avait l'intention de faire. On sait qu'il n'habitait pas par ici, contrairement à toi. Et on sait que tu sais où il se trouve actuellement.

Cole le regarda fixement.

— Je vous dirai rien.

— Ça n'est pas le moment de jouer les écervelés, Cole, dit doucement Louis, incapable de dissimuler sa colère croissante. On finira par trouver ton père de toute façon. S'il le faut, on cherchera jour et nuit, dans la neige jusqu'au cul, on défoncera la porte de chaque chalet, on regardera derrière chaque arbre et sous chaque rocher. Parce qu'il a tué deux flics, Cole. Est-ce que tu as une idée de ce que ça fait dans la tête d'un autre flic ?

— Qu'est-ce que vous voulez que ça me foute ? marmonna Cole.

— Et la vie de ton père, tu en as quelque chose à foutre ?

Cole éclata d'un rire cynique.

— Oh oui alors. Énormément. Tellement que là, je suis totalement désespéré.

Louis jeta un coup d'œil à Jesse qui restait sans bouger, les bras croisés sur la poitrine, à regarder Cole avec un mépris non dissimulé.

— D'accord, alors peut-être en as-tu quelque chose à foutre de sauver ta propre peau, dit Louis en posant de nouveau son regard sur Cole.

— Vous ne pouvez rien contre moi, dit celui-ci.

— Tu paries ? La loi te permet de rester ici jusqu'à tes vingt et un ans. Si on découvre que tu sais quelque chose sur ces meurtres, on va te charger au maximum. Ce qui veut dire que la prochaine fois que tu seras jugé, ce sera en tant qu'adulte et tu sais où tu te retrouveras ?

— Vous pouvez pas me mêler à tout ça, lança Cole.

— Tu es déjà allé au pénitencier d'État de Jackson ?

Cole se remit à rire.

— Eh ben voyons, ça y est. Maintenant vous allez m'emmener faire la petite visite touristique[1] ? Hein ? C'est bien ça ?

1. Référence au programme de visite des prisons par les adolescents afin de leur faire prendre conscience de la réalité carcérale et de les amener à rester dans le droit chemin.

Louis se leva lentement. Cole le regarda faire, son sourire suffisant disparaissant peu à peu de son visage. Il s'appuya tellement fort au dossier de sa chaise pliante que tout son corps sembla se fondre dans le métal.

Louis fit le tour de la table et se planta devant lui.

— Tu veux faire un tour, petit con ? demanda-t-il.

Cole tenta d'afficher un nouveau sourire suffisant, mais ne parvint qu'à faire une grimace.

— C'est ça, faites-moi faire un tour, négro, dit-il en soufflant ce dernier mot dans un chuchotement.

— Qu'est-ce que tu as dit ?

Cole ne leva pas la tête. Il étendit ses jambes maigres, les allongeant jusqu'à Louis. Lequel leur donna un bon coup de pied. La chaise glissa par terre en frottant le sol et se replia presque. Cole se retint à la table, mais se retrouva tout près du visage de Louis.

— Écoute-moi bien, petit merdeux, murmura ce dernier entre ses dents. On est furax. Et quand les flics sont furax, ils se foutent qu'un trou-du-cul comme toi y passe.

Louis sentit l'haleine de Cole sur son visage et vit quelque chose passer dans les yeux du gosse. Le gamin savait où se trouvait Lacey. Il le savait, bordel.

— Vous allez me tabasser ? demanda Cole en essayant de sourire.

Louis lui attrapa le menton.

— Écoute, petit con ! Tu es bien ici ? Tu aimes cet endroit ? Cinq ans, c'est long. Ça te plairait d'en faire que deux ?

— Quoi ? dit Cole d'une voix rauque.

— Tu nous dis où ton père se cache et tu sors d'ici le jour de tes dix-huit ans.

Cole jeta un coup d'œil à Jesse avant de revenir sur Louis. Ce dernier voyait presque les rouages de son cerveau en train de tourner. Cole détourna la tête et se frotta le menton.

Louis recula d'un pas et croisa les bras sur sa poitrine.

— L'offre prend fin dans dix secondes, dit-il.

Il n'avait pas autorité à négocier un tel accord, mais Cole n'en savait rien.

— Pourquoi est-ce que je vous le dirais ? lança celui-ci.

— Cinq secondes.

— Je vous donnerai pas mon vieux.

— Tu es stupide, Cole, dit Louis.

Un grand sourire se dessina progressivement sur le visage de Cole.

— Ah oui ? Lequel des deux est stupide ? Vous le teniez et vous l'avez laissé filer.

Louis bondit et l'agrippa par la chemise. Il le leva de la chaise, l'obligea à reculer et le plaqua contre le mur.

Cole leva les bras, un mélange de peur et de colère dans les yeux.

— Sale porc ! couina-t-il. Me touchez pas !

Louis lui mit la main sur la gorge et serra.

— Parle !

Cole le regarda avec fureur, les narines frémissantes.

— Allez vous faire foutre !

Louis brandit son poing. Il donna un rapide coup d'œil à Jesse, qui s'était avancé, le visage figé de stupéfaction. Louis regarda de nouveau Cole, puis son poing, à quelques centimètres du visage de ce dernier.

Une larme coulait sur sa joue.

— Allez-y, gémit-il. J'en ai rien à foutre. Rien à foutre.

La main de Louis se mit à trembler. Pendant un instant, personne ne fit un geste. Puis, d'une violente poussée, Louis projeta Cole sur sa chaise. Celle-ci se replia dans un grand bruit, l'expédiant par terre. Ses jambes se mirent à pédaler sur le linoléum jusqu'à ce qu'il soit à nouveau contre le mur. Il s'était mordu la lèvre et un filet de sang était apparu au coin de sa bouche. Il fit comme si de rien n'était et essuya avec colère la larme qu'il avait sur la joue.

Louis l'observa. Puis lentement, son regard se posa sur son poing toujours serré. Son cœur battait la chamade et il eut d'un seul coup très chaud. Il se mit à avancer avec raideur vers le mur. S'y appuya lourdement et s'essuya le front du revers de la main.

Mon Dieu, mais qu'est-ce que je fais ?

Il jeta un cou d'œil à Jesse, comme s'il prenait soudain conscience de sa présence dans la pièce. Jesse qui était cloué sur place à côté de la porte, son visage reflétant une certaine confusion mais aussi autre chose, autre chose que Louis perçut, avec un sentiment d'écœurement, comme de l'approbation.

Louis gagna la porte et tapa dessus. Haynes apparut, son regard passant tour à tour de Louis à Cole et de Cole à Louis.

— Il vous crée du souci, monsieur l'agent ? demanda-t-il, sa main se rapprochant de sa matraque.

Cole se releva lentement, ses yeux reflétant une confiance retrouvée en la présence de Haynes.

— Putain, comme d'habitude, c'est ma faute, hein, Haynes ?

— Sois poli, Lacey.

Haynes agrippa Cole par le col de sa chemise.

— Allons-y, dit-il, en le poussant sans ménagement vers la porte.

Là, Cole se retourna vers Louis.

— Vous êtes mort, dit-il doucement.

Son regard engloba également Jesse.

— Vous êtes deux enculés morts.

***

Ils sortirent dans le froid sous la neige fondue, s'arrêtant un instant le temps de remonter leur fermeture Éclair.

— Donne-moi les clés, dit Jesse.

— Non, répondit Louis.

— Donne-moi ces putains de clés, je te dis.

Louis les sortit de sa poche et les lui jeta presque dessus. Puis il se dirigea en vitesse vers la voiture de patrouille, en ouvrit brutalement la portière côté passager et monta. Jesse monta à son tour, mais ne fit pas le moindre geste pour démarrer. Louis regardait à travers le pare-brise, faisant jouer les muscles de ses mâchoires. Il finit par tourner la tête vers Jesse.

— Qu'est-ce que tu attends pour démarrer ?

— Pas avant que tu ne m'aies expliqué ce qui s'est passé.

— Démarre cette putain de bagnole.

Jesse se mit à frotter sa patte de lapin orange.

— Écoute, Louis, il faut que je sache. Qu'est-ce qui s'est passé là-bas ?

— Rien.

— Ne me dis pas ça. L'homme que j'ai vu là-dedans n'est pas le même que celui que je connais.

— Qu'est-ce que tu veux dire ?

Jesse haussa les épaules.

— C'était pas toi, c'est tout. Je veux dire… c'est pas grave, mais c'était pas toi.

— Démarre cette voiture, Jess.

Jesse soupira.

— La route va être longue.

Ils sortirent du parking et reprirent la direction de l'autoroute. Louis renversa sa tête en arrière sur le siège. Il était soulagé que Jesse n'ait pas insisté. S'il l'avait fait, il aurait probablement été obligé d'admettre qu'il ne savait pas ce qu'il lui avait pris dans cette pièce avec Cole Lacey.

Il ferma les yeux. Jesse avait raison. Ce n'était pas lui, là-bas. Ou bien… si ? Il avait ressenti quelque chose, quelque chose d'inconnu et d'obscur, quelque chose qui était sorti du plus profond de lui-même. Dominer ce petit con, le faire chier, lui foutre les chocottes, lui avait… fait du bien.

— Qu'est-ce qu'on va raconter au chef? demanda Jesse en l'interrompant dans ses pensées.

— Raconte-lui ce que tu voudras, marmonna Louis.

Il referma les yeux, le ronronnement des pneus sur la chaussée le replongeant dans ses pensées. Il savait pouvoir se justifier. Cole savait où était Lacey et ils avaient toute liberté de l'amener à le leur dire. Bon sang, il aurait pu en faire voir de toutes les couleurs à ce gamin. Mais le témoignage sous la contrainte était illégal et ne vaudrait rien au procès. Et en plus, c'était mal.

Jesse suggéra qu'ils s'arrêtent au White Castle pour s'acheter de quoi déjeuner, mais Louis insista pour retourner directement au commissariat. Il voulait faire son foutu rapport sur Cole. Jesse le déposa, puis il s'installa directement à son bureau et sortit un formulaire vierge de son tiroir.

Il prit quelques instants pour réfléchir, le stylo au-dessus du papier. Qu'est-ce qu'il allait bien pouvoir mettre? Individu peu coopératif et agressif? Échec de l'interrogatoire par manque de contrôle de l'officier de police?

— Tu as obtenu quelque chose de Cole? lui demanda Dale.

— Non. Le gosse est aussi coopératif que le lac, répondit-il sans lever la tête.

Au bout d'une demi-heure, il se cala contre le dossier de sa chaise et se relut. Sa plume avait naturellement tendance à être assez véhémente. Il faisait donc toujours attention à ne pas laisser ses émotions transparaître dans un rapport, mais cet incident avec Cole l'avait mis dans un tout autre état d'esprit.

Il froissa le rapport et le jeta à la corbeille. Aucune chance que Gibralter l'accepte. Il voulait des rapports froids, aussi froids que l'était son propre sang.

La porte s'ouvrit et Jesse entra. Il se dirigea vers lui et déposa sur le bureau un sac graisseux de chez White Castle.

— Je t'en ai quand même pris un. Sans cornichons ni oignons.

Louis marmonna un vague merci. La seconde suivante, une porte heurta violemment le mur et il releva la tête pour voir Gibralter émerger de son bureau, vêtu de sa parka. Il le suivit des yeux tandis qu'il se dirigeait vers Dale en brandissant un papier.

— Nouvelles affectations. Affichez-les. Je rentre chez moi, dit-il.

Louis se pencha sur son rapport. L'odeur du hamburger montant du sac posé à côté de son coude lui donnant des haut-le-cœur, il l'éloigna.

Il sentit une présence derrière lui et leva la tête. L'air contrit, Jesse tenait une feuille de papier à la main.

— Quoi encore ? demanda Louis.

— Il nous sépare, répondit Jesse.

Louis lui prit le papier des mains et examina les nouveaux emplois du temps d'un air incrédule. Et merde, il allait faire équipe avec Ollie.

CHAPITRE 25

Un petit coup avant d'y aller. La bouteille était froide dans sa main, mais le Jack Daniel's lui brûlait la langue. Jesse revissa le bouchon, posa la bouteille sur le siège de la Bronco et regarda la porte d'entrée de la maison du chef.

Une lampe s'alluma dans le salon. Jesse respira un grand coup et ouvrit la portière en sachant que son courage déclinait plus vite que la lumière du jour qui tombait. Il fallait le faire. Il fallait qu'il lui parle, qu'il sache ce qui se passait. Pourquoi le chef avait-il décidé que Louis ne ferait plus équipe avec lui ?

Ses chaussures crissèrent sur la neige durcie tandis qu'il remontait l'allée. Il appuya sur la sonnette et entendit résonner le carillon à l'intérieur. La porte s'ouvrit, laissant apparaître la silhouette de Jean, l'épouse du chef, dans une lumière dorée. Elle fronça légèrement les sourcils, puis sembla le reconnaître et alluma la lumière de la véranda.

— Jess. Mais qu'est-ce que vous faites ici ?

— J'ai besoin de voir le chef. Il est là ?

— Bien sûr. Entrez.

Elle s'écarta et lui tint la porte coupe-vent. Jesse entra et s'essuya les pieds sur le paillasson près de la porte. Il vit la moquette blanche et remit ça.

— Ça fait longtemps que vous n'êtes pas venu, Jess, dit Jean en lui prenant sa parka et l'accrochant au portemanteau de l'entrée.

— Je sais. Je ne vous dérange pas, j'espère ?

— Bien sûr que non, répondit-elle en souriant.

Elle s'éloigna, et Jesse poussa un léger soupir de soulagement. Cette femme l'avait toujours rendu nerveux, mais il ne savait pas pourquoi. Peut-être simplement parce qu'il n'avait jamais eu l'occasion de faire sa connaissance. Mais comment aurait-il pu ? Aussi proche qu'il soit du chef, ils n'étaient jamais devenus amis et le chef ne lui parlait jamais de sa vie privée.

Il attendit dans l'entrée pendant que Jean Gibralter allait chercher son mari dans son bureau. Il essaya de se rappeler la dernière fois qu'il l'avait vue à une réception de la police. Elle n'assistait jamais à rien. D'ailleurs, maintenant, Julie non plus ; elle disait détester rester plantée là pendant que les hommes parlaient boutique.

Une porte s'ouvrit et Gibralter apparut. Il vint vers Jesse.

— Qu'est-ce qui se passe ? demanda-t-il.

— Rien. Je... (Il regarda Jean qui s'était installée confortablement dans un fauteuil près de la cheminée, un livre sur les genoux.) Je voulais juste vous parler.

— À quel sujet ?

— C'est assez personnel, dit Jesse à voix basse.

Gibralter fronça les sourcils, lui faisant signe de le suivre dans son bureau. Il referma la porte derrière eux, puis se dirigea vers le bar pour baisser le scanner.

— Une bière ? demanda-t-il en ouvrant un petit réfrigérateur.

Jesse n'en avait pas envie, mais il accepta la canette de Budweiser que Gibralter lui mettait dans la main. Ce dernier se dirigea vers le tabouret du bar sur lequel il avait étalé son matériel pour recharger ses munitions.

— Quel est le problème ? demanda Gibralter en posant une fesse sur le tabouret.

— Je voudrais savoir pourquoi vous nous avez séparés, Louis et moi.

— Je n'ai pas à vous expliquer mes actes, Jess.

Il ramassa une douille et se mit à y verser de la poudre avec précaution.

— Je sais. Mais Louis est mon coéquipier.

— Il n'y a pas de coéquipiers dans ce commissariat, vous le savez bien.

Jesse s'avança et posa la bière sur le bar.

— Ça aussi, je le sais. Mais vous nous avez mis par deux…

— C'était momentané.

— Peut-être est-ce une erreur. (Gibralter leva la tête et regarda Jesse.) Je veux dire… j'aime faire équipe avec quelqu'un. Louis m'a appris plein de choses. Il est…

— Votre ami ? demanda Gibralter.

Jesse hésita.

— Eh bien en fait, je crois que oui.

Gibralter lui tourna le dos pour s'occuper de ses cartouches.

Jesse le regarda, puis se déplaça pour s'approcher du bar et le voir de profil.

— Quoi ? Y a-t-il du mal à ça ?

Gibralter ne releva pas la tête.

— Dans ce travail, la foi doit être totale et la confiance aveugle, sinon ça ne peut pas marcher.

— Je ne comprends pas.

— Kincaid est un loup solitaire. C'est un flic sans loyauté, sans objectif.

Jesse hocha lentement la tête.

— Je pense que vous vous trompez, chef. Louis a un objectif. Son objectif c'est… eh bien en fait, c'est la loi.

Gibralter ramassa une autre douille dorée.

— Faites-moi confiance, Jess.

Frustré, Jesse ne dit plus rien. Finalement, au bout d'un moment, il ajouta :

— Chef, il faut que je vous dise quelque chose.

— N'en faites rien.

— Il le faut, bon sang.

Il hésita, puis vida rapidement son sac.

— Ce n'est pas entièrement la faute de Louis si Lacey a été relâché. Si je lui avais parlé de la descente, alors peut-être qu'il aurait fait un choix différent.

— Il ne s'agit pas que de ça.

— Quoi ? Cette histoire dans le Mississippi ? Je ne…

— Il y a pire.

Gibralter tint la balle rénovée entre le pouce et l'index pour qu'elle se trouve bien dans la lumière.

— Vous voyez ceci ? dit-il doucement. Ça peut prendre une vie comme ça peut en sauver une. C'est une question de choix.

Jesse attendit. Il savait qu'il n'y avait rien d'autre à faire quand le chef était dans ce genre d'état d'esprit.

Ce dernier finit par tourner la tête vers lui.

— Nous faisons respecter la loi, d'accord ? Mais qu'est-ce que la loi ?

Jesse se demanda si, cette fois, Gibralter attendait de lui une réponse. Il fut soulagé de constater qu'il mettait de côté la balle prête et se saisissait d'une douille vide.

— Qu'est-ce que la loi ? répéta-t-il. Une suite de codes quelque part dans un tribunal ? Un tas de vieux bouquins reliés cuir dans un cabinet d'avocat ? Neuf vieux types en robe noire ? (Il hocha la tête.) Les gens veulent voir la loi comme un beau torrent d'eau pure. Mais ce n'est pas ça la réalité. Ça ne peut pas l'être parce qu'il y a toujours quelqu'un pour en remuer le fond ou y jeter de la merde. (Jesse le regarda sans comprendre.) Et c'est ce que fait Kincaid.

Jesse alla vers une chaise et s'assit.

— Je ne pense pas qu'on puisse lui faire confiance, reprit Gibralter. À moi, vous le pouvez. Vous le savez, n'est-ce pas, Jess ?

— Bien sûr…

Jesse baissa la tête et se passa une main dans les cheveux. Lorsqu'il la releva, Gibralter l'observait.

— Vous vous souvenez de cette nuit de Noël où vous avez débarqué chez moi à 3 heures complètement bourré ? demanda-t-il.

Jesse fit lentement oui de la tête.

Gibralter but une lampée de bière.

— Vous aviez dix-sept ans. Vous vous étiez échappé de cette auberge et vous avez débarqué sur mon perron, à moitié frigorifié et imbibé de toute la piquette que vous veniez de voler à la boutique d'alcools.

Jesse hocha de nouveau la tête en regardant par terre.

— Vous vous êtes assis sur le canapé blanc tout neuf de Jeannie et avez dégouliné sur la moquette neuve. Vous faisiez votre possible pour avoir l'air de tenir le coup. Vous avez dit que votre petite amie vous avait plaqué. Comment s'appelait-elle déjà ?

— Dee Dee, murmura Jesse.

— Vous avez dit avoir appelé votre père. (Il marqua une pause.) Vous vous rappelez ce qu'il vous a dit ? Que votre fugue était la meilleure chose qui soit arrivée à votre famille. Et il vous a dit de ne pas rappeler. Vous vous souvenez de tout ça, Jess ?

Jesse ne répondit pas.

Gibralter vint se mettre à côté de lui.

— Vous m'avez demandé un verre d'eau. Je suis allé à la cuisine et vous avez pris mon arme de service dans le bar.

— Vous m'aviez vu ?

Gibralter fit oui de la tête.

— Je savais ce que vous aviez en tête.

— Vous m'auriez laissé faire ?

Gibralter lui posa une main sur l'épaule, lui enserrant le deltoïde.

— Le revolver était vide, Jess.

— Bon sang, souffla Jesse en détournant la tête.

Il se leva et se dirigea vers la fenêtre.

— Mais je savais que vous ne le feriez pas, poursuivit Gibralter. Vous ne m'avez pas laissé tomber à ce moment-là et ne l'avez pas fait depuis. Et je sais que vous ne le ferez jamais.

— Je n'ai toujours pas compris, dit Jesse après un moment.

— Compris quoi ?

Il se tourna face à lui.

— Pourquoi vous nous avez séparés.

Le regard de Gibralter s'adoucit, revêtant une chaleur presque paternelle.

— Asseyez-vous, Jess. Je vais vous l'expliquer, dit-il.

CHAPITRE 26

L'obscurité s'étendait devant eux, tunnel d'arbres, d'asphalte et de ciel nocturne. La neige, prise dans le faisceau des phares de la voiture de patrouille, se précipitait sur eux en sortant des ténèbres.

— On se croirait un peu dans l'*Enterprise*[1] filant à la vitesse de la lumière, dit Ollie.

Louis ne répondit pas. Il s'assit en arrière sur le siège passager de telle sorte que son arme ne lui rentre pas dans les côtes. Il se sentait fatigué, plus que fatigué et pas loin de l'état d'épuisement. Il n'avait jamais été un gros dormeur et avait appris à se satisfaire de cinq heures d'un sommeil intermittent. Mais le tourbillon des événements de la semaine l'avait laissé sur le flanc, avec les yeux qui le brûlaient, les membres engourdis et l'esprit fonctionnant au ralenti d'un homme qui se noie. Et maintenant, il était de l'équipe de nuit.

Il ferma les yeux et appuya la tempe contre la vitre froide. Il ne pourrait pas rester éveillé tout son service. C'était le soir du nouvel an. Les poivrots n'allaient pas tarder à affluer.

— Hé Kincaid, ça fait deux heures que tu n'as pas ouvert la bouche, dit Ollie.

1. Nom du vaisseau spatial de la célèbre série de science-fiction homonyme.

À contrecœur, Louis ouvrit les yeux et tourna la tête vers lui. Ollie Wickshaw était grand et mince, tout en angles, en coudes et avec une peau comme de la coquille d'œuf. Il avait une drôle de façon mécanique de se mouvoir, comme s'il était en Mécano. Louis l'avait regardé plus tôt dans la soirée au moment où il montait en voiture et prenait place sur le siège en repliant son corps comme un ancien mètre de charpentier en bois.

Louis observa ses mains agrippées au volant. Tout comme sur le reste de son corps, les veines y dessinaient comme une carte. Ses doigts avaient la teinte jaunâtre de ceux qui fument comme des pompiers. Ollie prit son paquet de Kool sur le tableau de bord et en quelques mouvements rapides se retrouva une cigarette allumée à la bouche.

— C'est moi qui suis censé être le type qui l'ouvre pas souvent, reprit-il.

— Ça n'a rien à voir avec toi, dit Louis en entrouvrant sa vitre.

— Je sais.

Ils parcoururent encore un kilomètre et demi et Louis regarda sa montre. Il était presque 1 heure du matin et il n'avait pas dîné. Ils n'avaient reçu aucun appel depuis une heure.

— Y a-t-il un endroit ouvert où on pourrait trouver quelque chose à manger ? demanda-t-il.

— Un soir de nouvel an ? Il doit y avoir qu'au Jo-Jo's, dit Ollie en poussant vers lui un sac marron sur le siège. Tu peux partager mon repas. Bâtonnets de carotte, céleri et un soja-burger. Tu as déjà goûté à du soja ?

Louis s'enfonça plus profondément dans son siège.

— Non.

— Ça a exactement le même goût qu'un hamburger, sauf qu'il faut savoir le préparer, l'assaisonner. C'est bon avec du cumin. Et il y a aussi la sauce épicée cajun que je trouve chez Grayling. J'en achète par caisses entières. Je suis végétarien. J'ai arrêté la viande il y a huit ans. Les autres pensent que je suis un peu bizarre, mais la viande est mauvaise pour les artères. T'as déjà vu la photo d'une artère avec des plaques d'athérome ?

— Non. Et toi, tu as déjà vu la radio des poumons d'un fumeur ?

Ollie lui jeta un rapide coup d'œil et cligna deux fois des paupières avant de se remettre à regarder la route.

Louis soupira et reposa la tête en arrière sur le siège. Wickshaw ne méritait pas ça. Ce n'était pas sa faute si Gibralter était un tel enfoiré. Il était sur le point de s'excuser, mais Ollie le devança.

— Il gagne à être connu, dit-il.

— Qui ça ?

— Le chef. Il n'est pas ce que tu crois.

— Ah.

— C'est un Bélier.

— Quoi ?

— C'est le signe astrologique du chef. Bélier.

Louis leva les yeux au ciel. Ah non, pas ces conneries…

— Les Bélier ont un désir inné de pouvoir. D'être numéro un. Tous les grands dirigeants étaient des Bélier. (Il tendit le bras pour écraser sa cigarette dans le cendrier.) Tu es de quel signe ?

Ne réponds même pas, Kincaid.

— Je parie que tu es Scorpion.

— Comment tu le sais ?

— Je fais de l'astrologie. On t'a déjà fait ton thème astral ?

— Non. C'est du pipeau.

Ollie resta silencieux pendant plusieurs kilomètres. Ils dépassèrent la route du lac et il prit à gauche. Un panneau indiquant : *US 33 : 6,4 km* apparut dans le faisceau des phares.

— Où et à quelle heure es-tu né ? insista Ollie.

— 5 h 30, Mississippi.

— Ah, ah !

— Qu'est-ce que ça veut dire ?

— Ça veut dire que tu es ascendant Balance. Évidemment, il faudrait que je fasse des calculs précis pour être complètement sûr, mais c'est très probable. La Balance est le signe de…

— M'en tape.

— De la beauté et de l'honnêteté. Son symbole est une balance dont les plateaux sont équilibrés. Y a des fois où tu dois te sentir perplexe.

Louis ne répondit pas. Il regarda Ollie se servir de sa main libre pour ouvrir son sac en Cellofrais et en sortir une carotte.

— Les Scorpion sont très lunatiques et se laissent souvent envahir par des idées morbides et parfois par les aspects violents de la vie, expliqua Ollie entre deux morceaux de carotte. Tu as probablement Mars ou Mercure en Bélier, ce qui expliquerait en partie ton amour pour ton travail de policier. Arès est le dieu de la Guerre et règne sur la police et sur l'armée.

— Et pourquoi suis-je souvent « perplexe » ? demanda Louis, qui n'en revenait pas lui-même de lui demander pareille ânerie.

— Parce que la Balance est ton ascendant et que les Balance sont très pacifiques par nature. Complètement non violents. Donc, tu vois, tu es sujet à des pulsions violentes, alors que ta douceur naturelle te pousse à les avoir en horreur. D'où ta perplexité.

Louis le regarda.

— Tu veux une carotte ? lui proposa Ollie.

Louis accepta et en prit une.

— Je continue ? reprit Ollie.

Louis opina de la tête en croquant dans la carotte.

— Je parie que tu aimes les femmes très passionnées.

— Ce serait pas le cas de tout le monde ? dit Louis en riant.

Son rire s'éteignit rapidement. Il n'avait pas envie de penser à Zoe pour le moment.

— Non. Pas vraiment. Mais toi, tu aimes les femmes qui te rendent fou, physiquement et mentalement. Celle que tu épouseras sera d'une nature insaisissable, mystérieuse et aimera probablement l'eau.

— L'eau ?

— Tout comme toi.

— Je n'y avais jamais pensé dans un sens ou dans l'autre.

— Tu devrais, dit Ollie en le regardant.

Les lumières du tableau de bord se reflétaient dans son regard bienveillant.

— C'est probablement au bord de l'eau que tu devrais t'installer.

— Eh bien, j'ai l'impression que le chef ne va pas être d'accord. Je ne crois pas qu'il veuille de moi ici.

— Ce n'est pas obligatoirement ici. Il y a de l'eau partout dans le monde, dit Ollie en lui tendant son sachet en Cellofrais. Encore une carotte ?

Louis déclina l'offre. Ils roulèrent en silence pendant plusieurs kilomètres, Louis contemplant les tourbillons de neige. Soudain, la radio se mit à crachoter des parasites. Ollie tendit le bras pour diminuer le volume.

— Hé, Ollie, dit enfin Louis.

— Oui ?

— Excuse-moi.

— De quoi ?

— Pour cette vanne sur le tabac.

Les tempes aux veines apparentes d'Ollie se contractèrent.

— T'inquiète. Il faut que je m'arrête de toute façon. Ma femme serait tellement contente. Mais c'est le dernier vice qui me reste.

Il ralentit soudain et fit un demi-tour.

— Qu'est-ce que tu fais ? demanda Louis.

— Le Castle est peut-être ouvert. Non parce que… si t'en peux plus…

— Merci, mec.

Ils retournaient vers la ville. Au bout de plusieurs kilomètres, Louis aperçut le néon du White Castle formant un arc de cercle au-dessus de la silhouette sombre des arbres. Ollie se serra le long du trottoir et se gara. Louis s'apprêtait à ouvrir la portière lorsque Ollie ajouta :

— Jess est Vierge. Les Vierge règnent sur ta douzième maison.

— C'est quoi, ça ? La maison des coéquipiers ?

— La maison des secrets.

Louis le regarda un instant, puis referma la portière. Il entra dans le restaurant et commanda six hamburgers, des frites et du café. Il regarda grésiller ses steaks, puis il se retourna et jeta un coup d'œil à Ollie à travers la vitre mouillée. La maison des secrets. Quelle connerie !

Il régla les hamburgers, prit le sac d'un blanc graisseux et ressortit en consultant sa montre. Plus que trois heures. Il commença à traverser le parking humide en songeant à Jesse. Puis le visage de Zoe se mit à apparaître et à disparaître dans son esprit comme un fantôme. Il s'arrêta, ôta le couvercle du gobelet de café et en but une gorgée. Ses yeux le brûlaient de fatigue. Il regarda de l'autre côté de l'aire de stationnement en essayant de se concentrer sur le sombre bosquet de pins. Une nappe de brouillard bas avait enveloppé les troncs de son linceul, donnant l'impression que les énormes arbres flottaient dans la nuit. La maison des secrets. Sa maison, mais les secrets de qui ?

Il monta dans la voiture bien chaude et ouvrit le sac.

— J'imagine que tu n'en veux pas ? dit-il en tendant le cornet de frites.

Ollie fit non de la tête en souriant et sortit du parking. Ils roulèrent en silence pendant que Louis engloutissait ses hamburgers. À un moment donné, il se surprit à suivre des yeux un petit médaillon accroché au rétroviseur et dont les balancements l'apaisaient. Il lui fallut quelques instants pour se rendre compte qu'il s'agissait d'une pointe de flèche.

— Qu'est-ce que c'est que ça ? demanda-t-il en montrant l'objet du doigt.

Ollie lui adressa un demi-sourire.

— Tu es sûr de vouloir le savoir ?

Louis avala sa dernière frite et fourra les détritus dans le sac.

— Oui, vas-y, balance.

— C'est une pointe de flèche en jaspe, dit Ollie. Les Indiens croyaient en leur pouvoir pour les protéger de leurs ennemis.

— Ça n'a pas trop marché avec les visages pâles, tu ne trouves pas ?

Ollie ignora sa remarque. Les mains toujours aussi fermement agrippées au volant, il prit la direction du centre-ville. Louis étouffa un bâillement et s'adossa au siège en suivant des yeux la pointe de flèche qui se balançait d'avant en arrière. La voix de l'opératrice redonna vie à la radio. Ollie monta le volume.

— Loon-8 et Loon-11, on nous signale un feu de poubelle au kilomètre 7, sur la County Road 329, à trois kilomètres de l'autoroute 33. Vous me recevez ?

— Génial, murmura Louis. (Il actionna le micro.) Bien reçu, Central. On est partis.

La County Road 329 était une route sombre à deux voies qui partait vers l'est et le lac Huron. Elle était bordée par des hectares entiers de prairies recouvertes de neige et s'étalant jusqu'à la chaîne de montagnes de la Huron National Forest. C'était un paysage austère, presque lunaire, de parcelles blanches et désolées cernées par de sombres canyons de pins centenaires.

Le feu de broussailles apparut, bien visible, au dernier détour de la route. Ollie se gara sur le bas-côté, les roues arrière sur l'asphalte.

Louis descendit le premier du véhicule et se planta à côté de la portière. Il n'y avait ni maisons ni lumières électriques d'aucune sorte. Seulement les lumières rouge et bleu du gyrophare de la voiture de patrouille et, au loin, sinistre dans la prairie près des arbres, la lueur orange du feu.

Il prit sa lampe torche et la braqua sur les champs. Le feu brûlait dans un vieux bidon à pétrole, les flammes montant haut dans le ciel. Il tourna le faisceau de sa lampe vers les pins les plus éloignés et décrivit des arcs de cercle à peine visibles dans la pénombre. Rien.

Des gosses. Probablement rien que des gosses. Il prit une grande goulée d'air frais. Mais pourquoi ses cheveux se hérissaient-ils sur sa nuque ?

Tout ce qu'il savait de Lacey lui disait que ce type n'aurait pas frappé dans un endroit pareil. Il avait abattu ses deux victimes quand elles se croyaient en lieu sûr, dans des endroits et à des moments où un flic était le moins supposé se comporter en flic. Ici, c'était trop… évident. Ça n'était pas son genre.

Le coffre de la voiture s'ouvrit et Louis sursauta.

— Qu'est-ce que tu fais ? demanda-t-il.

— Je prends ton gilet, dit Ollie.

Louis posa sa torche sur le capot de la voiture et ôta son blouson. Ollie lui tendit le lourd gilet qu'il enfila. Le vent lui cingla le dos tandis qu'il fixait les attaches en Velcro. Grelottant, il se hâta de remettre son blouson.

— Où est le tien ? demanda-t-il.

— Je l'ai sur moi.

Il reprit sa torche et se remit à balayer le pré, à la recherche d'une trace laissée par un véhicule. Il n'y avait rien, pas même une empreinte de pneu dans la neige immaculée.

— C'est peut-être des gosses, dit Ollie.

Louis fit non de la tête.

— La seule raison qu'on pourrait avoir de faire un feu dans un endroit loin de tout comme celui-là serait de vouloir brûler quelque chose qu'on veut que personne ne retrouve.

Il n'ajouta pas ce à quoi il pensait, à savoir qu'ils étaient peut-être tombés par hasard sur une preuve que Lacey tentait de faire disparaître et qu'il y avait peut-être un autre flic mort quelque part dans les environs.

— Bon, quoi qu'il en soit, il faut qu'on aille voir, dit Ollie.

— Je m'en charge, dit Louis en regardant le feu.

— Je pense qu'il vaudrait mieux que ce soit moi.

— Pourquoi ? C'est dans ton horoscope ?

— En fait, il me conseille plutôt d'éviter tout conflit professionnel pour aujourd'hui.

— Voilà qui résout le problème. J'y vais, dit Louis en enfilant ses gants.

Ollie acquiesça et se pencha à l'intérieur de la voiture pour attraper le micro de la radio.

— Central, je reste dans le véhicule. L-11 continue à pied.

Louis escalada la congère et s'éloigna dans le champ. Loin de la voiture, la pénombre l'enveloppa et il sentit les battements de son cœur commencer à s'accélérer. Il marchait avec précaution, la neige poudreuse devenant de plus en plus profonde à chaque pas qu'il faisait. Le feu formait une tache orange devant le mur sombre des arbres.

Il plissa les paupières – il savait que le manque de sommeil affectait sa vision et probablement aussi ses capacités mentales. Il avait la sensation que tous ses nerfs marchaient à l'adrénaline.

Soudain, il s'enfonça dans la neige jusqu'aux genoux, partit en avant et se reçut sur les mains. *Merde, merde et merde.* Il se releva, ôta rapidement ses gants et se débarrassa de la neige. Il essuya sa lampe torche et se retourna vers la voiture. Elle semblait loin et toute petite. Ollie, debout à côté de la portière côté conducteur, paraissait encore plus petit.

En approchant du bidon, il commença à sentir l'odeur de l'essence et à entendre les crépitements du feu. Il braqua sa torche dessus. La neige à sa base était bien tassée, mais il ne voyait toujours aucune empreinte de pas menant quelque part.

La voix rompant le silence, il sursauta. Edna... Bon sang, c'était Edna, dont la voix montait de la radio portative accrochée à sa ceinture. Elle demandait à Ollie un code-4 afin de s'assurer que tout allait bien. Il entendit la réponse de ce dernier.

Il s'arrêta à quelques pas du bidon et examina la neige. Il vit enfin des empreintes de pas, imprécises et déformées dans la neige, comme si quelqu'un s'était longuement déplacé tout autour. Elles partaient vers les pins.

Il ramassa un morceau de bois, s'avança et l'enfonça dans le bidon. Et toucha quelque chose de solide, qui projeta des braises orange en l'air et raviva le feu. Il sortit un morceau de tissu des flammes et le jeta dans la neige. Bon sang. Pas moyen de dire ce qu'il y avait là-dedans. Pour autant qu'il sache, ça pouvait être un corps. Il fallait éteindre ce feu.

— L-8, dit-il en appelant Ollie avec sa radio portative, je vais mettre de la neige dans ce bidon et essayer de voir ce qui brûle.

— Bien reçu.

Louis jeta le morceau de bois sur le côté et remit sa radio à sa ceinture. Puis il s'accroupit pour ramasser de la neige.

Un bruit sec se fit entendre au loin. Une branche? Un animal?

Louis regarda vers la voiture. Un frisson lui parcourant l'échine, il approcha la main de sa radio.

Une violente détonation rompit le silence et il sentit quelque chose le frapper durement dans le dos et le projeter par terre. Il ne pouvait plus respirer. Désespérément, il tenta de sortir le visage de la neige et sentit aussitôt une douleur aiguë à la colonne vertébrale. Il se mit à tousser, luttant pour respirer, essayant encore et encore de s'enlever la neige.

Bon sang, bon sang… il était touché.

Une autre détonation transperça le silence. Luttant pour se relever sur les coudes, il arracha la radio de sa ceinture et l'actionna de ses doigts tremblants.

— Central! Central! Coups de feu! Coups de feu! Suis touché!

Edna appela immédiatement Ollie. Celui-ci ne répondit pas. Louis gisait sans bouger, essayant de réfléchir. Retourner à la voiture? Attendre des renforts? La radio tremblait dans sa main.

— L-11, où êtes-vous touché? demanda Edna.

— Dans le dos! répondit-il en suffoquant. (Il actionna de nouveau sa radio.) L-8! L-8! Tu me reçois?

Il n'y eut aucune réponse, il baissa la tête, les doigts serrés autour de la radio. Il fallait retourner à la voiture.

Il se força à se mettre à genoux et sortit son arme de son étui. *Bouge-toi! Bouge-toi!* lui cria son esprit.

Il se traîna jusque derrière le bidon à pétrole, face aux arbres. Il scruta le mur sombre des pins en essayant de ralentir son cœur qui battait la chamade. Peu à peu, il se rendit compte que la douleur dans son dos n'empirait pas. Bon Dieu, le gilet pare-balles! La balle avait touché le gilet. Mais Ollie en avait aussi un. Pourquoi ne répondait-il pas?

La radio grésilla de nouveau – Edna tentait toujours de contacter Ollie. Un nouveau coup de feu retentit, la balle lui sifflant au-dessus de la tête et atteignant des branches plus loin sur sa droite.

— Central, dit-il le souffle court. Tireur embusqué. Je répète : tireur embusqué... non repéré, non repéré.

— L-11, quelle est votre position?

— Route 329... dans un champ. Sommes séparés!

Sa voix était sans timbre, presque inaudible. Le son qu'elle faisait le glaça d'effroi. Il avait peur. Bon Dieu, ce qu'il avait peur!

Edna appela Ollie.

— Demandons code-4, Loon-8.

Louis regarda la radio.

— Allez, bon Dieu, réponds, réponds, chuchota-t-il.

Edna s'adressa de nouveau à Louis.

— Loon-11, dans quel état êtes-vous?

— Satisfaisant! Satisfaisant!

— À quelle distance vous trouvez-vous de Loon-8?

— Je... environ vingt-cinq mètres.

Louis respira à fond, le cœur battant. Il s'essuya la figure, les yeux toujours rivés aux arbres.

— Loon-11 répondez. Combien de coups de feu?

— Trois... non, quatre!

— Savez-vous d'où ils proviennent?

Louis regarda les arbres sur sa gauche.

— De l'est, Central. Calme pour le moment.

— Pouvez-vous établir la position du tireur?

Louis s'humecta les lèvres.

— Négatif. Négatif.

Edna répondit, la voix ferme, mais marquée par la peur.

— Loon-11, avisons que Loon-5 et 6 sont pris dans un guet-apens. Temps d'intervention estimé à sept minutes.

Des images du tireur embusqué attendant les unités obsédaient son esprit. Il voulut crier dans la radio, mais se força à parler doucement.

— Central, je répète, pas de position du tireur. Prévenez toutes les unités de procéder avec prudence.

Le bidon à pétrole derrière lui était brûlant, mais il grelottait tandis que le vent faisait tourbillonner la neige autour de lui. Il se frotta les mains sur les cuisses, sentit des picotements dans les doigts. D'une façon ou d'une autre, il fallait retourner à la voiture de patrouille.

Le feu dans le bidon s'éteignait doucement, mais il avait besoin du couvert de l'obscurité complète. Il ramassa deux poignées de neige et les jeta dans le bidon. Le feu grésilla, puis s'éteignit.

Il se mit à avancer sur les genoux, ses yeux sondant les ténèbres, ses oreilles écoutant le moindre mouvement. Ses mains nues s'engourdissaient de plus en plus tandis que, lentement, il progressait dans la neige en direction de la voiture.

Il s'attendait à essuyer de nouveaux coups de feu. Il savait que même dans l'obscurité, sa tenue sombre le rendait visible sur le fond de la neige.

Un bruissement de branchages sur sa gauche. Il se figea. Le bruit se renouvela, plus éloigné cette fois. Puis il le vit, juste une silhouette en mouvement près de la route. Il venait des arbres à l'est, visible une seconde seulement lorsque les lumières rouge et bleu du gyrophare le frappèrent. Puis il disparut.

Louis se força à se mettre debout et se mit à courir.

La silhouette reparut dans les lumières au moment où il émergeait des broussailles et traversait la route. Il n'était qu'à une vingtaine de mètres et se dirigeait dans le sens opposé à Louis. Il portait un objet long et sombre. Un fusil.

L'homme traversa rapidement, expertement, le faisceau blanc des phares de la voiture de patrouille, puis disparut derrière.

Louis se figea, les bras tendus devant lui, l'arme pointée.

— Arrête-toi ! Arrête-toi ! s'écria-t-il. Arrête-toi, fils de pute.

Deux coups de feu, c'est tout ce qu'il aurait. Il retint son souffle et appuya sur la détente. Un éclair jaillissant devant lui, il dut plisser les yeux pour remettre en joue le fuyard. Et refaire feu.

Pas moyen de voir où il tirait. Puis il l'aperçut à nouveau. Il était presque arrivé aux arbres de l'autre côté de la route.

— Loon-11. Loon-11. Vous me recevez ? demanda Edna.

Bon Dieu de bon Dieu ! Il se mit à courir, trébuchant dans de grands trous dans la neige. Il tomba, s'efforça de se remettre debout, leva son arme et tira à nouveau au moment où l'homme bondissait au milieu des arbres. Des branches se brisèrent tandis que les ténèbres se refermaient sur lui.

— Fils de pute ! hurla-t-il.

— Onze ! Avisez bien reçu !

Il avait la poitrine serrée, son cœur battait la chamade. Salopard ! Pas encore. Pas encore ! Il n'allait pas encore s'enfuir !

Il empoigna son arme et la déchargea en direction des arbres. Elle tressauta dans ses mains, les détonations se répercutant dans la nuit.

Clic, clic, clic. Le chien contre la chambre vide.

Il baissa son arme, haletant. Les mains tremblantes, il inséra le chargeur rapide dans le barillet et le referma d'un coup sec.

— Putain de salopard ! hurla-t-il dans le noir. Putain de saloperie d'ordure !

— Loon-11, indiquez votre position !

Il se mit à courir vers la voiture, mais ses jambes s'enfonçaient dans la neige profonde. Au loin, il entendit un moteur démarrer et partit dans cette direction. Et se retrouva sur l'asphalte juste à temps pour voir deux feux arrière disparaître dans la nuit, là-bas vers l'est, par la County Road 329.

— Loon-11 ! Indiquez votre position !

Louis retourna rapidement à la voiture et se figea.

Ollie était affalé sur le siège, les jambes dépassant par la portière. Il avait les yeux ouverts et son arme encore à la main. Il était touché à la gorge. Du sang jaillissait de sa blessure, recouvrant le col de fourrure bleu foncé de sa parka en Nylon.

— Loon-11. Indiquez votre position s'il vous plaît !

Les lèvres d'Ollie remuaient. Ses yeux étaient rivés sur Louis, épouvantés, semblables à ceux d'un oiseau. Il était vivant. Nom de Dieu, il était vivant !

Louis s'empara du micro sur le tableau de bord.

— J'ai besoin d'une ambulance sur place immédiatement ! cria-t-il. Immédiatement.

Ollie leva une main tremblante. Louis la lui prit, entremêlant ses doigts dans les siens. Ils étaient humides et froids, comme de l'argile. Ses veines bleues palpitaient sous sa peau blême.

— Central, où sont les renforts ? cria Louis dans le micro en prenant appui du coude sur le capot.

Les doigts d'Ollie remuèrent mollement entre les siens.

— Aide-moi, supplia-t-il d'une voix déformée par le sang.

Mon Dieu, tout était rouge. La gorge d'Ollie, sa chemise, la voiture, les lumières. Oh, mon Dieu... il fallait que ça s'arrête. Que ça s'arrête.

Louis jeta la radio sur le tableau de bord, se pencha à l'intérieur de la voiture et posa la main sur la blessure. Du sang chaud lui coula sur la peau et il sentit le faible pouls d'Ollie sous ses doigts.

— Accroche-toi, mec, murmura-t-il. Accroche-toi.

— Loon-11, quelle est la situation ?

Ça n'était plus maintenant la voix calme d'Edna. C'était celle, ferme et sèche, de Gibralter.

Louis se pencha au-dessus d'Ollie pour prendre la radio, mais se figea en voyant ses yeux levés vers lui. Ils étaient vides. Il lui fallut un moment pour se rendre compte que son pouls avait cessé de battre sous ses doigts.

Il ôta doucement sa main et la regarda. Une seconde durant, la radio resta muette et le silence absolu.

Une douleur profonde et pénétrante l'envahit, le plia en deux. Il empoigna la portière de la voiture et posa sa main pleine de sang sur son front.

— Loon-11 ! cria Gibralter.

Louis ferma fort les yeux, son poing frappant le toit de la voiture.

— Kincaid !

Hébété, il reprit le micro. Tourna le dos à Ollie et appuya sur le bouton, mais quand il essaya de parler, les mots restèrent coincés dans sa gorge. Il savait ce qu'il avait à dire. Il l'avait déjà entendu cent fois. Mais pas dans la réalité. À la télévision et dans les films. Pas dans la réalité. Pas dans la réalité.

— Central… nous avons… nous avons un 10-99. (Il leva brièvement la tête, sous les flocons de neige.) Policier abattu.

Il y eut un silence. Puis la radio reprit vie avec des voix pressantes. D'autres agents de Loon Lake, et sur l'autre canal, le bureau du shérif.

Edna leur imposa à tous le silence en quelques mots.

— Cessez toute communication. Loon-11 ?

Louis s'essuya le visage avec sa manche et regarda la route déserte dans la direction d'où provenaient les sirènes. Il approcha de nouveau le micro de sa bouche et baissa la tête dans sa main.

— Suspect armé gros calibre… un fusil. Dans véhicule non identifié… se dirige… se dirige vers l'est par la route 329.

— Onze ! beugla Gibralter. Qu'est-ce que c'est que ce rapport ? Qu'est-ce qui s'est passé là-bas ? Avez-vous riposté ? Où vous trouvez-vous ?

— Je ne… affirmatif, affirmatif.

Les sirènes se rapprochaient, leur hurlement augmentant et diminuant avec le vent. Dans son esprit obscurci, elles paraissaient presque humaines.

Il serra le micro entre ses doigts tandis que son esprit tentait de se raccrocher à une forme de réalité. Il sentait l'odeur du sang sur ses mains, étrangement métallique. Le sang d'Ollie. Il regarda sa main. Couverte de sang. Et la radio était pleine de sang. Et les jambes de son pantalon étaient tachées de sang. Il l'examina avec une curiosité morbide. Son pantalon était noir… pas rouge, noir.

— Loon-11 ! hurla Gibralter. Qu'est-ce qui se passe ?

Quelque chose traversa alors son esprit qui fonctionnait au ralenti, quelque chose concernant le fusil. Il actionna le micro. Et commença à déverser un flot de paroles au fil de sa colère, sans pouvoir s'arrêter.

— Un lâche ! cracha-t-il dans la radio. C'est un salopard de lâche ! Lacey s'est servi d'une putain de lunette à visée nocturne ! Ollie n'avait pas la moindre chance ! Pas la moindre chance !

Sa voix se brisa dans un sanglot et il inhala brutalement un grand bol d'air glacé.

— Kincaid !

— On n'arrivera pas à l'attraper. On a besoin d'aide. Enfin, bordel, vous ne comprenez pas ? On a besoin d'aide !

— Loon-11, ressaisissez-vous !

Louis jeta la radio sur l'asphalte mouillé. Elle y rebondit et émit une dernière série de parasites. Il leva la tête vers le ciel. Sentit les flocons se poser sur son visage, y sentit se poser chacun d'entre eux, avec une effroyable délicatesse.

CHAPITRE 27

Il claquait des dents et les serra pour que cela cesse. Il leva la tête vers le ciel noir dans l'espoir d'y trouver un endroit où se débarrasser des images vivaces et sanglantes qui hantaient son esprit. Tous ces bruits ! Les sirènes qui hurlaient. Les parasites de la radio. Les cris. Tous ces hommes qui criaient alors que lui ne faisait rien.

Une portière claqua, il se retourna. L'ambulance, ce n'était que l'ambulance. Elle démarra lentement, sans donner le moindre sentiment d'urgence.

Quelqu'un le toucha, il se retourna. La silhouette de Jesse se découpait dans la lumière aveuglante des projecteurs braqués sur la voiture de patrouille. Une seconde durant, les voix et les sirènes semblèrent se mettre en sourdine.

Jesse tendit les bras vers lui. Il se raidit et recula. Mais le besoin de toucher, le besoin d'un contact humain était trop fort. Lentement, il s'abandonna à l'étreinte de Jesse. Il ferma les yeux et posa le front sur le Nylon rigide de son blouson.

— Harrison !

Jesse s'écarta, laissant un vide comblé par le vent froid. Louis plissa les yeux et vit la silhouette de Gibralter qui venait vers lui.

— Comment est-ce arrivé ? murmura celui-ci d'une voix rauque.

Comment est-ce arrivé ? Comment est-ce arrivé ? Le regard de Louis se déplaça vers la voiture sous le feu des projecteurs, des formes sombres évoluant autour d'elle, au-dessus, à l'intérieur.

— Kincaid ! Comment est-ce arrivé ?

C'est arrivé parce que j'ai laissé partir Lacey. C'est arrivé parce que je suis allé dans le champ et qu'Ollie est resté près de la voiture. C'est arrivé parce que je n'ai pas réussi à revenir auprès d'Ollie à temps. C'est arrivé parce que je n'ai pas réagi assez vite, parce que je n'ai pas tiré assez bien, parce que, parce que, parce que…

— Je veux votre rapport dès ce soir, dit Gibralter en le ramenant à la réalité.

Avait-il dit : « Oui, chef » ou seulement hoché la tête ? Il n'en était pas sûr. Tout ce qu'il savait, c'était que Gibralter lui avait tourné le dos. Dans la lumière aveuglante, il apercevait vaguement Jesse resté à proximité. Il reprit conscience des bruits – les voix, les radios, tout ce boucan qui lui faisait mal au crâne.

— Merde… merde.

Il lui fallut un moment pour différencier les voix des bruits. C'était Gibralter qui jurait tout seul.

— Merde… pourquoi lui ?

Les deux derniers mots lui firent lever la tête. *Pourquoi lui ?* Il regarda de nouveau vers la voiture et revit Ollie gisant sur le siège avant, sentit à nouveau la chaleur de son sang qui palpitait dans sa main. *Pourquoi lui ?*

Il se retourna et vit Gibralter qui l'observait. Les mots n'étaient pas prononcés, mais ils étaient dans ses yeux. *Pourquoi pas toi ?*

Gibralter se retourna et s'éloigna.

Louis se dirigea avec raideur jusqu'à sa Bronco. Il se pencha au-dessus du siège du conducteur et prit un bloc-notes. Ouvrit lentement la fermeture Éclair de son blouson et chercha un stylo. Sa main entra en contact avec le Nylon rêche du gilet pare-balles. Pour la première fois, il prit conscience de son poids, prit aussi conscience de la douleur sourde qu'il avait au niveau du rein, là où le gilet avait arrêté la balle de Lacey.

Il jeta le bloc-notes sur le siège et ôta son blouson. Défit les attaches en Velcro, enleva le gilet par la tête et le jeta sur le sol de la Bronco. Et resta immobile quelques instants, à respirer bruyamment. Et ferma fort les yeux.

Arrête, arrête... arrête! Il les rouvrit et découvrit les silhouettes qui se déplaçaient autour de lui. Des policiers d'État, des hommes du shérif, des techniciens de scène de crime. Il reconnut les parkas bleues familières des policiers de son propre commissariat. Il vit aussi, plus loin dans le champ de neige, le ballet des lampes torches des hommes partis à la recherche de l'endroit où Lacey s'était dissimulé. Ces hommes faisaient leur travail. Il fallait qu'il se ressaisisse pour faire le sien.

Il reprit le bloc-notes, s'assit au bord du siège passager et mit son blouson sur ses épaules. Détourna les yeux du champ et des lumières.

Peu à peu, les mots lui vinrent. Ils lui vinrent, ces mots qui exprimaient ce qui était arrivé, là, sur les lignes du papier. C'étaient les mots de son travail, des mots comme *suspect, victime, poursuite* et *coups de feu*, des mots sans le poids de l'émotion. Des mots sûrs, efficaces, inhumains, et leur vacuité le réconforta.

Quand il eut terminé, il mit de côté le rapport et s'adossa au siège. Un énorme coup de fatigue s'abattant peu à peu sur lui, il dut lutter pour réussir à garder les yeux ouverts. Il se redressa, enfila son blouson et descendit de la Bronco.

Il chercha Gibralter des yeux dans la foule et le repéra enfin, près de la portière ouverte de la voiture de patrouille d'Ollie. Il s'approcha, évita de regarder l'intérieur souillé de sang.

— J'ai terminé mon rapport, dit-il. Que voulez-vous que je fasse maintenant ?

— Rentrez chez vous, répondit Gibralter sans le regarder.

— Mais, chef...

— J'ai dit : « Rentrez chez vous. »

— J'ai besoin d'être là.

— Il ne s'agit pas de ce dont vous avez besoin, Kincaid. Vous êtes mis en congé administratif en attente d'une évaluation psychologique.

— Un psy ? J'ai pas besoin d'un psy.

— C'est la politique en vigueur dans nos services. Prenez rendez-vous dans la matinée.

— Je peux aider dans les recherches…

— On n'a pas besoin de vous, l'interrompit Gibralter en se détournant avant qu'il ait le temps de répondre. Evans !

Le policier se retourna et arriva au trot.

— Evans, ramenez Kincaid chez lui.

— Attendez une minute, dit Louis en se mettant dans le champ de vision de Gibralter. Je veux…

— Je me fiche de ce que vous voulez, dit sèchement celui-ci. Dans votre état mental, vous ne nous êtes d'aucune utilité. Maintenant, rentrez chez vous.

Louis se dirigea avec raideur vers la voiture d'Evans et y monta, incapable de regarder ce dernier tandis qu'il démarrait. Ils s'éloignèrent lentement et se retrouvèrent bientôt plongés dans le silence et l'obscurité.

Louis appuya la tête sur le siège. Une pensée pénétra son esprit embrumé.

— Ils l'ont trouvée ? demanda-t-il d'une voix sourde.

— Trouvé quoi ? demanda Evans.

— La carte.

Evans hésita.

— Oui.

— Où est-ce qu'elle était ?

— Par terre dans la voiture.

Louis ferma les yeux. Voilà pourquoi cet enfoiré avait couru vers la voiture – pour y mettre la carte.

— Qu'est-ce que c'était ? Quelle carte ? demanda-t-il.

— Un huit de trèfle.

Un huit. Un huit ? Comme le numéro de code d'Ollie. (Quelque chose lui vint à l'esprit.) Le numéro de Lovejoy était le dix.

— Les codes radio, marmonna-t-il doucement. Il se sert de leurs foutus codes radio.

Evans lui jeta un coup d'œil.

— Quoi ?

Sauf Pryce. Le numéro d'appel de Pryce était le deux, pas le un comme l'indiquait l'as de pique. Pourquoi sa carte n'était-elle donc pas un deux ?

Evans freina brutalement et arrêta la voiture. Louis leva la tête, vit qu'il était arrivé et descendit du véhicule sans un mot. Il entra chez lui et gagna la cuisine. Il ôta la capsule de la bouteille de Christian Brothers et but une grande rasade. Elle lui coula sur le menton, il toussa et reposa la bouteille. Il se pencha au-dessus de l'évier et s'essuya le menton avec la main.

Vous ne nous êtes d'aucune utilité...

Sa main tremblait. Il l'approcha de son visage et la retourna lentement. Il regarda ses ongles souillés de sang séché. Il ouvrit le robinet, prit un tampon Brillo, se passa les mains sous l'eau et se frotta les ongles avec le tampon. Et finit par le jeter de côté et fermer l'eau.

On frappa, il regarda vers la porte. Il porta la main à son étui. Il était vide ; il avait rendu son arme sur la scène de crime, conformément à la procédure habituelle.

— Louis ? lança doucement une voix. Louis. C'est Zoe.

Il poussa un soupir de soulagement, se dirigea lentement vers la porte et l'ouvrit. Elle se tenait dans la pénombre de la véranda, tête nue, le visage indistinct. Elle attendit, il finit par se pousser et la laissa entrer.

Le chalet était sombre, la seule lumière provenant de la cuisine. Elle jeta un coup d'œil alentour pour finalement poser à nouveau son regard sur lui. Regard qu'il vit descendre de son visage à sa poitrine. Il avait oublié qu'il portait toujours sa parka de policier, dont le devant était plein de taches brunes du sang d'Ollie.

Il lui tourna le dos et se dirigea vers le canapé. Il alluma une petite lampe, se débarrassa de son blouson et le jeta dans un coin. Puis il s'assit, se pencha en avant et, les mains sur les genoux, ferma les yeux. Au bout d'un moment, il sentit le canapé s'affaisser sous le poids de la jeune femme au moment où elle s'asseyait près de lui.

— Je suis au courant de ce qui s'est passé, dit-elle.

Sa voix lui parut distante, enfantine, craintive. Il décida de ne pas répondre. Il craignait que la sienne lui ressemble.

— Il fallait que je vienne, reprit-elle.

Il hocha lentement la tête, n'osant pas la regarder. Il aurait voulu lui demander pourquoi elle était revenue, mais il ne voulait pas entendre ce qu'il savait être la vérité – qu'elle était revenue par compassion.

— Va-t'en, Zoe, dit-il doucement.

— Louis…

— J'ai besoin d'être seul pour le moment.

Elle lui posa la main dans le dos.

— Ne me repousse pas. Je comprends…

— Je t'en prie… je t'en prie, va-t'en. Tout de suite. S'il te plaît.

Il commença à s'écarter, mais elle remonta sa main jusqu'à son cou pour l'en empêcher.

— Ne fais pas ça, dit-elle.

Il tenta de la repousser, mais son étreinte se fit plus forte.

— Ne fais pas ça, répéta-t-elle.

Il se mit à trembler et ferma les yeux.

— Ne fais pas ça, murmura-t-elle.

Quelque chose se déchira dans sa poitrine et il se laissa tomber sur elle. Elle l'enlaça et l'attira contre elle. Il se mit à pleurer. Elle le tint serré, lui caressant le visage, jusqu'à ce qu'il s'endorme, épuisé.

CHAPITRE 28

Louis passa dans la véranda en s'étirant les bras au-dessus de la tête. Il regarda vers l'ouest, là où le soleil couchant avait laissé une traînée orange au-dessus des arbres. Le crépuscule avait toujours été son moment préféré pour courir.

Il n'avait pas couru depuis des années, à l'exception de cette unique fois avec Zoe, et risquait probablement une élongation musculaire, mais il s'en fichait. Il avait besoin de sortir. Courir l'avait toujours aidé à se remettre les idées en place, à y voir plus clair, et Dieu savait à quel point il avait en ce moment besoin d'aide dans ce commissariat.

Tout en s'étirant les mollets, il repensa à son rendez-vous à Grayling avec le psychiatre Vincent Serbo plus tôt dans l'après-midi. C'était un vieux schnoque flegmatique, habitué à traiter les femmes au foyer déprimées et les militaires de la base qui avaient pété les plombs. Il lui avait raconté qu'en trente ans de carrière, il n'avait jamais vu un seul officier de police. Il paraissait captivé par le plus infime détail de la vie de flic.

Non que Louis se soit montré particulièrement prolixe. Il savait que voir un psy faisait partie de la procédure habituelle après un meurtre, en particulier quand celui-ci concernait un autre flic. Mais il n'était pas du genre à se confier à ses amis, et encore moins aux étrangers.

Et de toute façon, tout ça n'était que du bidon. Les sept étapes du deuil… putain, à quoi cela rimait-il ? La mort d'Ollie avait été pour lui un coup terrible, mais il la surmonterait et se remettrait au travail.

Il descendit de la véranda en faisant des moulinets avec les bras pour faire circuler le sang, et se dirigea vers les rives du lac.

— Hé, Louis !

Il se retourna et vit Jesse qui descendait le chemin à pied. Il était en tenue, mais aucune trace de sa voiture de patrouille.

Jesse s'approcha.

— Où est-ce que tu vas comme ça ? demanda-t-il.

— Courir.

Il n'avait pas revu Jesse depuis la fusillade. Ils n'avaient parlé de rien depuis que Gibralter les avait séparés. Il avait beau être content de le voir, il eut du mal à le regarder dans les yeux.

— Où est ta voiture ? lui demanda-t-il.

— Je suis allé au Dot's après le service et là, j'ai décidé de faire un tour à pied, pour réfléchir un peu. Je fais ça assez souvent depuis quelque temps, pour réfléchir.

Louis hocha la tête.

— Comment ça s'est passé aujourd'hui, au boulot ?

Jesse soupira.

— Tout le monde est sous le choc. Le chef a renvoyé Florence chez elle. Elle n'arrêtait pas de pleurer.

Louis hocha de nouveau la tête et regarda vers le lac. Il n'avait pas trop envie de parler de la mort d'Ollie, même avec Jesse. Merde, si c'était pas là une façon de refuser la réalité !

— Lou, on pourrait rentrer ? demanda Jesse.

— Bien sûr.

Ils pénétrèrent dans le chalet. Jesse ôta sa parka et s'assit sur une chaise en se frottant les mains pour essayer de les réchauffer. Il paraissait nerveux, plus encore qu'après la découverte de Lovejoy. Il ne restait plus que deux flics ayant participé à la descente : Gibralter et lui-même.

— Tu veux un verre ? proposa Louis.

Jesse refusa d'un signe de tête.

Louis ramassa une canette de Dr Pepper à moitié vide et en but une gorgée en s'appuyant au bar pour attendre que Jesse se décide à lui parler de ce qu'à l'évidence il avait derrière la tête.

— Alors, dit ce dernier, comment ça s'est passé avec le psy ?

— C'est bidon, de la blague, dit Louis avec un haussement d'épaules. Je dirai au type ce qu'il a envie d'entendre avant de retourner bosser.

Jesse le regarda sans rien dire.

— Quoi ? insista Louis.

— Non, je sais pas, dit Jesse. Je pense que tu devrais prendre ça un peu plus au sérieux.

Louis se mit à rire d'un air moqueur.

— Jess, épargne-moi ton analyse personnelle, tu veux ?

— Tu ne devrais pas prendre ça par-dessous la jambe. Non, parce que… Ollie est mort juste devant…

— Jess, dit Louis en lui coupant la parole, arrête. Je vais très bien.

— Tu ne vas pas très bien. J'ai entendu l'enregistrement.

Louis se tourna vers lui.

— Quel enregistrement ?

— La transmission radio. Tu avais l'air déboussolé.

Louis le regarda.

— Gibralter t'a fait écouter cet enregistrement ?

— Il l'a passé au briefing. (Jesse changea de position sur sa chaise, brusquement mal à l'aise.) Il s'en est servi comme une sorte d'exemple, nous l'a fait entendre à tous, et a dit qu'avec Lacey dans la nature, il fallait garder la tête froide et…

Louis jeta la canette de soda vide dans l'évier.

— Enfoiré !

Il se mit à marcher de long en large dans la pièce, se retourna et revint. Il prit la petite lampe sur la table basse.

— Salopard…

Jesse se leva d'un bond.

— Louis…

Louis reposa la lampe avec un bruit sec, se dirigea vers l'âtre et s'arc-bouta contre le manteau de la cheminée, tête baissée.

— Personne n'a porté de jugement, dit faiblement Jesse.

— Ferme-la, Jess ! marmonna Louis. Ferme-la juste une minute. (Après un instant, il se retourna.) Pourquoi est-ce qu'il me fait ça ?

Jesse l'observait avec attention.

— Assieds-toi, dit-il tranquillement.

Louis ne bougea pas. Mais quelque chose dans le regard de Jesse finit par le convaincre de s'asseoir au bord du canapé.

— Il sait, dit Jesse.

— Qui ? demanda Louis.

— Le chef.

— Il sait quoi ?

— Il sait pour Jeannie et toi.

— Jeannie ? Qui est cette Jeannie ?

Jesse le regarda bizarrement.

— Sa femme.

Louis hocha la tête.

— Sa femme ?

— Il sait… (Jesse hésita, l'air affligé.) Il sait que vous avez une liaison.

Louis le regarda, abasourdi.

— Il croit que je baise sa femme ?

Ce fut au tour de Jesse d'avoir l'air stupéfait.

— Ça n'est pas le cas ?

— Mais non ! répondit Louis aussitôt. Je ne l'ai même jamais rencontrée.

— Attends, attends, attends, dit Jesse en hochant la tête, avec qui est-ce que tu baises ?

— Ça ne te regarde pas, dit Louis d'un ton sec. (Il marqua un temps d'arrêt et tenta de se calmer.) Zoe, elle s'appelle Zoe Devereaux.

Jesse garda le silence un instant.

— Je ne connais pas de Zoe, et je connais tout le monde ici.

— Elle n'est pas d'ici, elle est de Chicago. Elle loue un chalet sur la rive nord. Elle est peintre.

Jesse se rembrunit.

— Peintre ? Comment elle est ?

— Elle est… elle est petite, métisse asiatique et…

Jesse attendait qu'il finisse et comme ça ne venait pas, il s'en chargea lui-même.

— Cheveux noirs, teint café au lait, comme toi ? dit-il.

Louis le regarda fixement.

— Elle aime les trucs français, ajouta Jesse. Elle peint… des tableaux avec de la neige et des arbres.

Louis continua de le regarder un moment, puis s'éloigna vers la cuisine. Jesse hocha lentement la tête, regarda Louis de dos et se leva.

— Il vaut mieux que je te…

Louis se retourna brusquement.

— Mais bordel, pourquoi tu ne me l'as pas dit plus tôt ?

— Je viens de l'apprendre, dit doucement Jesse.

— Comment ?

— Il me l'a dit. L'autre soir, avant qu'Ollie soit tué. Je suis allé chez lui pour lui parler du fait qu'il nous avait séparés et il me l'a dit.

Louis commençait à dire quelque chose, mais finit par hocher la tête. Il se retourna de nouveau, incapable de regarder Jesse en face. Les seuls bruits dans le chalet étaient ceux de sa respiration et du robinet qui gouttait.

— Je n'arrivais pas à le croire, dit doucement Jesse, pressé de rompre le silence. Je veux dire… je l'ai toujours trouvée étrange, mais quand il m'a dit pour son chalet et tous ces trucs bizarres…

— Depuis quand ? dit Louis.

— Quoi ?

— Depuis quand est-il au courant ?

Jesse parut mal à l'aise.

— Environ une semaine. Il m'a dit qu'il soupçonnait quelque chose et était allé à son chalet un matin pour lui parler. Le matin où il était en retard au briefing, tu te souviens…

La voix de Jesse s'estompa. Louis le regardait d'un air absent, comme s'il ne l'écoutait pas vraiment.

— Il m'a dit qu'il avait vu un dessin de toi qu'elle avait fait, reprit Jesse à voix basse. C'est là qu'il a compris.

Louis baissa la tête.

Jesse jeta un coup d'œil à la cheminée, puis le regarda de nouveau.

— On ne peut pas vraiment t'en vouloir, dit-il. Je veux dire… elle t'a menti.

Louis était incapable de bouger. La colère montait rapidement en lui et il dut faire appel à toute sa volonté pour ne pas taper sur quelque chose.

— Louis, cette femme est bizarre, poursuivit Jesse. D'après ce que m'a dit le chef, elle mène une double vie ; elle a une personnalité multiple et pertu…

— Ta gueule !

— Excuse-moi.

À nouveau le silence. Finalement, Louis se tourna vers lui.

— Pourquoi tu me racontes tout ça ?

Jesse ne répondit pas.

— Je croyais que c'était ton ami, ton mentor et tout le bordel. Alors pourquoi tu me racontes tout ça ?

— J'en avais pas l'intention. Oui, c'est mon ami et c'est le chef. Mais il te maltraite à cause de ça, pas à cause de Lacey, et il veut que tu t'en ailles.

— Alors pourquoi il ne me vire pas ?

— C'est ce que je lui ai demandé. Il m'a répondu qu'il ne veut pas qu'elle te plaigne. Il dit que s'il te vire, tu deviendras une victime à ses yeux.

Louis hocha la tête.

Le silence régna de nouveau.

— Louis…

— Rentre chez toi, Jess, dit celui-ci sans le regarder.

— Écoute…

— Rentre chez toi, s'il te plaît.

Jesse enfila lentement sa parka et se dirigea vers la porte. En passant devant le bar, il toucha l'épaule de Louis. Celui-ci s'écarta.

Jesse sortit et referma doucement la porte derrière lui. Louis ne bougeait pas ; tête baissée, il s'appuyait des deux mains contre le bar de la cuisine. Enfin il releva la tête et parcourut la pièce du regard pour trouver son manteau. Il le prit sur un fauteuil au passage et sortit. Il faisait nuit, mais la lune décroissante baignait le lac d'une lumière gris pâle. Il plissa les yeux et distingua une lueur à l'autre bout du lac. Il monta dans la Mustang et démarra.

Il ne lui fallut qu'un quart d'heure pour arriver à son chalet. Il était plongé dans l'obscurité. Il monta les marches en vitesse, ouvrit le coupe-vent et se mit à tambouriner à la porte. Aucun bruit ne lui parvint de l'intérieur. Il frappa de nouveau. Il vit bouger un rideau et se tourna vers la petite fenêtre. Le chat noir l'observait de ses grands yeux tranquilles.

— Zoe ! cria-t-il. Zoe !

Sa voix se répercuta à travers les pins, l'écho de son nom lui répondant avant de se perdre dans le silence et les ténèbres de la nuit.

— Zoe ! cria-t-il à nouveau.

L'écho. Le silence. Le murmure du vent dans les arbres. Il se tourna vers la fenêtre. Le chat noir avait disparu.

Il recula et descendit de la véranda en trébuchant et en embrassant le chalet du regard. Et resta ainsi à le regarder pendant plusieurs secondes. Puis il tourna les talons et retourna à la voiture.

CHAPITRE 29

Des rubans de couleurs sourdes sur fond de ciel radieux cobalt. Bleu. Marron. Noir.

Ils étaient tous venus. Les policiers d'État en bleu marine. Les hommes du shérif du comté d'Oscoda en marron chocolat. Une brigade d'une ville voisine en bleu cadet. Une autre en noir corbeau. Une quatrième en brun. Ils étaient debout, foule muette et immobile autour du cercueil d'Ollie Wickshaw.

Les huit hommes du commissariat de police de Loon Lake étaient devant, tenues bleu foncé, pardessus croisé et gants blancs immaculés. De sa place de porteur du cercueil Louis les observait, frappé par le contraste entre les manteaux dispendieux et la mine affligée des hommes. Il repensa à ce qui s'était passé plus tôt dans la matinée. Il avait failli arriver en retard car il n'arrivait pas à mettre sa tenue.

Son regard se porta sur les membres de la famille assis au premier rang, le dos raide. L'épouse d'Ollie regardait fixement le cercueil recouvert d'un drapeau – pas une larme, comme hypnotisée. Leur fille d'environ vingt ans était assise à sa gauche et pleurait doucement. Leur fils aîné à sa droite lui tenait la main, le regard perdu au loin dans les arbres.

Louis se tourna vers Gibralter, debout au garde à vous tout près, très raide ; puis il se mit à scruter la foule du regard en se demandant si elle était venue. Il ne la vit pas et ferma les yeux.

Le pasteur continua de sa voix monotone. Louis essaya d'écouter ce qu'il disait, de profiter de ses propos apaisants pour s'empêcher de penser. Il se concentra sur sa voix jusqu'à ce qu'elle devienne comme un doux ronronnement dans sa tête, litanie pleine de torpeur.

Une détonation rompit le silence. Il sursauta.

Il se raidit pour les deuxième et troisième tirs de la salve traditionnelle. Puis ce fut le silence. Il poussa un soupir saccadé.

Il sentit un coup de coude. Jesse le pressait de se diriger vers le cercueil. Il prit sa place avec les autres et aida à replier le drapeau en un petit triangle. Il regarda Gibralter se diriger vers la femme d'Ollie et le lui remettre. Hésiter, puis se pencher pour l'embrasser sur la joue. Serrer la main du fils et reculer pour se remettre dans le rang.

Le son d'un clairon fut emporté par le vent froid. Jesse attira l'attention de Louis. Il avait une tête épouvantable, des yeux rouges au pourtour gonflé par le manque de sommeil, un teint rendu livide par la tension nerveuse. Louis regarda par terre en luttant contre le nœud qui le prenait à la gorge.

Lorsque la dernière note prit fin, il releva la tête. Le fils d'Ollie se leva et se dirigea vers une petite boîte en bois placée juste à l'extérieur de l'auvent. Il ouvrit le loquet de la cage, une grande agitation se produisant aussitôt. Les pigeons voyageurs qu'Ollie chérissait tant prirent leur envol. Louis les observa, leurs ailes blanches sur fond de ciel bleu. Ils piquèrent vers l'ouest et disparurent.

Peu à peu, les gens commencèrent à s'en aller. La femme et les enfants d'Ollie s'attardèrent, parlant à des amis. Louis ne bougeait pas ; tout raide, il regardait la foule d'un air absent.

— Elle ne vient jamais, lui dit doucement Jesse.

Louis le regarda.

— Jean. Elle ne vient jamais aux obsèques. Son père…

— Je sais.

— Allez, dit Jesse en tirant sur sa manche. Partons d'ici.

Les policiers de Loon Lake se dirigeaient vers un arbre proche, où les attendait Gibralter. Jesse et Louis les rejoignirent. Pendant un moment, les hommes restèrent immobiles et silencieux. Pour finir, Gibralter s'éclaircit la voix.

— C'est la troisième fois que nous nous réunissons pour enterrer l'un des nôtres, la troisième fois que nous disons adieu à un ami, dit-il doucement mais d'un ton ferme. Prions le ciel que ce soit la dernière.

Gibralter baissa la tête et les autres l'imitèrent.

Louis ferma les yeux et sentit le vent sur sa nuque.

La voix de Gibralter rompit le silence.

— « La gloire de notre sang et de l'État sont des ombres, et non des choses importantes. Il n'y a pas d'armure contre le destin. La mort pose sa main glacée sur les rois[1]. »

Les hommes commencèrent à se disperser, ce qui eut pour effet de dégager la vue qu'avait Louis sur le cimetière. Il jeta un coup d'œil à Jesse qui se tenait à côté de lui.

— Tu es prêt ?

— Oui, fichons le camp d'ici, répondit doucement Jesse.

— Kincaid, lança Gibralter.

Louis se retourna.

— Quand puis-je espérer vous voir vous remettre au travail ?

— Je ne sais pas. Le psy ne m'a rien dit.

— Voyons si on ne peut pas hâter les choses. On a besoin de vous dans la rue.

Louis lui lança un regard froid. *Tu n'avais pas besoin de moi la nuit du nouvel an, fils de pute.* Il détourna la tête. Au diable tout ça.

Jesse lui tira sur la manche et lui indiqua la voiture d'un signe de tête. Ils se dirigèrent vers le groupe des véhicules.

— Commissaire Gibralter !

La voix fendit l'air. Louis se retourna.

1. Extrait de *The Contention of Ajax and Ulysses* de James Shirley (1596-1666), dramaturge élisabéthain.

— Ça alors! murmura Jesse. Mark Steele.

Un grand type avançait vigoureusement dans la neige, son manteau noir ballotté par le vent, deux hommes habillés de façon identique derrière lui. Les cheveux du type étaient aussi noirs que son manteau, son visage rougi par le vent cinglant. Il portait une écharpe grise en cachemire autour du cou, et une tache rouge, sa cravate, se voyait entre les revers de son manteau.

— C'est pas trop tôt, bordel, marmonna Louis.

Il se dirigea vers l'arbre le plus proche, à portée de voix.

Jesse se glissa jusqu'à lui.

— Louis, allons-y, dit-il d'un ton pressant.

— Non, je veux entendre ce qu'ils se disent.

Gibralter s'était tourné vers Steele et allumait une cigarette, les mains en coupe autour de l'allumette. Mark Steele s'arrêta à un pas de lui, ses deux larbins restant à distance.

— Steele, dit Gibralter en jetant l'allumette dans la neige et soufflant un nuage de fumée dans l'air glacé. C'est gentil de votre part de venir aux obsèques d'un de mes hommes.

— Je suis sûr que c'était quelqu'un de bien, dit Steele.

— Mais ce n'est pas la raison de votre présence, n'est-ce pas ?

— Non.

Gibralter prit une bouffée de sa Camel.

— Je n'ai pas besoin de vous.

— Le problème ne se pose plus dans ces termes, dit Steele. Je reprends l'affaire.

— Il n'en est pas question.

— Vous n'avez pas le choix. (Steele marqua une pause et se pencha plus près.) Combien allez-vous encore en enterrer comme ça ?

— Ça, c'est notre problème.

— Plus maintenant.

Gibralter regarda Steele dans le blanc des yeux. Puis il jeta sa cigarette dans la neige, pivota brusquement sur ses talons et s'éloigna. Et frôla Louis sans le regarder.

— Jesse, venez avec moi, dit-il d'un ton brusque.

Jesse jeta un rapide coup d'œil à Louis avant de suivre Gibralter qui se dirigeait vers les voitures garées en haut d'une côte. Louis se retourna et vit Steele se diriger vers une berline noire banalisée. Les deux larbins se précipitèrent pour lui ouvrir la porte.

Le cimetière se vidait rapidement, les voitures de police et les autres sortant lentement en file indienne, les volutes des gaz d'échappement s'élevant dans le ciel bleu. Louis aperçut Jesse et Gibralter debout près du capot de la voiture de Jesse. Ils discutaient avec fougue, Jesse hochant la tête. Pour finir, celui-ci la baissa et Gibralter lui passa un bras autour des épaules.

Il était clair que Jesse était en train de craquer, et qu'allait faire ce fils de pute pour lui venir en aide ? Probablement lui infliger encore un de ses foutus discours culpabilisants sur la loyauté.

Louis regarda de nouveau vers le cimetière. Le cercueil noir d'Ollie luisait au soleil. Deux employés traînaient à proximité, attendant impatiemment de terminer leur travail.

Louis, qui grelottait, mit les mains dans les poches de son manteau. La droite se referma sur quelque chose de petit, de froid et de dur qu'il sortit. C'était l'obsidienne flocon de neige qu'Ollie lui avait offerte le soir de Noël. Ce matin-là, sur une impulsion, Louis l'avait glissée dans sa poche en sortant dc chez lui.

Il regarda la petite pierre noire un moment en la faisant tourner entre ses doigts. Après un dernier regard au cercueil, il se mit à gravir la côte enneigée menant à sa voiture.

CHAPITRE 30

La Mustang négocia le virage, et Louis vit le panneau : LOON LAKE – 20 km. Ç'avait été vraiment chiant, mais c'était fait. Ce charlatan de Serbo lui avait donné son feu vert pour retourner travailler. Son côté raisonnable savait qu'il était trop tôt. Il avait vu des flics revenir au boulot quelques jours à peine après un incident traumatisant et tous, ou presque, ils avaient craqué. Mais il fallait qu'il se remette au travail, ne serait-ce que pour retrouver un peu de sa dignité.

Certains moments de ses séances avec Serbo lui revenant en mémoire en conduisant, il changea de position sur son siège.

C'était la première fois qu'il avait parlé de Lila, sa vraie mère, à un inconnu. C'était la première fois depuis des années qu'il avait prononcé le nom du père qui l'avait abandonné, Jordan Kincaid, et qu'il avait exprimé un peu de la colère qu'il avait au cœur.

C'était aussi la première fois qu'il avait dit à quelqu'un qu'il avait peur. Il lui avait avoué que sa confiance était brisée et qu'il avait les nerfs à vif. Pour finir, il lui avait parlé de Gibralter.

Ça n'avait pas été simple. Comment dire à un psy que son patron en a après vous sans passer pour un paranoïaque ? Comment expliquer à un inconnu qu'on a eu une liaison avec la femme de son patron sans passer pour un parfait fouteur de merde ? Et comment admettre qu'on n'a pas trouvé le moyen de se défendre ?

Serbo lui avait fait une seule observation :

« Peut-être devriez-vous vous y prendre avec votre chef comme vous l'avez fait avec ce Lacey, lui avait-il dit. Vous avez étudié sa vie et recherché ses faiblesses. Peut-être faudrait-il en faire autant avec votre chef afin que vous soyez tous les deux sur un pied d'égalité. »

Louis hocha la tête. Bordel, si Gibralter avait la moindre faiblesse humaine, il ne laisserait sûrement pas quiconque s'en rendre compte.

Louis ralentit à l'approche du commissariat. Le parking était plein de nouvelles berlines, un hélicoptère bleu reluisant trônant comme un insecte géant sur la pelouse du palais de justice voisin. Comme promis, Mark Steele avait repris l'affaire.

Louis fut obligé de se garer près du supermarché et de rejoindre le commissariat à pied. À l'intérieur, il y avait plein d'inconnus qui, avec leurs visages fades et leurs chaussures noires à petits trous, ressemblaient à des clones du catalogue de J. C. Penney[1]. Un bureau dans un coin avait été réquisitionné comme poste de commandement, avec plein de dossiers et de téléphones supplémentaires. Même l'odeur avait changé. Pas de feu de cheminée, juste la puanteur des cigarettes.

Louis remarqua que la radio de Dale était éteinte. Aucune trace de Dale lui-même. Il gagna le bureau de l'opératrice.

— Salut, Flo.

Elle leva la tête et sourit.

— Oh, Louis, je suis tellement contente que vous soyez revenu, dit-elle en se levant d'un bond. Je vais aller vous chercher un café…

— Non, ne bougez pas. Dites-moi, où est passé Dale ?

Un froncement de sourcils froissa les traits de la standardiste.

— En patrouille. Le chef l'a mis en équipe avec Jess.

Louis hocha la tête. Merde, Dale n'avait rien à faire dans la rue.

— Les choses ont changé, Louis, reprit-elle à voix basse.

1. Chaîne de grands magasins basée au Texas.

— Je sais. Le chef est là ?

— Oui, mais il n'a pas bougé de son bureau depuis une heure. Vous voulez que je le prévienne ?

Louis acquiesça d'un signe de tête. Florence appela Gibralter par l'Interphone, la voix du chef revenant aussitôt : qu'elle le fasse attendre. Louis regarda le mur et vit que le portrait d'Ollie avait été accroché à côté de ceux de Pryce et de Lovejoy, tous avec un ruban noir. Quatre jours s'étaient écoulés depuis la mort d'Ollie. Jesse lui avait dit qu'il n'y avait aucune trace de Lacey.

Il sentit un courant d'air dans son dos, se retourna et vit entrer Steele. Celui-ci alla tout droit au bureau de commandement, retira son manteau avec une gestuelle digne d'un vampire et le tendit à un assistant. Puis il se frotta les mains et alla se servir un café en se servant du mug de Jesse.

Florence regarda Louis et fronça les sourcils. Puis elle hocha la tête et se retourna vers la radio.

— Kincaid.

Louis vit Gibralter debout à la porte de son bureau. Le chef posa brièvement les yeux sur Steele, puis de nouveau sur Louis et lui fit signe de venir dans son bureau. Louis hésita en pensant à Zoe, cette pensée étant suivie par l'image dérangeante d'elle avec Gibralter. Bon sang, allait-il donc avoir cette image à l'esprit chaque fois qu'il le verrait ?

Il entra et referma la porte derrière lui. Gibralter était assis à son bureau. Sa chemise était impeccable, mais il avait les yeux cernés et des ombres de barbe sur les joues. Il régnait dans le bureau une odeur légèrement fétide, mélange de tabac et de musc. Louis vit une barquette en polystyrène dans la corbeille et une bouteille d'Aramis sur la crédence.

— Vous avez quelque chose du médecin ? lui demanda Gibralter.

Louis soutint son regard un moment, cherchant à y déceler l'ombre de Zoe. Gibralter avait fait confiance à Jesse en lui disant son secret et n'avait aucune raison de soupçonner que Louis soit maintenant au courant. Son regard ne reflétait rien de nouveau, décida Louis finalement, en dehors de son mépris habituel.

Il sortit les papiers de la poche de sa chemise et les lui tendit.

— Ceci indique que vous devez continuer à le voir. Vous avez d'autres problèmes dont il faudrait que je sois informé, Kincaid ?

— Les prochaines visites sont de pure routine. Je suis autorisé à reprendre le travail.

Gibralter hocha la tête avec raideur. Il fouilla dans un tiroir et en sortit une feuille de papier.

— Bon, j'ai quelque chose pour vous, dit-il en brandissant la feuille.

Louis s'approcha et la prit. Le cachet de la ville de Loon Lake lui sauta aux yeux. C'était un blâme. *Conduite malséante de la part d'un officier de police, messages radio inadaptés et inopportuns, grossièretés et attitude non professionnelle manifeste…*

— Qu'est-ce que c'est que ça ? demanda Louis en le regardant.

— Vous le savez très bien.

Gibralter tourna son fauteuil vers la crédence et brancha un lecteur de cassettes. La cassette commença par émettre des grésillements parasites, puis la voix de Louis se fit entendre dans le bureau : *« Nom de Dieu… Nom de Dieu… Lâche ! C'est un salopard de lâche ! — Kincaid, ressaisissez-vous ! »*

— Arrêtez ça, dit Louis d'un ton brusque.

Gibralter coupa et, le silence envahissant la pièce, lui tendit un stylo.

— Signez, dit-il.

Louis ne bougea pas.

— Signez ou j'ajoute « insubordination ».

Louis regarda la lettre. *Laisse tout tomber, Kincaid, laisse tout tomber et tire-toi. Tu n'as pas besoin de tout ça, tu n'as pas besoin de ce boulot de merde et tu n'as pas besoin d'elle.*

Gibralter tendit la main pour récupérer le papier.

C'est alors que le visage d'Ollie lui revint à l'esprit. Son visage éclaboussé de sang et ses yeux implorants. Il prit le stylo de

Gibralter, griffonna son nom, lui fourra le papier dans les mains et jeta le stylo sur le bureau.

— Je peux y aller, maintenant ? demanda-t-il sèchement.

— Non. Je pense que vous avez besoin de passer quelques jours au bureau.

— J'ai obtenu l'autorisation de reprendre mon travail habituel.

— Je me fiche de ce que vous avez obtenu. C'est moi qui décide si un homme est apte ou non au service.

Gibralter se pencha sous son bureau et sortit un carton vide. Il le jeta par-dessus son bureau, Louis le récupérant sur les cuisses.

— Enlevez-moi les décorations de Noël.

Le regard de Gibralter ne vacilla pas, mais Louis remarqua qu'autour de ses iris bleus et froids, ses yeux étaient injectés de sang. Il était en train de craquer – comme tous les autres.

Soudain, quelque chose se déclencha en Louis. La pièce changea d'aspect. Tout changea. Tandis qu'il regardait Gibralter dans les yeux, la rage impuissante qui brûlait en lui se transforma en une colère sourde. Il se rendit alors compte qu'il venait de prendre une décision. Il n'allait pas démissionner et laisser Jesse, Dale ou l'un des autres flics à la merci de Lacey.

Mais que faire ? Gibralter n'allait pas le laisser continuer à enquêter. Et c'était maintenant Steele qui était en charge des recherches, de l'arrestation, de tout.

Puis il sut. Il allait assister Steele. Il ferait tout son possible pour l'aider à arrêter Lacey. Il ne voulait pas se retrouver pris dans un conflit d'ego, mais Lacey devait être arrêté. Si cela impliquait de prendre parti contre Gibralter, il le ferait. Il ferait tout ce qu'il pourrait, après quoi il ficherait le camp.

— Puis-je disposer ? demanda-t-il la gorge serrée.

— Fichez-moi le camp.

Louis sortit, gagna son bureau, jeta le carton dans un coin et s'enfonça dans son siège. Prendre parti contre Gibralter était risqué. Il fallait être prudent. Très prudent.

Se mettre sur un pied d'égalité. Mais comment trouver quelque chose pour neutraliser Gibralter ?

Il jeta un coup d'œil au téléphone, attrapa l'annuaire, composa le numéro de l'*Argus* et demanda à parler à Doug Delp.

— Delp.

— Delp, c'est Kincaid. Je peux vous inviter à déjeuner ?

— Bien sûr. Au Dot's ?

— Non. (Louis prit le temps de réfléchir.) Au Jo-Jo's.

— La gargote sur la 29 ?

— Oui. Dans dix minutes, d'accord ?

***

Il aperçut Delp dans la pénombre du Jo-Jo's, assis au bout du bar. Il n'y avait personne d'autre dans la place en dehors d'un ivrogne affalé sur la table d'un box dans le coin. Le barman remarqua la tenue de Louis au moment où celui-ci se hissait sur un tabouret à côté de Delp.

— Quel endroit charmant, lança Delp en remuant son café.

Louis ne releva pas et fit signe au barman d'apporter une autre tasse.

— Où étiez-vous passé ? J'ai appelé au commissariat.

— En thérapie.

— Ah oui. Comment ça se passe ?

— Bien.

Le barman posa un mug de café devant Louis qui mit trois sucres, touilla et en but une gorgée. Il fit la grimace et le poussa de côté.

— Alors, pourquoi tant de discrétion ? Ne me dites pas que vous avez honte d'être vu en ma compagnie.

— J'ai besoin d'un service, dit Louis.

Delp l'observa un instant.

— Lequel ?

— Est-ce que vous connaissez quelqu'un qui travaille dans un journal de Chicago ?

— J'ai un pote au *Tribune*. Pourquoi ?

— Quelqu'un qui y est depuis un moment ?... Et qui tiendrait la chronique judiciaire ?

— Ça concerne Gibralter, c'est ça ? demanda Delp en se penchant en avant.

Louis se raidit, mais il espérait bien pouvoir faire confiance à ce trou-du-cul.

— Je veux savoir pourquoi il a quitté Chicago.

— Pourquoi ?

— Vous pouvez vous en occuper ou pas ?

— À quoi cela va-t-il vous mener ?

— Je ne peux pas vous en parler.

— Pas encore, vous voulez dire.

Louis hésita.

— Entendu. Pas encore.

Delp hocha la tête.

— Des promesses, toujours des promesses.

— Écoutez, Delp, vous pouvez m'aider ou pas ?

Delp haussa les épaules.

— Je vais voir ce que je peux faire.

Louis s'apprêta à descendre de son tabouret.

— Il faut que j'y retourne, dit-il.

— Hé, attendez ! s'exclama Delp. J'ai quelque chose pour vous.

— Quoi ?

Delp se baissa pour prendre une vieille serviette en cuir, la poser sur le bar et en sortir une enveloppe en papier kraft.

— Les photos que vous m'aviez demandées... les archives de la descente. J'en ai retrouvé quelques-unes prises à la morgue.

Louis remonta sur son tabouret. Il ouvrit l'enveloppe et se mit à regarder les clichés en noir et blanc. C'étaient des photos de presse habituelles : des prises de vue du chalet, du jardin, d'une porte vitrée coulissante, d'une fenêtre cassée. Et une d'une grande empreinte ressemblant à celle d'un ange de neige pleine de taches noires et qu'il reconnut finalement comme étant l'endroit où Johnny Lacey était tombé quand il avait été abattu.

— Je ne vois rien ici, dit-il en reposant les photos.

— Essayez celles-là, dit Delp en lui tendant une deuxième enveloppe.

— Qu'est-ce que c'est ?

— Les photos de l'autopsie.

— Je les ai déjà vues.

Delp sortit une série de photos.

— Pas toutes. J'en ai retrouvé qui n'avaient pas été tirées la première fois.

— Comment vous le savez ?

— Les photographes utilisent une perforatrice pour encocher le bord des négatifs dont ils veulent des tirages, dit Delp. Celles-là n'en comportaient pas.

Louis les passa en revue. Beaucoup étaient celles qu'il avait déjà vues prises sous des angles différents, mais il s'arrêta sur une : le gros plan d'une main grandeur nature et cependant fine et délicate – à l'évidence celle d'Angela. Elle était posée à plat, les doigts écartés, et sur le dos, entre la première série d'articulations et le poignet, se trouvait une contusion en demi-cercle. Il était sûr de ne pas avoir vu cette photo dans le dossier. Pourquoi avait-elle été laissée de côté ?

— Bizarre, non ? dit Delp en sirotant son café. D'où pensez-vous que vienne cette contusion ?

Louis ne répondit pas.

— On dirait que quelqu'un lui a marché sur la main avec le talon d'une grosse chaussure, dit Delp. À moins qu'il ne s'agisse d'un fer à cheval ?

Louis commença à empiler les photos, mais Delp posa sa main dessus.

— Autre chose, reprit-il. Avez-vous remarqué les initiales sur les photos de la descente ?

Louis reprit le tirage de la porte vitrée coulissante. Il ne s'était pas donné la peine de regarder les initiales la première fois.

— A. R. Qui est-ce ? demanda-t-il.

— Arnie Rogers.

— Et alors ?

— Et alors vous ne trouvez pas bizarre qu'Arnie ait pris les photos de la scène de crime ?

— C'est courant dans les petites villes.

Delp hocha la tête.

— J'ai regardé d'autres dossiers. Gibralter a toujours fait prendre les photos par ses hommes, aussi bien avant la descente qu'après.

Louis garda le silence et se rappela que c'était Ollie qui avait pris les photos sur la scène de crime de Lovejoy.

— Et écoutez-moi ça, poursuivit Delp. J'ai découvert qu'un certain Boggs, un médecin local, avait pratiqué les autopsies. Vous ne trouvez pas que ça aussi, c'est étrange ?

Louis glissa les photos dans l'enveloppe, ne tenant pas à ce que Delp sache qu'il trouvait cela effectivement étrange. Pourquoi Gibralter n'avait-il pas fait appel à Ralph Drexler, le légiste du comté ?

Il prit l'enveloppe, descendit du tabouret et jeta un billet de cinq dollars sur le bar.

— Écoutez Delp, dit-il, ne m'appelez pas au commissariat.

— Qu'est-ce qui se passe ? Ça se gâte là-bas ?

— N'appelez pas, c'est tout.

— Et si je trouve quelque chose sur Gibralter ?

— C'est moi qui vais vous appeler. Quand voulez-vous ?

Delp haussa les épaules.

— Difficile à dire. Je n'ai pas parlé à mon copain de Chicago depuis longtemps. Il ne se souvient peut-être même pas de moi.

Louis résista à l'envie de faire de l'ironie. Il se dirigea vers la porte.

— Hé Kincaid, lança Delp en indiquant du menton l'enveloppe que Louis tenait à la main. Un merci serait apprécié, vous savez ?

— Vous aurez vos remerciements, lui renvoya Louis.

— Des promesses, toujours des promesses, marmonna Delp.

CHAPITRE 31

Louis regarda une nouvelle fois les photos de l'autopsie, puis il les glissa dans leur enveloppe en papier kraft. Et rangea celle-ci dans le tiroir de son bureau, sous d'autres papiers, avant de le fermer à clé.

Il jeta un rapide coup d'œil à l'horloge : 16 h 30 – encore une demi-heure avant la fin de son service. Merde, c'était son premier jour depuis son retour et il était déjà en train de devenir dingue à rester assis à son bureau. Il regarda le carton. Gibralter pouvait bien le menacer de ce qu'il voulait, il n'avait aucune intention de ramasser les saloperies de Noël.

Il regarda la porte de son bureau. La pièce était fermée à clé et plongée dans l'obscurité. Gibralter, pour une fois, était rentré tôt chez lui.

— Jim !

Louis se retourna en entendant la voix de Steele. Celui-ci se tenait à côté de la carte murale. Un assistant se hâta de le rejoindre.

— De combien d'hommes disposons-nous aujourd'hui sur le terrain ? demanda Steele.

— Trente-six, chef.

— L'hélico est en état ?

— Pas encore. Problème d'arrivée d'essence.

— Appelez Lansing. Faites-en venir un autre.

Steele prit un surligneur jaune et délimita une zone sur la carte. Louis en déduisit qu'il s'agissait de celle où des recherches avaient déjà été faites. Il entendit grommeler Florence qui avait l'air furax que Steele ait dessiné sur cette carte.

Celui-ci retourna à son bureau et feuilleta quelques papiers. Il avait les traits tirés, des rides visibles tout autour de ses yeux d'un noir de jais.

— Jim, est-ce que vous m'avez trouvé les antécédents de Lacey que je vous ai demandés ?

L'assistant lui tendit vivement une mince chemise. Steele en parcourut le contenu et la laissa tomber sur le bureau.

— Ça, c'est seulement son casier judiciaire, dit-il d'un ton irrité.

Louis assista à l'échange en pensant à l'épais dossier de Dollar Bay. Un téléphone sonna sur le bureau de Steele. Celui-ci décrocha et se mit à insister auprès de quelqu'un pour obtenir des chiens policiers supplémentaires.

Louis se leva et se dirigea vers la cafetière. Il se servit une tasse et s'adossa au mur en sirotant son café, son regard se promenant sur le bureau de Steele. Il repéra les dossiers des affaires Pryce et Lovejoy, les deux cartes à jouer enveloppées de plastique et agrafées ensemble.

Il se demanda de quel genre de pression légale Steele avait usé pour amener Gibralter à les lui fournir. Mais Steele n'avait aucune raison d'être au courant de l'existence du dossier de Dollar Bay, et de toute évidence, Gibralter n'avait pas proposé de le lui passer. S'il voulait aider Steele, autant commencer tout de suite.

Steele termina sa conversation téléphonique, sentit la présence de Louis et se retourna, son visage reflétant une légère impatience.

— Oui ?

— Je vous ai entendu parler des antécédents de Lacey.

— Et alors ?

— Il y a un dossier sur Lacey élaboré par les flics de Dollar Bay. Il comporte tout ce dont vous avez besoin.

— Où se trouve-t-il ?

— Il faut demander à Gibralter.

Steele l'observa.

— Pourquoi me dites-vous ça ?

— Lacey est un ancien militaire et a appris à survivre dans la nature. Vous allez avoir besoin de tout ce qui est possible pour le retrouver.

Steele eut un petit sourire narquois.

— Vous pensez donc le connaître.

— Je sais qu'il est allé voir son fils. Je pense que le gamin sait où se trouve son père. (Steele plissa les yeux, puis jeta un coup d'œil à la plaque de Louis.) Je sais aussi qu'il a un sérieux mobile.

Steele marqua un temps d'arrêt, puis il sortit une chemise de la pile se trouvant sur le bureau. Louis vit le numéro inscrit dessus et sut qu'il concernait la descente.

— J'ai tout lu sur son mobile, reprit Steele en agitant la chemise. C'est vous qui le lui avez fourni, ce mobile. Vous auriez dû être capable de convaincre ces gamins de sortir du chalet et de se rendre.

Louis parvint à contenir sa colère. Pendant une seconde, il eut envie de la lui jeter à la figure et de lui dire qu'il était bien d'accord avec lui. Mais à bien regarder la chemise qui se trouvait entre ses mains, il se rendit compte qu'elle était mince, trop mince. L'original faisait au moins deux centimètres et demi d'épaisseur.

Il examina le dossier posé sur le bureau. Il voyait bien Gibralter ne pas donner le dossier de Dollar Bay à Steele, juste pour l'emmerder. Mais pourquoi lui dissimuler certaines informations concernant la descente ?

— Excusez-moi, dit-il.

Steele se tourna lentement vers lui.

Louis lui indiqua la chemise du menton.

— Ce document n'est pas complet.

— J'ai mis cela sur le compte de l'incompétence de votre commissariat.

Louis se raidit. *Connard.*

Steele le regardait fixement, comme s'il essayait de lire sur son visage.

— Agent Kincaid, lâcha-t-il calmement, qu'êtes-vous en train d'essayer de me dire ?

— Que j'ai vu le dossier complet et que ce n'est pas celui-là.

— Insinuez-vous que Gibralter dissimule certaines informations ?

— Je ne sais pas.

— Il m'a remis tout ce que je lui ai demandé.

— Il ne vous a pas donné le dossier de Dollar Bay.

Steele ramassa la chemise, son regard se portant sur les deux assistants qui traînaient dans le coin, puis sur Florence. Il fit signe à Louis de le suivre. Louis hésita, puis lui emboîta le pas.

Une fois dehors, ils restèrent près de la porte. Il faisait froid, mais il n'y avait pas de vent. Deux agents de Loon Lake, qui arrivaient pour prendre leur service de nuit, regardèrent Louis au passage. Celui-ci détourna rapidement la tête.

— Bon, alors, de quoi s'agit-il ? demanda Steele en agitant la chemise.

Louis se sentit saisi par l'embarras. D'un seul coup, il ne savait plus trop précisément ce qui se passait, ne serait-ce que concernant ses propres motivations. Quoi qu'il pense de Gibralter, ce dernier restait son chef. Voulait-il vraiment risquer de nuire à la réputation d'autres flics parce qu'il était furieux contre lui ?

Tu n'y étais pas, Kincaid, tu ne sais pas ce qui s'est réellement passé. Tu es en train de laisser ta colère prendre le dessus.

— Agent Kincaid, vous me faites perdre mon temps, dit Steele.

Mais il était presque certain que Gibralter avait ôté quelque chose du dossier qu'il avait remis à Steele. Quiconque prenant connaissance du rapport de Gibralter sur la descente, tout comme d'ailleurs ceux des autres hommes, dirait que les flics de Loon Lake avaient agi en état de légitime défense. Mais on pouvait aussi considérer leur réaction comme exagérément violente. En fait, dans un commissariat plus important, cette descente aurait normalement donné lieu à une enquête interne. Et Gibralter en était conscient ; il avait travaillé dans le commissariat d'une grande ville. Mais il savait aussi que Steele avait bâti sa carrière en taillant des flics en pièces. N'était-il pas tout simplement en train de protéger ses fesses et celles de ses hommes ?

Merde, sois prudent, Kincaid. Tu ne sais pas exactement de quoi il s'agit.

— Agent Kincaid ?

Louis regarda Steele dans les yeux.

— Je n'en suis pas sûr, mais je crois que le dossier d'origine pourrait comporter quelque chose susceptible d'être mal interprété ou…

— Êtes-vous en train d'insinuer que le commissaire Gibralter a de bonnes raisons, en dehors de son aversion à mon égard, de ne pas divulguer certaines informations ?

Louis se sentit pris au dépourvu.

— Écoutez, je ne sais pas…

— Qu'est-ce que vous savez ?

Louis hocha la tête. Bordel, ce type était un vrai connard.

— Vous ne vous montrez guère respectueux envers votre chef, agent Kincaid, reprit Steele.

Louis le regarda. Ça ne se passait pas bien du tout.

Steele s'apprêtait à rentrer lorsqu'il se retourna vers Louis.

— Je vous remercie pour ce que vous m'avez dit sur le dossier de Dollar Bay et sur Cole Lacey, dit-il. Mais si vous avez un problème avec votre chef, débrouillez-vous. Ne vous mettez pas dans la tête que vous êtes pour autant devenu mon protégé.

Louis rougit d'embarras et de colère.

Steele rentra.

Louis resta comme figé sur place, stupéfait. Il fixa un moment les réverbères. Leur lumière vacillait dans le crépuscule qui tombait rapidement. Merde, maintenant il avait aussi perdu Steele. Il rentra à son tour.

Il jeta un coup d'œil au bureau de Steele. Deux assistants s'y trouvaient, mais pas celui qui semblait être sorti par la porte au fond des vestiaires. Louis jeta un coup d'œil à Florence. Elle le regardait bizarrement.

C'était dingue. Il était lui-même en train de devenir dingue. Il fallait qu'il se tire d'ici. Il alla en vitesse se changer dans les vestiaires. Il en ressortit et se trouvait sur le seuil de la porte quand il entendit Florence l'appeler.

— Louis ! Téléphone !

Il hésita, la main sur la porte.

— Qui est-ce ?

— Un type. Il n'a pas voulu dire son nom.

Louis retourna vers son bureau et décrocha.

— Oui ?

— Salut, c'est Delp.

Louis s'enfonça dans son siège.

— Écoutez, je vous avais dit…

— Je sais. Je n'ai pas dit à la vieille nénette qui j'étais. Bon sang, mais qu'est-ce qui vous prend ?

— Qu'est-ce que vous voulez ?

— J'ai ce que vous m'avez demandé.

Louis se redressa sur son siège.

— C'est du rapide, dit-il doucement.

— Je suis efficace, qu'est-ce que vous voulez ?

— Qu'est-ce que vous avez trouvé ?

— Dites-moi d'abord ce que vous cherchez.

— Non. Je vous écoute.

Louis attendit et entendit des bruits de papier qu'on froisse. Il jeta un coup d'œil en direction de Florence, mais elle était occupée avec le micro de la radio.

— Bien, en 68, il y a eu un scandale lié à la drogue, commença Delp. Dix-sept flics d'Englewood ont été inculpés pour recel et association de malfaiteurs, trafic de drogue, vol et corruption.

Louis soupira doucement.

— Il a été mouillé ?

— Non. Mon pote connaissait le type qui dirigeait le commissariat. D'après lui, Gibralter est blanc comme neige. Mais le procureur a pensé qu'il savait quelque chose et a fait pression sur lui pour qu'il témoigne en échange de l'immunité. Gibralter a refusé.

— Qu'est-ce qui s'est passé ensuite ?

— Gibralter a été arrêté pour outrage à magistrat. Mais il a été tiré d'affaire. Le procureur a obtenu ce qu'il voulait par un autre moyen.

Louis sortit un bloc-notes, mais décida de ne pas s'en servir. De toute façon, cela n'avait rien d'accablant ; c'était du Gibralter tout craché.

— C'est tout ?

— Non, encore une chose. En 1973, il a été impliqué dans un incident interne, dit Delp.

— Un incident ? Qu'est-ce que ça veut dire ?

— Il était brigadier et avait trente ans à ce moment-là. Quelque chose s'est passé au cours d'une de ses patrouilles. Je n'ai pas trouvé quoi. Quoi qu'il en soit, après ça, il s'est retrouvé scotché à son bureau pendant des mois.

Louis tapota sur le bureau avec son stylo.

— On lui aura tiré dessus alors qu'il était en service commandé ?

— C'est possible. Engelwood est une ville dangereuse. Mais il y a quelque chose d'intéressant. Trois semaines après que Gibralter a cessé de patrouiller, trois membres d'un gang ont été arrêtés pour trafic de drogue. On n'a pas su d'où ça sortait et des rumeurs ont couru, selon lesquelles les gamins auraient été inculpés à tort par les flics.

— Et cela avait à voir avec Gibralter ?

— J'en sais rien.

— Mais bordel, vous savez quoi, alors ?

— Je sais que l'affaire a été passée sous silence.

— Comment ça ?

— C'est quelque chose dont on ne parle pas, Kincaid. Même au bout de dix ans.

— Est-ce que c'est à cause de ça qu'il a quitté Chicago? demanda doucement Louis.

— J'en doute. Il a été promu commissaire peu de temps après l'histoire du gang, mais n'a plus jamais patrouillé. Il est arrivé ici environ un an après.

Louis se frotta l'arête du nez.

— Vous êtes toujours là, Kincaid?

— Oui. C'est tout?

— Ouais.

— OK. Vraiment merci, Delp.

— Si vous voulez me remercier, obtenez-moi une interview de Steele.

— Je ne peux rien faire de ce côté-là. Il gère lui-même son emploi du temps.

— Bon, en tout cas s'il se passe un truc, vous ne m'oubliez pas, d'accord?

— D'accord.

Louis raccrocha et s'adossa à son siège en regardant la porte verrouillée du bureau de Gibralter. L'accusation pour outrage à magistrat était compréhensible, compte tenu de son code de conduite. Mais cette histoire de gang était moins claire. Il avait dû se passer quelque chose de drôlement sérieux pour qu'un flic comme lui soit tenu à l'écart de la rue. Et quelque chose lui disait que Delp se trompait, que quel que soit ce qui était arrivé, c'était bien ça qui l'avait amené à quitter Chicago.

— Louis?

Il leva la tête. C'était Florence.

— J'ai oublié de vous dire... Le chef vous a demandé par téléphone.

— Quand ça?

— Quand vous étiez dehors.

Il la regarda avec attention, mais ne put rien déceler sur son visage fade.

— A-t-il dit ce qu'il voulait ?

— Non. Il voulait juste savoir où vous étiez.

— Qu'est-ce que vous lui avez dit ?

— Que vous étiez sorti. (Elle cligna des yeux.) Est-ce que j'ai bien fait ?

Il fit oui d'un air crispé et se rendit soudain compte qu'il était assis là, vêtu de son blouson de l'université du Michigan. Et qu'il transpirait.

Il se leva rapidement, ouvrit le tiroir de son bureau et en sortit l'enveloppe contenant les photos que lui avait données Delp. Pendant une seconde, il ne vit pas sa photocopie du dossier sur la descente et dans sa paranoïa, se demanda si Gibralter ne l'avait pas trouvée. Soulagé, il la retrouva sous des papiers. Sans un mot ni un regard pour Florence, il s'en alla.

CHAPITRE 32

Le contenu du dossier sur la descente était étalé devant lui sur le lit. Il se frotta le visage en essayant de ne céder ni à la fatigue ni à la déception.

C'était là. Forcément. C'était juste qu'il ne le voyait pas. Quelque chose avait mal tourné ce soir-là, et il y avait quelque chose là-dessus dans ce dossier que Gibralter ne voulait pas que Steele voie.

Qu'avait-il bien pu se passer ? Et qui était impliqué ? Son instinct lui disait que c'était Jesse. Merde, ce type avait perdu la boule juste en serrant un inoffensif hippy. Avait-il fait quelque chose dans ce chalet que Gibralter se sentait obligé de couvrir ?

Il se glissa hors du lit, gagna la cuisine plongée dans la pénombre, y prit un autre Dr Pepper et retourna dans sa chambre. Il fit sauter l'opercule et but une grande gorgée en parcourant des yeux les documents et les photos.

Le rapport de Jesse était sur le dessus – c'était la dernière chose qu'il avait lue. Il l'examina, reprit une gorgée de Dr Pepper, puis se figea, la canette à la bouche.

Il était tapé à la machine.

Louis le prit. Il ne l'avait pas remarqué avant. Dale lui avait dit que Jesse ne savait pas taper, qu'il était toujours autorisé à écrire ses rapports à la main. Il l'avait lui-même vue cette écriture grosse et illisible penchée vers la droite et bien reconnaissable. Il l'avait vue dans le rapport sur le hippy, dans celui sur le renne de Mme Jasper et dans la déposition de Stephanie Pryce.

Il posa la canette de soda et relut le rapport. Quelque chose sonnait faux. La formulation, la grammaire et le style n'allaient pas. Jesse était un émotif incapable de réprimer ses sentiments, même en rédigeant un rapport de routine. Et Dale n'avait-il pas dit que Jesse était bouleversé après la descente ? Ce rapport n'avait pas été écrit par quelqu'un d'émotif, quelqu'un qui avait encore le sang frais d'un gosse sur sa tenue. C'était trop impeccable, trop... maîtrisé.

Louis alla à la fin du rapport. Il était signé, mais ne portait que la mention *Jesse Harrison*. On n'y voyait ni sa signature caractéristique soulignée trois fois, ni sa formule habituelle : FIN DU RAPPORT.

Il sortit le rapport d'Ollie. La formulation y était à peu de choses près la même que dans ceux de Gibralter et de Jesse. La version de Lovejoy était similaire. Louis hocha la tête. Chaque flic ayant sa façon bien à lui de rédiger un rapport, quelles étaient donc les probabilités pour que quatre flics aient le même style ?

Il chercha le rapport de Pryce. Il était dactylographié comme les autres. Mais en le lisant, il se rendit compte que le style et la grammaire étaient différents et marqués de petites particularités qu'on ne trouvait pas dans les autres. Il le posa à côté et sortit le schéma montrant les positions des policiers encerclant le chalet. Jesse, Ollie et Lovejoy s'étaient tous retrouvés à l'arrière avec Gibralter. Mais on avait ordonné à Pryce de garder sa position devant. Il lui avait donc été impossible d'assister à ce qui s'était passé derrière.

D'accord, Gibralter était donc peut-être l'auteur de tous les rapports à l'exception de celui de Pryce. Mais Steele l'aurait-il seulement remarqué ? Il devait y avoir autre chose.

Louis regarda les photos de la scène de crime et s'arrêta sur celle du visage de Johnny Lacey massacré par un coup de fusil. Il s'agissait d'une copie, mais le trou laissé par la balle était bien visible sur sa pommette gauche et avait le diamètre approximatif d'une pièce de cinquante *cents*. Il s'étendait vers l'extérieur, la blessure lui ayant emporté l'œil gauche et le front. Il était également évident que la balle avait été tirée presque à bout portant, avec un angle légèrement aigu de bas en haut.

Louis examina la copie de la photo. Il y avait une autre marque, celle-là à peine visible, sur la joue droite. S'agissait-il seulement d'une ombre occasionnée par la photocopieuse ?

Il sortit une enveloppe en papier kraft à part – celle que lui avait donnée Delp. Il parcourut les photos de l'autopsie et y trouva un gros plan du visage de Johnny Lacey. On y voyait clairement la deuxième marque, et il ne s'agissait nullement d'une ombre. C'était une contusion rectangulaire, longue d'environ trois centimètres et demi et comprenant deux courtes lignes parallèles.

Louis fouilla parmi les papiers étalés sur le lit, trouva le rapport d'autopsie et y chercha l'origine de la blessure. Il n'y avait rien.

Il reprit la photo d'autopsie et examina avec attention l'étrange contusion. Sa forme en était trop parfaite, trop régulière, trop familière. Brusquement, il comprit ce qui l'avait causée. Le barillet d'un revolver.

Sa bouche devint sèche tandis qu'il comprenait peu à peu ce qui s'était passé. Jesse avait tabassé Johnny Lacey à mort. Il n'avait donc pas pu tenir un fusil dans sa main droite, ainsi que le mentionnaient les rapports, puisqu'il y serrait son revolver, l'arme avec laquelle il l'avait frappé. La blessure par balle avait eu lieu plus tard, après le décès de Johnny. Quelqu'un lui avait tiré en pleine figure dans le but de dissimuler les preuves du passage à tabac.

Louis reprit le rapport d'autopsie. La cause du décès était énoncée comme étant due uniquement à une « blessure accidentelle par balle dans la zone orbitale gauche ». Il n'était fait mention d'aucune autre blessure. Louis regarda le nom inscrit sur le formulaire : Docteur Merlin Boggs.

D'un seul coup, les pièces du puzzle se mettaient en place. Voilà ce que Gibralter ne voulait pas que Steele découvre. Jesse avait battu Lacey à mort et on l'avait couvert. Ils avaient fait appel à un médecin du coin bien crédule pour réaliser l'autopsie et au reporter d'une petite ville pour prendre les photos de la scène de crime. Ça n'était pas sorti de la famille à la tête de laquelle se trouvait un certain Gibralter pour qui la loyauté était plus importante que tout, y compris la vie d'un adolescent.

— Nom de Dieu ! marmonna Louis.

Il regarda les papiers étalés sur le lit. Qu'allait-il faire ? Mettre ça entre les mains de Steele ? Si ça pouvait être prouvé, Jesse et Gibralter risquaient une inculpation d'association de malfaiteurs, voire d'homicide involontaire. Mais avait-il suffisamment de preuves ?

Il hocha lentement la tête. Merde, après ce qui s'était passé aujourd'hui, il n'avait aucune crédibilité aux yeux de Steele. S'il allait le voir avec une photo, ses soupçons et rien d'autre, celui-ci l'enverrait sur les roses. Il avait besoin d'une preuve irréfutable.

Il commençait à ramasser les papiers et les photos sur le lit, mais s'arrêta soudain : on frappait à la porte.

Jesse ? Bon sang, il ne pourrait pas le regarder en face, pas maintenant.

On frappa de nouveau. Il gagna la porte.

— Louis ?

C'était Zoe.

— Louis ? Tu es là ?

Il attendit, dans l'espoir qu'elle parte. Il ne l'avait pas revue depuis la nuit du meurtre d'Ollie. Il s'était réveillé peu avant l'aube, seul sur le canapé, et ils ne s'étaient pas parlé depuis. Plusieurs fois, il avait fait le numéro de chez Gibralter, pour finalement raccrocher en entendant sa voix.

— Louis ?

Il alluma la lumière de la véranda et ouvrit la porte. Elle était là et le regardait d'un air interrogatif – elle avait remarqué quelque chose sur son visage. Il y avait des choses qu'il aurait voulu lui dire, des questions qu'il aurait voulu lui poser. Au lieu de cela, il lui tourna le dos et passa dans la salle de séjour.

— On gèle ici, dit-elle doucement en enlevant sa veste et son bonnet rouge.

Il s'agenouilla pour déposer deux bûches dans l'âtre. Ce n'est que lorsque le feu eut repris qu'il finit par se retourner vers elle.

— Louis, qu'est-ce qui se passe ? demanda-t-elle.

Comme il ne répondait pas, elle s'approcha de lui et leva la main pour lui toucher le visage. Il recula vivement.

— Ne fais pas ça, dit-il avec brusquerie.

Il s'éloigna vers le bar.

— Louis, qu'est-ce qui te prend ?

— Tu m'as menti.

Elle ne bougea pas. Comme elle ne disait rien, il se tourna vers elle.

— Tu m'as menti, répéta-t-il.

Elle le regarda fixement, puis son visage se contracta peu à peu. Elle se dirigea vers le canapé et s'assit au bord avec raideur.

— Tu es mariée, dit-il froidement. Quand avais-tu l'intention de me le dire ?

— Ce soir. Je... Louis, je t'en prie...

— C'est ça, oui. (Elle détourna les yeux en se tenant les bras.) C'est mon chef, nom de Dieu ! s'exclama-t-il.

Elle ferma les yeux comme pour se retenir de pleurer, il se détourna dans un mouvement de colère.

— Comment as-tu pu me mentir ? reprit-il.

— Je n'ai pas menti.

Il s'approcha pour se mettre devant elle.

— Tu m'as menti sur lui, Zoe. Merde, c'est même pas ton nom. Tu as même menti sur qui tu es, nom de Dieu.

Son regard devint brillant. Elle ne le dit pas, mais il le vit dans ses yeux. *Toi aussi.*

— Pourquoi ? demanda-t-il.

Elle ne répondit pas.

— Pourquoi ? répéta-t-il.

— Je ne sais pas, dit-elle d'une voix tremblante.

— Tu le sais.

Elle le regarda dans les yeux.

— Je pourrais te sortir tous les clichés que tu veux, Louis. Te dire que mon mariage est fini depuis des années. Te dire qu'il a changé, et moi aussi. C'est ça que tu as envie d'entendre ?

— Je ne sais pas ce que je veux, répondit-il en hochant la tête.

— Ce n'est pas facile, dit-elle sèchement.

Sa colère était inattendue. Et d'une certaine manière, elle fit retomber la sienne. Il alla à la fenêtre, se refusant à la regarder.

— Est-ce que tu l'aimes ? demanda-t-il.

— Je ne sais pas. Je l'ai aimé. Maintenant je ne sais plus. (Il eut un rire forcé et appuya son front contre la vitre froide.) Je ne suis pas heureuse. Je ne le suis plus depuis longtemps. En partie à cause de cet endroit, mais il y a plus que ça, c'est…

Elle ne termina pas sa phrase, sa voix se brisant légèrement.

Il ne voulait pas entendre ça. Liaison, femme délaissée, ce n'était qu'un putain de cliché et il ne voulait pas en faire partie.

— D'accord, donc ton mariage a échoué, dit-il. Comme beaucoup de mariages. Mais je ne comprends pas. Le faux nom, le chalet… À quoi ça rimait ? Tu y fais venir d'autres types ?

— Non. Tu es le seul. (Elle inspira profondément et expira lentement.) Il m'a pris ce chalet il y a environ deux ans. Je voulais un endroit où pouvoir aller. Il avait du travail et je voulais quelque chose pour moi toute seule. Je me suis remise à peindre, ce que je n'avais pas fait depuis dix ans. J'ai trouvé deux chatons dans le vide sanitaire et je les ai gardés avec moi, parce que Brian déteste les chats.

Louis repensa au chalet sensuel avec ses tentures, la musique, les coussins, les bougies et l'encens. Il voyait mal Gibralter tolérer tout cela.

— Et ton nom ?

— Je l'ai lu un jour dans un roman, et j'ai toujours rêvé d'aller en France. Je ne l'avais jamais utilisé avant le soir où je t'ai vu au bord du lac. Ça m'est venu… comme ça.

Sa voix s'était estompée jusqu'au chuchotement.

— J'ai toujours détesté le nom de Jean. Je n'ai jamais senti que ça me correspondait.

Il revint se mettre près de la cheminée et la regarda.

— Pourquoi tu ne m'as pas dit que tu étais mariée ? demanda-t-il, toujours bouillant de colère.

— Est-ce que ça aurait changé quelque chose ?

— Oui.

Elle le regarda dans les yeux.

— Ça doit être rassurant d'avoir des valeurs morales aussi fiables.

Il fut incapable de dire si c'était ironique.

— Tu aurais pu le quitter, dit-il.

— On est ensemble depuis que j'ai dix-neuf ans. On a… (Elle marqua un temps d'arrêt.) Il avait besoin de moi.

— Je ne l'imagine pas avoir besoin de qui que ce soit.

— Il n'a pas toujours été comme ça. Au début, à Chicago, c'était différent.

Il détourna les yeux. Il n'avait aucune envie d'entendre les joies de la vie de jeune marié de Brian Gibralter. Elle s'aperçut de sa réaction, mais poursuivit.

— Quand il était flic débutant, il rentrait toujours le soir terriblement excité par son travail, complètement persuadé qu'il le faisait bien, dit-elle en regardant le feu. Mais après, il a été muté à Engelwood et les choses ont changé. Il s'est mis à parler des mauvais côtés, des drogués, des prostituées de treize ans, du type qui l'avait menacé avec un couteau de chasse après qu'il l'avait arrêté pour un feu arrière cassé. (Elle s'interrompit un instant.) Un soir, je l'ai trouvé assis dans le noir, là, à la table de la cuisine, encore en blouson. J'ai fini par réussir à lui faire dire ce qui se passait. Il avait arrêté un type qui avait flanqué un coup de batte de base-ball sur la tête du bébé de sa petite amie parce qu'il avait mouillé sa culotte.

Il ne réagit pas.

— À partir de ce moment-là, il a arrêté de parler de son travail. Il disait que je ne pouvais pas comprendre.

Il repensa au soir où Ollie était mort. Même si elle l'avait tenu dans ses bras pendant qu'il pleurait, il s'était dit la même chose.

— Je ne me suis pas entendue avec les autres femmes et me suis sentie très seule, poursuivit-elle. J'ai commencé à me rendre en ville en métro aérien pour prendre des cours aux Beaux-Arts, mais il m'a obligée à arrêter. Il disait que j'allais me faire violer ou agresser. (Il entendit sa voix se briser. Son visage était couvert de larmes.) Et puis les choses ont empiré. Il me criait dessus parce que je ne m'enfermais pas à clé quand je descendais à la buanderie. Il me criait dessus parce que je ne repassais pas assez bien le pli de ses pantalons de tenues.

— Tu aurais dû le quitter.

Elle le regarda.

— Je voulais le faire, mais je n'avais aucun moyen de subvenir à mes besoins, je ne travaillais pas. Je n'avais même pas de diplôme universitaire. (Elle rit doucement.) J'avais besoin de lui.

— Je croyais que tu avais une sœur, dit-il.

Elle hocha la tête.

— Elle m'a dit que je pouvais m'installer chez elle. Ma valise était même prête, mais il s'est passé quelque chose et je n'ai pas pu partir.

— Quoi ? (Elle le regarda avec défiance.) Qu'est-ce qui s'est passé ?

— Brian, dit-elle. Il lui est arrivé quelque chose et je n'ai pas pu le quitter.

Il vit quelque chose sur son visage, de la souffrance, de la culpabilité peut-être, et sut qu'elle devait faire allusion à l'incident que le commissariat dans lequel travaillait Gibralter avait couvert, l'événement que Doug Delp avait été incapable de découvrir. Il attendit, crispé. Une partie de lui-même, celle qui avait été trompée, n'avait pas envie d'entendre un mot de plus sur Brian Gibralter. Mais l'autre partie, le flic, avait besoin de savoir.

Il s'assit à côté d'elle.

— Qu'est-ce qui s'est passé ?

Elle prit sa respiration et s'essuya les yeux avec la manche de son pull.

Il alla lui chercher un Kleenex, revint s'asseoir et attendit.

— Qu'est-ce qui s'est passé ? répéta-t-il doucement.

Elle se détourna, incapable de le regarder dans les yeux.

— Je ne l'ai appris que plusieurs semaines après. Il ne m'avait rien dit. Il était allé chez le médecin, quelqu'un que le commissariat lui avait indiqué. Je crois que c'est ce docteur qui lui a conseillé de m'en parler.

Il attendit encore. Dehors, le vent se leva en faisant entendre un faible sifflement de l'autre côté des vitres.

— Il était en patrouille seul parce que son coéquipier était malade. C'était en mars. Je m'en souviens parce qu'il faisait très froid pour un mois de mars. (Sa voix devint monocorde.) Il avait pris une ruelle en pensant avoir aperçu quelque chose de suspect. Le quartier était sous surveillance… il y avait beaucoup de violence de gangs. Il aurait dû appeler pour demander du renfort, mais il ne l'a pas fait.

D'un seul coup, Louis devina de quoi il s'agissait. Ce qu'il ne savait pas était à quel point c'était sérieux.

— Ils… les gamins… un gang… ils lui ont sauté dessus. Il était seul et ils lui ont sauté dessus. Ils lui ont pris son arme. (Louis hocha la tête.) Ensuite… (Elle ferma fort les yeux.) Ils l'ont menacé avec et l'ont obligé à enlever sa tenue. Ils l'ont entièrement déshabillé. Il faisait terriblement froid ce soir-là. Mais ils l'ont mis complètement nu. (Il lui fallut presque une minute pour être capable de continuer.) Ils l'ont menotté à un escalier d'incendie dans la ruelle et l'ont battu. Puis ils lui ont bombé de la peinture… des trucs, des mots, des choses partout sur le corps. (Elle reprit sa respiration, et le reste sortit dans un long soupir.) Il est resté là pendant des heures avant qu'une autre patrouille ne passe et ne le trouve.

— Que sont devenus les gamins ?

— Les gamins ? (Elle prit un air perplexe.) Le gang ? Il n'a pas voulu qu'ils soient poursuivis parce qu'il aurait dû raconter ce qui s'était passé à tout le commissariat. Le flic qui l'a ramassé et un ou deux autres, dont son chef, ont été les seuls à savoir.

Louis se rappela ce que lui avait dit Delp de l'arrestation des membres d'un gang de trafiquants sans que personne ne sache d'où ça sortait.

Zoe s'était arrêtée de pleurer. Elle restait assise et regardait un point derrière l'épaule de Louis d'un air absent, comme si elle n'avait même plus conscience de sa présence. Quand elle regarda de nouveau son visage, il y avait de la honte dans ses yeux, comme si ce qu'elle venait de lui raconter la concernait elle, et pas son mari.

Pendant plusieurs minutes, ils restèrent simplement assis. Il écouta le crépitement du feu et le vent qui soufflait violemment sur les vitres. Ce fut elle qui rompit le silence de sa voix douce.

— On est venus ici environ un an après. Il ne m'a même pas parlé de l'annonce dans le magazine *Police Chief*. Il m'a juste dit qu'on partait, qu'il allait pouvoir tout recommencer à zéro, diriger un commissariat à sa façon.

Louis s'adossa au canapé et ferma les yeux.

— Je pensais que les choses changeraient, reprit-elle doucement, mais ça n'a pas été le cas. Je ne me suis pas adaptée ici non plus.

Il savait qu'elle faisait allusion au fait qu'elle était noire, ou plutôt moitié noire moitié asiatique. Loon Lake n'était pas un quelconque bled paumé du Sud, mais blanche elle était indéniablement. Blanche quant à la couleur de la peau de ses habitants et blanche dans sa mentalité conventionnelle de petite ville. Il en était arrivé à se sentir étranger durant le peu de temps qu'il y était resté. Il ne pouvait que savoir combien une femme aussi solitaire qu'elle ne pouvait qu'y survivre.

Il s'approcha pour la prendre dans ses bras, la réconforter tout comme elle l'avait fait avec lui, mais s'arrêta. Il n'y avait pas d'avenir pour eux. Maintenant il le savait, même s'il n'en était pas aussi sûr une heure plus tôt. Sa colère envers elle s'était calmée, mais il savait qu'il n'avait pas oublié sa rancune. Même si, une fois ce cauchemar terminé, elle décidait de quitter son mari, il n'était pas sûr de pouvoir lui donner son amour. Il n'était pas sûr de pouvoir lui accorder à nouveau sa confiance.

— Il vaut mieux que je m'en aille, dit-elle en se levant.

Elle se dirigea rapidement vers la porte en mettant son manteau. Il se leva à son tour et la regarda enfiler ses gants. Elle leva les yeux vers lui.

— Je suis désolée, Louis. Je suis désolée de t'avoir menti, dit-elle.

La porte s'ouvrit, une rafale de neige s'engouffra à l'intérieur et l'instant suivant, elle n'était plus là.

CHAPITRE 33

Louis prit le virage et monta la côte. Les pneus lisses patinèrent sur la route enneigée, mais finirent par accrocher. La Mustang s'enfonça lentement à travers les pins.

Un petit panneau LITTLE EDEN[1] indiquait l'entrée de l'allée et les pins s'ouvraient sur une clairière au milieu de laquelle se trouvait un grand chalet en bois.

Louis s'arrêta devant et coupa le moteur. Il fronça les sourcils en voyant les volutes de fumée s'échapper de la cheminée et la Ford Bronco blanche reluisante garée sur le côté. Il prit le dossier de la descente sur le siège passager et chercha le nom des propriétaires. Eden, David et Glenda. Merde alors, ils étaient là en ce moment ? Il n'avait pas prévu d'avoir à parlementer avec qui que ce soit.

Il avait décidé d'y aller le matin même, sans en parler à personne au commissariat. Il l'avait fait sur une impulsion, en partie pour se sortir Zoe de la tête, mais surtout parce qu'il espérait trouver quelque chose qui confirmerait ses soupçons avant d'aller voir Steele. Mais en parcourant le chalet des yeux, il sut qu'il n'avait pas la moindre idée de ce qu'il cherchait.

La porte d'entrée s'ouvrit et un homme apparut derrière la porte coupe-vent, examinant la Mustang. Louis descendit de la

1. Soit « Petit Paradis ».

voiture et commença à monter par le chemin déblayé. Le type ne sembla pas se détendre en voyant la tenue de Louis.

— Monsieur Eden ? demanda celui-ci.

— Oui, répondit le type en poussant la porte.

Louis lui tendit la main.

— Agent Kincaid, police de Loon Lake.

Le type lui serra la main sans grand enthousiasme. Il avait environ cinquante ans, une calvitie naissante, une bonne brioche, et un pull rouge avec des dessins de rennes qui caracolaient sur sa poitrine. Le visage au teint rose bonbon d'un homme entre deux âges qui a réussi, est rassuré par sa fortune et peu habitué aux choses sordides comme disons… la visite d'un flic. Louis se rappela avoir lu que les Eden étaient de Dearborn, lui étant un genre de gestionnaire chez Ford. Il se demanda pourquoi il n'avait pas revendu le chalet après la descente.

— Désolé de vous déranger de bon matin, monsieur Eden, reprit Louis. Je ne pensais pas vous trouver ici.

— On ne vient plus beaucoup, répondit simplement Eden. Seulement pendant les vacances.

Le visage d'une femme apparut derrière lui.

— Qu'est-ce que c'est, David ? demanda-t-elle.

— Rien, Glenda. Rentre.

Elle jeta un coup d'œil vide à Louis et battit en retraite.

— Qu'est-ce que vous voulez ? demanda Eden.

Louis ôta ses lunettes de soleil en se rappelant ce que lui avait dit son chef à Ann Arbor, à savoir que personne n'aime parler avec un flic qui se cache derrière des lunettes de soleil. Il se rendit compte que lui-même n'aimait pas quand Jesse avait les siennes.

— Je voudrais jeter un coup d'œil, dit-il.

— De quoi s'agit-il ?

— Simple visite de routine, monsieur.

— Tout ça date de cinq ans, dit Eden d'une voix éteinte.

— Je sais, monsieur. Nous sommes en train de classer officiellement l'affaire. J'ai juste besoin de prendre quelques notes.

— Est-ce vraiment indispensable ? Je ne veux pas inquiéter ma famille.

— Je n'ai pas besoin d'entrer, monsieur, ni de parler à qui que ce soit. Cela ne prendra qu'une minute, je vous le promets.

Après un instant d'hésitation, David Eden acquiesça d'un bref signe de tête.

— Merci, monsieur.

Louis sentit que le type le suivait du regard tandis qu'il retournait vers la Mustang. Enfin, il entendit la porte se refermer.

Il récupéra le dossier de la descente et recula pour examiner « Little Eden ». La propriété était vaste, suffisamment pour qu'aucun autre chalet ne soit visible. Les bois devant avaient été dégagés pour permettre une vue plongeante sur Loon Lake. Le chalet lui-même était une construction préfabriquée récente, du genre de celles édifiées sur plans et commandées sur la dernière page d'un magazine de décoration intérieure – il avait le charme rustique artificiel des chalets de Disney World. Il était isolé et interdit d'accès, la planque idéale pour un gang, même s'il ne ressemblait pas au genre d'endroit où pouvaient mourir deux gosses.

Louis chercha dans le dossier le schéma indiquant les positions des corps et des policiers. Il ne donnait pas une idée de ce à quoi ressemblait vraiment l'endroit. Mais c'était toujours comme ça. La simplification dépouillée des rapports et des schémas ne préparait jamais à la réalité physique d'une scène de crime. Voilà pourquoi il avait toujours aimé voir les endroits où s'étaient passées les choses, comme la maison de Pryce. Peut-être n'était-ce que des impressions, des intuitions, comme disait Jesse. Quoi qu'il en soit, ça l'aidait toujours à clarifier ses pensées.

Il retourna à la voiture pour y prendre une deuxième chemise, laquelle contenait les photos supplémentaires de la scène de crime et de l'autopsie. Il les glissa toutes les deux sous son bras et se dirigea vers la zone nord du chalet et le jardin de derrière.

Celui-ci était dégagé sur une distance d'environ vingt mètres entre le bâtiment et la lisière du bois. Il y avait une remise en aluminium Sears à l'écart dans un coin tout au fond et un grand tas de bois, mais rien d'autre. Louis se retourna face au chalet. Il regarda plein est et dut se protéger les yeux avec la main pour ne pas être aveuglé par le soleil.

La façade arrière du chalet était simple comparée à celle du devant, avec deux fenêtres au rez-de-chaussée et une porte vitrée coulissante donnant sur une véranda couverte de neige. Il y avait trois fenêtres à l'étage et une grande antenne parabolique sur le toit.

Louis sortit le rapport de Gibralter du dossier. Il avait besoin de se rafraîchir la mémoire sur le déroulement des événements.

Pryce était arrivé le premier sur le site et avait demandé du renfort Lorsque les gamins avaient refusé de sortir. Gibralter, Jesse, Ollie et Lovejoy étaient arrivés peu après. Même après les tirs de gaz lacrymogène à l'intérieur du chalet, les gosses avaient refusé de se rendre. À ce stade, Gibralter était devant avec Pryce, et Jesse à l'arrière, avec Lovejoy et Ollie de chaque côté du chalet.

Selon le rapport, Johnny Lacey était sorti en courant par la porte de derrière, s'était sauvé vers le bois et avait été intercepté par Jesse à environ vingt mètres du chalet.

> L'agent Harrison a fait feu, atteignant le suspect dans la région frontale gauche du visage. Suspect décédé sur place.

Louis se retourna vers le bois. Il parvenait presque à visualiser comment les choses s'étaient passées. Il voyait Johnny Lacey sortir en coup de vent. Puis Jesse se lancer à ses trousses, comme il l'avait fait avec Duane Lacey dans le champ enneigé à l'extérieur du Jo-Jo's. Il voyait ensuite Jesse ne plus se contrôler, tout comme avec le hippie. Il le voyait devenir fou de rage et se mettre à matraquer Johnny à la tête.

Que s'était-il passé ensuite ? Était-ce Ollie ou Lovejoy qui avait séparé Jesse de Johnny Lacey ? Et lequel des deux avait ramassé le fusil et tiré dans la figure de Johnny pour dissimuler les marques de coups ?

Il poussa un grand soupir. Jesse, Gibralter, Lovejoy, Ollie… Il tenta de les imaginer autour du corps. Il tenta d'imaginer l'un d'entre eux appuyant sur la détente du fusil. Il arrivait presque à entendre l'écho de la détonation à travers les arbres et à sentir dans l'air frais l'odeur de poudre brûlée. Mais il ne parvenait pas à voir qui avait tiré.

Il baissa la tête : il ne voulait pas le voir.

Quand il la releva, il aperçut un reflet dans une fenêtre de l'étage. Il se protégea les yeux du soleil avec la main. Il y avait quelqu'un là-haut. Il prit ses lunettes et les chaussa.

C'était une adolescente, de quatorze ans environ. Elle portait un sweat-shirt rouge et un tas de bracelets en argent au poignet qu'elle faisait tourner nerveusement en l'observant. Il devina qu'il s'agissait de la petite Eden et se demanda brièvement si elle savait tous les morts qu'il y avait eus dans sa maison de vacances.

Il la regarda. Angela et Cole. Avaient-ils assisté à ce qui s'était passé dans le jardin de derrière ?

Il regarda de nouveau le rapport de Gibralter. Ils avaient trouvé Cole caché dans un placard du haut, armé d'un fusil. Il avait pu voir quelque chose et s'être caché. Mais Angela, elle, était apparue à la porte de derrière après la mort de Johnny.

> À ce moment-là, le suspect n° 3 a quitté les lieux par la porte de derrière, armé d'un pistolet de petit calibre. Il a pris position dans la véranda et a déclaré avoir l'intention de faire feu sur les policiers à moins qu'ils ne le laissent partir. Les agents Wickshaw et Lovejoy ont ordonné à la jeune fille de lâcher son arme. Elle a refusé. Elle a brandi son arme et fait feu sur les policiers. L'agent Wickshaw a ouvert le feu à son tour et l'a atteinte à la poitrine en lui infligeant une blessure mortelle.

Louis hocha la tête. Ça n'avait aucun sens. Angela Lacey n'avait pas d'antécédents faisant état de l'usage d'une arme ; et aucun des gamins n'était sous l'effet de stupéfiants, selon les rapports toxicologiques. Pourquoi avait-elle paniqué ? Pourquoi ne s'était-elle pas tout simplement rendue ?

Il savait qu'il était inutile de lire les autres rapports ; tous étaient conformes à celui de Gibralter. Mais peut-être y avait-il quelque chose de différent dans celui de Pryce. Il le sortit et le parcourut :

> J'ai entendu l'agent Harrison demander de l'aide au cours d'une poursuite à pied. J'ai entendu un cri de femme et un coup de feu. J'ai offert d'intervenir, mais ai reçu l'ordre de conserver ma position. À 16 h 35 précises, j'ai entendu un coup de revolver. Cinq secondes plus tard exactement, j'ai entendu un deuxième coup de feu.

Comme Pryce avait reçu l'ordre de rester à l'avant, son champ de vision était limité, mais il avait entendu crier Angela. Louis regarda de nouveau la petite Eden à la fenêtre de l'étage. Il ne pouvait pas le prouver, mais il était maintenant certain que Gibralter avait menti dans son rapport sur Angela. Elle se tenait devant la porte au moment où son frère avait été abattu et elle avait tiré parce qu'elle avait eu peur d'être tuée à son tour.

Et d'abord, pourquoi l'avaient-ils laissée sortir du chalet ? Et pourquoi n'avaient-ils pas tiré pour blesser et non pour tuer ? Il regarda la porte vitrée coulissante et tenta d'imaginer Angela en train de brandir son arme. D'imaginer ce qui lui était passé par la tête.

Rien. Ni sensations, ni vibrations. Cela datait de cinq ans, et la piste était froide. Ça n'était pas comme chez Pryce. Ici, personne ne lui parlait. Il n'y avait plus personne de vivant.

À contrecœur, il rouvrit le dossier de la descente, à la recherche de quelque chose qui l'intrigue. Il s'arrêta sur la photo du corps d'Angela. La tint levée, la comparant au chalet lui-même. On l'y voyait affalée à droite de la porte coulissante. Il pouvait dire quelle était sa position exacte parce qu'une partie d'un boîtier électrique était visible dans le coin supérieur de la photo. Rien...

Il sortit une deuxième photo – celle du gros plan de la main d'Angela. Il examina l'étrange contusion en forme de faux au dos de sa main. Qu'est-ce qui avait bien pu la causer ?

Quelque chose le poussa à lever la tête.

La jeune fille à la fenêtre. Elle était toujours là, à l'observer en faisant tourner ses bracelets en argent.

Des bracelets...

Il glissa la main sous sa parka, au creux de ses reins. Et sortit ses menottes.

Il les regarda un moment ; puis il regarda de nouveau vers le chalet, en scrutant l'arrière et trouvant enfin ce qu'il cherchait. La gaine sortait du boîtier électrique en décrivant des méandres, à seulement quelques dizaines de centimètres de la porte coulissante.

Ils l'avaient menottée. Elle n'avait pas pu tirer. Ils l'avaient attachée à la gaine avec des menottes.

Quelque chose lui revenant en mémoire, il sortit vite le rapport de Pryce. Ça ne l'avait pas frappé un moment plus tôt, mais il savait comment fonctionnait son esprit vif, savait le genre de détails qu'il enregistrait. Il respira fort. C'était là.

> À 16 h 35 précises, j'ai entendu un coup de revolver. Cinq secondes plus tard exactement, j'ai entendu un deuxième coup de feu.

Pryce avait entendu deux coups de feu en l'espace de cinq secondes. Pas un suivi aussitôt de ce qui aurait dû être la riposte d'un policier en état de légitime défense. Cinq secondes entières s'étaient écoulées. C'était ainsi que fonctionnait l'esprit de Pryce, pas « approximativement » ou « à peu près », mais « exactement ». Si Thomas Pryce avait dit cinq secondes, c'était cinq secondes.

Cinq secondes...

Autant dire rien par rapport à la durée normale de la vie quotidienne. Mais beaucoup par rapport au millième de seconde qu'il faut pour tuer.

Cinq secondes...

Juste le temps qu'il faut pour réagir, planifier et créer une réalité nouvelle.

Louis regarda fixement la gaine électrique et vit Angela Lacey, et vit tout de façon terriblement claire. Il referma le dossier et gagna la véranda. Suivit la gaine des yeux. À deux mètres du sol, il y avait un espace entre elle et le chalet, assez pour qu'on puisse y glisser une menotte.

Angela mesurait environ un mètre cinquante, ce qui voulait dire qu'ils avaient dû lui faire lever le bras au-dessus de la tête pour l'attacher. L'hématome qu'elle avait au poignet, il le savait maintenant, ne pouvait pas avoir été occasionné par la seule menotte. Il avait été causé par le fait qu'elle lui coupait gravement la circulation.

Il examina la gaine. C'était Angela qu'il voyait maintenant. Il la voyait accrochée par un bras à la gaine, le poids de son corps la tirant vers le bas, lui écrasant le poignet contre le métal de la menotte. Le poids de son corps… mort.

Angela Lacey était apparue à la porte de derrière, exactement comme l'indiquait le rapport. Elle avait vu Jesse frapper son frère et les avait vus lui tirer dans la figure. Ils avaient utilisé les menottes pour l'immobiliser pendant qu'ils s'occupaient du désastre de Jesse. Elle n'avait jamais eu de pistolet.

Quelqu'un, l'un des quatre, l'avait abattue. Ollie, à en croire le rapport. Elle s'était écroulée, toujours attachée à la gaine. Cinq secondes après, nouveau coup de feu. Celui d'une « arme jetable », une des plus vieilles astuces du métier. Ils avaient tiré en l'air avec pour simuler la riposte, puis l'avaient placée dans la main d'Angela pour faire croire qu'elle avait tiré la première.

Puis ils l'avaient fait disparaître, tout comme ils avaient fait disparaître les traces de coups sur le visage de son frère.

Louis inspira profondément. Il n'y avait pas moyen de prouver quoi que ce soit. Ce n'était encore qu'une hypothèse et il pouvait se tromper du fait de son imagination débordante. Ollie et Lovejoy, eux, ne pouvaient pas parler – ils étaient morts. Gibralter n'avouerait jamais rien. Quant à Jesse…

Louis sentit son estomac se nouer. Ollie et Lovejoy étaient impliqués, tous les deux coupables chacun à sa façon. Mais Jesse était le catalyseur, celui à cause de qui tout était arrivé. Il avait laissé sa fureur prendre le dessus, puis avait laissé Gibralter le couvrir.

Il serra les dossiers contre lui, descendit de la véranda et leva la tête vers la fenêtre. La jeune fille avait disparu.

Il regardait encore le chalet lorsqu'il fut surpris de se sentir envahi par un sentiment de tristesse, en plus de ses autres émotions. Il était furieux contre eux ; il se sentait trahi. C'étaient des flics et c'étaient des monstres.

Et maintenant ? Qu'est-ce qu'il pouvait faire ? Aller voir Steele et lui dire ce qu'il savait ? Non… ce qu'il soupçonnait ? Tout ce qu'il avait, c'étaient des indices et son instinct. Ça ne suffisait pas pour aller trouver Steele.

Il retourna rapidement à la Mustang, y monta et démarra. Il lui fallait une preuve irréfutable. Il fallait qu'il retrouve l'« arme jetable ».

CHAPITRE 34

Louis scruta les étagères derrière le grillage. Quelque part dans le local des scellés se trouvait l'arme jetable, mais il n'y avait pas moyen d'y accéder sans la clé de Dale.

Il se retourna face au commissariat en ébullition. Téléphones qui sonnaient, appels radio angoissés, aboiements assourdis des chiens dehors. Câbles serpentant sur les planchers, cartes aux murs. Des vêtements, plein de vêtements. L'odeur de sueur, de tabac et de café brûlé.

Dehors, c'était pire, le parking envahi de berlines de la police d'État et de camionnettes de la télévision, deux de Detroit et une de Chicago. Ce matin-là, Louis avait dû jouer des coudes pour se frayer un chemin parmi le tas de journalistes et de cameramen grelottant dehors. Personne n'avait pris la peine de lui brandir un micro sous le nez ; on savait que tous les flics de Loon Lake étaient tenus au silence. Et de toute façon, c'était Steele qu'on attendait.

Il embrassa la pièce du regard. Aucune trace de lui.

— Louis ! lança Edna.

Il jeta un coup d'œil et la vit qui brandissait le téléphone.

— C'est le *Lansing State Journal.* Ils demandent une déclaration.

Il lui indiquait du doigt un des assistants de Steele lorsqu'il vit Dale franchir à la hâte la porte d'entrée. Il était vêtu de sa parka de la police et avait le visage rouge de froid. En se frayant un chemin vers le vestiaire, il aperçut Louis et détourna vite les yeux. Pas assez vite cependant pour que celui-ci n'ait pas le temps d'y lire de l'angoisse. Merde alors, il n'arrivait jamais au gamin ne serait-ce que de froncer les sourcils ; il se passait quelque chose. Il le suivit.

Dale était assis sur un banc, toujours en manteau, la tête dans les mains.

— Dale ? (Dale releva la tête d'un coup. Il avait l'air sur le point de vomir.) Qu'est-ce qui t'arrive ?

Dale se passa une main tremblante sur le visage.

— Je ne savais pas quoi faire. Je ne savais pas comment l'arrêter.

— Qui ça ?

Comme il ne répondait pas, Louis s'assit à côté de lui.

— Qui ? insista-t-il.

— Jess, répondit Dale. Jess… il… je ne savais pas comment l'arrêter.

Louis sentit son estomac se nouer.

— Qu'est-ce qui est arrivé ? Où est Jesse ?

— Je ne sais pas. On est allés à Red Oak. Le chef nous y a envoyés et nous a demandé de faire parler Cole par tous les moyens. (Il reprit sa respiration.) Je savais que Jesse deviendrait brutal, mais je ne pensais pas…

— Qu'est-ce qu'il a fait ?

— Je ne sais pas. Ça s'est passé tellement vite !

— Dale, calme-toi, raconte.

— Jesse l'a un peu bousculé et l'a fait tomber de sa chaise. Cole est devenu de plus en plus enragé et s'est mis à hurler après lui en lui disant qu'il était le prochain, qu'il allait avoir une « mort spéciale »… C'est ce qu'il a dit, Louis. Il a dit que Jess allait avoir une « mort spéciale ».

— Et après ? Qu'est-ce qui s'est passé après ?

— Jesse n'arrêtait pas de lui crier dessus pour qu'il nous dise où était son père, et Cole l'a traité d'imbécile et… et…

Louis entendit une porte s'ouvrir. Des voix partaient en échos sur le carrelage. Il s'approcha.

— Louis, murmura Dale, Jess a pété les plombs. Il a pris sa matraque et a tapé sur la tête de Cole comme si c'était une balle de base-ball. L'autre a pris un coup à la bouche, je crois. (Il s'essuya le visage ruisselant de sueur.) J'ai vu du sang, Cole a craché du sang, et il est tombé. Jess l'a frappé dans les côtes et dans les couilles. (Il reprit sa respiration.) J'ai pas pu regarder après ça.

— Qu'est-ce qui s'est passé ensuite ? demanda Louis.

Dale le regarda.

— Il s'est arrêté. Il s'est simplement arrêté et m'a regardé comme pour me demander pourquoi je l'avais pas arrêté. Bon Dieu, mais qu'est-ce que j'aurais pu faire ? Je ne pouvais pas l'arrêter !

Louis recula.

— Où est-il ? demanda-t-il fermement.

Dale hocha la tête.

— J'en sais rien. On est partis en vitesse. Cole était par terre et se tenait les couilles. On s'est tirés de là en vitesse.

La voix de Dale se brisa et il donna l'impression qu'il allait pleurer. Louis gagna le lavabo, mouilla des serviettes en papier et les lui apporta.

Dale se couvrit le visage avec les serviettes, puis il leva la tête et regarda Louis.

— J'aurais dû faire quelque chose, dit-il.

— Jesse est malade, Dale.

— C'est ma faute, je…

Louis l'interrompit.

— Ça n'est pas ta faute, bordel. C'est la faute de Gibralter.

— Le chef n'a pas dit de…

— Il vous a envoyés là-bas, Jesse et toi, en sachant exactement ce qui allait se passer, dit Louis. Il savait ce que Jesse allait faire et il savait que tu ne pourrais pas l'arrêter.

Dale le regarda fixement. Louis se mit à marcher de long en large en hochant la tête.

— Des échecs, dit-il. Pour lui, c'est une putain de partie d'échecs et il s'est servi de toi et de Jesse.

La porte du vestiaire s'ouvrit en grand, laissant entrer les voix et les sonneries du téléphone. Deux flics dévisagèrent Louis et Dale, puis se dirigèrent vers une autre partie du vestiaire.

— Je sue comme un porc, dit doucement Dale en enlevant sa parka.

Sa tenue était couverte de taches. Il se leva et ôta sa chemise.

— Ça va aller ? lui demanda Louis.

Dale fit oui de la tête, sorti de son casier un polo et le passa.

— Louis ?

— Oui ?

— Merci. (Il enleva son pantalon, enfila un jean et ramassa son manteau.) Bon, il vaut mieux que je rentre chez moi.

— Dale, une minute.

Louis attendit que les voix à l'autre bout du vestiaire se soient tues et que la porte ait à nouveau claqué.

— J'ai besoin d'un service, dit-il. J'ai besoin d'entrer dans le local des scellés.

— Pour quoi faire ?

— Peux-tu juste me faire confiance pour cette fois ?

Dale fouilla dans sa poche et lui tendit les clés.

— C'est la petite argentée avec la marque rouge.

— Merci. Dale, il y aura probablement des retombées après cette histoire avec Cole. Tu le sais, n'est-ce pas ?

Dale fit oui de la tête.

— Dis juste la vérité. Tout se passera bien. (Louis lui posa une main sur l'épaule.) Et évite Jesse.

Dale acquiesça de nouveau.

Louis sortit, retourna à la salle des opérations et se fraya un chemin parmi les hommes jusqu'à son bureau. Et s'arrêta net. Deux bergers allemands étaient sagement assis à côté. Les chiens le regardèrent tendre le bras avec précaution pour ouvrir un tiroir et en sortir un dossier. Et gagner le local des scellés à reculons.

Après avoir déverrouillé le cadenas, il se glissa à l'intérieur, alluma la lumière d'un coup sec et se retourna pour jeter un coup d'œil à Edna. Elle était plongée dans son bouquin et son paquet de biscuits Milano.

Il examina les étagères, y chercha les preuves matérielles liées à la descente de police et finit par repérer le carton marqué LACEY, JOHNNY/ANGELA. Il s'en empara, le posa par terre et se servit d'un coupe-ongles pour en trancher le ruban adhésif.

La liste était sur le dessus. Il mit ses lunettes et la parcourut, à la recherche de l'arme. Elle était notée, un Beretta 9 mm, mais sans numéro de série. Posant la liste sur le côté, il se tourna vers le contenu du carton. Il y vit un sweat-shirt, avec un trou et une tache sombre faits par une balle, le tout bien apparent à travers le sac en plastique. Il tomba sur un petit sachet hermétique contenant une douille de fusil et une balle tordue qu'il devina être celle qu'on avait retirée de la poitrine d'Angela. Finalement, il sentit quelque chose de dur sous sa main et sortit le Beretta. Plaqua le plastique contre le canon. Merde. Le numéro de série avait été effacé à la lime. Et sans ce numéro, il n'y avait pas moyen de prouver que c'était une arme jetable. Un labo arriverait peut-être à relever le numéro, mais il savait que maintenant, seul Steele pouvait le demander.

Il passa la tête par-dessus le grillage et parcourut la pièce des yeux.

Il y avait un peu moins de monde, les recherches s'étant arrêtées en raison de l'obscurité.

— Hé ! lança-t-il à l'adresse d'un des assistants de Steele. Steele est dans le coin ?

Le type lui jeta un coup d'œil.

— Non.

— Où est-il ?

Le type regarda sa montre.

— Probablement à douze mille mètres d'altitude à l'heure qu'il est.

— Quoi ?

— Il est l'intervenant principal d'un banquet à Detroit. Ça commence à 21 heures. Il a demandé à ne pas être dérangé à moins que Lacey ne soit arrêté ou mort.

Louis se gratta le front. Regarda le sweat-shirt. Le sortit de son sac en plastique et l'étala sur le carton ouvert, mettant ainsi en évidence le trou et la tache sombre juste en dessous de l'inscription MACKINAC ISLAND.

Du dossier qu'il avait apporté, il sortit ensuite la photo d'autopsie d'Angela. Le trou fait par la balle était situé en plein milieu de sa poitrine, alors que celui sur le sweat-shirt était plus bas. Il tira la manche vers le haut, comme si son bras était levé au-dessus de sa tête, et le trou du sweat-shirt se mit en place, pile au milieu de la poitrine.

Il examina le sweat-shirt et sentit monter sa colère. Comment avaient-ils pu croire pouvoir s'en sortir comme ça ? Et d'où provenait l'arme jetable ? Ils n'auraient pas pris le risque de se servir d'une des leurs et il n'était pas facile de s'en procurer une au marché noir dans un endroit comme celui-là. La réponse la plus logique était que l'arme faisait partie des preuves matérielles d'une autre affaire et provenait d'un sac que personne n'avait plus aucune raison d'ouvrir un jour.

Il se mit à déplacer sacs et cartons, fouillant au hasard, essayant de se rappeler quelque chose dans les archives que Jesse et lui avaient épluchées. Il regarda attentivement chaque nom et chaque numéro, mais rien ne retint son attention. Et puis il s'arrêta, le regard rivé sur un sac marron glissé au fond d'une étagère du haut.

HAMMERSMITH n° 75-88961. Le motocycliste décédé qui avait été arrêté à Loon Lake huit ans plus tôt pour avoir sorti une arme.

Il descendit le sac, glissa un doigt sous le ruban sec et fissuré et introduisit sa main à l'intérieur. Ses doigts tombant alors sur quelque chose de coupant, il les retira vivement. Il jura, sortit une bouteille de bière cassée, la posa sur le côté et fouilla prudemment dans le sac. Rien. Pas de pistolet. Il aurait dû s'y trouver et il n'y était pas.

Il sortit la liste du sac. L'arme d'Hammersmith était indiquée, un Beretta 9 mm, numéro de série SYL611829.

SYL611829... le numéro dans le calepin de Pryce, celui qu'il avait aussi écrit au dos de son bloc-notes.

Louis sentit ses mains devenir froides. Pryce savait. Il savait que le Beretta de Hammersmith avait servi pendant la descente de police.

Pryce était au courant de ce qui s'était passé au chalet et cela expliquait beaucoup de choses. Ça expliquait sa discrétion et son désir soudain de quitter Loon Lake. Mais pourquoi n'avait-il pas divulgué l'information ?

— Louis ?

Il se retourna.

C'était Edna. Elle se tenait juste derrière le grillage.

— Le chef vient d'appeler pour vous.

— Qu'est-ce qu'il veut ?

— Je ne sais pas. Il a juste demandé si vous étiez encore là.

— A-t-il dit autre chose ?

— Il voulait aussi savoir si M. Steele était là.

Elle le regarda par-dessus ses lunettes œil-de-chat. Pendant plusieurs secondes, elle ne fit que le regarder en dévorant un cookie.

— Vous en voulez un ? demanda-t-elle en lui tendant le paquet.

Il fit non de la tête. Elle reprit le paquet et promena son regard sur le sweat-shirt étendu sur le carton avant de regarder à nouveau Louis. Puis elle repartit vers son bureau en traînant les pieds et lui lança un dernier coup d'œil par-dessus son épaule.

Louis poussa un long soupir. Bon sang, avait-elle dit à Gibralter qu'il se trouvait dans le local des scellés ? Quelqu'un d'autre l'avait-il vu ? Mais non, il devenait paranoïaque. Personne dans le commissariat ne pouvait savoir ce qu'il était en train de faire. Mais pourquoi diable Gibralter s'inquiétait-il de lui ? Peut-être voulait-il juste savoir s'il était avec Zoe.

Il était moite de sueur, et autour de lui les murs de la petite pièce surchauffée semblaient se rapprocher. Il prit conscience à cet instant précis de la gravité de ce qu'il était en train de faire. Il ne faisait pas qu'enfreindre le règlement ; il violait le code de conduite des flics. Il se retournait contre les siens.

Gens una sumus. « Nous sommes une famille. »

Pryce avait-il les mêmes doutes ? En était-il arrivé à la même décision ? Était-ce pour ça qu'il n'avait pas agi malgré ce qu'il savait ? Avait-il seulement décidé de l'ignorer et de partir ? Sauf qu'il n'y avait pas moyen de savoir ce qu'il avait décidé de faire parce que Lacey ne lui en avait pas laissé l'occasion.

Louis remit le tesson de bouteille dans le sac Hammersmith. Hésita, puis plia la liste et la glissa dans sa poche. Il replia le sweat-shirt d'Angela et le remit à sa place dans le sac, mais conserva la liste dans sa poche.

Il ramassa le Beretta enveloppé dans du plastique et le fit tourner entre ses mains. Puis il regarda en direction d'Edna, lui tourna le dos et glissa l'arme à sa ceinture, sous sa chemise. Et remit le carton de la descente de police à sa place sur l'étagère, sortit du local et referma à clé derrière lui.

Edna ne leva pas la tête quand il retourna à son bureau. Ni personne d'autre. Il s'arrêta net.

Les deux bergers allemands le regardaient fixement. Un filet de sueur lui coula dans le dos. Retenant sa respiration, il passa le bras entre les deux chiens pour récupérer sa veste. Et lentement, très lentement, il se dirigea à reculons vers la porte.

CHAPITRE 35

Une fois encore, cette fichue Mustang refusa de démarrer. Louis consulta sa montre et décida de ne pas appeler Dale pour lui demander de la faire partir avec les câbles. Le gamin avait ses propres problèmes après le désastre de la veille avec Cole.

Il prit le sac-poubelle noir sur le siège, descendit de la voiture et claqua la portière. Il neigeait, une neige mouillée qui recouvrait tout comme une épaisse couche de sucre glace. Les nuages gris étaient bas dans le ciel matinal et une nappe de brume flottait au-dessus du lac. Il se cala le sac sous le bras, remonta son col et se mit en marche.

La cloche d'une église sonna quelque part au loin. Quelques voitures passaient dans la rue à faible allure. Ce matin-là, tout semblait fonctionner au ralenti, y compris son cerveau. Il n'avait pas dormi. En partie parce qu'il craignait que Gibralter découvre la disparition du Beretta.

Mais surtout parce qu'il s'inquiétait pour ce qu'il s'apprêtait à faire. Il avait décidé d'aller trouver Steele avec les preuves qu'il détenait contre Jesse et Gibralter. Il savait qu'il devait le faire. Mais ça ne rendait pas les choses plus faciles pour autant. Ni ses pensées moins chaotiques.

Tout en marchant, il imagina Jesse et Gibralter emmenés avec les menottes devant les caméras de télévision les filmant pour donner tout ça en pâture au public.

Il voyait d'ici Steele vomissant sa morale de merde sur les flics corrompus. Il avait beau être révolté par ce qu'avaient fait Gibralter et Jesse, il ne supportait pas l'idée que Steele sorte de là renforcé. Que savait-il donc des flics ? Ce type n'avait jamais porté une tenue de sa vie, n'avait jamais su ce que ça fait d'être poussé à bout.

Lui le savait. Il l'avait ressenti à Red Oak le jour où il avait molesté Cole Lacey sur sa chaise. Il savait ce que c'était que d'être prêt à basculer.

Il tourna au coin de Main Street. Le sac-poubelle qu'il tenait sous le bras ne contenait que l'arme d'Hammersmith, la liste des éléments de preuve et une copie du dossier de la descente de police, mais ça lui paraissait lourd.

Une autre image lui vint à l'esprit : le visage de Jesse éclairé par le faisceau des phares la nuit où ils avaient accompagné le corps de Lovejoy sur le plateau du camion. *Je voulais être flic… il fallait que je sois flic.* Il revit Jesse dans le chalet de Lovejoy, là, à regarder fixement la cage nauséabonde du chien. Merde, Jesse préférerait manger son flingue plutôt qu'aller en prison.

Il serra plus fort le sac-poubelle contre sa poitrine. Mais sa décision était prise et il ne reviendrait pas dessus. Des gosses étaient morts. Bientôt ce serait des carrières de flics qui seraient mortes.

Peut-être aussi la sienne, d'ailleurs. Jusqu'à la veille au soir, il n'avait pas vraiment songé à sa situation dans tout ce désastre. Mais maintenant, il s'en rendait compte clairement. Sa propre carrière était en sursis. Certains flics approuveraient peut-être sa décision de s'être retourné contre son chef, mais ça ne l'empêcherait pas d'être frappé d'ostracisme, de se voir coller une étiquette de traître.

Les paroles de Gibralter lui revinrent en mémoire, celles qu'il avait prononcées le jour où il avait dit à Jesse avoir témoigné contre Larry Cutter. *Est-ce ainsi que vous comptez récompenser vos collègues ?*

Il s'arrêta à une rue du commissariat. Il y avait tout un tas de journalistes et une nouvelle camionnette avec NBC NEWS inscrit sur le côté. Il aperçut Delp et tourna à gauche pour s'esquiver et passer par-derrière.

Delp le repéra et se précipita dans sa direction.

— Hé, Kincaid!

Louis fit mine de n'avoir pas entendu. Delp lui emboîta le pas.

— Une déclaration pour moi, camarade.

— À quel sujet?

— Cole Lacey.

— Je ne sais pas de quoi vous parlez.

Delp sortit de son manteau un journal plié et le lui brandit sous le nez. Le gros titre en était : UN ADOLESCENT TABASSÉ PAR LA POLICE.

Louis s'arrêta, saisit l'exemplaire du *Lansing State Journal* et se retourna vers l'attroupement des journalistes.

— Steele est déjà arrivé? demanda-t-il.

Delp fit non de la tête.

— C'est ce qu'on attend tous.

— Je peux garder ça?

— Bien sûr. Vous y étiez?

Louis fit non de la tête à son tour et se dirigea vers la ruelle.

— Le gamin sait-il où se trouve son père? demanda Delp en continuant de le suivre.

— Je ne sais pas.

— Qu'est-ce qu'il a dit?

— Écoutez, Delp, lâchez-moi un peu avec ça.

Delp s'arrêta.

— Vous lâcher? Je me suis cassé le cul pour vous et vous ne me donnez rien. Il a fallu que je lise ça dans le journal.

Louis lui fit face.

— Écoutez, quand on arrêtera Lacey, vous serez le premier informé.

La bouche de Delp devint mince comme un fil.

— Vous ne pouvez plus me promettre un truc pareil. C'est Steele qui mène la danse. Vous êtes tout autant en dehors du coup que moi.

Louis déplaça le sac dans lequel se trouvait le Beretta et regarda Delp. Pendant un instant, il songea à lui dire ce qu'il savait. Là, tout de suite, il pouvait lui remettre le sac-poubelle et la plus grosse affaire de sa vie. Pourquoi pas ? La presse finirait de toute façon par tout découvrir. Les feux des projecteurs étaient trop puissants ; ils allaient immanquablement révéler les zones d'ombre de la descente de police. Pourquoi ne pas tout divulguer tout de suite à Delp et s'en laver les mains ? Le regard de Louis passa de Delp à la camionnette de la NBC. Non, ça n'était pas bien. Il avait pris sa décision et s'y tiendrait.

— Vous avez raison, Delp, je ne peux rien faire pour vous, dit-il en pivotant sur ses talons et en se dirigeant vers la porte de derrière du commissariat.

— Putains de flics ! marmonna Delp.

Louis passa par le vestiaire et entra dans le bureau. L'endroit était plein de sous-fifres de la police d'État, de gendarmes et de chiens policiers. Un poste de télévision diffusait un bulletin d'informations. Louis se fraya un chemin parmi les policiers qui regardaient.

Un présentateur de la chaîne de Lansing commentait l'affaire Cole Lacey, avec la photo de la gueule du gamin en incrustation dans un coin de l'écran. Le journaliste disait que « le jeune détenu était dans un état satisfaisant » à Red Oak. Puis on enchaîna sur Warren Little en train de faire une déclaration devant le centre.

Louis regarda s'il apercevait Dale, mais ne vit aucune trace de lui. Il gagna son bureau et y déposa le sac-poubelle. Il était en train de retirer sa parka lorsque Steele franchit la porte d'entrée. Steele qui, de toute évidence, venait juste d'échapper à la meute des journalistes à l'extérieur et qui clignait des yeux de colère.

— Où est Gibralter ? lança-t-il à la cantonade.

Les têtes pivotèrent, les gendarmes le regardant à travers la fumée de leurs cafés, mais personne ne répondit.

— Où est-il ? répéta Steele en élevant la voix.

La porte du bureau de Gibralter s'ouvrit et Steele se retourna.

— Vous avez quelque chose à me dire, Steele ? lui lança Gibralter.

— Où sont-ils ? demanda sèchement Steele. Où sont Harrison et McGuire ?

Avant même que Gibralter ait le temps de répondre, Jesse s'avança.

— Nous sommes là, dit-il.

Dale resta derrière, balayant nerveusement l'assemblée du regard.

— Dans le bureau, tout de suite ! ordonna Steele en indiquant la porte d'un mouvement de tête.

Jesse et Dale passèrent à côté de Steele, sans que ni l'un ni l'autre ne regardent Louis. Gibralter et Steele les suivirent à l'intérieur et la porte se referma. Les murmures de l'assemblée reprirent.

Louis s'assit à son bureau et posa le regard sur le sac-poubelle. Il n'était pas question de parler de ça tout de suite ; ça devrait attendre. Il ouvrit son tiroir, laissa tomber le sac à l'intérieur et le ferma à clé. Puis il sortit le *Lansing State Journal* de sa parka et chaussa ses lunettes pour lire l'article.

Il était sommaire, avec Warren Little comme unique source et la journaliste se justifiant dans sa tentative d'obtenir des déclarations de Gibralter à l'aide de la vieille formule : « La police de Loon Lake n'a pas souhaité répondre à nos questions. » Louis jeta le journal de côté.

La porte du bureau de Gibralter s'ouvrit et toutes les têtes pivotèrent.

Jesse sortit en premier, la tête basse, et se dirigea en vitesse vers le vestiaire. Quelques secondes plus tard, Dale apparut et prit la même direction mais plus lentement que Jesse. Louis se demandait s'il allait le suivre lorsque la voix de Steele l'amena à reporter son attention sur la porte du bureau de Gibralter.

— Vos hommes ont entravé le cours d'une enquête criminelle dont j'ai bien précisé qu'elle ne faisait pas partie de leur juridiction, disait Steele à Gibralter.

Louis se raidit. Ce trou-du-cul devenait grandiloquent.

Gibralter ne disait rien, ne le quittant pas des yeux.

— Ils encourent des poursuites pénales, poursuivit Steele, et vous, monsieur, vous aurez de la chance si vous ne subissez pas le même sort.

Steele revint à son bureau, rapidement rejoint par ses assistants qui l'entourèrent. Louis regarda Gibralter, dont aucun des muscles n'avait bougé.

— Il a été repéré.

Tous les regards convergèrent sur l'un des hommes de Steele, un téléphone à la main. Louis sentit son pouls s'accélérer.

— Où ça ? demanda Steele.

— Sur l'autoroute 33, à vingt kilomètres au nord de la ville.

L'activité et le bruit redoublèrent dans le bureau. Steele vint se placer au centre de la pièce et leva les mains en l'air.

— Écoutez tous, lança-t-il.

Le silence se fit dans l'assemblée.

— Suite à l'incident de Red Oak, je me dois de vous rappeler une obligation supplémentaire. Nous devons nous comporter avec le plus grand professionnalisme. Nous sommes maintenant sous le feu des projecteurs, messieurs, et chacun de nos actes sera examiné à la loupe. Je ne veux pas de témoins perturbés, harcelés ou contrariés en aucune façon. Je ne veux pas d'un seul citoyen en colère. Me suis-je bien fait comprendre ?

Le calme régnait, mais un courant parcourait la pièce, un courant d'adrénaline.

— Je sais ce que vous ressentez pour ce suspect, poursuivit Steele, mais si on retrouve la trace de Lacey, je ne veux pas de gâchettes faciles, ni de têtes brûlées. Je veux que les choses soient faites selon les règles.

Louis jeta un coup d'œil vers Gibralter. Tout en regardant fixement Steele, ce dernier mit sa cigarette aux lèvres et prit une lente et longue bouffée. Son visage restait de marbre, mais reflétait quelque chose de nouveau. Louis l'observa et tenta de comprendre ce que c'était. Bon sang, mais… c'était de la peur. C'était à peine visible, une simple lueur dans ses yeux, mais c'était là. Gibralter ne voulait pas que Lacey soit pris vivant ; il voulait qu'il meure.

Il le fallait, afin qu'il ne puisse pas parler de ce que Cole lui avait raconté sur ce qui s'était passé lors de la descente.

Steele sortit affronter les journalistes. Louis se retourna vers Gibralter. Il avait disparu et sa porte était fermée.

Louis se leva et alla dans le vestiaire. Jesse était parti, mais Dale était toujours là, en train de passer un sweat-shirt. Celui-ci le regarda approcher.

— Louis, dit-il, ça n'a pas marché.

— Qu'est-ce qui n'a pas marché ?

— De dire la vérité. Steele dit que je peux être poursuivi pour… bon sang, j'étais tellement nerveux que je m'en souviens plus. Agression et coercition et encore autre chose.

Dale pendit la chemise de sa tenue et passa sa main sur le devant.

— Qu'est-ce qui s'est passé dans le bureau ? demanda Louis.

— Steele a réglé son compte à Jesse en lui disant qu'il n'était plus maître de lui, que c'était un hors-la-loi. Il l'a traité d'imbécile. (Il regarda Louis.) Il fallait que je dise quelque chose. Alors j'ai dit à Steele ce que tu m'avais dit.

— C'est-à-dire ?

— Que Gibralter nous avait envoyés là-bas, et qu'il l'avait fait en sachant pertinemment ce que ferait Jesse.

Bordel, ce gamin avait des couilles.

— Qu'a dit Gibralter ?

Le visage de Dale s'assombrit.

— Il a nié, complètement nié. J'ai été stupéfait par ce qui a suivi. Steele a dit à Gibralter que Jesse et moi devions être virés. Le chef s'est aussitôt tourné vers Jesse et lui a dit : « C'est fini pour vous. » Comme ça.

Louis hocha la tête.

— Et toi ?

Dale enfila sa parka.

— Jesse a essayé de lui expliquer que je n'avais rien fait et moi, j'ai essayé de dire à Steele que je n'étais pas vraiment un flic, que je n'avais même pas d'arme, mais il n'écoutait pas. Il criait, en disant qu'on ne méritait même pas de laver une tenue et encore moins d'en porter une. Et le chef écoutait sans dire un mot.

— Donc il t'a viré aussi ?

— J'ai démissionné.

Louis le regarda avec incrédulité.

— Je ne peux plus travailler ici. Je ne peux plus.

— Dale...

Dale remonta la fermeture Éclair de sa parka.

— Il faut que j'y aille, dit-il brusquement.

Il se dirigea vers la porte du bureau en le frôlant au passage. Puis il s'arrêta, et revint lentement sur ses pas.

— Je suppose qu'il vaut mieux que je passe par-derrière, murmura-t-il.

Louis s'apprêtait à lui poser une main sur l'épaule, mais Dale s'éclipsa en vitesse. Il entendit la porte se refermer et soupira lentement.

Tout ça était minable. Tout sans exception. Il ne ressentait plus de sympathie pour Jesse, même si Gibralter l'avait sacrifié à Steele. Mais nom de Dieu, Dale, lui, ne méritait pas ça.

Il retourna dans le bureau. Les hommes s'étaient dispersés, seuls deux assistants de Steele s'y attardaient. Steele lui-même était toujours là, pendu au téléphone. Tout en jetant un coup d'œil à la porte du bureau de Gibralter, Louis ouvrit son tiroir et en sortit le sac-poubelle. Il alla se planter devant le bureau de Steele et attendit.

Ce dernier raccrocha le téléphone et se retourna vers lui avec un regard noir.

— Qu'est-ce que vous voulez? demanda-t-il d'un ton cassant.

— Il faut que je vous parle, dit Louis.

— Je n'ai pas le temps.

— J'ai quelque chose...

La sonnerie stridente du téléphone n'arrêtait pas.

— Faites quelque chose avec ce téléphone! cria Steele à ses assistants.

Louis brandit le sac.

— Il faut que vous voyiez ça. C'est…

Steele se leva.

— Écoutez, petit lèche-cul. Il y a ici de vrais flics qui travaillent dur pour pallier votre foutue incompétence. (Il attrapa son manteau sur la chaise.) Et maintenant, dégagez, il faut que je saute dans un hélicoptère.

Louis fit le tour du bureau et lui barra la route.

— Écoutez-moi, il faut que je vous parle. Tout de suite ! dit-il.

— Prenez rendez-vous, merde !

Il bouscula Louis au passage.

Celui-ci le regarda s'éloigner, se demandant s'il n'allait pas le suivre et lui jeter le sac à la figure devant les caméras. Il vit qu'un des assistants le regardait.

— Qu'est-ce que vous regardez ? lui demanda-t-il sèchement.

Le sous-fifre haussa les épaules.

— Quand est-ce que votre patron revient ?

— Demain matin, répondit l'assistant en souriant. Vous voulez prendre rendez-vous ?

Louis serra les poings. Que Steele aille au diable. Il s'occuperait de ça lui-même. Il apporterait ces foutues preuves là où il faudrait les apporter, et les donnerait à la NBC ou même au FBI s'il le fallait. Eux aussi aimaient bien coffrer des flics.

Il retourna à son bureau, jeta le sac dessus et se laissa tomber sur la chaise. « Prenez rendez-vous. » Qu'il aille se faire foutre.

Prenez rendez-vous.

Il regarda d'un air absent les gribouillages de Pryce sur le sous-main, fioritures et chiffres lui dansant devant les yeux.

Prenez rendez-vous…

Peu à peu, un numéro de téléphone lui revint à l'esprit. Il regarda le sous-main, puis le numéro. Il prit le téléphone et le composa.

— Police d'État du Michigan. Qui demandez-vous ?

Il pivota sur sa chaise pour regarder par la fenêtre de devant. Il aperçut l'hélicoptère qui démarrait.

— Le bureau de Mark Steele, s'il vous plaît.

— Sa ligne est occupée. Veuillez noter que son numéro de poste est le 31.

Louis raccrocha. Il déverrouilla le tiroir de son bureau et en sortit le petit calepin de Pryce. Il le feuilleta et s'arrêta à la bonne page.

C. L J. L CES au 5661 P. 31.

C. L correspondait à Cole Lacey.

J. L à Johnny Lacey.

CES à Chef Enquêteur Steele.

Et le 5661 P. 31 était son numéro de téléphone.

Prenez rendez-vous...

Merde, c'était exactement ce que Pryce avait fait. Pryce avait trouvé la preuve dont il avait besoin pour faire tomber Gibralter et les autres et avait projeté de tout divulguer à Steele.

Louis refit le numéro de la police d'État et, cette fois, il demanda le poste 31.

— Bureau de M. Steele, répondit une femme.

Louis se présenta et expliqua qu'il enquêtait sur la mort d'un policier et avait besoin de retrouver la trace de ses derniers faits et gestes.

— Comment pouvons-nous vous aider ? demanda poliment la femme.

— J'aurais besoin de savoir si Thomas Pryce a pris rendez-vous avec M. Steele vers la fin du mois de novembre.

Il l'entendit tourner des pages.

— Non, non... je n'en vois pas.

Louis allait la remercier quand elle l'interrompit.

— J'en ai bien un pour le 3 décembre, mais l'agent Pryce ne l'a pas honoré.

Louis la remercia et raccrocha. Il commençait à y voir plus clair, ses idées se mettant en place avec une tranquille assurance. Pryce avait découvert quelque chose de sordide sur la descente de police et s'était mis en campagne pour quitter Loon Lake. Mais,

Dieu sait pourquoi, il avait changé d'avis et décidé de poursuivre Jesse et Gibralter.

Pryce allait aller trouver Steele. Il était à quelques jours, peut-être même quelques heures, de faire tomber quatre respectables policiers pour le meurtre de deux gosses. Mais c'est alors que Lacey avait refait surface, commencé son massacre et fait disparaître Pryce.

Beau coup de chance pour la police de Loon Lake.

Louis ressentit un frisson dans le dos et se retourna pour voir si quelqu'un avait ouvert la porte. Il n'y avait personne. Le froid l'envahit peu à peu en même temps que lui venait une terrible pensée. De la chance… Était-ce vraiment de la chance ?

Les paroles de Gibralter lui revinrent, et aussi la froideur avec laquelle il les avait prononcées.

Un gambit, vous savez ce qu'est un gambit, n'est-ce pas ?

Non, chef, je n'ai jamais appris à jouer aux échecs.

Un gambit, c'est lorsque l'on sacrifie une de ses pièces pour se débarrasser d'une pièce adverse… Le sacrifice définitif…

Un coup qui élève le jeu au rang d'un art.

Gibralter avait-il d'une manière ou d'une autre découvert ce que Pryce était sur le point de faire ? L'avait-il tué pour le faire taire ?

Louis se passa une main sur le front. Mais non, son esprit était maintenant en train de dépasser toute logique. Gibralter était impliqué dans la mort des gosses de Lacey, mais tout menacé qu'il se sente, il n'aurait jamais tué un de ses hommes.

Gens una sumus. Sauf que Pryce n'était pas un de ses hommes – il ne faisait pas partie de la famille. C'était un étranger.

Une ombre passa derrière la porte vitrée du bureau de Gibralter. Louis retint sa respiration en la suivant des yeux. Il eut soudain la nausée, le vertige. Il se leva en vitesse, ramassa le sac-poubelle et y jeta le calepin de Pryce. Puis il s'empara de son blouson et se précipita vers la porte.

CHAPITRE 36

Louis posa son stylo, appuya sa tête en arrière contre le canapé et ferma les yeux. Cela faisait trois heures que le même disque repassait en boucle dans sa tête, tout son contenu le faisant toujours aboutir à la même conclusion : Gibralter avait assassiné Pryce.

Peu importait comment il avait découvert que Pryce était au courant de ce qu'ils avaient fait. Il avait décidé qu'un « sacrifice définitif » devait être fait, et avec Jesse, avait élaboré un plan pour tuer Pryce.

Mais Lacey… C'était ça la partie ingénieuse. Bien qu'ils l'aient démasqué, ils s'étaient servis de lui. Lacey, après tout, était le suspect idéal – un ancien combattant barge avec un gros problème vis-à-vis de l'autorité. Et ce suspect ne serait pas susceptible de se défendre car Gibralter avait toujours eu l'intention qu'il soit abattu au cours de sa capture.

Louis ouvrit les yeux et regarda le bloc posé sur ses genoux et les notes qu'il avait prises au cours des deux dernières heures. Il se concentra sur les noms en haut de la page : PRYCE… et à côté, OLLIE, LOVEJOY.

Tout collait. Excepté une chose. Il y avait trois flics morts. Pas un. Trois.

L'hypothèse ne lui était venue qu'au cours de la dernière heure – deuxième hypothèse sur les trois morts et tellement terrible qu'il l'avait immédiatement rejetée. Mais elle ne le quittait pas et il était finalement obligé de la prendre en considération.

Gibralter avait-il également tué Ollie et Lovejoy ? Étaient-ils d'une manière ou d'une autre devenus eux aussi des menaces à ses yeux ? Si Gibralter était suffisamment désespéré pour tuer deux gosses et un flic, pourquoi pas deux autres ?

L'idée que Lacey n'avait tué personne, que Gibralter avait manigancé les meurtres de manière à les faire passer pour l'œuvre de Lacey avant même que ce dernier ait pu lui-même agir était extravagante. Mais elle expliquait pourquoi Lacey était rentré chez lui à Dollar Bay et s'était plaint à Millie que « tout avait foiré ».

Louis relut les notes qu'il avait prises sous les noms de Lovejoy et d'Ollie. Qu'avait-il bien pu se passer pour que Gibralter se retourne contre eux ? Savaient-ils que Pryce avait l'intention de les démasquer et de tout déballer ? Ou bien alors... après avoir gardé le secret pendant cinq ans, avaient-ils tout simplement craqué ?

Ollie... Il imaginait à quel point il avait pu être rongé par la culpabilité, surtout si, comme le disait le rapport, c'était effectivement lui qui avait tué Angela. Ollie était un type docile qui attendait tranquillement la retraite. Sachant que Pryce était tourmenté, il lui avait offert le quartz de la sérénité. Pryce s'était-il confié à Ollie, tentant ainsi de le ramener à sa cause ? Ollie avait-il craqué sous la pression ?

Lovejoy... Lui était différent. C'était un vieil ivrogne vivant d'une pension d'indemnité, mais il était copain avec Gibralter. Ce dernier avait-il tenté de s'assurer de son soutien dans son projet d'éliminer Pryce ? Était-ce là le sujet du coup de téléphone de 10 h 30 la veille du jour où Lovejoy était mort ? Et Lovejoy avait-il reculé, signant du même coup son arrêt de mort ?

Louis ôta ses lunettes et se frotta les yeux. *Si tu as l'intention de t'en tenir à ça, ne te trompe pas, Kincaid.*

Le mobile... Il était là.

Les moyens… Gibralter et Jesse transportaient des fusils de calibre 12 dans leur voiture.

L'occasion… Elle était évidente, elle aussi.

Les circonstances de la mort de Pryce ne faisaient pour lui aucun doute, inspirées qu'elles étaient par ses impressions auditives et olfactives et par les fantômes de la maison vide. Gibralter était celui qui avait tout prévu, jusqu'à une veste de treillis et des grosses chaussures identiques à celles de Lacey. Mais Louis était sûr que c'était Jesse qui s'en était chargé, peut-être par désir pervers d'impressionner Gibralter.

Il imagina Jesse conduisant dans l'obscurité du parc, prenant le fusil dans son râtelier et se dirigeant tranquillement vers la maison de Pryce. Il le vit appuyer sur la détente et fuir vers l'arrière-cour, puis passer d'un jardin à l'autre en évitant les chiens. Sauf qu'il ne sautait pas bien les obstacles, avait accroché sa veste à la dernière barrière, et en avait laissé un bout derrière lui.

La mort de Lovejoy était également facile à imaginer. Il voyait d'ici Gibralter se rendant à l'aube à la cabane de pêche et y reprenant la dispute qu'ils avaient commencée la veille au soir par téléphone. Il le voyait levant son fusil, pas trop haut pour que la trajectoire de la balle colle avec la taille de Lacey.

Il pouvait presque voir le désarroi se marquer sur le visage de Lovejoy alors que celui-ci se rendait compte de ce qui arrivait. Le générateur était-il en marche, couvrant la détonation du coup de fusil ? Gibralter y était-il retourné plus tard pour mettre Lovejoy sous la glace en se disant qu'en espaçant les morts sur plusieurs semaines, elles apparaîtraient mieux comme étant l'œuvre d'un tueur en série ?

Mais la mort d'Ollie… Il n'arrivait pas à l'imaginer aussi clairement que les autres. Ollie était tombé sous les balles d'un tireur embusqué. Mais qui les avait tirées ? Combien de temps s'était-il écoulé entre la fusillade et le premier message radio de Gibralter ? Assez pour que ce dernier ait le temps de parcourir la distance entre le champ et sa voiture dissimulée à proximité ? Ou bien alors… la silhouette qu'il avait vue traverser le champ en courant était-elle celle de Jesse ?

Il hocha la tête. Il ne se rappelait plus ; les détails de cette nuit-là étaient trop flous. Sauf un : la balle qu'il avait lui-même prise dans le dos, arrêtée par le gilet. Qui l'avait tirée et pourquoi ? Avaient-ils l'intention de le tuer en même temps qu'Ollie, ou lui avaient-ils tiré dessus pour que tout paraisse plus réaliste ?

Il ferma les yeux. Il n'était pas sûr. Bon sang, en fait il n'était sûr de rien. Et il ne pouvait pas accuser Gibralter de meurtre tant qu'il ne le serait pas.

Gibralter…

Quel que soit le cheminement de ses pensées, elles en revenaient toujours à lui et au genre d'homme qu'il était. Il repensa aux deux événements de Chicago. L'enquête qui avait éprouvé son sens de la loyauté, et l'agression d'un gang tellement humiliante qu'elle l'avait conduit à quitter son boulot.

Quelle sorte d'homme était-il ? Un flic qui plaçait la loyauté au-dessus de tout ? Un paranoïaque qui ferait n'importe quoi pour éviter d'être stigmatisé par Mark Steele ? Un génie capable de réaliser le crime parfait ?

Et quel était le rôle de Louis dans toute cette machination ? Pourquoi Gibralter lui avait-il d'emblée confié l'affaire Pryce ? Il n'y avait qu'une seule réponse possible : Gibralter avait besoin de quelqu'un pour diriger l'enquête loin de Jesse et de lui et directement sur Lacey.

Il avait besoin d'un pion et j'étais le pion idéal.

Des coups frappés soudain à la porte le firent se retourner, son cœur battant la chamade. Il se précipita sur sa ceinture posée sur le bar et sortit son arme.

— Louis ?

Merde, c'était Jesse. Louis remit son arme dans son étui et gagna la porte. Jesse brailla de nouveau et Louis lui ouvrit.

— Qu'est-ce que tu veux ? lui dit doucement Louis.

Le visage de Jesse était rouge de froid et ses cheveux mouchetés de neige.

— Je veux te parler… Je peux entrer ?

Louis serra le poing le long de sa jambe en sentant les effluves puants du whisky. Merde, Jesse était soûl. Louis s'apprêta à lui refermer la porte au nez, mais Jesse mit son bras sur le chambranle.

— Hé ! Louis ! Je veux te parler, mec !

Louis le regarda fixement. Bon, il voulait parler, et il était soûl. Peut-être assez pour parler de choses dont il ne voulait pas parler. Louis s'écarta et Jesse entra en trébuchant et en faisant tomber ses clés tandis qu'il manipulait maladroitement la fermeture Éclair de sa parka.

— Je crois que je suis légèrement pompette, lança-t-il en regardant Louis.

Ce dernier se baissa, ramassa la patte de lapin et la fourra sans ménagement dans le blouson de Jesse, qui tomba en arrière.

— Hé, qu'est-ce qui te prend ?

Louis se détourna et passa dans le living. Et s'immobilisa, le dos tourné un instant à Jesse, pour essayer de maîtriser sa colère. Mais il ne put se contenir.

— Salopard, dit-il en se retournant.

— Hein ?

— Je sais ce que tu as fait.

Jesse fronça les sourcils.

— Qu'est-ce que tu racontes ?

— Angela et Johnny Lacey. Je sais comment ils sont réellement morts.

Pendant un moment, le visage de Jesse n'exprima rien. Puis, peu à peu, le sens des mots pénétra son cerveau embrumé par l'alcool. Il ferma les yeux et se pencha légèrement en avant, comme s'il allait vomir.

— Merde, grogna-t-il.

— C'est tout ce que tu as à dire ?

Jesse tituba jusqu'au canapé et s'y écroula.

— Comment tu l'as découvert ? marmonna-t-il.

— Ça n'est pas important.

Jesse se couvrit le visage avec les mains.

— C'était un accident, dit-il.

— Non, un meurtre.

— Tu ne comprends pas.

— Alors dis-moi.

Louis attendit, craignant que Jesse ne dise plus rien, et celui-ci eut un lent frémissement.

— On était à l'extérieur du chalet, dit-il. Il faisait vraiment froid et j'étais nerveux. (Il détourna les yeux.) Non, parce que… je venais d'arrêter ces gamins et ils étaient à nouveau dehors, à foutre le bordel dans la propriété et dans la vie de quelqu'un. J'étais d'emblée en rogne.

Il ne poursuivit pas, Louis résista à la tentation de l'y inciter.

— On était tous là, dehors dans la neige, reprit-il enfin, à les écouter nous crier d'aller nous faire foutre. Je pense avoir décidé bien avant que cette porte de derrière ne s'ouvre qu'il allait y avoir du grabuge.

Il redevint silencieux et regarda fixement la cheminée. Puis il enchaîna.

— La porte s'est ouverte et il est sorti en courant, alors je me suis lancé à sa poursuite. Je lui ai sauté dessus et on est tombés dans la neige. Il était grand, mais je me suis mis sur lui et j'ai commencé à le frapper…

— Avec ton arme ?

Jesse leva ses yeux hagards vers lui.

— Un flingue… le mien.

— Tu ne te souviens pas ?

— Je me souviens de bribes, dit Jesse en mangeant la moitié de ses mots. J'avais mon flingue à la main, comme nous tous, parce que eux aussi étaient armés. Mais je me souviens pas de m'en être servi.

— Tu l'as frappé à mort avec, dit fermement Louis.

Jesse ferma fort les yeux.

— Je revois sa figure… je la revois et elle change, elle devient de plus en plus rouge.

La pièce retomba dans le silence, à l'exception des crépitements du feu.

— Qu'est-ce qui s'est passé ensuite ?

— Quelqu'un m'a séparé de lui, dit doucement Jesse. J'avais... du sang... j'avais du sang partout sur moi.

— Il était mort ?

— Je ne sais pas. Le chef a dit qu'il l'était.

— Et après, tu lui as tiré dans la figure ?

Jesse fit non de la tête.

— Je me souviens que le chef a ordonné à Ollie de le faire et qu'Ollie lui a crié qu'il ne voulait pas. Tout est allé très vite. Je n'ai pas vu qui c'était, j'ai juste entendu le coup de feu.

— Où était Angela ?

Jesse se mit à chuchoter.

— J'ai levé les yeux et je l'ai vue debout dans la véranda. Et puis ils l'ont menottée et elle s'est mise à crier.

— Qui l'a tuée ?

Jesse tourna la tête.

— Le chef.

Louis se dirigea lentement vers la cuisine plongée dans la pénombre, incapable de regarder Jesse une seconde de plus. Il l'entendit renifler.

— Pourquoi tu n'as rien fait ? demanda-t-il sans se retourner.

Il n'y eut aucune réponse. Louis se retourna.

— Pourquoi, nom de Dieu ?

Jesse pleurait.

— Je sais pas. Je sais pas.

Louis revint se mettre face à lui.

— Tu le sais ! lui cria-t-il à la figure.

— J'avais peur, dit Jesse. J'avais peur, d'accord ? Il a dit que j'irais en prison. Il a dit que ma vie serait fichue ! (Il hocha lentement la tête.) Et c'était le chef ! Toute ma vie, toute ma putain de vie, personne ne m'a traité comme il l'a fait. Il s'est occupé de tout et je l'ai laissé faire.

Louis le regarda avec colère. Jesse se cacha les yeux d'une main tremblante.

— Je suis désolé, dit-il d'une voix rauque. Mon Dieu, je suis désolé que cette fille soit morte.

— Elle s'appelait Angela.

— D'accord ! Angela ! cria Jesse. Je sais qu'elle avait un nom, j'ai toujours su son nom. C'était Angela Lynn. Je sais très bien qui c'était.

Louis recula et Jesse s'effondra sur les coussins.

— C'est Gibralter qui a rédigé ton rapport, n'est-ce pas ? dit Louis.

Jesse fit oui de la tête.

— Ceux des autres aussi ?

Jesse répéta son geste.

— Qui s'est occupé de l'enquête ?

— Nous et après, le conseil municipal nous a entendus. C'était de la comédie. On leur a dit ce qu'on voulait et ils nous ont crus. Ça s'est toujours passé comme ça.

— Et la mère des gosses ?

— La mère ?

— Elle n'a rien tenté ?

Jesse fit non de la tête.

— Je l'ai vue à l'audience, mais elle n'a rien dit tout du long, elle est juste restée assise à écouter, avec un air bizarre. Elle a quitté la ville quelque temps plus tard, après le départ de Cole pour Red Oak.

— Et Cole ? Il a vu ce qui s'était passé ?

— Je sais pas. Ollie et Fred l'ont trouvé caché en haut.

— Et Pryce ? Il a vu quelque chose ?

Jesse leva les yeux.

— Pryce ?

— Il t'a vu faire ?

Jesse fit à nouveau non de la tête.

— Tu en es sûr ?

Il releva la tête.

— Il était devant… Il… Je sais pas, je sais pas.

Louis le regarda longuement en essayant de lire dans ses yeux rougis. Ils étaient pleins de confusion, ou bien… était-ce de la peur ? Jesse détourna le regard. Louis se rapprocha du canapé. Il fallait qu'il sache jusqu'où ils étaient allés pour couvrir ce désastre.

— Tu savais que Pryce te soupçonnait, non ? (Jesse garda la tête baissée.) Pryce soupçonnait qu'il y avait quelque chose de pas net, et vous le saviez tous.

— Pryce était…

Jesse s'interrompit.

— Pryce était quoi ? (Jesse regarda fixement le feu, le visage strié de sueur et de larmes.) Il allait vous démasquer. Il savait pour Johnny et Angela et il allait tous vous dénoncer. (Jesse fronça les sourcils, les yeux toujours rivés au feu de cheminée.) Pryce allait tout dire à Steele et Gibralter le savait et te l'a dit. Alors tu l'as tué. (Le regard de Jesse se porta brutalement sur Louis.) Vous avez retrouvé Lacey…

— Lacey ? l'interrompit Jesse.

— Vous avez tout prévu pour qu'il porte le chapeau (Jesse hochait la tête, la bouche entrouverte.) Vous avez tué Pryce, toi et Gibralter, dit Louis en se penchant et en s'appuyant sur l'accoudoir du canapé. Comment vous avez fait ? Comment vous avez retrouvé Lacey ?

Une lueur de lucidité apparut dans les yeux de Jesse.

— Lacey ? Attends, attends, dit-il en levant une main tremblante.

Louis savait qu'il aurait dû se taire et le laisser parler, mais sa colère le poussait à continuer.

— Qu'est-ce que tu as ressenti ? dit-il en se penchant et en collant son visage sous le nez de Jesse. Qu'est-ce que tu as ressenti en pressant la détente et en voyant Pryce s'écrouler ? Qu'est-ce que tu as ressenti en entendant les hurlements de Stephanie ?

— Non, non…

— Tu étais à ça, murmura Louis en lui brandissant deux doigts sous le nez. À ça de te retrouver derrière les barreaux, ta hantise.

— Non, je ne…

Louis serra le poing et Jesse se tortilla pour lui échapper.

— Qu'est-ce que tu as ressenti ? siffla Louis entre ses dents.

Jesse repoussa la main de Louis et bondit sur ses pieds.

— Non ! cria-t-il. Je n'ai pas tué Pryce ! C'est Lacey qui a tué Pryce !

Louis lui agrippa le bras.

— Vous vous êtes servis de Lacey ! Tu as tué Pryce et vous vous êtes servis de Lacey pour couvrir votre crime.

Jesse s'écarta brusquement et trébucha en arrière.

— Tu es fou ! C'est Lacey qui a tué…

— C'est ça, continue avec ton histoire ! Tu as été assez con pour te laisser entraîner dans un meurtre par Gibralter, pourquoi pas les autres ? Pourquoi pas ceux d'Ollie et de Lovejoy ? Dis-moi, salopard, qui m'a tiré dans le dos ? Lui ou toi ?

Jesse le regarda fixement, le visage crispé.

Louis inspira profondément. Maintenant qu'il l'avait dit, qu'il avait exprimé ses pensées avec des mots, ça ne paraissait pas aussi extravagant. Pendant un instant, il ressentit une pointe de compassion pour Jesse, mais elle se dissipa rapidement et fut vite remplacée par de la colère. Il n'arrivait pas à considérer Jesse comme une quelconque victime dans cette affaire.

— Avoue, dit Louis.

Jesse balançait la tête d'un côté et de l'autre tout en se passant une main dans les cheveux.

— Peut-être pourras-tu négocier un accord pour Gibralter, dit Louis.

— Non, dit aussitôt Jesse. Non, non.

Louis avança la main pour saisir Jesse par le bras, mais celui-ci s'écarta vivement, trébucha contre le bar et renversa un tabouret. Il retrouva enfin son équilibre et se dirigea vers la porte.

— Où est-ce que tu vas ?

Jesse ne répondit pas.

— Arrête-toi, Jess, tout de suite! lui ordonna Louis en faisant un pas vers la porte.

Jesse le regarda avec colère.

— Ou bien tu m'arrêtes ou tu me laisses foutre le camp d'ici.

Louis se dirigea vers le bar pour prendre ses menottes à son ceinturon, mais Jesse fut plus rapide, sortit son arme et la braqua sur lui.

Louis regarda le flingue sans bouger.

— Jess, ce n'est pas une solution.

— Laisse-moi partir, Louis. Il y a quelque chose dont il faut que je m'occupe.

Jesse recula lentement vers la porte.

— Ne fais pas ça. N'aggrave pas ton cas, dit Louis.

Jesse s'élança et ouvrit violemment la porte, qui heurta le mur avant de se refermer derrière lui.

— Jess!

Louis saisit son arme, se précipita vers la porte et l'ouvrit d'un coup sec. Il sortit en vitesse et resta immobile un moment, scrutant l'obscurité. Il gagna rapidement le côté du chalet. La voiture de patrouille de Jesse était là où il l'avait laissée. Il en fit le tour et en inspecta l'intérieur. Une bouteille de Jack Daniel's vide était posée sur le siège.

— Jesse! cria-t-il.

Il remonta l'allée en courant jusqu'à la route. S'arrêta, scruta les ténèbres. Des empreintes de pas fraîches qui partaient vers la ville.

— Merde, murmura-t-il.

Il avait tout gâché. Il lui avait révélé ce qu'il savait et l'avait laissé partir. Et maintenant, Jesse était probablement allé prévenir Gibralter.

Il regarda la route et la masse sombre des arbres et frissonna. Il marchait dans les traces de Pryce depuis des semaines et maintenant, tout comme lui, il représentait une menace.

Il retourna rapidement au chalet. En verrouilla la porte à clé et ferma tous les rideaux. Puis il s'arrêta un instant pour inspecter la pièce, prit un fauteuil dans un coin et le traîna face à la porte. Et éteignit les lumières.

Les murs du chalet renvoyaient les dernières lueurs du feu en train de s'éteindre. Il prit son arme et sa radio portative et s'assit dans le fauteuil. Remonta la couverture sur sa poitrine et sur son arme posée sur ses genoux.

CHAPITRE 37

Le chalet était sombre et glacial. Il avait laissé le feu s'éteindre, ne voulant aucune lumière visible de l'extérieur.

Le téléphone sonna, mais il ne répondit pas. C'était la quatrième fois au cours des deux heures qui s'étaient écoulées depuis le départ de Jesse, et chaque fois, il avait laissé sonner. Cette fois, cependant, la sonnerie ne s'arrêtant pas, il finit par se lever d'un bond de son fauteuil et décrocher.

— Oui ?

— Louis ? fit une voix de femme qu'il ne reconnut pas.

— Qui est à l'appareil ?

— Julie Harrison, la femme de Jesse. Jesse est-il là ?

— Non, Julie. Il était là, mais il est parti il y a plusieurs heures.

— Oh, mon Dieu…

Il décela de la peur dans sa voix et regretta de ne pas avoir menti.

— Savez-vous où il est allé ?

— Non. Julie… Julie ?

Elle s'était mise à pleurer.

— Écoutez, Julie…

Elle avait raccroché. Il remit le téléphone en place sur son support et retourna s'asseoir dans son fauteuil. Il mit la couverture sur ses épaules et posa son arme sur ses genoux. Se massa la main droite ; elle était ankylosée à force de l'avoir tenue.

Il jeta un coup d'œil à sa montre. Un peu plus de 23 heures. Tout son corps était raidi par la tension, mais dormir était exclu. Il avait décidé de passer toute la nuit ainsi, jusqu'au lendemain matin, quand Steele était censé rentrer de Detroit.

Des grésillements parasites attirèrent son attention sur la radio portative posée sur la table à côté de lui.

— Toutes les unités de la région en état d'alerte pour un avis de recherche.

Il prit la radio et monta le volume tandis qu'Edna poursuivait.

— L-1 lance un avis de recherche pour L-13. L'agent est porté disparu et n'a pas contacté son domicile.

Louis écouta Edna donner brièvement le signalement de Jesse. Quel imbécile ! Sa femme était folle d'inquiétude et ce salopard était probablement tombé ivre mort quelque part dans une congère.

Il se raidit. Une lumière apparut à travers les rideaux – un faisceau de phares éclairant les arbres. Il entendit une voiture, puis plus rien après l'arrêt du moteur. Il se débarrassa de sa couverture et saisit son arme.

Des pas dans la véranda, lourds, ceux d'un homme. Des coups à la porte.

— Kincaid ! Vous êtes là ?

Il ne lui fallut qu'une seconde pour reconnaître la voix : Gibralter.

Il se leva lentement et longea le mur vers la cuisine en tenant son arme le long de sa cuisse.

— Kincaid ! C'est le chef. Il faut que je vous parle.

Il regarda par la fenêtre de la cuisine et vit la Bronco. Sa poitrine se serra et il fit jouer ses doigts autour de la crosse de son arme. Qu'est-ce que Gibralter faisait là ? Il n'était pas venu le tuer, pas avec la Bronco, pas ici au chalet. Il était trop intelligent pour ça.

Il gagna la porte.

— Qu'est-ce que vous voulez ? cria-t-il.

— Je cherche Jesse. (Sa voix avait quelque chose de bizarre, comme une pointe d'inquiétude.) Kincaid ? Sa voiture est là. Il est ici avec vous ?

— Il est parti.

— Quand ?

— Il y a deux heures.

Silence de l'autre côté de la porte, puis Louis entendit le bruit des pas qui s'éloignaient dans la véranda. Il alla rapidement à la fenêtre de la cuisine. Sous la neige en train de tomber, il vit Gibralter éclairer l'intérieur de la voiture de Jesse à l'aide d'une torche. Puis revenir dans la véranda et se remettre à tambouriner à la porte.

— Kincaid ? Laissez-moi entrer, j'ai besoin de votre aide.

Louis hésita, se demandant quoi faire. Il glissa son arme au creux de ses reins et débloqua le verrou.

La silhouette de Gibralter apparut dans l'encadrement de la porte.

— Pourquoi tout est éteint ? demanda celui-ci.

— Je dormais, dit Louis.

Gibralter fit un pas à l'intérieur. Louis alluma une lampe en plissant les yeux. Gibralter jeta un coup d'œil dans la pièce avant de revenir rapidement sur Louis.

— Jesse a disparu, dit-il.

— Comment le savez-vous ?

— Julie a appelé deux fois le commissariat. Il n'est pas rentré chez lui.

— Il a pu s'arrêter boire un verre, dit Louis en prenant la précaution de rester à trois bons mètres.

— À pied ? Il n'y a pas de bar entre ici et chez lui.

Louis observa soigneusement Gibralter et tenta de faire le lien entre ce qu'il savait de lui et cet air étrangement inquiet qu'il voyait dans ses yeux.

— Qu'est-ce qu'il faisait là ? reprit Gibralter.

— Il voulait me parler.

— De quoi ?
— Du fait que vous l'aviez viré aujourd'hui.
— Il était soûl ?
— Complètement.
— Pourquoi l'avez-vous laissé partir à pied ?
— On s'est disputés. Il est parti en courant.
Gibralter resta silencieux un instant, les yeux fixés sur Louis.
— J'ai viré Jesse pour le protéger.
— Il ne voit pas ça sous cet angle.
Gibralter poussa un soupir.
— Je sais. Je m'y suis mal pris.
Louis le regarda dans les yeux. *Foutaises.*
— Kincaid, j'ai besoin de votre aide. Je n'aime pas ça et je veux qu'on le retrouve.
— Vous avez appelé Steele ?
— J'ai essayé. Il est absent jusqu'à demain. (Son visage se durcit.) L'imbécile qui le remplace m'a dit d'aller me faire foutre.
— Et vos hommes ?
— Ils sont déjà à sa recherche. Edna a essayé de vous joindre ici deux fois. Vous n'avez pas entendu le téléphone ?
— Je vous ai dit que je dormais.
— C'est pour ça que je suis venu ; je me suis demandé s'il ne vous était pas arrivé quelque chose.
— Pourquoi avoir pensé ça ?
— Lacey vous a tiré dessus une fois. Il va recommencer. (Louis le regarda longuement.) Allez, prenez votre manteau.
— Non, je ne viens pas avec vous.
— Pourquoi, bordel ?
Pendant une seconde, Louis songea à le confronter à ce qu'il savait sur Johnny et Angela, et à ce qu'il soupçonnait pour Pryce et les autres. Mais si Jesse avait réellement disparu, alors Gibralter ne savait encore rien. Et c'était idiot, et même dangereux, de l'avertir de ce que lui savait. De toute façon, il divulguerait tout dès le lendemain quand Steele rentrerait.

Gibralter attendait une réponse. Quand il comprit que Louis n'allait pas venir, il hocha la tête d'un air mécontent et s'éloigna pour descendre de la véranda. Puis il s'arrêta et se retourna.

— J'ai du sang sur les mains, dit-il doucement.

Louis le regarda.

— Trois de mes hommes sont morts, deux d'entre eux parce que j'ai été trop orgueilleux pour demander de l'aide. Jesse et moi sommes les seuls qui restent. Il faut que je le retrouve.

Louis tenta de déceler une émotion dans ses yeux, mais tout ce qu'il vit sur leur pourtour rouge et dans son regard terne n'était qu'épuisement et stress. Il avait l'air bien trop tendu, comme s'il savait que tout serait bientôt fini.

Gibralter le regarda en plissant les yeux sous la neige qui tombait.

— Je ne vous aime pas, Kincaid. Vous le savez, ça n'est pas un secret. Mais je ne veux plus perdre d'hommes, qu'il s'agisse de Jesse ou de vous. Alors, vous venez avec moi ou pas?

Comme Louis ne répondait pas, Gibralter hocha la tête et s'éloigna. Louis le regarda partir, le cœur battant. Bon Dieu, et s'il se trompait? Et si c'était bien Lacey qui avait tué les trois flics? Et si Jesse gisait dans la neige, cible facile dans la lunette à visée nocturne de Lacey? Quoi qu'ait fait Jesse, il avait droit à un procès, pas à une balle dans le dos. Et quel que soit ce que lui-même pensait de Gibralter, il ne pouvait pas rester là sans rien faire comme un lâche pendant que les autres étaient à sa recherche.

— Attendez!

Gibralter se retourna.

— Donnez-moi une minute pour me préparer.

— Habillez-vous chaudement, dit Gibralter. Ça pourrait fort bien se terminer à pied.

***

Ils remontèrent lentement l'allée en direction de la route au rythme monotone des essuie-glaces. Par la radio leur parvenait le murmure régulier d'Edna guidant le reste des hommes dans leurs recherches. Gibralter se baissa et connecta le micro.

— Central, ici L-1. Suis actuellement 10-8 avec L-11, nous nous joignons aux recherches.

Il ferma le micro.

— Vous êtes sûr qu'il est parti par là ? demanda-t-il à Louis.

— C'est la seule route qui part du lac.

— Peut-être y est-il descendu ?

— Non, j'ai vu ses empreintes. (Louis braquait le projecteur extérieur sur l'accotement enneigé.) Il était trop soûl pour conduire. Peut-être a-t-il décidé de rentrer chez lui à pied.

— C'est à cinq kilomètres d'ici.

Le silence s'installa à l'exception du grincement des essuie-glaces et d'un occasionnel bruit de voix dans la radio. Louis déplaça son coude afin de sentir son arme contre ses côtes sous sa parka. Il ne s'était pas embarrassé de l'encombrant ceinturon de sa tenue, glissant seulement son flingue et ses menottes dans la ceinture de son jean.

— Vous voyez des empreintes ? demanda Gibralter.

— Non, mais elles ont probablement été recouvertes par la neige.

— Merde, peut-être a-t-il pris dans l'autre sens.

— Il n'y a rien par là.

Ils continuèrent d'avancer, Gibralter ralentissant la Bronco à moins de dix kilomètres-heure.

— Stop !

Gibralter freina. Louis abaissa le projecteur sur le bas-côté.

— Qu'est-ce qu'il y a ?

— Des empreintes de grosses chaussures

Louis descendit et braqua sa torche sur le sol. Gibralter le rejoignit rapidement et braqua la sienne sur la neige. Les empreintes à peine visibles mais révélant une démarche chancelante s'enfonçaient dans les ténèbres. Ils les suivirent sur plusieurs mètres, dans le faisceau des phares de la Bronco dont le moteur tournait au ralenti.

Les empreintes s'arrêtèrent brusquement à un endroit où la neige était aplatie.

— On dirait qu'il est tombé, dit Gibralter.

Louis dirigea sa torche vers le champ, puis de l'autre côté de la route, avant de la braquer de nouveau sur les empreintes. Ils se remirent en marche, les suivirent sur encore une dizaine de mètres, puis elles s'arrêtèrent à nouveau, à un endroit où la neige était encore aplatie. Mais cette fois sur une surface plus grande, la neige y ayant été plus malmenée et formant par endroits des trous laissant apparaître le sol. Il y avait plusieurs taches sombres, presque recouvertes d'une mince pellicule de neige fraîche. Louis s'agenouilla pour l'enlever. C'était du sang.

Il sentit à son oreille l'haleine chargée de tabac de Gibralter.

— Bon Dieu, qu'est-ce qui s'est passé ?

— Ça ressemble à des traces de lutte, dit Louis.

Gibralter leva sa torche vers la route, mais il n'y avait plus d'empreintes. Il se raidit.

— Il l'a tué, dit-il.

Louis leva la tête. Le visage de Gibralter, éclairé par le reflet de leurs lampes dans la neige, paraissait empreint de douleur. À sa stupéfaction, Louis vit apparaître des larmes dans ses yeux.

Leurs regards se croisèrent et Gibralter se détourna. Fit demi-tour et s'éloigna en direction de la Bronco.

Louis examina le sang dans la neige. Son estomac se noua. Il se sentait coupable d'avoir laissé Jesse partir du chalet.

— Jesse !

Louis se retourna. Debout dans le faisceau des phares de la Bronco, Gibralter scrutait le champ, les mains en porte-voix.

— Jesse ! cria-t-il dans la nuit, l'écho lui répondant avec sa propre voix.

— Chef, lança Louis.

— Jesse !

— Chef! lança plus clairement Louis.

Gibralter tourna vivement la tête vers lui.

— Il n'est pas ici.

Gibralter pivota sur ses talons et retourna vers la Bronco.

En désespoir de cause, Louis scruta de nouveau le champ des yeux, essayant d'apercevoir quelque chose, n'importe quoi. Mais il n'y avait rien. Ni Lacey, ni personne. Ni… aucun corps.

Lacey avait abandonné ceux des autres sur place, pour qu'on les découvre. Où était celui de Jesse ? Louis repassa le faisceau de sa lampe sur les taches de sang. Il y en avait peu, trop peu pour qu'il s'agisse d'une blessure par balle. Lacey avait-il maîtrisé Jesse et l'avait-il emmené ailleurs ?

Quelque chose lui revint alors à l'esprit – des paroles, une menace. Qui avait dit ça ? Dale, c'était Dale, qui lui avait raconté ce que Cole avait dit à Jesse après que celui-ci l'avait agressé. *Vous allez avoir une mort spéciale.*

Louis se dépêcha de retourner vers la Bronco et y monta.

— Chef, je crois qu'il y a une chance que Jesse soit encore vivant, dit-il. (Gibralter regardait à travers le pare-brise d'un air absent.) Chef, écoutez-moi. Si Lacey avait voulu la mort de Jesse, il l'aurait abattu et laissé sur place, comme les autres. Cette fois, il y a quelque chose de différent.

Gibralter tourna la tête vers lui.

— Qu'est-ce que vous racontez ?

Louis hésita, puis lui expliqua ce que Cole avait dit.

— Je pense qu'il a emmené Jesse quelque part.

— Pourquoi ?

Louis hésita de nouveau.

— Parce qu'il veut votre peau et qu'il sait que vous allez vous lancer à sa recherche. Mais je pense aussi qu'il veut le torturer à cause de ce qu'il a fait à Johnny.

Gibralter le regarda dans les yeux.

— Je sais ce que Jesse a fait au chalet, dit Louis. Et je sais ce que vous avez fait pour le couvrir.

Gibralter regarda de nouveau à travers le pare-brise. Louis vit ses mâchoires se serrer tandis qu'il retournait cette révélation dans sa tête. Il n'avait pas l'intention de lui dire ce qu'il savait sur Angela.

— Vous ne pouvez plus le protéger, reprit doucement Louis. Pas si vous voulez le sauver.

Gibralter ferma les yeux. Il resta un moment silencieux. Sa voix était forcée quand il se remit enfin à parler.

— On a fait ce qu'on avait à faire, Kincaid.

— Ce sera aux tribunaux d'en décider.

— La vérité a de nombreuses facettes. Chacun voit celle qui l'arrange.

— Cela ne compte pas pour le moment.

Gibralter hocha la tête avec lassitude.

— J'imagine que non.

Le silence s'installa dans la Bronco à l'exception du murmure de la radio.

— Il va falloir contacter Steele, reprit Louis.

— Je vous ai dit ce qu'un de ses hommes m'a répondu, dit Gibralter d'une voix pleine de colère.

— Mais avec eux, on pourra rechercher…

— Rechercher où ? l'interrompit Gibralter. On ne retrouvera pas Lacey. Personne ne le peut. C'est inutile.

Il avait raison. Malgré toutes les ressources dont disposait Steele, personne n'avait trouvé la moindre trace de la cachette de Lacey. Personne ne savait même par où commencer.

— Sauf Cole, dit Louis. Cole le sait.

— Il ne parlera pas, dit Gibralter.

— Il faut essayer.

— Comment ? On ne peut plus entrer à Red Oak à présent.

— Alors faisons-le venir ici.

— Ils n'accepteront pas.

— Sauf sur ordonnance d'un tribunal, dit Louis.

Gibralter lui jeta un coup d'œil. Louis ne parvint pas à voir ce qu'il pensait.

— Pourquoi êtes-vous ici ? demanda calmement Gibralter.

— Je veux retrouver Jesse.

— Mais vous ne me faites pas confiance.

— Non. Mais s'il y a une chance que Jesse soit vivant, je veux le retrouver.

— Même s'il est coupable ? Même si je suis moi-même coupable ?

— Je vous l'ai dit, ce sera aux tribunaux d'en juger.

Gibralter ne le quitta pas des yeux un moment, puis il mit la Bronco en prise.

— Allons-y, dit-il.

— Où ça ?

— Chez le juge Frazier. Il nous donnera l'ordonnance. Il me doit un service.

— Et Steele ?

Gibralter lui jeta un rapide coup d'œil.

— Il s'y opposerait. Vous le savez bien.

Il avait raison. Steele n'accepterait jamais de donner son accord pour que Cole soit relâché afin d'être interrogé, même si c'était dans le but d'aider Jesse. S'ils voulaient faire ça, ils devaient se débrouiller seuls.

Gibralter attendait, l'observant, les traits tirés à la lueur orangée des lumières du tableau de bord. Louis regarda l'obscurité de l'autre côté du pare-brise, là où se perdait le faisceau des phares.

— Très bien, dit-il. Allons-y.

CHAPITRE 38

Le gardien regarda le papier qu'il avait en main, puis à nouveau Gibralter.

— Je ferais mieux d'appeler Warren Little, dit-il.

— Ce papier vous dit tout ce que vous avez besoin de savoir, lui renvoya Gibralter.

Louis était resté derrière et les observait. Le gardien regarda nerveusement le téléphone posé sur son bureau.

— Écoutez, reprit Gibralter en se penchant vers lui. Allez nous chercher Cole Lacey ou demain matin vous vous retrouvez avec tous les gradés d'ici à Lansing au cul.

Le gardien lui rendit le papier et disparut dans le couloir. Une porte métallique claqua, le bruit résonnant dans le hall d'entrée. Louis jeta un coup d'œil à sa montre. Il était minuit passé. Il sentit de la sueur lui couler doucement dans le dos, sans savoir si cela provenait de l'angoisse que lui inspirait le sort de Jesse ou le sien propre. Il savait en donnant son accord à ce plan qu'ils ne ramèneraient pas Cole Lacey à Loon Lake. Il savait aussi qu'il n'y aurait pas d'interrogatoire en règle sous l'œil vigilant des hommes de Steele. Il savait enfin que Gibralter ferait tout ce qu'il pourrait pour faire parler Cole. Mais il ne savait pas s'il aurait le courage de l'accepter.

La porte claqua de nouveau. Le gardien poussait Cole devant lui. Celui-ci n'était vêtu que d'une chemise en toile, d'un pantalon et de brodequins. Il avait un large pansement au front. Dès qu'il vit les parkas bleues, il se figea. Le gardien tenta de le pousser, mais il refusa de bouger.

Gibralter s'approcha de lui et lui tendit une parka de policier.

— Enfile ça, dit-il.

— Allez vous faire foutre.

— Alors pèle-toi les couilles, je m'en fiche, dit Gibralter en l'attrapant par le bras et en l'entraînant de force vers la porte.

— Hé ! Où est-ce qu'ils m'emmènent ? cria Cole en se retournant.

Le gardien se détourna et regagna son bureau.

Une fois dehors, Gibralter conduisit Cole jusqu'à la Bronco, suivi de près par Louis. Cole se tortillait et glapissait des obscénités, sa chevelure terne lui fouettant le visage. Louis ouvrit la portière arrière. Gibralter poussa Cole à l'intérieur, puis referma violemment la portière.

Louis monta côté passager et mit le chauffage. Gibralter le coupa aussitôt, indiquant Cole du menton. Louis le regarda à travers la grille métallique de séparation. Recroquevillé sur son siège, le gamin grelottait, les yeux écarquillés par la peur. Louis remonta la fermeture Éclair de son blouson et regarda droit devant lui. Les doutes recommençaient à l'envahir.

Quelques semaines plus tôt, il ne se serait jamais cru capable de faire une chose pareille, à savoir enfreindre les règles, même les siennes propres. Mais les paris étaient maintenant annulés, il se trouvait en territoire inconnu et n'avait pas idée de ce qu'il était capable de faire d'autre.

— Où est-ce que vous m'emmenez ? demanda Cole.

Gibralter le regarda dans le rétroviseur.

— En enfer, petit merdeux.

— Qu'est-ce que vous voulez ?

— Assez perdu de temps, Cole. On veut ton père. Dis-nous où il est et on te ramène.

— Allez vous faire foutre.

Gibralter écrasa la pédale de freins, projetant Cole sur le grillage métallique. Il se retourna et sortit son arme. Le regard de Louis se fixa sur le canon.

Cole plongea derrière le siège. Gibralter appuya sur la détente, la détonation résonnant violemment dans l'habitacle. Louis sursauta, craignant de regarder. Il se retourna et vit un trou dans le siège arrière.

— Relève-toi, ordonna Gibralter.

La figure pâle de Cole apparut au-dessus du siège.

— Enfile ce putain de blouson. Tout de suite.

Cole passa ses bras maigres dans les manches du blouson en se retenant de pleurer. Louis décela une légère odeur d'urine.

Gibralter sortit de l'autoroute et prit une route qui s'enfonçait entre les arbres et les plongea dans une semi-obscurité. Ils continuèrent de rouler au milieu des arbres sur plusieurs kilomètres. Puis, soudain, Gibralter s'arrêta et coupa le moteur. Pendant quelques secondes, ce fut le silence. Louis contempla le pare-brise qui se recouvrait rapidement d'une couche de neige. Le bruit de la respiration irrégulière de Cole leur parvenait de l'arrière.

— Faites-le descendre, dit Gibralter à Louis.

Louis ouvrit sa portière et s'enfonça dans la neige jusqu'aux chevilles. Après lui avoir ouvert, il fit signe à Cole de descendre. Comme celui-ci se recroquevillait sur son siège, Louis l'attrapa par le blouson et le fit sortir de force.

Et le laissa tomber dans la neige. Cole se releva d'un bond et jeta un coup d'œil vers les arbres, mais Louis agrippa son blouson et le tira en arrière. Cole lança le poing, Louis leva un bras et bloqua le faible coup du gamin. Puis il lui mit le bras autour de la gorge et attrapa ses menottes. Cole se tortilla et tenta de prendre l'arme accrochée à la ceinture de Louis.

— Petit con de merde ! s'exclama celui-ci.

Il poussa violemment le gamin en le tenant toujours fermement par le blouson. Posa son arme sur le siège avant et entraîna Cole à plusieurs mètres de là. N'ayant aucune idée de ce que

Gibralter avait l'intention de faire, il poussa Cole contre un arbre, en plein dans le faisceau des phares. Celui-ci cligna des yeux et leva une main pour se protéger de la lumière.

— Tenez, dit Gibralter en s'approchant derrière Louis et en lui tendant son arme.

Louis la remit à sa ceinture. Il vit Gibralter casser une branche d'arbre et se diriger vers Cole.

— Où est-il ? lança-t-il.

Cole regarda la branche dans sa main.

— Je sais pas !

Gibralter lui flanqua la branche dans la figure. Cole poussa un cri perçant et se couvrit le visage. Quand il baissa les mains, Louis vit une estafilade sanguinolente en travers de sa joue.

— Cole, dit vivement Louis. Dis-le-nous.

Cole le regarda avec colère.

— Allez vous faire foutre, vous et Harrison !

Louis jeta un coup d'œil à Gibralter. Le gamin savait.

Gibralter se dirigea vers Cole, qui recula contre l'arbre. Il le tira par la parka.

— Enlève ton pantalon, lui ordonna Gibralter.

Cole regarda Louis.

D'un mouvement rapide, Gibralter ouvrit le pantalon de Cole d'un coup sec en faisant sauter le bouton en plastique. Cole tenta de l'arrêter, mais Gibralter lui donna un coup de branche sur les bras.

— Arrêtez ! Arrêtez ! hurla Cole.

Gibralter tira sur le pantalon de Cole, le faisant glisser sur ses maigres hanches. Louis regardait, le cœur battant. Qu'est-ce qu'il fabriquait ? Puis, soudain, il comprit. Le rapport pour maltraitance dans le dossier de Dollar Bay. Cole avait été sodomisé enfant et Gibralter le savait. Il allait se servir de ça pour faire craquer le gamin.

Cole se mit à hurler.

Mon Dieu, mon Dieu ! Fais quelque chose, Kincaid. Arrête ça tout de suite !

Mais avant qu'il ait pu faire un geste, Gibralter jeta Cole à plat ventre dans la neige. La peau nue de Cole luisait à la lueur des phares. Il sanglotait.

Louis saisit la branche. Gibralter se retourna face à lui.

— Ça suffit, dit Louis, les dents serrées.

Gibralter le regarda avec colère, puis tira sur la branche pour lui faire lâcher prise. Il la jeta par terre et fit un pas en arrière. Pendant un instant, Louis crut que Gibralter allait le frapper et se prépara à se battre.

— Espèce de fils de pute ! s'écria Gibralter. Comment osez-vous ?

— Vous dépassez les bornes ! répondit Louis en criant à son tour.

Le poing de Gibralter jaillit, mais Louis s'y attendait et le fit dévier. Toutefois, le coup était puissant et il partit en arrière et tomba dans la neige. Gibralter vint se mettre au-dessus de lui.

— Jesse est mort et vous défendez cette merde ! Quelle sorte de flic êtes-vous ? cria-t-il.

Louis s'aida à se remettre debout en s'agrippant à un arbre. Gibralter s'éloigna de quelques mètres, lui tournant le dos. Il scrutait des yeux les ténèbres.

Louis regarda autour de lui. Cole avait disparu. Puis, aussi incroyable que cela paraisse, il entendit un rire. Gibralter riait.

Louis avança dans la neige et l'agrippa par la manche.

— Il s'est enfui ! Mais qu'est-ce qui vous prend, bordel ?

Gibralter se libéra de son emprise, mit la main dans la poche de sa parka et en sortit des allumettes et une cigarette. Et l'alluma en mettant ses mains en coupe autour de l'allumette. Louis regarda son visage à la lueur de la flamme.

— Vous êtes fou, dit-il. Vous êtes complètement cinglé.

— Il n'y a pas de génie sans un brin de folie, lui renvoya doucement Gibralter en jetant l'allumette dans la neige.

Il retourna vers la Bronco. Louis le suivit, furieux. Mais avant qu'il ait pu dire quelque chose, Gibralter sortit une boîte noire, à peu près de la taille d'un paquet de cigarettes. Elle produisait une petite lumière rouge clignotante et émettait un faible bip. Gibralter la leva et lui fit décrire un large arc de cercle en direction des arbres au loin. C'était un appareil de repérage réagissant à un émetteur qu'il avait placé dans la poche de la parka que portait Cole.

— Vous vouliez qu'il s'enfuie, dit Louis.

— Évidemment. Pauvre petit con.

— Et s'il n'avait pas fui ? Si je ne m'étais pas interposé ?

— Je savais que vous le feriez.

Pendant un moment, Louis resta paralysé par la colère et un sentiment d'impuissance.

— Salopard, dit-il.

— C'est pas le moment de s'insulter, Kincaid, dit Gibralter en plaçant deux chargeurs rapides dans le support à sa ceinture. On a du boulot.

— Pas question. C'est de la folie. Je ne viens pas.

— Pourquoi ? C'est vous qui avez eu cette idée, vous vous souvenez ?

Gibralter se mit à rire et lança une lampe torche à Louis qui la reçut en pleine poitrine.

— Préparez-vous, dit Gibralter dont le sourire disparut.

Louis se dirigea vers la portière ouverte côté passager et resta là un moment, à regarder Gibralter enfiler ses gants. Ce type était fou, fou à lier. Son regard se posa sur les empreintes de Cole. Elles disparaissaient rapidement sous la neige qui tombait, mais avec le mouchard, il était facilement repérable et il n'y avait pas de raison pour qu'ils se lancent seuls à sa recherche.

Louis connecta la radio de la Bronco. Les parasites rompirent le silence, et la tête de Gibralter apparut de l'autre côté du toit.

— Qu'est-ce que vous faites ? demanda-t-il d'un ton brusque.

— On a besoin d'aide. Il faut qu'on prévienne de ce qui se passe, qu'on admette qu'on a tout fait foirer et qu'on demande de l'aide.

Il reconnecta le micro.

— Centrale, ici L-11. Est-ce que vous…

Violente déflagration, suivie d'une pluie d'étincelles. Louis fit un bond en arrière en se tenant la main. De la fumée sortait du tableau de bord et se dispersait en laissant apparaître la radio complètement détruite. Louis leva les yeux et vit Gibralter, son arme à la main.

— Allons-y, dit-il.

II remit son arme dans son étui, referma violemment la portière de la Bronco et s'éloigna.

Louis sortit son revolver et en ouvrit le barillet d'un coup sec. Il était vide. Gibralter en avait enlevé les balles pendant qu'il était occupé à maîtriser Cole.

Il se mit à frissonner, le vent passant sous sa parka et s'infiltrant à travers son jean mouillé. Il jeta un coup d'œil autour de lui, vers la masse sombre des pins et les ondulations de la neige. Une dizaine de mètres devant lui, il vit le faisceau de la torche de Gibralter.

Bon sang, mais qu'est-ce qu'il allait faire ? Il ne savait pas où il était. Il ne pouvait pas rester ici à mourir de froid. Et il ne pouvait pas laisser Gibralter courir seul après Cole. Si Cole le conduisait à Lacey, Gibralter les tuerait tous les deux.

Louis enfila ses gants et ramassa sa torche. Elle faisait presque soixante centimètres de long et pesait lourd dans sa main. Il envisagea de l'utiliser comme une arme, tout en sachant que Gibralter ne le laisserait pas approcher suffisamment près pour s'en servir. Il remit son revolver vide à sa ceinture.

— Kincaid !

L'écho de la voix de Gibralter lui parvint à travers les arbres.

Il ferma la portière côté passager, puis recula pour fermer la portière arrière. Il aperçut alors sur le plancher une tache de couleur et se figea.

C'était une patte de lapin orange dont la chaînette était cassée.

Il la ramassa, son cœur se mettant à battre plus vite. Il l'avait vue dans son chalet quelques heures auparavant. Jesse l'avait laissée tomber et il la lui avait remise dans sa poche de parka. Qu'est-ce qu'elle faisait là ?

Son regard se posa sur la grille métallique séparant l'avant de l'arrière de la voiture. Il sentit son estomac se nouer. Jesse avait laissé tomber sa patte de lapin dans la Bronco. Mais il n'aurait jamais dû se trouver à l'arrière. À moins d'y être forcé.

Gibralter tenait Jesse. Mais pourquoi ? Et où était-il maintenant ? Était-il vivant ?

— Kincaid !

Louis leva les yeux. Plus loin, la torche de Gibralter ouvrait un passage faiblement éclairé dans l'obscurité. Il mit la patte de lapin dans sa poche et se dirigea vers la lumière.

CHAPITRE 39

Les ténèbres et le froid. Ils se refermaient sur lui, resserrant leur étreinte sur son esprit, sur son corps. Il continua d'avancer péniblement à travers les congères, ne quittant jamais des yeux le faisceau de sa torche. C'était tout ce qu'il avait – juste cette lumière. Sa seule défense contre la peur qui grandissait en lui. La lumière… et son cerveau. C'étaient les seules armes qui lui restaient.

— Arrêtez.

Louis ne se retourna pas en entendant derrière lui la voix de Gibralter. Il entendit le faible bip de l'appareil de repérage.

— À gauche, à dix heures, dit Gibralter.

Ils continuèrent lentement, comme c'était le cas depuis une heure. Ou était-ce plus ? Il perdait la notion du temps, tout comme il perdait celle de l'espace et de lui-même. Il grelottait, pas moyen de s'en empêcher, et ses doigts agrippés à la torche étaient engourdis. Tout comme ses doigts de pied. Son esprit lui-même commençait à s'engourdir.

Est-ce le début de la fin, cet engourdissement ? Est-ce ainsi que je vais mourir ?

Il se mordit la lèvre supérieure, presque au sang. Tout pour rester vigilant. Il glissa sa main libre dans la poche de sa parka. Sentit la patte de lapin. La serra, se focalisant ainsi à nouveau sur quelque chose… Jesse.

Il s'arrêta brusquement et se retourna. La fin était proche. Mais même dans ce cas, quoi qu'il lui arrive, il voulait connaître la vérité.

— Où est Jesse ? demanda-t-il. (Il ne vit que la lumière que Gibralter lui braqua dans la figure.) Qu'est-ce que vous avez fait de lui ?

Comme Gibralter ne disait rien, il lui montra la patte de lapin. Il ne voyait pas son visage.

— Ça n'a pas d'importance. Vous n'avez plus besoin de vous soucier de Jesse.

— Vous l'avez tué, dit Louis, impassible.

Gibralter garda le silence.

— Vous l'avez tué. Pourquoi ?

— Il avait fait le mauvais choix.

— Le choix ? Quel choix ?

Louis entendit le déclic du chien de son arme.

— Allez, lui ordonna Gibralter.

Il continua d'avancer en essayant de réfléchir. Quel choix Jesse avait-il fait ? S'était-il enfin retourné contre Gibralter ? Jesse avait-il eu l'intention de se livrer en quittant son chalet ?

Louis s'arrêta de nouveau et se retourna.

— Vous avez aussi tué Pryce, n'est-ce pas ?

— Vous perdez votre temps, Kincaid.

— Jesse est mort. Ils sont tous morts ! Ça n'a plus d'importance, c'est ce que vous avez dit !

Tout était silencieux à part le bip de l'appareil de repérage que Gibralter tenait dans la main.

— Vous l'avez tué ? Vous avez tué Pryce ? demanda Louis avec insistance.

— J'ai fait un sacrifice définitif.

Voilà. Il avait la vérité. Il ferma les yeux et leva le visage vers le ciel. La neige était froide et humide. Un moment s'écoula avant qu'il soit à nouveau capable de parler.

— Espèce de lâche, murmura-t-il. Vous aviez peur et vous l'avez tué. Salaud de lâche.

— C'était Pryce le lâche, dit Gibralter. Il n'a pas eu les couilles de faire ce qu'il fallait. Il n'a pas compris que notre force vient de notre unité.

— *Gens una sumus*, dit Louis en hochant la tête.

L'éclat de rire de Gibralter parvint jusqu'à lui.

— Vous apprenez vite, Kincaid.

Il lui fit signe d'avancer avec le canon de son revolver.

Louis ne bougea pas. Il y avait encore trop de questions.

— Comment avez-vous su qu'il commençait à vous soupçonner ? (Gibralter ne répondit pas.) Comment ? cria Louis.

— J'ai eu de la chance. J'ai reçu un appel que je n'aurais jamais dû recevoir.

— De qui ? Qui vous a dit ce que Pryce était en train de faire ?

— La secrétaire de Steele, dit Gibralter avec un petit sourire. Un jour, elle a appelé le commissariat. Dale me l'a passée. Elle a dit qu'elle appelait pour changer l'heure du rendez-vous que Pryce avait le 3 décembre.

Louis le regarda, abasourdi.

— Je lui ai dit que je lui transmettrais le message.

— Vous avez tué Pryce à cause de ça ?

Gibralter fit non de la tête.

— Je le soupçonnais déjà de s'être retourné contre nous.

Louis attendit. Gibralter semblait se demander combien il allait en dire.

— Il cherchait un travail. J'ai reçu des appels pour vérifier des références, dit-il. Je n'en ai pas pensé grand-chose dans un premier temps. Pryce n'avait jamais paru s'adapter ici.

— Il a dû y avoir autre chose. Qu'est-ce qui vous a mis sur la voie ?

— Dale. (Louis hocha la tête.) Ce n'est pas ce que vous croyez. Dale ne savait pas ce que manigançait Pryce… il était simplement en colère que Pryce foute le bordel dans ses dossiers. Dale est venu me voir, c'était à Halloween, pour me demander s'il pouvait mettre des verrous aux casiers contenant les dossiers pour empêcher tout le monde d'y avoir accès. Il était furieux après lui et disait qu'il ne remettait jamais rien en place. Il m'a montré un dossier qu'il avait laissé traîner.

— Le dossier de la descente de police, dit Louis. Pryce en avait fait une photocopie.

Gibralter hocha la tête.

— C'est là que j'ai commencé à le surveiller. Je l'ai suivi un jour où il retournait au chalet Eden. Je suis allé vérifier les scellés et j'ai su qu'il était entré dans le local. J'ai vu que les scellés du sac Hammersmith avaient été rompus.

— Et vous avez su qu'il avait trouvé l'arme jetable, dit Louis.

— Oui, mais il ne l'avait pas prise. Il était moins malin que vous.

Louis tremblait comme une feuille et serrait les dents pour éviter qu'elles claquent.

— Avancez, lui ordonna Gibralter.

— Et Ollie et Lovejoy ?

— Eh bien quoi ?

— Vous les avez tués aussi ?

Gibralter le regarda fixement, son souffle apparaissant dans le faisceau de la lampe.

— Est-ce que vous croyez au destin, Kincaid ?

Louis ne répondit pas.

— « Il n'y a pas d'armure contre le destin. La mort pose sa main glacée sur les rois. »

Louis reconnut un passage de la phrase que Gibralter avait citée aux obsèques d'Ollie. Ça n'avait eu alors pour lui aucune signification parce qu'il ne croyait pas au destin et ces mots avaient simplement résonné à ses oreilles comme un morceau d'épitaphe. Mais maintenant, là, ils résonnaient comme une lâcheté, une excuse.

— Le destin ? répéta Louis avec colère. C'était leur destin de mourir ?

— À chaque action correspond une réaction égale et opposée, dit Gibralter. Des choses se sont passées ce jour-là au chalet Eden, des choses que personne ne pouvait arrêter. Est-ce le destin ? Je n'en sais rien. Tout ce que je sais, c'est que les choses doivent aboutir à leur fin de façon irrémédiable.

Louis lui tourna le dos et se remit en marche, le froid le pénétrant encore davantage tandis qu'il pensait à son propre destin. Gibralter avait l'intention de le tuer, dès cette nuit. Il en savait trop, tout comme les autres. Il sentit l'acier froid de son revolver vide contre sa peau.

Réfléchis, réfléchis ! Trouve un moyen de le battre. Trouve-toi une arme.

Il s'arrêta de nouveau.

— Kincaid, vous me tapez sur les nerfs, dit Gibralter.

— Vous allez me tuer, n'est-ce pas ?

— Avancez.

— Qu'est-ce que vous attendez ? cria Louis. Pourquoi vous ne me tuez pas tout de suite ?

— Quoi ? Pour faire de vous un putain de martyr à ses yeux ?

Louis dirigea sa torche sur le visage de Gibralter. Celui-ci se déplaça, mais pas avant que Louis n'ait vu la dureté de son expression.

— Qui ça ? Zoe ? Est-ce que...

— Elle s'appelle Jeannie ! l'interrompit Gibralter en braquant son revolver sur la poitrine de Louis.

Louis retint sa respiration. Gibralter baissa lentement son arme.

— Vous allez prendre une balle dans le dos cette nuit, Kincaid, mais ce ne sera pas la mienne. Et maintenant, avancez.

Louis se remit en marche au milieu des congères, l'esprit bouillonnant de comprendre ce qui allait se produire. Gibralter savait qu'il allait devoir affronter une enquête quand tout serait fini. La balle retrouvée dans le dos de Louis proviendrait de l'arme de Lacey. Gibralter allait s'en assurer. Il avait pensé à tout. Chacune de ses manœuvres était planifiée, chacun de ses actes mûrement réfléchi à l'avance. Comment pouvait-il renverser la situation ?

Zoe.

Il avait vu quelque chose dans le regard de Gibralter quand il avait prononcé son nom. C'était infime, presque indécelable, mais c'était là. Une fragilité, une faiblesse, une faille.

— Zoe, dit-il.

Dans son dos ne montaient que des crissements de chaussures dans la neige.

— Zoe, répéta-t-il plus fort.

Silence.

Il rit doucement tout en continuant à marcher.

— Elle aime se faire appeler Zoe. Vous ne saviez pas ça, n'est-ce pas ?

— Fermez-la.

Son cœur battait la chamade, mais il savait qu'il lui fallait déstabiliser Gibralter.

— Zoe, dit-il bien fort. C'est comme ça qu'elle veut que je l'appelle quand on fait l'amour.

Silence. Louis prit une profonde inspiration d'air glacé.

— Vous savez ce qu'elle m'a dit ? Elle m'a dit que vous n'êtes pas capable de la satisfaire depuis des années.

— Arrêtez !

Louis s'arrêta, mais ne se retourna pas.

— Retournez-vous.

Il fit face à la lumière et plissa les yeux.

— Vous voulez jouer à des petits jeux ? lui demanda Gibralter.

Louis ne put voir si le revolver était dirigé vers lui. *Bip-bip-bip.* Le léger bruit de l'appareil de poursuite était synchrone avec les battements de son pouls dans ses oreilles.

— Vous savez ce qu'est une fin de partie, Kincaid ?

Louis garda le silence et leva la main pour se protéger les yeux de la lumière.

— La fin de partie est la stratégie finale aux échecs, reprit Gibralter. C'est le moment où la plupart des pièces étant perdues, le roi est forcé à l'action. Les amateurs pensent que le roi peut alors être mis en échec. Mais entre les mains d'un maître, la fin de partie peut encore avoir un grand nombre d'issues possibles.

Gibralter éloigna le faisceau de sa torche du visage de Louis. Celui-ci le vit sourire en hochant la tête.

— Zoe, Jeannie, ça m'est égal, dit-il. Le coup est médiocre, Kincaid. Coup médiocre réalisé par un médiocre.

Il lui indiqua les arbres avec son revolver. Louis se retourna et se remit à avancer péniblement. Vaincu par le froid, il tremblait violemment. Il n'avait pas obtenu de réaction pour Zoe. Un homme normal aurait réagi. Là, rien ne s'était passé.

Réfléchis ! Réfléchis !

Gibralter était un homme, et tous les hommes ont un point faible. Où était celui de Gibralter ? Mais ce n'était pas un homme normal. Ce n'était même pas un homme. Ce n'était qu'un revolver, un insigne et une putain de tenue.

Un flic. Pas un homme, seulement un flic.

Un flic... Prends-en toi au flic, pas à l'homme.

Louis se força à rire de nouveau. Son rire résonna dans la nuit.

— Un médiocre ! Je serais donc un médiocre ! cria-t-il. C'est l'insulte suprême pour vous, n'est-ce pas, *chef*?

Il prononça son dernier mot d'un ton sarcastique en sachant que Gibralter le relèverait. Il eut un petit rire forcé.

— Rien n'est pire qu'un flic médiocre, hein, chef?

Gibralter ne réagit pas.

— Qu'est-ce qui fait un flic médiocre ? Pourquoi ne me l'expliquez-vous pas, chef? Pourquoi ne me le dites-vous pas pour que mon insigne soit aussi reluisant que le vôtre ?

Louis garda les yeux rivés sur le faible passage lumineux que produisait la torche dans sa main tremblante.

— Un flic médiocre n'enfreint pas les règles, n'est-ce pas, chef? cria Louis en se retournant.

Crissement des chaussures dans la neige.

— Un flic médiocre ne laisse pas son ego de macho le conduire dans une ruelle sombre tout seul sans appeler de renforts, hein, chef?

Silence.

— Un flic médiocre ne se laisse pas désarmer par une bande de voyous, hein, chef?

Louis attendit un déclic du chien.

— Un flic médiocre ne se retrouve pas à poil, couvert de peinture et menotté à une échelle d'incendie, hein, chef?

Bon Dieu, mais qu'est-ce que je fais?

Il fut parcouru d'un frisson et inspira profondément.

— Et un flic médiocre ne se retrouve pas scotché à un putain de bureau parce qu'il a trop peur de retourner faire son boulot dans la rue, hein, chef?

— Arrêtez!

Louis se figea. Ferma les yeux et attendit. Une balle, un choc dans le dos. Quoi qu'il arrive, il voulait que ça aille vite. *Qu'il s'approche. Qu'il s'approche assez près, juste un coup de torche, juste une occasion...*

— Elle vous a raconté ça?

La voix venait de derrière lui à la même distance, mais pour la première fois, elle paraissait différente, comme si elle sortait avec peine.

— Elle m'a tout raconté, dit Louis.

Il y eut un long silence. Un silence tel que Louis pouvait entendre la neige toucher le sol. Calme, grand calme.

Trop calme.

Le bip s'était arrêté.

Louis se retourna lentement. Gibralter avait la tête baissée et regardait l'appareil de repérage dans sa main gantée. Celui-ci émettait maintenant un léger signal sonore continu.

— Il s'est arrêté, dit Gibralter.

Il regarda vers la masse sombre des pins, puis dirigea son arme vers Louis.

— Allons-y.

CHAPITRE 40

Louis sentit le feu de bois avant de voir les lumières du chalet. L'odeur lui parvenait, subtile mais nette. Il s'arrêta.

— De la fumée, dit doucement Gibralter derrière lui.

Ils continuèrent lentement, silencieusement. Finalement, Louis aperçut une lumière au loin parmi les arbres. La neige s'était arrêtée et une lune argentée s'était levée, baignant la forêt d'une lueur blafarde. Une petite forme cubique se dressait au loin – un chalet.

Louis le regarda, incrédule. Ils l'avaient trouvé. Tout ce stratagème avec Cole, l'appareil de repérage, ça avait marché. Pendant un moment, il ressentit une poussée d'adrénaline. Vite remplacée par de la crainte. Et maintenant ?

— Le voilà, ce fils de pute ! dit Gibralter dont la voix s'était rapprochée. Éteignez votre torche.

En avançant sans bruit, ils s'aperçurent qu'il ne s'agissait pas d'un chalet mais d'une petite cabane construite grossièrement. Elle penchait légèrement sous le poids de la neige, des volutes de fumée montant en spirale au-dessus d'un tuyau qui sortait du toit délabré. C'était probablement une cabane de stockage remontant à un commerce de bois qui avait cessé depuis longtemps. Pas étonnant qu'ils n'aient pas pu retrouver Lacey.

En arrivant dans la petite clairière, Louis vit le pick-up rouge garé devant. Son pouls s'accéléra. Lacey était là.

Ils s'étaient approchés de la cabane de front, mais les deux fenêtres du devant étaient bouchées par des planches, et la porte fermée. La lumière qu'ils avaient vue à travers les arbres provenait d'une petite fenêtre latérale.

Gibralter vint se mettre à gauche de Louis, restant à environ un mètre cinquante. Il examinait la cabane et le pick-up.

— Allons-y. Passez devant, dit-il doucement.

Ils s'approchèrent sans bruit du pick-up. De là où il se trouvait près de la roue avant, Louis put distinguer la silhouette d'un fusil dans le râtelier. Gibralter s'efforça de voir à l'intérieur du plateau ouvert et souleva une bâche avec précaution.

— Il y a tout un arsenal là-dedans, murmura-t-il en désignant les caisses du menton. Il y en a probablement d'autres à l'intérieur.

— Rendez-moi mes balles, dit Louis.

— Pas question.

— Vous allez avoir besoin de mon aide. Lacey est dangereux et le gamin connaît les armes, insista-t-il à voix basse mais de façon pressante. Si vous y allez seul, vous allez échouer.

— Par ici, murmura Gibralter en indiquant les arbres derrière lui du canon de son revolver.

Louis n'avait pas d'autre choix que d'obéir. Gibralter le suivit à l'abri des arbres. Il paraissait chercher quelque chose.

— Arrêtez-vous ici, dit-il. Envoyez-moi votre revolver.

Louis ne bougea pas. Qu'est-ce que ça voulait dire ? Qu'est-ce qu'il fabriquait maintenant ?

— Votre revolver, répéta Gibralter.

Louis sortit son arme vide et la lui envoya. Gibralter l'attrapa et la fourra dans sa parka.

— Sortez vos menottes, ordonna-t-il encore.

Louis glissa sa torche à sa ceinture et récupéra ses menottes. Malgré le froid, il eut une bouffée de chaleur en comprenant avec horreur ce que Gibralter allait faire.

— Allez, dit celui-ci en le menaçant de son arme.

Louis ne bougea pas.

— Allez ! Tout de suite !

D'une main tremblante, Louis se passa une menotte au poignet droit.

— L'autre… à cette branche, lui ordonna Gibralter en l'indiquant du canon de son revolver.

Louis leva les yeux vers la branche nue. Elle faisait environ dix centimètres de diamètre, était robuste et juste assez grosse pour la menotte. Il jeta un coup d'œil à Gibralter et la referma dessus d'un coup sec.

— La clé.

De sa main gauche restée libre, Louis sortit la clé de sa poche et la lui jeta. Elle rebondit sur sa poitrine et il dut s'accroupir pour la ramasser dans la neige.

Il la glissa dans sa poche, puis sourit à Louis.

— Peur ?

Louis pensa à Angela Lacey.

— Allez vous faire foutre, murmura-t-il.

Pendant une seconde, Louis crut que Gibralter allait rire. Étonnamment, il se mit un doigt sur les lèvres, comme un enfant qui fait signe à un autre de se taire. Puis il fit demi-tour et retourna vers le pick-up.

Louis le regarda en contourner l'arrière sans bruit et partir vers la cabane. Il se dirigeait vers la fenêtre non obstruée sur le côté et Louis comprit qu'il allait tenter de prendre Duane et Cole Lacey par surprise, les abattre de sang-froid.

Fais quelque chose ! Crie ! Avertis-les ! Non ! Ils vont paniquer et se faire tuer !

Il tira sur la menotte en la faisant pivoter autour de la branche, mais elle ne bougea pas. Il jeta un coup d'œil à Gibralter. Il était presque arrivé à la fenêtre.

Avec sa main gauche, il sortit la torche de son jean. Leva le bras, la passa derrière la branche et s'agrippa à ses deux extrémités. Puis il se laissa pendre de tout son poids et balança les jambes d'avant en arrière en essayant de casser la branche. Elle oscilla, mais résista. Il fit coulisser la menotte le long de la branche et fit un nouvel essai, sa respiration devenant haletante tandis qu'il bondissait.

Un craquement violent déchira le silence et il tomba dans la neige.

Il se précipita à l'abri des arbres. De là où il se trouvait près de la cabane, Gibralter se retourna, scrutant des yeux l'obscurité.

Louis jeta un rapide coup d'œil vers le pick-up. Le fusil, il fallait qu'il s'empare du fusil. Il s'apprêtait à y aller lorsqu'une lumière soudaine le fit battre en retraite.

La porte de la cabane s'était ouverte. Une silhouette passa dans la véranda. Lacey. Il examina les arbres, un fusil prêt au côté. Il attendit un moment, puis il descendit de la véranda et se dirigea vers le pick-up.

Soudain, à la limite de son champ de vision, Louis vit bouger quelque chose. Gibralter se plaçait en position de tir et levait son arme.

Vas-y. Tout de suite.

Louis s'élança des arbres jusqu'au pick-up. Lacey avait ouvert la portière et était sur le point de se retourner, ayant entendu un bruit soudain. Louis le saisit à bras-le-corps et le plaqua contre la portière ouverte. Lacey poussa un grognement, mais tint fermement son fusil.

Louis se rua de tout son poids sur lui, s'empara du fusil tandis que Lacey essayait désespérément de l'abaisser pour se mettre en position de tir.

— Lâchez-moi ! cria Lacey.

— Ta gueule, bordel, ta gueule ! lui renvoya Louis.

Un coup de feu retentit. Louis enserra le cou de Lacey avec son bras et le tira violemment à l'abri de la portière ouverte. Il le plaqua contre elle, Lacey serrant alors moins fort son fusil juste assez longtemps pour que Louis puisse en agripper le canon, le dévier et faire lâcher prise à Lacey. Puis il resserra son étreinte autour de son cou, le plaça de dos contre sa poitrine et regarda désespérément vers les arbres, mais il n'y avait aucune trace de Gibralter.

Les doigts de Lacey s'agrippèrent au bras de Louis qui lui serrait le cou.

— Tu vas mourir, salopard ! cria-t-il.

— Ta gueule ! J'essaie de te sauver la peau ! lui souffla Louis dans l'oreille.

Mais cela ne fit que plonger Lacey dans une rage encore plus grande. Louis lui donna un coup de crosse dans la figure. Provisoirement étourdi, il cessa de lutter.

Un reflet métallique capta l'attention de Louis qui scruta l'obscurité et tenta d'apercevoir la silhouette de Gibralter à la faible lueur émise par le plafonnier du pick-up. L'insigne de Gibralter se refléta une deuxième fois au moment où il sortit de l'ombre devant le pick-up.

Il tenait son revolver à bout de bras, visant Lacey à la tête. Louis resserra son étreinte autour du cou de ce dernier, son cœur bondissant dans sa gorge. Il savait qu'il ne pourrait pas faire pivoter le fusil assez vite pour le retourner contre Gibralter.

Lacey revenait à lui. Puis il se figea soudain, et Louis sut que lui aussi avait vu Gibralter, celui-ci ne se trouvant qu'à quatre mètres d'eux.

— Dis au revoir, trou-du-cul ! lui lança Gibralter.

Louis tenta de se retourner, mais il était coincé entre la portière et le pick-up. Il se prépara à recevoir la balle dont il savait qu'elle transpercerait Lacey et se ficherait ensuite dans sa poitrine.

Gibralter fit feu, et Louis fut projeté contre la portière. Il sentit quelque chose d'humide lui couler sur le visage et Lacey s'affaisser sur son bras. Il se força à rouvrir les yeux.

Lacey n'était plus qu'un poids mort. Louis le laissa glisser par terre. Ses doigts lui touchant le visage, il les retira. Ils étaient couverts de sang et de morceaux de cervelle.

Louis regarda Gibralter avec colère.

— Espèce de salaud ! cria-t-il en se précipitant sur lui, le fusil levé au-dessus de la tête.

Il l'abattit, atteignant Gibralter à l'épaule droite. Il le brandit à nouveau, le tenant cette fois à deux mains et visant la tête de Gibralter. Celui-ci leva le bras et s'éclipsa.

Un autre coup de feu retentit, faisant éclater la vitre du pick-up et les recouvrant d'une pluie de morceaux de verre. Louis se laissa tomber par terre et fit le tour du pick-up en rampant, à l'écart de la véranda. Il s'accroupit près de la roue avant et inspira plusieurs fois rapidement, ses doigts collés au canon glacé du fusil. Il scruta désespérément les ténèbres dans l'espoir d'y voir d'où provenait le tir et où se trouvait Gibralter.

— Kincaid.

Louis pivota sur sa gauche. Tapi près de la roue arrière, Gibralter se tenait l'épaule de la main gauche et serrait toujours son revolver dans la main droite.

Louis leva le fusil et le mit en joue.

Gibralter le regarda, puis se mit à rire doucement. Il regarda vers la véranda.

Louis suivit son regard. La porte d'entrée était légèrement entrouverte, laissant passer un rai de lumière. Louis distingua un tas de bois dans la véranda. Mais il ne voyait pas Cole. Il leur avait tiré dessus. Était-il retourné à l'intérieur ?

— Cole ! cria Louis.

— Restez où vous êtes ou je recommence à tirer.

Il était toujours dans la véranda, probablement terré derrière le tas de bois.

— Cole ! Lâche ton arme !

— Allez vous faire foutre ! Je suis pas fou, lui renvoya-t-il d'une petite voix.

— Cole ! Ce n'est pas comme ça qu'il faut que ça se termine !

Louis jeta un coup d'œil vers Gibralter, mais ce dernier surveillait la véranda.

— Cole, tu ne vas pas mourir ! cria Louis. Tu peux te rendre tout de suite. Il ne t'arrivera rien.

Le rire de Cole fusa comme un cri.

— Allez dire ça à Johnny et Angela !

Louis hocha la tête. Le gamin avait vu ce qui s'était passé lors de la descente.

— Cole, écoute-moi. Je sais ce qui est arrivé à ton frère et à ta sœur. Je peux t'aider à faire justice.

Cole ne répondit pas.

— J'ai la preuve, Cole ! J'ai ce qu'il faut pour prouver ce que tu as vu !

— Allez vous faire foutre !

Louis entendit un petit rire et vit Gibralter hocher la tête.

— Cole ! Écoute-moi ! Les hommes qui ont tué ton frère et ta sœur vont payer, je te le promets ! Mais il faut que tu restes en vie pour dire la vérité !

Des pas traînants se firent entendre dans la véranda, suivis du bruit sourd de la chute d'une bûche.

— Cole ? Tu m'écoutes ? Tu dois me faire confiance !

— T'es l'un d'entre eux, mon pote !

— Non ! Non, ça n'est pas vrai !

Louis jeta un nouveau coup d'œil vers Gibralter. Vit du mépris dans ses yeux.

— Cole, pense à Johnny ! Il ne voudrait pas que tu meures comme lui ! Je peux te protéger !

Louis entendit à nouveau le rire de Gibralter.

— C'est bien, Kincaid, continuez à lui raconter vos salades. Allez-y, faites-le sortir. Donnez-moi un bon angle de tir.

Un deuxième coup de fusil rompit le silence, la balle fracassant l'avant du pick-up et obligeant Louis à s'abriter.

Il braqua son fusil vers Gibralter.

— Fermez-la ! Il risque de vous entendre !

Gibralter hocha la tête et regarda vers la véranda. Louis releva la tête, s'efforçant d'entendre quelque chose. Rien, à part le claquement sec d'un fusil qu'on ouvre. Cole rechargeait. Il y eut un petit bruit sourd, puis celui de quelque chose qui roulait sur le plancher de la véranda.

— Cole ?

— Merde… merde, murmura Cole.

— Cole, c'était une cartouche, n'est-ce pas ? Tu l'as laissée tomber.

— J'en ai d'autres !

— Je ne t'entends pas recharger.

Cole demeura silencieux, mais il y eut de nouveaux bruits de pas et la chute d'une autre bûche. Louis l'entendit jurer doucement.

— Cole, tu es à court de munitions, dit Louis. Et si tu tentes de rentrer, tu sais que je vais devoir tirer. Je ne veux pas faire ça.

Louis attendit. Il vit Gibralter qui se levait lentement, une main sur le plateau du pick-up, l'autre tenant son revolver.

— Cole, jette ton fusil ! cria Louis. Je vais venir te chercher.

— Non ! Restez où vous êtes ! Il va me tuer !

— Je peux te protéger.

— Comme vous avez protégé papa ? Vous l'avez tenu pendant qu'il le tuait.

— J'essayais de le sauver. Il faut me croire.

— Allez vous faire foutre, tous les deux, dit Cole d'une voix rauque qui finit en chuchotement. Qu'ils aillent tous se faire foutre.

Louis se leva.

— Cole, je viens.

Après un coup d'œil à Gibralter, il commença à lentement contourner l'avant du pick-up. Il savait que Gibralter ne lui tirerait pas dans le dos avec son arme, mais il pria le ciel que Cole soit effectivement à court de munitions.

— Non, non…

Les mots de Cole étaient plus une supplication qu'une menace.

— Cole, je suis à l'avant du pick-up, dit calmement Louis en jetant un autre coup d'œil derrière lui, vers Gibralter.

Ce dernier était sorti de l'arrière du pick-up. Louis leva son fusil vers lui.

— Restez là, dit-il. Vous ne toucherez pas à ce gosse.

Gibralter le regarda fixement. Louis cala le fusil à son côté, le doigt sur la détente. De la main gauche, il sortit la torche de sa ceinture et la braqua sur la véranda. Le faisceau de lumière éclaira la pile de bois. Il le retourna sur Gibralter. Ce dernier n'avait pas bougé.

Lentement, Louis se dirigea vers la cabane en marchant en biais, son regard passant tour à tour de Gibralter à la véranda. Il parvint aux marches.

— Cole, je monte.

Un gémissement se fit entendre derrière les bûches.

Gibralter fit un pas en avant. Louis lui braqua la torche en pleine figure.

— Vous levez votre arme, vous êtes mort, dit Louis.

— La mort n'est pas un déshonneur, Kincaid, dit doucement Gibralter. *Seppuku…*

Louis redirigea la torche sur la véranda et distingua alors une tache bleue, la chemise en jean de Cole. Il était recroquevillé derrière le tas de bois.

— Cole ?

Doucement, doucement…

Louis entendit un bruit et braqua de nouveau sa torche sur Gibralter. Il levait son revolver.

Louis se retourna vers la véranda et le faisceau de sa lampe éclaira un court instant le visage de Cole, juste assez longtemps cependant pour fournir une cible à Gibralter. Louis détourna le faisceau de sa torche.

Il vit l'éclair que produisit le revolver de Gibralter. Appuya lui-même sur la détente de son fusil qui recula violemment contre ses côtes.

Explosion de bruit, suivie d'échos qui parurent se répercuter dans sa tête. Puis ce fut le silence.

Gibralter gisait sur le sol, masse sombre sur la neige. La paume de sa main était tournée vers le ciel, le revolver à quelques centimètres d'elle.

Louis le regarda, haletant.

Cole gémit.

Louis promena le faisceau de sa torche et aperçut Cole étendu par terre dans la véranda.

Non, occupe-toi d'abord de Gibralter. Élimine la menace.

Il se laissa tomber à genoux à côté de lui et lui posa un doigt sur la gorge. Rien. Il essaya le pouls. Rien. Il y avait un grand trou noir dans le Nylon bleu de sa parka.

Gibralter était mort.

CHAPITRE 41

Louis prit les deux revolvers et la radio sur le corps de Gibralter et se hâta de gagner la véranda. Il s'agenouilla auprès de Cole et posa la tête du gamin sur ses genoux.

— Où est-ce que tu es touché?

— Au ventre... Bon Dieu que ça fait mal. Putain...

Louis le prit sous les bras et le tira à l'intérieur de la cabane. Il repéra un lit de camp dans un coin et le hissa dessus tandis que le gamin hurlait de douleur. À la faible lueur de l'unique lampe au kérosène de la pièce, Louis regarda son visage pâle baigné de sueur.

Il lui remonta la chemise. Le sang coulait d'un petit trou noir sous sa cage thoracique.

— Qu'est-ce que vous faites? demanda-t-il, le regard paniqué.

— Mets ça dessus. Comprime la blessure, lui renvoya Louis en prenant la couverture de l'armée au pied du lit de camp et en la lui passant.

— Je vais mourir, dit Cole.

— Mais non.

— Je vais mourir. Je vais mourir.

Cole pleurait.

— Cole, arrête. Écoute-moi. Il nous faut du secours. Dis-moi où on est.

— Je saigne! Je vais mourir!

— Cole ! Tu ne vas pas mourir ! Maintenant aide-moi. Dis-moi où on est, bordel !

Cole s'essuya le visage et indiqua du doigt l'autre bout de la pièce. Louis vit une cantine tout éraflée.

— Des cartes, dit Cole.

Louis s'approcha de la cantine et l'ouvrit. Il fouilla parmi des vêtements sales et d'autres saloperies, et en sortit enfin deux cartes. Faite d'une série de cercles sinueux, la première n'était qu'une carte topographique qu'il était incapable de lire. Il la remit dedans. La seconde qu'il déplia était une carte détaillée du comté avec toutes les autoroutes, routes et autres voies de circulation, jusqu'aux anciens chemins forestiers. Il l'apporta à Cole.

— Où sommes-nous ? demanda-t-il en la lui mettant sous le nez.

Les yeux de Cole étaient fermés. Louis lui remua l'épaule.

— Cole ! Montre-moi où on est !

Les yeux de Cole s'entrouvrirent et il fit un effort pour se concentrer. D'un doigt tremblant, il indiqua un point sur la carte, y laissant une trace sanglante. Puis il retomba en arrière en grimaçant.

Louis saisit la radio et appela Loon Lake. Une voix lui répondit. La voix d'Edna, le doux son de la voix nasillarde d'Edna.

— L-11 ? Où êtes-vous ?

— Edna, écoutez-moi attentivement. J'ai besoin d'un hélicoptère de premiers secours pour un transport d'urgence. Et contactez le chef Steele…

— Le chef Steele ? Mais il n'est pas…

— Trouvez-le ! Dites-lui…

Louis hésita. Merde, ça ne lui plaisait pas du tout de dire tout ça par radio.

— Dites-lui que j'ai un suspect blessé et un 10-99, policier abattu. Dites à Steele que j'ai besoin de lui tout de suite. Je répète : j'ai besoin de lui…

— Louis, le chef Steele ne va pas…

— Dites-lui que j'ai Lacey. Dites-lui qu'il est mort.

Il lui donna la longitude et la latitude de l'endroit où se trouvait la cabane, ainsi que les routes les plus proches. Il termina son message en sachant qu'il serait difficile à quiconque de les trouver. Il n'y avait plus rien d'autre à faire qu'attendre.

Il toucha le visage de Cole. Il était froid, et sa respiration superficielle. Il chercha des yeux une autre couverture et repéra enfin la parka bleue de la police roulée en boule dans un coin. Il alla la chercher et la posa sur la poitrine de Cole.

— Cole, dit-il.

Il fallait qu'il le maintienne éveillé d'une manière ou d'une autre.

Cole n'ouvrit pas les yeux, mais Louis vit sa poitrine se soulever légèrement sous la parka.

— Je suis désolé que tu aies vu ton père mourir ainsi.

Cole ouvrit les yeux.

— Il savait que vous l'auriez, murmura-t-il. Il savait qu'il allait mourir et il s'en fichait. Il voulait seulement aller jusqu'au bout.

Louis hocha la tête.

— Je ne crois pas que ton père ait tué qui que ce soit. Je pense que c'est seulement ce que tu as envie de croire.

— Si ! dit Cole avec une grimace. Il a tué tous ces flics. Je sais qu'il les a tués.

Louis poussa doucement l'épaule de Cole contre le lit de camp.

— Cole…

— Il m'a montré, il m'a montré les cartes.

Louis se raidit.

— Quelles cartes ?

Cole sortit une main de sous la parka et montra à nouveau la cantine du doigt.

Louis la regagna et se remit à fouiller parmi les saloperies. Un paquet de cartes Bee se trouvait au fond. Il l'ouvrit. Il ne restait que trois cartes entourées par un élastique. Louis l'enleva et étala les cartes. Toutes comportaient au dos le dessin de la tête de mort. Il les retourna.

Il y avait un as de cœur, un roi de carreau et un deux de trèfle.

L'as représentait un « un », le numéro de code de Gibralter. Le roi un treize, le numéro de Jesse. Mais la dernière carte… un deux ? Le numéro de code de Pryce était Loon-2. Mais il avait été retrouvé avec un as de pique. Cette carte n'avait jamais été utilisée.

Il examina les cartes dans sa main et comprit soudain. *Deux* tueurs… Il y en avait eu deux.

Tout du long, il avait cherché à relier les trois meurtres à un seul tueur et avait hésité entre Lacey et Gibralter. Mais il voyait maintenant clairement qu'il y en avait eu deux.

Il y avait d'abord eu Lacey. Poussé par ses démons et son désir de vengeance, il avait tué Lovejoy. Gibralter avait découvert son corps dans la baraque de pêche et avait compris que c'était l'œuvre de Lacey. Gibralter avait ensuite tué Pryce pour le réduire au silence, reproduisant la méthode et le mobile de Lacey pour le faire accuser.

Voilà pourquoi Lacey s'était réfugié à Dollar Bay et avait dit à Millie que « tout était foutu ». Voilà aussi pourquoi il avait attendu si longtemps pour poursuivre le massacre jusqu'à ce qu'enfin il tue Ollie.

Louis poussa un soupir de lassitude. Gibralter avait parfaitement orchestré chaque détail de sang-froid. Depuis trouver la pointure des chaussures de Lacey jusqu'à mettre le corps de son ami dans le trou dans la glace afin que Pryce soit pris pour la première victime de Lacey, et non pour la victime d'un assassinat de copieur.

Gibralter avait pensé à tout, jusqu'à reproduire la signature de Lacey avec les cartes de la mort. Mais Gibralter avait laissé passer une petite chose. Il ne s'était pas rendu compte que Lacey utilisait les numéros de code des policiers. Il avait laissé un as de pique avec Pryce en s'imaginant que ça passerait pour une insulte raciste.

— Hé…

Louis se retourna. Le visage de Cole était blanc et couvert de larmes à la lueur de la lanterne. Louis alla près de lui, souleva la parka et vit que la couverture sous la main de Cole était maculée de sang.

— Ne me laissez pas mourir, murmura-t-il.

— Je ne te laisserai pas mourir.

Cole ferma les yeux.

Louis sentit le découragement l'envahir. Il n'avait pas le droit de continuer à lui faire des promesses.

CHAPITRE 42

Louis entendit le léger vrombissement de l'hélicoptère qui attendait dans la clairière derrière les arbres. Il jeta un coup d'œil pendant qu'on emmenait Cole sur une civière. Une minute plus tard, l'hélico s'élevait au-dessus des arbres et disparaissait dans la nuit. C'est alors seulement que Louis se retourna pour affronter Steele et la question que celui-ci lui avait posée.

— Répondez-moi, lui ordonna Steele. Vous pensez vraiment que je vais croire vos salades ?

— Cole le confirmera, dit Louis.

— Cet imbécile de gamin ? Difficilement crédible comme témoin.

Le regard de Louis se promena sur la cohue des hommes cernant la cabane. L'épuisement l'avait rendu insensible au froid, mais la douleur intérieure persistait. Il avait mal, chaque partie de son corps lui faisait mal.

— Je vous ai dit la vérité, dit-il.

— Votre chef est mort, lui renvoya Steele en serrant les dents. Notre putain de suspect est mort. Et vous espérez me faire croire que le commissaire Gibralter a orchestré cette machination démente et abattu les suspects de sang-froid ?

Louis le regarda.

— C'est la vérité. Du début à la fin.

— J'espère pour vous que Cole Lacey vivra assez longtemps pour confirmer votre histoire, Kincaid. Parce que si ça n'est pas le cas, vous pouvez ajouter le meurtre à la longue liste des chefs d'inculpation que je vais vous concocter. (Il se retourna, fit quelques pas et revint.) J'ai vu beaucoup de bêtise dans ma vie, mais la vôtre dépasse tout. À quoi pensiez-vous ?

— À Jesse. Je pensais à Jesse.

— Qui ça ?

— Jesse Harrison, lui répondit sèchement Louis. Mon coéquipier.

— Mort lui aussi.

— Je n'en suis pas si sûr.

Steele le regarda en hochant la tête.

— Vous savez quoi, Kincaid ? Gibralter n'est pas le seul cinglé dans ce commissariat de tarés. C'est Lacey qui a enlevé votre collègue et l'a abandonné mort quelque part. Pas Gibralter, pas votre chef.

Louis brandit la patte de lapin.

— Ceci appartient à Jesse. Il l'avait avec lui plus tôt dans la soirée dans mon chalet. Je l'ai retrouvé dans la Bronco de Gibralter.

— Alors où est-il ? demanda Steele en le regardant fixement.

— Je n'en sais rien, mais je vais partir à sa recherche.

Steele hocha la tête.

— Vous n'allez nulle part cette nuit. Vous êtes suspendu.

— Vous n'avez pas autorité pour ça. Je vais aller à la recherche de Jesse.

— Je peux vous arrêter et vous détenir pendant des heures.

Louis referma son poing sur la patte de lapin.

— Écoutez, dit-il, je connaissais Gibralter. Je sais comment il fonctionnait. Laissez-moi partir… que je puisse participer aux recherches.

Le regard de Steele se durcit tandis que le vent lui envoyait de la neige dans la figure. Louis hocha la tête avec dédain et lui tourna le dos, prêt à s'éloigner.

La voix de Steele retentit derrière lui.

— Lockhart ! lança-t-il en faisant signe à un policier d'État en train de descendre de voiture.

Louis se retourna. Son regard croisa brièvement celui de Steele, puis celui-ci regarda le gendarme.

— Ramenez Kincaid en ville.

Lockhart fit un signe de tête et ouvrit la portière arrière de sa voiture de patrouille. Louis se glissa à l'intérieur. Il mit sa parka sur ses épaules. Le contact du Nylon rêche sur son visage était rude.

— Montez le chauffage, d'accord, les gars ?

Le coéquipier de Lockhart acquiesça d'un signe de tête et après quelques minutes, l'arrière du véhicule commença à se réchauffer. Louis regarda leurs nuques à travers le grillage de séparation tandis que la voiture descendait la colline enneigée en bringuebalant. Au bout d'un moment, elle arriva à un chemin forestier et Lockhart se faufila au milieu des arbres en accélérant vers l'autoroute.

Où Gibralter avait-il pu emmener Jesse ? Chez lui ? Dans le chalet de Zoe ? Aucune de ces possibilités n'avait de sens. Merde, il n'était même pas sûr que Jesse soit vivant. S'il avait décidé de se retourner contre Gibralter, il pouvait être mort quelque part dans les bois.

Réfléchis. Réfléchis. Pense comme lui. Résonne comme il résonnait.

Même si Jesse s'était retourné contre lui, il ne le voyait pas le tuer. Il était plus logique qu'il fasse quelque chose pour l'intimider jusqu'à ce qu'il parvienne à reconquérir sa loyauté. Mais quoi ? Gibralter avait toujours exploité les faiblesses des autres pour les contrôler : la peur que Cole avait de la violence sexuelle, sa propre soif de justice, la peur de la solitude de Zoe. Gibralter avait manipulé Jesse toute sa vie. Comment s'y serait-il pris à ce moment-là ?

Dans un grondement, la voiture de patrouille passa sur une dernière série de pierres et se retrouva sur la chaussée. La route sombre s'étendait dans la nuit.

Louis ferma les yeux. Gibralter avait dû emmener Jesse dans un endroit qui insufflait la peur, lui donnait le sentiment que s'il ne changeait pas d'avis, il mourrait. Ce devait être aussi un endroit où Gibralter pourrait revenir, en jouant une fois de plus le rôle du sauveur.

Louis contempla le lac qui apparut à travers la vitre embuée. Il essuya la condensation du revers de sa manche. À l'est, une légère clarté rose commençait à poindre. L'aube. Sur l'étendue sombre du lac, il aperçut une faible lueur. Une lanterne, quelqu'un qui éclairait une cabane de pêche.

Son regard se posa sur la grille qui le séparait des deux policiers.

Il posa une main dessus.

Lockhart jeta un coup d'œil derrière lui.

— Qu'est-ce que vous faites ? demanda-t-il.

Louis regarda de nouveau vers le lac. Il le savait. Bon Dieu, il le savait.

— Tournez là. Tournez à gauche, ici, dit-il.

— Quoi ?

— Tournez à gauche, je vous dis. Là ! cria Louis.

Lockhart dépassa une petite route secondaire enneigée.

— Où ça ?

Louis frappa le grillage du plat de la main.

— Arrêtez ! Bordel, faites demi-tour. Faites demi-tour tout de suite !

Lockhart fit marche arrière, tourna à gauche et emprunta l'étroite route.

— Là-bas, dit Louis. Au bout, près du rivage. La maison verte. Allez jusque là-bas.

La voiture se rapprocha, s'enlisant dans les hautes congères.

— On va rester coincés, dit Lockhart.

— Et merde ! jura Louis.

Il tenta d'ouvrir la portière sans y parvenir, celle-ci ne s'ouvrant que de l'extérieur.

— Ouvrez-moi. Dépêchez-vous, ouvrez-moi !

Lockhart arrêta la voiture et descendit lui ouvrir la porte arrière. Louis se précipita dehors et s'élança dans la neige. Il tomba, se releva en vitesse et continua sa course.

Lorsqu'il fut dans la véranda du chalet de Lovejoy, il arracha les scellés jaunes de scène de crime de la porte et la poussa. Elle était fermée à clé.

— Putain de merde! lança-t-il.

Il donna un coup de pied dans la porte, puis un deuxième. Usant de tout son poids, il y balança un grand coup d'épaule et elle céda.

Il entra en trébuchant dans le salon plongé dans l'obscurité et chercha la lumière. Les murs étaient glacés, l'air tellement froid qu'il lui brûlait les poumons. Il heurta une petite table, la repoussa de côté d'un coup de pied et continua. Il avança rapidement dans la pénombre, jusqu'au fond du couloir sombre, où il ouvrit violemment la porte de la chambre.

Sa main trouva l'interrupteur et y donna un coup sec, inondant la pièce de lumière. Son cœur s'arrêta.

Jesse était dans la cage du chien, les deux poignets menottés au grillage, la tête appuyée dessus, la couverture sur les jambes. Son visage était couvert d'une fine couche de givre et ses lèvres violettes, une fine estafilade de sang séché lui courant en travers de la joue.

Louis se laissa tomber à genoux, passa la main à travers le grillage et appuya deux doigts sur le cou de Jesse. Un pouls. Il sentait un pouls.

— Mon Dieu! murmura Lockhart derrière Louis.

Ce dernier ressortit sa main.

— Passez-moi vos clés de menottes, dit-il.

CHAPITRE 43

Un souffle d'air chaud accueillit Louis lorsque celui-ci franchit la double porte vitrée de l'hôpital. Voyant sa parka bleue de policier, la femme à l'accueil lui adressa un signe de tête, et il se hâta vers l'ascenseur.

Neuf heures seulement s'étaient écoulées depuis qu'il avait pressé sur la détente du fusil, et un peu moins depuis qu'il avait sorti le corps à moitié gelé de Jesse du chalet de Lovejoy. Mais ça lui paraissait être une éternité, comme si la Terre s'était soudain inclinée sur un nouvel axe de déséquilibre.

Tôt ce matin-là, il avait conduit Jesse à l'hôpital, puis était passé au commissariat écrire son rapport pour Steele, rapport s'étendant sur sept pages. Il l'avait mis sous enveloppe cachetée – il ne tenait pas à ce que la meute de journalistes en ait vent avant que ce soit nécessaire.

Chez lui, il avait essayé de dormir. Mais il avait fini par renoncer, s'était douché et avait passé une tenue propre. Il avait songé aller voir Zoe. Quelqu'un d'autre, lui aussi en tenue, était déjà passé dans la matinée la mettre au courant pour son mari. Il se demandait si on lui avait dit qui l'avait tué. Il savait qu'il allait bientôt devoir l'affronter. Il ne savait pas comment.

Finalement, ne sachant pas où aller, il était revenu à l'hôpital. Il voulait être au chevet de Jesse lorsque celui-ci se réveillerait.

Il appuya sur le bouton de l'ascenseur et attendit.

— Kincaid.

Louis ne se retourna pas en entendant la voix de Delp dans son dos.

— Je savais que vous viendriez ici, dit celui-ci. Je vous attendais.

— Qu'est-ce que vous voulez, Delp ? lui renvoya Louis en pressant à nouveau le bouton.

— Une déclaration que je puisse publier.

— Je ne peux rien vous déclarer pour le moment. L'enquête est toujours en cours.

— Mais vous avez abattu Gibralter, n'est-ce pas ?

La porte de l'ascenseur s'ouvrit et Louis y pénétra. Delp le suivit.

— Avez-vous aussi tué Lacey ?

Pas question que Louis le regarde.

— Allez vieux, vous m'avez promis l'affaire.

La porte coulissa, Louis sortit. Au bout du couloir, il vit un policier d'État à la porte de la chambre de Cole Lacey, l'homme s'adressant à un grand type en noir. Steele. Ce dernier leva la tête en entendant le bruit de l'ascenseur et regarda dans sa direction.

Louis hésita, puis se dirigea lentement vers lui. Steele aperçut Delp qui le suivait et lui adressa un regard dédaigneux.

— Laissez-nous, je vous prie, lui dit-il.

— J'ai le droit de...

— Dégagez, lança Steele entre ses dents.

Delp fronça les sourcils et s'éloigna. Steele attendit qu'il se retrouve derrière la vitre d'une salle d'attente.

— J'ai lu votre rapport, dit-il à Louis. J'ai aussi parlé avec Cole Lacey. Vos histoires ne collent pas.

— Quoi ?

— Cole dit que vous êtes venus tous les deux le chercher à Red Oak, que vous l'avez tenu pendant que Gibralter menaçait de le sodomiser avec une branche, et que vous avez tenu son père pendant que Gibralter l'abattait.

Louis hocha lentement la tête.

— Il dit aussi que vous l'avez convaincu de lâcher son arme, et qu'après vous lui avez tiré dessus.

— Il ment.

— L'expertise balistique a prouvé que les balles extraites des corps de Cole et de son père avaient été toutes les deux tirées avec votre arme.

— Je vous l'ai dit : Gibralter avait mon revolver.

— Cole dit qu'après lui avoir tiré dessus, vous avez fait feu sur Gibralter sans aucune raison.

— Mais nom de Dieu, Steele, est-ce que ça vous semble logique ?

Steele se contenta de le regarder.

Louis se passa une main sur les yeux.

— Écoutez, dit-il, j'ai accepté d'aider Gibralter à mettre son plan à exécution, mais quand j'ai compris qu'il échappait à tout contrôle, j'ai tenté de m'y opposer. Lorsque Gibralter m'a avoué avoir tué Pryce, j'ai su qu'il allait aussi tuer Cole. J'ai alors fait tout ce qu'il fallait pour l'arrêter. J'ai essayé…

Il s'interrompit en voyant l'expression de dédain qu'affichait Steele. Il s'adossa contre le mur.

— Tout est dans mon rapport, dit-il.

Steele garda le silence et observa son visage.

— Kincaid, dit-il, vos collègues policiers m'ont dit que vous et Gibralter ne vous aimiez pas. J'ai examiné votre dossier et les rapports que Gibralter a rédigés sur vous. Vous avez vous-même tenté de me faire croire qu'il était mouillé. Je pense que tout cela était plus personnel que ce qui est indiqué dans ce rapport.

Louis le regarda. Était-il au courant pour Zoe ? Si jamais c'était divulgué, plus personne ne le croirait. Tout le monde penserait qu'il avait tué Gibralter à cause d'elle.

— Écoutez-moi, Steele, dit-il doucement. Je suis un flic, et un bon, que vous le vouliez ou non. Gibralter était fou. Je l'ai abattu pour sauver la peau d'un voyou de seize ans qui ne méritait pas de mourir. Je ne le regrette pas. (Il s'écarta du mur.) Maintenant, je vais voir Harrison.

Steele l'attrapa par le bras.

— Par pure obligeance professionnelle, je vous accorde quelques minutes avec votre coéquipier, après quoi vous serez mis en état d'arrestation par un de mes hommes.

— Sur quels chefs d'accusation ?

— Entrave à la justice, tentative d'agression sexuelle sur un détenu, association de malfaiteurs, violence excessive et tout ce qui me viendra encore à l'esprit. Et à moins que ce gamin ne revienne sur ses déclarations, j'ajouterai homicide.

Louis s'éloigna et prit le couloir de la chambre de Jesse. S'arrêta et regarda Steele disparaître dans l'ascenseur. Bordel, il n'allait pas se laisser faire sans se battre. Il revint sur ses pas et se rendit dans la chambre de Cole.

Celui-ci tourna brutalement la tête en entendant la porte s'ouvrir. Et se remit à regarder la télévision dès qu'il vit Louis.

— Je veux te parler, dit celui-ci.

— Pas question.

Louis se plaça dans son champ de vision.

— Je t'ai sauvé la vie. Pourquoi ne l'as-tu pas dit à Steele ?

— Pourquoi je l'aurais fait ?

— Parce que c'est la vérité. Et qu'il est temps que quelqu'un la dise.

— C'est vrai que vous, vous vous y connaissez pour ce qui est de dire la vérité. Ils sont morts, ils sont tous morts par votre faute. (Il s'interrompit un instant.) Même mon salaud de père.

— Je n'ai rien pu faire pour lui, Cole.

— Et pour le reste, hein ? Vous étiez pas obligé de venir me chercher à Red Oak ! Vous étiez pas obligé de rester à regarder pendant qu'il me tapait dessus avec sa branche ! Vous étiez pas obligé de… et merde. Laissez tomber.

Louis lui saisit la télécommande des mains et éteignit la télévision.

— Je n'étais pas non plus obligé de tuer un flic pour te sauver.

Il jeta la télécommande sur le lit. Cole la regarda et ne la quitta plus des yeux.

Louis s'approcha du lit.

— Écoute, mon sort est entre tes mains, Cole. Je te demande de m'aider. Je te demande de raconter à Steele ce qui s'est passé hier soir.

— Allez vous faire foutre !

— Tout ce que je te demande c'est de dire la vérité !

— Quelqu'un doit payer ! répliqua Cole.

— Pour quoi ? Pour Johnny ? Pour Angela ? Enfin bon Dieu, Cole, j'étais même pas là ! Pourquoi essaies-tu de m'enfoncer ?

— Parce que vous êtes un flic. Et que quelqu'un doit payer.

Louis hocha la tête d'un air écœuré.

— La justice, hein ? C'est ça que tu veux ? C'est ça qui compte ? Je te signale que si tu ne racontes pas ce qui s'est passé, le type qui a tué Angela sera enterré avec les honneurs. Celui qui a tabassé à mort ton frère continuera d'être flic. Et moi qui t'ai sauvé la peau, j'irai en prison. Quant à toi… tu retourneras à Red Oak pour cinq ans. (Cole le regardait fixement.) Ta colère te rongera, tu finiras en cellule, et dans dix ans, quelqu'un te tuera d'un coup de surin dans les douches de Marquette et tu seras enterré dans le cimetière d'une prison. (Il hocha la tête.) Ça ne s'appelle pas de la justice, ça. Ça s'appelle de la bêtise.

Les yeux de Cole se remplirent de larmes, mais il se détourna avant qu'elles ne coulent.

— Dis la vérité, Cole, reprit Louis. Ne pense même pas à moi. Tu le dois à ton frère et à ta sœur. Sinon, personne ne saura jamais ce qu'il s'est réellement passé. Dis la vérité sur ce qui est arrivé il y a cinq ans et la nuit dernière.

— À qui je dois la dire ? lança-t-il. À cet enfoiré en costume ? C'est un flic. Je ne parle plus à aucun flic.

— Entendu. Et à un journaliste ?

Cole fronça les sourcils.

— Quoi ? Pour la télé ?

— Pour un journal.

— Il va écrire ce que je lui dirai ?
— Si c'est la vérité.
— Et Harrison ira en prison ?
— Je ne sais pas. Ce sera à un juge d'en décider.
Cole s'essuya les yeux et leva la tête vers lui.
— Mais les gens sauront, c'est ça ? Ils sauront pour Johnny, ils sauront qu'il était pas vraiment mauvais ? Ils sauront qu'Angela avait rien fait de mal ? Ils sauront, n'est-ce pas ?
— Oui.
— Et ils sauront que j'avais trop peur pour faire quelque chose ce soir-là.
Louis imagina le gamin de onze ans terrifié, enfermé dans un placard du chalet Eden.
— Oui, ils sauront, dit-il.
Cole baissa les yeux et se mit à tripoter le bord de la couverture.
— Très bien. Je vais lui raconter.
Louis sortit dans le couloir. Le flic d'État avait trouvé une chaise dans le coin et s'était plongé dans son magazine. Louis vit Delp assis dans la salle d'attente. Il attira son attention et lui fit signe de venir. Delp se rua dans le couloir.
— Sortez votre carnet, lui lança Louis. Vous êtes sur le plus gros coup de votre vie.

***

— Tu es réveillé ?
Jesse leva les yeux et vit Louis debout à la porte.
— Oui, par moments.
Avec une grimace, il tenta de se redresser sur son lit. Louis s'approcha et lui glissa un bras derrière le dos pour l'aider.
— Merci. (Jesse lui montra ses mains bandées.) Le toubib dit que je vais peut-être y laisser un doigt, peut-être aussi un doigt de pied.
— Je suis désolé, dit doucement Louis.

Jesse haussa les épaules et baissa les yeux sur le lit. Louis soupira, ne sachant par où commencer.

— Je sais ce qui est arrivé, dit Jesse. Dale est passé tout à l'heure et m'a dit ce qu'il savait.

— Il t'a dit que j'avais tué Gibralter ?

Jesse fit oui de la tête.

Louis hésita.

— Je suis désolé pour ce que je t'ai dit quand tu es venu me voir chez moi. J'avais tort.

Jesse hocha lentement la tête.

— Tu n'avais pas tort pour Johnny Lacey.

— Mais pour le reste, tu…

— Laisse tomber, dit vivement Jesse. Si tu ne m'avais pas accusé de tout ça, je n'aurais jamais pris conscience des trucs que le chef…

Il ne termina pas sa phrase.

Lorsqu'il se remit à parler, ce fut dans un chuchotement.

— J'allais le trouver, tu sais, reprit-il. Il m'a ramassé sur la route et je lui ai dit que c'était fini, qu'on ne pouvait plus continuer à se taire pour la descente de police.

Jesse se tut un instant et cessa de le regarder.

— C'est là qu'il m'a tout dit, reprit-il au bout d'un moment. Il m'a dit qu'on devait aller jusqu'au bout ensemble. Mais je ne pouvais plus, pas après qu'il m'avait dit avoir tué Pryce.

— Tu lui as dit que tu allais te livrer ?

Jesse fit oui de la tête.

— C'est là qu'il…

— Qu'il t'a mis à l'arrière de la Bronco, termina Louis.

Jesse tripota la bande de sa main gauche. Tout était silencieux à part le ronronnement du moniteur au-dessus du lit.

— J'étais couché dans la cage, dit doucement Jesse. J'étais couché là-dedans et au bout d'un moment, c'était comme si le froid avait un effet sur mon cerveau ou quelque chose comme ça et que je me mettais à voir les choses clairement. Je me suis rendu compte de ce qu'il avait fait, de qui il était. Et aussi de ce que j'avais fait, moi. Je m'en suis vraiment rendu compte. (Il regarda Louis.) Je savais que j'allais mourir, mais je me suis dit que c'était bien comme ça, d'un seul coup. (Il hocha lentement la tête.) *Seppuku.*

Louis leva les yeux.

— Quoi ? demanda-t-il doucement.

Jesse le regarda d'un air absent.

— Le dernier mot que tu as dit.

— *Seppuku* ?

Louis fit oui de la tête.

— Gibralter a prononcé ce mot dans les bois.

Jesse le regarda encore un instant, puis s'adossa aux oreillers en poussant un soupir de lassitude.

— C'est du japonais.

— Qu'est-ce que ça veut dire ?

— C'est comme ça que se suicident les samouraïs. Tu sais... quand ils s'enfoncent le sabre dans le ventre. Ils le font pour se punir quand ils se sont déshonorés.

La chambre retomba dans le silence. Louis se leva, gagna la fenêtre et regarda la grisaille dehors.

— Jess, il faut que je te dise quelque chose.

— Quoi ?

Louis se retourna vers lui.

— Cole est en train de tout raconter. Ce qu'il a vu pendant la descente.

Jesse ne quitta pas des yeux Louis pendant plusieurs secondes, puis il les baissa.

— Tu vas perdre ton travail, peut-être pire, dit-il calmement.

Jesse regardait fixement ses mains bandées. Louis se tourna de nouveau vers la fenêtre.

— Louis ?

Il se retourna.

— Pourrais-tu me rendre un service ?

— Ce que tu voudras.
— Appelle Julie pour moi. Demande-lui de venir.
Louis acquiesça et se dirigea d'un air impassible vers la porte.
— Louis ?
Il se retourna de nouveau.
Les yeux de Jesse étaient brillants de larmes.
— Tu as fait ce qu'il fallait.

CHAPITRE 44

Il lui fallut laisser la Mustang en bas de la côte et monter le reste à pied. Lorsqu'il atteignit le chalet, il marqua un temps d'arrêt.

De quoi avait-il peur ? Qu'elle ait changé ? À quoi ressemblait une femme après que son mari avait été abattu ? Avait-il peur de ce qu'elle allait dire ? Que disait une femme à l'homme qui avait tué son mari ?

Il frappa. Pendant un long moment, il n'y eut aucune réponse, mais ensuite la porte s'ouvrit et il la vit devant lui. Elle le regarda en plissant les yeux devant l'éclat de la lumière du soleil.

— Je peux entrer ? demanda-t-il.

Zoe hocha la tête et s'écarta. Il entra et elle referma la porte. Les rideaux étaient tirés, la lumière tamisée. Tandis que ses yeux s'habituaient, il remarqua les cartons empilés à côté de la porte. Le canapé impression cachemire n'était plus là, tout comme la plupart des autres meubles. Il regarda la cheminée. La reproduction du Manet avait été décrochée.

— Qu'est-ce qui se passe ? demanda-t-il en se tournant vers elle.

— Je ferme le chalet.

— Pourquoi ?

Elle frotta les manches de son grand pull rouge et regarda autour d'elle – partout sauf lui.

— Je ne sais pas. Je ne me sens plus bien ici.

— Zoe…

— Ne m'appelle pas comme ça, s'il te plaît, dit-elle doucement.

Elle s'éloigna vers une table pour y ramasser quelques livres. Il la regarda les empiler dans un carton. Elle se déplaçait lentement, comme si quelque chose lui faisait mal au plus profond d'elle-même. Il entendit un bruit, un léger miaulement, et se retourna. Deux cages de transport d'animaux étaient posées à côté de la porte. Il aperçut le chat blanc derrière le grillage.

— Tu t'en vas ? demanda-t-il. Où ça ?

— À Chicago.

— Quand ?

Son regard rencontra le sien.

— Demain. Après les obsèques.

— Zoe, il faut qu'on parle.

Ses yeux s'emplirent de larmes.

— De quoi, Louis ? Que peut-on encore se dire maintenant ?

— Je suis désolé, murmura-t-il.

Elle lui tourna le dos et se couvrit le visage des mains.

L'entendre pleurer le paralysa. Il aurait voulu la serrer, mais il craignait qu'elle ne le repousse.

— Je ne t'en veux pas, dit-elle doucement.

Il ferma les yeux.

— Brian est mort depuis longtemps, dit-elle. S'il y a quelqu'un à blâmer, c'est moi.

— Zoe…

Il fit vite un pas vers elle, lui toucha le bras, mais elle recula. Elle s'essuya le visage du revers de la manche et dégagea une mèche de ses cheveux. Regarda autour d'elle, les yeux assombris par la fatigue et le désarroi.

— Elle a disparu, dit-elle doucement.

Louis ressentit une déchirure à la poitrine.

— Zoe…

— Il faut que je la retrouve.

Elle s'agenouilla pour regarder sous un fauteuil, puis se releva et ouvrit les rideaux. Louis l'observa, craignant soudain qu'elle ne soit en train de s'effondrer.

Elle leva brusquement les yeux vers lui.

— Je ne peux pas la laisser ici, dit-elle, les yeux brillants de larmes. Aide-moi à la retrouver, s'il te plaît.

D'un seul coup, il comprit. L'autre chat. Elle cherchait l'autre chat, le noir.

Elle entra dans l'atelier en l'appelant. Louis prit une légère inspiration et examina la pièce à la recherche de l'animal.

Zoe revint dans le salon.

— Isolde. Je n'arrive pas à la retrouver, dit-elle, le regard affolé.

— Elle doit être ici quelque part, dit-il.

— Il faut que je la retrouve immédiatement. Je pars demain, je ne pourrai pas l'attendre. Il faut que je m'en aille, il faut…

Louis la saisit par les épaules.

— Zoe, arrête. Allons, arrête. Calme-toi.

Elle le regarda dans les yeux, puis se remit à pleurer. Il la serra contre lui, lui caressa les cheveux et la laissa donner libre cours à son chagrin tout en luttant pour contenir ses propres émotions. Il la tint serrée jusqu'à ce que ses larmes se calment et cessent.

Enfin, elle s'écarta doucement de lui et s'essuya le visage, incapable d'affronter son regard.

— Il faut que j'y aille, murmura-t-elle.

Elle s'éloigna et il ferma les yeux. Lorsqu'il les rouvrit, elle se tenait près de la porte, vêtue de son manteau. Elle attendait, une des cages à la main.

Il alla à la porte qu'elle ouvrit. Ils sortirent à la lumière du soleil. Elle ne se retourna pas en descendant le chemin enneigé et en se donnant maladroitement des coups sur les jambes avec la cage. Elle ne se retourna pas vers lui en ouvrant la porte de sa Jeep et en installant la cage à l'arrière. Il attendait, les mains au fond des poches. Enfin, elle se retourna.

— Je t'aimais, dit-elle doucement. C'était mal ?

Il sentit son cœur se briser.

— Non, dit-il.

Elle hésita, puis hocha légèrement la tête. Ses cheveux noirs luisaient au soleil, son regard rivé au sien.

— Quand est-ce que tu vas revenir ? demanda-t-il.

— Je ne sais pas.

Il avait une question au bout des lèvres, mais il savait qu'il était vain de la poser. Plus rien n'était possible entre eux. Il l'avait compris en montant la côte.

Il concentra son regard sur ses yeux, ses lèvres, ses cheveux, sur chaque détail de son visage afin de ne pas oublier. De ne pas oublier le goût de cognac de sa bouche, la courbe de ses hanches, l'odeur de patchouli.

Elle monta dans la Jeep. Elle se retourna vers le chalet, puis le regarda.

— Elle est peut-être dehors, dit-elle d'un air absent.

— Je vais la chercher. Je vais te la retrouver.

Elle hocha la tête d'un air impassible et mit le moteur en marche.

— Au revoir Zoe, dit-il.

Elle sourit légèrement. Puis rapidement elle se retourna, mit la voiture en prise et démarra.

Il regarda la Jeep disparaître en bas de la côte. Il se retourna vers le chalet. Poussa un soupir tellement long et strident qu'il lui fit mal aux poumons. Il était épuisé, envahi par une soudaine sensation de vide, comme si le départ de Zoe l'avait vidé de toute émotion. Il commença à descendre la côte.

Il ne sut pas ce qui le poussa à s'arrêter et à se retourner vers le chalet. Mais lorsqu'il le fit, il aperçut quelque chose à la fenêtre. Une petite forme noire. Un chat.

Il était calmement assis et l'observait, ses yeux verts telles deux fentes lumineuses au soleil.

Il le contempla, médusé. Sa petite bouche rose bougeait, comme s'il miaulait sans bruit derrière la vitre.

Merde…

Il hocha la tête et retourna au chalet. Le chat noir vint tout de suite vers lui et se frotta contre ses jambes.

— Merde, murmura-t-il.

Il le ramassa et le fit entrer dans la cage vide posée près de la porte. Et rapidement, sans un regard vers la pièce sombre, il sortit avec la cage et repassa dans la lumière du soleil.

CHAPITRE 45

Il se frotta les bras en regardant le café passer dans la cafetière. C'était la fin de la boîte et il savait qu'il n'en tirerait qu'une tasse ou deux. Merde. Il faisait trop froid pour sortir en acheter et de toute façon la Mustang ne démarrait plus depuis des jours.

Quelque chose lui touchant la jambe, il baissa la tête et vit le chat noir se frotter contre son mollet.

Il le repoussa délicatement du pied et pensa à Zoe. Il l'avait appelée plusieurs fois pour le chat, mais elle n'avait jamais répondu. Il en avait déduit qu'elle était partie pour Chicago et avait fini par lui laisser un mot dans sa boîte pour lui dire qu'il avait le chat.

Il jeta un coup d'œil à l'animal. Il était assis à le regarder et remuait doucement la queue de droite à gauche sur le linoléum.

Il soupira et regarda de nouveau le lent goutte-à-goutte du café. Finalement, il enleva le récipient, le remplaça par une tasse et regarda par la fenêtre en attendant qu'elle se remplisse. Du givre obscurcissait la vitre. Il l'essuya avec la manche de son sweatshirt.

Du soleil… pour la première fois depuis une semaine.

Les pins se dressaient, immobiles dans leurs pimpants uniformes verts avec leurs épaulettes blanches de neige. Il frissonna et jeta un coup d'œil à ses pieds dans ses vieilles chaussettes. Son gros orteil dépassait par un trou. Il se servit de son autre pied pour faire glisser le trou en dessous en même temps qu'il prenait sa tasse. Il remit le récipient en place, gagna la table et s'assit sur une chaise. Puis il prit une gorgée de café et attrapa le tas de courrier auquel il n'avait pas touché ces trois derniers jours.

Une grande enveloppe en papier kraft attirant son attention, il regarda l'adresse de réexpédition à Detroit, mais ne vit aucun nom. Il l'ouvrit.

C'était un exemplaire du *Detroit Free Press*, l'édition dominicale la plus récente. Il déchira l'enveloppe, un papier en tomba sur la table. Il le ramassa et lut les quelques mots griffonnés d'une écriture inconnue.

Merci. À charge de revanche.
Delp.
PS : Quel temps fait-il là-bas ?

— Quel connard ! marmonna-t-il.

Il regarda la première page. Il ne pouvait pas rater le gros titre de l'article de fond de Delp : UN HIVER MEURTRIER. Ni les quelques lignes de présentation : *Par une froide journée d'hiver, deux adolescents sont assassinés. Cinq ans plus tard, les policiers présumés coupables sont traduits devant les tribunaux.*

L'article était long, mais il le lut dans sa totalité et lorsqu'il reposa le journal, il éprouva, quoique à contrecœur, une certaine estime à l'endroit de Delp. C'était du bon boulot. Le papier était minutieusement documenté et écrit avec la sensibilité d'un bon roman, son thème implicite étant clairement exprimé entre les lignes : en l'occurrence que les enfants Lacey n'étaient pas les seules victimes.

Il mit du sucre dans sa tasse et remua son café en pensant à Jesse. Il était inculpé de meurtre avec violences sur la personne de Johnny Lacey et de conspiration en vue de dissimuler la mort d'Angela. Gibralter était mort, sa réputation entachée. Zoe était partie, sa vie brisée. Et lui…

Il sirota son café en pensant à son propre sort. Steele avait abandonné les charges retenues contre lui après que Cole lui avait dit la vérité en revenant sur ses déclarations à propos de son enlèvement à Red Oak. Mais Steele l'avait quand même puni pour l'exemple en déclarant aux journalistes de la télévision que « les actes de Kincaid, bien qu'officiellement légaux, demeurent moralement répréhensibles. J'entends maintenir l'accusation d'entrave à la justice, ne serait-ce que pour m'assurer que celui-ci ne restera pas officier de police dans l'État du Michigan ».

Il rajouta du sucre dans son café. Ça n'avait plus d'importance. Il avait déjà démissionné. Il n'en mourrait pas. Il n'en mourrait pas à condition, se dit-il, que son amertume ne le dévore pas tout cru. C'était contre ça qu'il avait mis Cole en garde, mais c'était à lui-même que ça arrivait depuis deux jours. Il avait changé d'une certaine manière, à un niveau très profond, et cela ne résultait pas uniquement de ce qui s'était passé avec Zoe ou même de la peur qu'il avait de ne plus jamais travailler comme flic, mais de quelque chose de plus. Il se sentait abandonné, sa foi dans le pouvoir de son insigne détruite, l'idée qu'il avait de lui-même ébranlée. Rien n'était ou tout blanc ou tout noir, comme il l'avait cru, en particulier la vérité. La vérité n'était rien d'autre que différents points de vue réfractés à travers les prismes de la souffrance des gens. Elle était évolutive, incertaine et peu fiable.

Il reprit le reste de son courrier et parcourut prospectus et factures. Son regard se posa sur une petite enveloppe avec une adresse d'expéditeur à Flint. Elle provenait de Stephanie Pryce. Il l'ouvrit.

Le mot était bref, poignant. Elle l'y remerciait d'avoir fait toute la vérité sur la mort de son mari. Elle avait ajouté un post-scriptum, la citation de Churchill inscrite sur la pierre tombale de Pryce. Louis la lut en se frottant le front.

Le seul guide de l'homme est sa conscience... Avec ce bouclier, et malgré ce que vous réserve le destin, on défile toujours dans les rangs d'honneur.

Il remit la lettre dans son enveloppe. Se leva rapidement et gagna le salon. Et y resta debout un moment, sa lassitude menaçant de le submerger. Il sentit quelque chose lui frotter la jambe et baissa les yeux. C'était encore le chat noir.

— Tu n'as donc nulle part où aller? demanda-t-il, irrité.

Il faisait plus froid. Le feu était en train de s'éteindre; il avait besoin d'aller dehors chercher des bûches. Il enfila une vieille paire de mocassins et un blouson de l'université du Michigan et passa dans la véranda.

La lumière du soleil le fit pleurer, l'air froid lui faisant mal à la poitrine. Il alla vers la pile de bûches, puis s'arrêta et regarda vers le lac.

Il luisait au soleil, sa couverture blanche seulement interrompue par les ondulations d'un scooter des neiges. Le bruit de son moteur lui parvint, puis diminua tandis qu'il s'éloignait vers la rive nord. Il descendit sur le rivage et resta à contempler la vaste étendue blanche, les mains enfoncées dans les poches.

Il sentit quelque chose de petit et de dur et le sortit de sa poche. C'était une pierre noire, l'obsidienne flocon de neige qu'Ollie lui avait donnée. Il la leva face au soleil. *C'est la pierre de la pureté, qui équilibre le mental, le corps et l'esprit.*

D'autres propos d'Ollie lui revinrent à l'esprit – quelque chose qu'il avait dit sur le fait de trouver sa place, là où il avait besoin d'être, quelque chose à propos de l'eau. Qu'est-ce que c'était déjà?

Mais ensuite, ce fut Frances Lawrence qui lui chuchota des choses dans la tête. *Les gens ont des endroits sur terre où leur âme est en paix, Louis, des endroits où ils se sentent comme chez eux.*

Ses doigts se refermant sur la pierre flocon de neige d'Ollie, il se souvint : *Tu devrais t'installer au bord de l'eau, Kincaid. Ça n'est pas nécessairement ici. Il y a de l'eau partout dans le monde.*

Il contempla le lac gelé. Ce n'était pas ici. Il l'avait pensé, mais non. Pour le moment, il ne savait pas trop où était sa place.

La seule chose qu'il savait avec certitude était qu'il fallait qu'il continue de chercher. Serrant dans sa main la petite pierre noire, il fit demi-tour et rentra.

Dans la collection
Robert Pépin présente…

Pavel ASTAKHOV
Un maire en sursis

Alex BERENSON
Un homme de silence
Départ de feu

Lawrence BLOCK
Entre deux verres
Le Pouce de l'assassin

C. J. BOX
Below Zero

Lee CHILD
Elle savait

James CHURCH
L'Homme au regard balte

Michael CONNELLY
La Lune était noire
L'Envol des anges
L'Oiseau des ténèbres
Les Égouts de Los Angeles
Volte-Face

Martin CRUZ SMITH
Moscou, Cour des Miracles

Chuck HOGAN
Tueurs en exil

Andrew KLAVAN
Un tout autre homme

Michael KORYTA
La Rivière Perdue
Mortels Regards

Alexandra MARININA
Quand les dieux se moquent

T. Jefferson PARKER
Signé : Allison Murrieta

P. J. PARRISH
Une si petite mort

Henry PORTER
Lumière de fin

Craig RUSSELL
Lennox
Le Baiser de Glasgow

Roger SMITH
Mélanges de sangs
Blondie et la mort

Joseph WAMBAUGH
Bienvenue à Hollywood

Photocomposition Datagrafix

Impression réalisée en octobre 2012 par CPI Bussière
pour le compte des Éditions Calmann-Lévy
31, rue de Fleurus 75006 Paris

N° d'éditeur : 5185996/01
N° d'imprimeur : 123562/4
Dépôt légal : octobre 2012

Imprimé en France